张大勇◎主编

诗歌卷

《甘南日报》七十年副刊作品精选

中国文史出版社

编　委　会

前　言

千里草原牧歌嘹亮，三河一江咏叹情深。在甘南文学的版图上，《甘南日报》文艺副刊"芳草地"在七十载岁月流转中始终与时代同行，坚守着甘南文学的精神高地。

从一九五七年的"百灵鸟"到后来的"牧笛""牧歌""小草"……到二〇〇四年的"芳草地"，一代又一代副刊编辑辛勤耕耘，甘为孺子牛、勤作铺路石，累计编辑刊发了数万篇文学作品，开辟了一片草木葳蕤的"芳草地"，成为甘南州内外文学爱好者和文艺创作者的摇篮、青年朋友和广大读者共同的精神家园。二〇一九年，《甘南日报》副刊设立"金羚"年度文学奖，为甘南文学注入了新的活力，不仅激发了本土作家的创作热情，更是吸引了全国各地大批作家诗人文学爱好者踊跃参与。"金羚"年度文学奖以"九色甘南香巴拉"为引，打造了一个世界"了解甘南、欣赏甘南、热爱甘南、沉醉甘南"的窗口，将"甘南"从一个地理名词升华为一个精神和诗意的文化符号，为甘南文学打造了一个亮丽的品牌，为甘南文化建设发挥了重要作用。

山川有迹，文字无声。七十载悠悠岁月，《甘南日报》文艺副刊随着

《甘南日报》的发展迤逦前行，留下了许多珍贵的文学佳作，这些作品普遍具有鲜活的时代性、人民性和艺术性，有精神、有情怀、有格调，散发着独特的艺术魅力，展现了美丽甘南的神奇大美和甘南各族儿女与时代同步奋进的社会实践。在喜迎甘南藏族自治州成立七十周年之际，我们组织选编了《〈甘南日报〉七十年副刊作品精选》，分散文和诗歌两卷，收入在《甘南日报》副刊发表的散文、诗歌、评论等作品共 二百四十余首（篇）。在七十年的时间纬度上打开这一绚丽厚重的文学长卷，让读者体味不同的时代气息和审美个性，沿着时间的河流去感知那些文学笔触下的时代情怀、甘南故事，共鸣于那些曾经涌动在人们心中的深情眷恋和美丽情愫。凝结在文集中的是这片土地上七十年流金岁月的灿烂华章，流动在册页间的是伟大祖国甘南大地上生生不息的时代脉搏。

矢志于千秋文脉，七十年恰风华正茂，我们希望更多的作家和文学爱好者能够创作出更多反映时代发展进步、提升人们精神境界、带给读者美好情感的好作品，让"芳草地"花开满园，流芳溢彩。

文集因篇幅有限，编选中遗珠之憾在所难免，因编者能力有限，编选过程中不足之处必定不少，希望广大作者和读者谅解、指正。

目　录

为建设新甘南而努力

畅树国

胜利的一九五三年过去了，

接着新的一年——一九五四又来临了，

但五三年给甘南各族人民留下了难忘的一年。

解放前，甘南各族人民在国民党反动派的血腥统治下，

过着黑暗悲惨的生活，

寺院被烧毁，牛羊被抢走；

疾病流行，人、畜逐年减少。

特别是国民党反动派，

挑拨各兄弟民族间感情，

造成了民族之间和民族内部的不团结，

使各族人民受着各种苦难。

解放后，

在毛主席、共产党伟大政策光辉照耀下，

各族人民都翻了身当了国家的主人，

贫苦的农、牧民，

在人民政府的领导和扶助下，

粮食产量一年比一年提高了，

没有牛羊的也有牛羊了，

牛羊很少的人家，慢慢地也增多了。

但是蒋介石、国民党反动派，

不甘心死亡，

指使他的忠实走狗——马良，

盘踞在甘南藏区进行破坏。

为了保卫藏区各族人民的幸福生活，

安心发展农、牧业生产建设祖国，

五三年春天各族人民配合自己的军队——中国人民解放军，

消灭了甘南人民的死敌——马良，

各族人民到处欢呼歌唱，

欢呼共产党、中国人民解放军大救星，

歌唱草原上的人们安居乐业。

十月一日国庆节，

甘南藏族自治州人民政府正式诞生。

这双喜临门的日子里，

草原上换上了新装，

放牧者赶起了牛羊到处奔驰，

年轻人扛着猎枪昂着头愉快地歌唱：

毛主席是夏天的雨，冬天的太阳，

整个藏区充满了一片欢乐气象。

我们甘南各族人民要紧密团结在

毛主席、共产党、人民政府的周围，

加强民族团结，发展农、牧业生产，

支援国家经济建设，

为建设祖国的新甘南而努力。

（原载 1954 年 1 月 1 日《甘南报》第 3 版）

签 名

王正钰

签名！签名！
一个名字就是一分力量，
一个笔尖就是一杆枪。
这力量将汇成和平的巨浪，
把战争贩子的叫嚣淹没、埋葬！
这力量已对准原子狂人，
让他和他的原子弹一起死亡。

（原载 1954 年 4 月 6 日《甘南报》第 3 版）

快乐的日子说不完

洮　波

一撮糌粑，半碗清茶，
祖祖辈辈吃的都是它；
如今大米饭里和着酥油、蕨麻，
雪白的面粉蒸出喷香的糕馍。
这日子是谁给我们的呢？
是共产党，是毛主席。

一件老羊皮袄已经穿了三辈人，
穿不起靴子只好光着脚走路；
如今穿起新面水獭皮镶边的皮袄，
头戴狐皮帽，脚蹬皮靴多神气。
这日子是谁给我们的呢？
是共产党，是毛主席。

几间房子歪歪斜斜
人和牲畜都挤在一起；
如今盖起了新楼房，

阳光充足精神爽。
这日子是谁给我们的呢？
是共产党，是毛主席。

土炕上缺毡少席，
晚上竹子当灯烧；
如今白毡花被好几条，
电灯光也照进了新屋。
这日子是谁给我们的呢？
是共产党，是毛主席。

过去自己没有半亩地，
牛羊像天快亮时的星星；
如今社里土地连成片，
牛羊肥壮遍草原。
这日子是谁给我们的呢？
是共产党，是毛主席。

过去被看作笨拙愚昧的民族，
几千年来过着牛马一样的生活；
如今各民族都平等，
实现区域自治当主人。
这日子是谁给我们的呢？
是共产党，是毛主席。

过去疾病像恶魔一样缠着人们，

有时还夺去亲人的生命。

如今大家讲卫生，

人畜两旺日子新。

这日子是谁给我们的呢？

是共产党，是毛主席。

（原载 1958 年 5 月 21 日《甘南报》第 3 版）

卓玛和拖拉机

铁 夫

我们的卓玛多么漂亮，
好像展翅的孔雀模样，
她穿着拖拉机手的衣裳，
喜洋洋地坐在驾驶台上。

我们的拖拉机多么威武，
好像一只猛虎奔下了山冈，
呜呜的响声震撼了草原，
被惊的雄鹰逃向了远方。

我们的卓玛多么漂亮，
她驾驶拖拉机开垦着家乡的土壤，
每一条犁沟都是一条丰收的大道，
每一块黑土都是万石的粮仓。

（原载 1958 年 10 月 25 日《甘南报》第 3 版）

别了，藏族老阿妈

陈炯章

公路上人群熙攘，

红旗遮住了天空，

子弟兵要走上新的征途，

告别阿妈在道旁。

您，慈爱的藏族老阿妈啊！

为什么两眼里闪着泪花，

是难舍儿子们远去，

还是往日的愁云缠绕在心头上？

别伤心了吧，老阿妈！

奴隶的锁链已经打断，

悲惨的日子不会重返，

共产主义的光芒正向您召唤。

别难受了吧，阿妈啊！

儿子虽然远去了，

但心永远连在一起，

共产党永远会关怀着您。

小喇叭唱着雄壮的歌，

汽车开动了，

亲爱的藏族老阿妈啊！

再见了，祝您永远健康。

（原载 1958 年 12 月 27 日《甘南报》第 3 版）

心　曲

多单桑格

星还没有落，
我就走出帐房；
天还没有亮，
我就望着东方……
啊，吉祥的光源——
"十一"的红日，
我捧着"哈达"，
向您高唱心曲。

我激动的心，
像白龙江的巨流，
冲破千嶂，
涌向东海口。

我跳动的心，
像积石峰的大鹏，
振翅高飞；
在万里晴空。

我舒畅的心
像尕海湖的水波，
迎着东风，
泛开幸福的涟漪。

我快乐的心，
像莲花山的歌声，
从早到晚，
一刻也没有歇停。

啊，我今生的心血，
跳跃沸腾都为您——
祖国的寿辰；
甘南藏族自治州的生日。

（原载 1963 年 10 月 16 日《甘南报》第 3 版）

奴隶的手

其格他

在阶级教育展览里，陈列着
一只被牧主砍下的奴隶的手。

奴隶的手是结实的手，
上面沾满了血迹，
上面有多少伤口。
就是这只手——
揉过牧主数不清的皮子，
放过牧主数不清的牛和羊，
使钝了多少头人的镰刀，
用秃了多少头人的锄头。
就是这只手——
这只累得肿胀了的手，
这只累得变形了的手，
折断过牧主的皮鞭，
掐住过牧主的咽喉。
牧主给你戴上镣铐，
你仍然英勇战斗！

头人砍断了你一只手,
你从未屈服祈求!

阶级队伍组织起,
劳动牧民手牵手。
推翻了封建势力,
清算了世代冤仇。
你用另一只手,
握紧了劳动人民的印把子!
你用另一只手,
放牧着公社的羊牛!

（原载 1964 年 10 月 1 日《甘南报》第 3 版）

藏族情歌

仁青道吉

一

花园里蜜蜂儿飞唱，
鲜艳的花朵哟，
那不是蜜蜂是我的化身，
为你唱着心底的歌儿。
蓝天上挂道七色长虹，
心爱的人儿哟，
那不是虹是我的化身，
为你放射着爱情的光彩。

二

看见玫瑰就想起雪莲花，
雪莲不美，怎会去想它！
骑上牦牛就想起骏马，
骏马不快，怎会去想它！
听见"拉伊"就想起情人，
情人不好，怎会去想她！

（原载 1980 年 9 月 27 日《甘南报》第 3 版）

歌声为啥这样美妙

何 瑜

不是黄鹂林中叫，
不是布谷报春到；
是文工队的才让吉，
唱起了动人的歌谣。

啊！
这歌声为啥这样美妙？
有人说：
是山泉的水，
滋润了她的歌喉；
是花的草原，
给了她激情；
是牧人生活的变迁，
使她懂得了什么是痛苦，
什么是欢笑。

（原载 1981 年 11 月 25 日《甘南报》第 3 版）

森林诉冤

海洪涛

我们的祖祖辈辈，
生活在巍巍群山。
我们与风沙搏斗，
护卫着无数田园；
我们用整个生命，
永葆着人间春天。
请你问苍茫大地：
何以把大厦布满？
再去问千家万户：
怎样才活到今天？
有一些忘恩之徒，
黑夜闯进了深山，
抡起无情的大斧，
让我们血肉飞溅！
若为了祖国建设，
捐躯我们很情愿！
可是面临着强盗，
我们要疾呼喊冤！

（原载 1982 年 2 月 10 日《甘南报》第 3 版）

给……

——为《甘南报》创刊三十周年而作

苏　民

记　者

动人的事迹催你采写，
生活的主题盼你发掘。
啊！怪不得你风尘仆仆，
风里来雨里去一刻不歇。
你的收获中，不光是闪光的贝壳，
也常有那难咽的苦涩……
假若你的笔停滞了，
我想，人们的心田肯定会多出一块空白。

编　辑

有人说你像辛勤的裁缝，
密针细线为他人作嫁衣；

有人说你像通红的蜡烛，
为照亮他人甘心消耗自己。
不！你就是你，
那些默默做出贡献的
应该说多像编辑！

排 字 工

你的手真真灵巧过人，
要不，为什么曾被称作手民？
乏味的单字一经串缀，
把多少双眼睛牢牢吸引
——或被它振奋鼓舞，
或为它托腮思忖……
受业解惑的功劳哟，
当有排字工人一分！

（原载 1983 年 5 月 1 日《甘南报》第 3 版）

草原，我们回来了

李　荣

秋雨，急剧地拍打草地，
白杨树，轻轻地招手致意，
故乡，我们回来了——
一群曾是帐篷里出生的孩子。

一

草原啊！
异乡的儿女没有忘记你。
你的哀怨，你的沉思，
你的欢乐，你的富庶，
全部贮藏在儿女心里。
怎能忘记——
阿姐肩上沉重的水桶，
压弯了青春的背脊。
怎能忘记——
经幡阴影，古寺钟声，
窒息弟妹智力发育的悲剧！

二

草原啊，我们怎能再延续
逐水草游牧的足迹？
难道我们还要目睹
富饶中生长的贫瘠……
草原啊，请放心！
我们绝不会去寻觅安逸，
为了你明天喷薄的晨曦，
我们走向你，
走向你每一个偏僻的角落，
用青春和热血，
驱散你的酣梦和荒寂，
使你从古老的神话中走出，
振兴——崛起！

（原载 1983 年 8 月 31 日《甘南报》第 3 版）

十月的草原

——写给州庆三十周年

吴春岗

从轰轰震响的礼炮声中，

从铿锵喜庆的锣鼓声中，

从噼啪喧闹的爆竹声中，

我听到了，听到了

你激情澎湃的心声。

从飞扬飘曳的舞袖里，

从灿如繁星的夜景里，

从笑声荡漾的人流里，

我看到了，看到了

你民族团结的强大阵容。

哦，草原十月的金风频吹，

向北京传送着欣喜的讯息，

说三十年航途风云万里，

草原又奋展五彩的翅翼。

哦，捧起哈达青稞酒的献礼，

给远方客人一片洁白、滚烫的心意，

说雪山下各族草原儿女，

正建设着晶莹与绿茵的疆域……

（原载 1983 年 10 月 19 日《甘南报》第 3 版）

找

齐运中

扎西的马夜间走失了，
老婆正朝他大声埋怨：
说"该找的地方全找过了，
连马蹄印也寻不见"。
他爬上千米高的山巅，
来到电视差转台前，
硬要小杨扭开电视，
要看看马儿走向哪边。
说"那里北京和外国全在眼前，
难道看不清百里草原"？
小杨说服不了他的固执，
只好扭开电视让看。
他看不见马下山还是上山，
眉宇间凝着一块疑团。
这是一个真实的故事，
谁说牧民的眼里没看到明天？！

（原载 1983 年 10 月 19 日《甘南报》第 3 版）

草原情丝

道吉坚赞

五月的歌

猛然辉煌了许多的阳光下
云飞起了又落下
染白了一块块草地
初绽的花挑逗着牧笛
一口气吹得那么甜蜜
使花朵颤抖的悠扬的笛音
可是带着初恋的惊喜
这正是羊羔撒欢
百灵激奋的季节
是孔雀开屏
等候春雷的时候
那牛栏边独自笑着的姑娘
你是否闻得一个喜讯：
迎亲的人
明天就要来临……

六月的歌

她从牧场归来
带着一身遥远的花香
听说羊羔儿长大了
不必再恋着你柔软的鞭梢
你从此唱起了六月的歌
那身花香可是给情人的礼物
我多想俯捧着你的裙边
羊羔似的沉醉于你的歌
这是六月的高唱
浸透了遥远的芬芳
不要总向羊群张望
你的歌尾早有许多人想添上

七月的歌

扬起令人惊叹的四蹄
唿哨声中
消失在云雾的远方
天边，一颗星闪亮了
可是骁勇的骑手
从海中
把它挂到天空
不必羡慕飞去的彩云

骏马自知骑手的骄傲

夜的篝火旁

等候者听到了马的嘶鸣

转眼间

火中便弥漫着扑鼻的

腊肉的喷香

八月的歌

难忘的

镶银的烟锅

刚健的

古铜的胸怀

晃动的

诱人的项链

亲切的

拖地的裙边

熟悉的

帐顶的炊烟

迷人的

月中的湖水

绞绕的

指上的发穗

蜜般的

草地的幽会

（原载 1983 年 11 月 9 日《甘南报》第 3 版）

友　情

格桑梅朵

友情，
以她温暖的气息，
融化了冬的残雪，
在心灵的大地上，
孕育出茵茵新绿。

友情，
以她纯洁的血液，
浇灌美丽的花朵，
在生活的原野上，
给你带来微笑。

友情，
炎夏里给你阴凉，
寂寞时给你歌声，
困难时给你力量。
——呵，友情！

（原载 1984 年 3 月 24 日《甘南报》第 3 版）

高 原 人

扎什旺价

高原人是太阳的儿女

襁褓中，就带着

烈马一般的脾气

任凭暴风雪扑击

阳光灼伤肌肤

他们从没有过昏睡

和秋雨一样的叹息

只是用哒哒的马蹄

耕耘起伏的草地

高原人

有着高原旷达的气质

脉管里

有着河流的呼突

视野里

有鹰翅下不羁的风云

浑圆的脊背

像山峰

代表着力的会聚

那厚实的肩膀

扛着高原泥泞的四季

（原载 1984 年 8 月 18 日《甘南报》第 3 版）

甘南啊，我心中的诗

丁玉萍

其 一

我梦的洁白的手臂
数不清，多少次
将你拉进我的怀里
我心的辕车
记不清，多少回
在你的影中漂泊
要走便走向你啊——
我生的摇篮
爱的田园

其 二

我是你月光里
一支永远纯净的牧曲
我是你晨曦中

一串湿漉漉的足迹

啊，我是被你吹去

而又唤回的那阵阵小雨

其　三

你化作许多股柔意

每天清晨

融进我纯真的微笑

你将情切的脸庞

贴在我的胸膛

映亮那里的无数个希望

我的日子

冲破时间的界限

流过你面前

其　四

你无尽的绿色

染绿了从我心底扬起的歌声

你清澈的小溪

涤净了我梦中的朦胧

你让牧村上空飞旋的鸽群

牵给我一片自己的蓝天

你让袅袅升起的炊烟

带给我蓝色的坚强信念

无论我走向哪里

无论我面临什么
我思绪的笔尖啊
总写着对你的思念

（原载 1984 年 10 月 6 日《甘南报》第 3 版）

马 背 上

王学纯

刚会跑，我们就

学会了骑马

骑在柳条儿背上

跑到天边，寻找

草原上的童话

第一次，我们感到

她的平稳，她的温顺

就像我们宽厚而艰辛的妈妈

不料我们渐渐地

在她的背上长大

也是第一次在小马驹背上

碰掉了一颗刚换不久的门牙

但我们不甘心，过早地

失去在她背上跳跃的天真

于是，我们学会了喝烈性的酒

用烈性的性格，征服

烈性的马

甚至用烈性，常常在

马尾上绾一朵烈性的雪莲花

（原载 1985 年 8 月 20 日《甘南报》第 3 版）

霞

杨家宁

太阳跳出大海的胸膛，
光明和红焰升腾在东方。
早霞承受朝阳的抚爱，
浑身焕发金色的光芒。

爱火烧在霞的心房，
她羞红了炙热的脸庞。
娇艳如带露的玫瑰，
红晕如初恋的姑娘。

她敬仰太阳经天的雄伟，
她热爱太阳光芒的辉煌。
哦，她羞愧自己的渺小，
甘愿悄悄隐去自己的形象。

夕阳失去了炙热和强光，
晚霞向夕阳露出了深情的目光。
她充满爱的甜蜜和执着，
燃烧得像烈火一样。

（原载 1985 年 9 月 28 日《甘南报》第 3 版）

故 乡 行

李　子

房子的数目增加了
小巷变得更窄更深
在石磊的场门口
我光腚捏过泥人儿的地方
聚拢着一大群村里人

不是为了欢迎我的旧别重归
也没有讥诮村里出了我这么个"洋人"
老大爷双手接过我递上的香烟
当年的伙伴却摆着手躲进人群
腰里别着"羊脚巴"咋不会抽烟呢
也许只有烈酒才能把旧情沟通

拖着鼻涕的孩子们好奇地围来
唤不上一个名字怎不叫人脸红
人们说淌鼻的孩子将来会有出息
真不知道我小时候有没有这样的征兆

年逾花甲的父亲背着手走来

没有说一句话，只是那么干咳了两声
眼神里除了夸耀还有几分嗔怪——
看人家和你同岁的，没当过"干部"
可那房子多洋气，那娃娃多心疼
嫂子担着两桶泉水笑语盈盈——
这次该多住几天，别再像过路的客人
全家人上顿下顿都吃的是白面
你的嘴再细也用不着担心
过几天就要吃新穗子拉的麦索儿
还要给你煮一锅青豆子尝一尝鲜
要是能等到八月十五庄稼上场，
就能带上新磨的冬麦面做的月饼

我背包里只有几斤大地方买来的便宜水果
空脚拉手，确实不好意思走进家门
那几页涂抹得一塌糊涂的诗稿有什么用呢
吟破了心，可算不得一个诗人

（原载 1985 年 11 月 26 日《甘南报》第 3 版）

哦，故乡

杨宇宏

我是空中的山鹰，

用我心中的爱，

护卫一块蓝色的自由，

为你日益茁壮的炊烟，

拓一片更宽广的宁静。

我是荒野里的小树，

用我绿色的信念，

制伏亿万颗苦涩的沙粒，

为你黄昏的梦境，

披一副春的斗篷。

我是沉默的野花，

我用我的无声，

变作寂寞的旷野的歌声，

早晨，我在地平线

和太阳一道，

引诱你的足步。

哦，故乡！

我是一支硕大的画笔，

我生命的调色板啊，

不仅仅为你的褪色准备着……

（原载 1985 年 11 月 30 日《甘南报》第 3 版）

雪山上的石头

卓 玛

沉睡在深山僻壤

难道梦就这样冗长

沉睡在深山僻壤

难道只有雪花的思想

叮叮当当

一阵急促的震响

生命燃烧着苍穹的寒霜

当黎明的风吹醒了草原的枯黄

每个牧人的牛角号哟

音乐般地吹响

——雪山终不是单一的思想

马群昂起头驮着牧人闪光的甜涩

一串串深深的蹄坑谱写着今日草原的印象

当蛮荒捶打着畜群的敦厚与温良

当雪沉重地压在你的胸膛

一串铁锤的叮当

震裂了骇人的狂暴

一双双带茧的手啊

把艰辛接过，哈一口热气

崛起一个伟大的思想

于是，草原便燃起了欢欣的火焰

（原载 1985 年 12 月 24 日《甘南报》第 3 版）

我们的土地

树　山

这是一块已经松软了的土地，
体现着阳光和蚯蚓的默契；
厚厚的冬雪早被春阳消融，
冰冻的土地已被蚯蚓松动。

这是一块播上良种的土地，
无数个绿色生命正在孕育，
因为人们的希望和命运，
将和破土的嫩绿连在一起。

这是一块充满希望的土地，
阳光和露雨在轮流值班，
雨后的天气是艳阳高照，
收获时金秋比春梦更美丽……

（原载 1986 年 2 月 9 日《甘南报》第 3 版）

三月情思

黄登中

当南方，

垂柳的鹅黄嫩绿，

胀破浓缩的冬天，

悄悄露角在枝头，

北方，哦——我的高原，

还是一片赤裸的苍白。

于是，通红的双手

虔诚地捧着一颗绿色的种子，

想播种在三月的阳春里！

没有锹，

就用双手抠土吧。

也许滴血的播种更富生命力；

没有春水，

就浇雪山的融水吧！

它与南方河一样地清澈，

既然是在高原上播种

就让北方质朴的深土孕育希冀吧！

当北归的大雁，

衔来一片南方的碧绿，

筑巢在北方的旷野，

或许，我的高原，

正开放着一簇簇火红的山丹丹

哦——三月我播种……

（原载 1986 年 4 月 1 日《甘南报》第 3 版）

洮 河

陈玉兰

托起每一片朝晖

收容每一抹晚霞

总是

默默地淌着

淌着贫瘠

淌着梦幻

淌着雨雪飘曳的岁月

无论是希望的光环

还是沮丧的泡影

你都淌走了

淌走花瓣

淌走落叶

可总也淌不走你自己

也许道路总是曲折

你选择了起伏地奔波

你不知疲倦地淌着

一无所取地流着

用自己纤弱的生命

支持着自己的信念

一个一往无前的信念

（原载 1986 年 5 月 13 日《甘南报》第 3 版）

草原上的诗人

马昆山

偌大的稿纸上

您耕耘在高原天地

您的笔

多像枣红马那不安分的奔蹄

在遥远的世界

疾骤地亲吻着草地

那些粗犷的男人和女人们

在您的眼睛里开拓流动

牛角尖上滑落的太阳

滴着血——

去感染寂寞

哦

草原夜曾遗落过许多星星

草原的早晨又生长许多星星

因为您

这发光的音符

背诵成一群永恒的生命

（原载 1986 年 5 月 13 日《甘南报》第 3 版）

拉卜楞寺感赋

阿　丁

一

殿阁嵯峨倚象山，
漓水右旋白螺滩。
铜管声声来紫霄，
金阙巍巍笼霞烟。
檐饰雕画艺千种，
楼藏典籍经万卷。
国中游客叹观止，
金发碧眼亦流连。

二

莲座山前百殿耸，
全赖万双茧手掌。
三十诸天身后事，
二百余载佛前灯。

强国安用三至宝，
富民岂言四大空。
莫教同胞再俯首，
疾步科技不世功。

（原载 1987 年 12 月 24 日《甘南报》第 3 版）

如歌的季节

边明非

抬起眼帘的时候
就见到草地困倦地瘫在那里
总有几匹青色马兀立风中
黄昏把它们的影子
涂成紫色

轻轻地合上一本书
胸中就蓦然涌出一个情节
好像是很久很久以前
正午的阳光纯白而干燥
我记得那些孩子扫了落叶
就匆匆走向别处的林子
下雪的日子就快来了

一个一个的季节
就那样在我的草地上
搁浅
桃形的帆优雅地游动

那黄了又绿绿了又黄的
是岁月不死的心

总企望一种颜色叫人平静
平静得使想象苍白
当月华重重淤结
就看到一把桨悄然滑动
那不可逾越的一瞬
灿烂而悠长

（原载 1988 年 1 月 30 日《甘南报》第 3 版）

沿着尕海滩

田　禾

没有时间没有歌声
没有河流
草地在我们身后
紧紧相随
我们勒马遥望
抬头是无鹰的天空
一动不动

只有尕海湖无边无际
碧绿而安详
我已走遍世间的草原
唱遍了世界的歌谣
昨天才到达尕海湖
没有篱笆没有卡垫
没有达力加山

我懂得每一匹马
都有一些神奇的经历

和它们自由的铁蹄

息息相关

马背上的尕海湖

马背上兀坐着风暴

流荡了多少年

黄昏里回荡的马嘶

温柔又激烈

黄昏时

我们跨上马背

尕海滩遥远无边

没有思念没有冰雹

没有走不出去的夜晚

（原载 1988 年 2 月 11 日《甘南报》第 3 版）

春　愿

丹真贡布

我那祖国积雪的屋脊
三部四茹古老的土地啊
你的久远，你的功绩
迫我千次地扩展胸臆
我像中秋沉重的紫色草穗
深深地、深深地一躬到地
我要拓一条心谷更为深邃
去盛放你今日的新光辉

春天的风吹拂着我听闻的枝叶
为我递送嫩芽的欣喜
说是从拉萨到四远
那六色春鸟正在奋飞
曾遭禁止出生的青稞
禁止响亮的歌曲
还有那禁止奔跑的骏马
被挟制的三十个字母兄弟
一齐随着春鸟的呼唤

从泥土里猛长
向晴空中展翼
在新的征途上迅跑
在新的篇页上
分娩出现代的崭新的词汇……
你呀你，幸运的土地
迎接着时代的大转机

雪山为冕，盛饰湖泊明珠的疆域
勉你的精进，奋发你的意气
去胜过那经传中的往昔
米莽的如椽之笔一旦挥运
终竟宣泄了诗学的天机
《央金欢歌》一雷惊天
卷帙中凛冽着雪域的气息
于是，马拉雅檀林吹送的香风
异国孔雀贵族气的尾羽
陌生的乌菠萝花的幻影
天界伎女纤细的腰肢
渐次失去他们的宝座
只在偏好者那里据守一隅

然而，那一切又算得了什么
比起你今天壮阔的行旅
雄浑的进行曲
古老而又新生的大地啊
在新的季节里吹你的熏风

向着同群放你自己的鸣唳
向着世界响你自己的雷声
撒你自己的虹
是的，祖国曾经这样嘱咐你
六色春鸟这样祝愿你

"拉萨净土界
只是蒺藜多"
这远祖以来不寂的警训
即使走在坦途也需时时诵习
新途上的捷足者啊
但愿我这是无谓的多虑

（原载 1988 年 4 月 9 日《甘南报》第 3 版）

致羚羊雕塑

老 薛

在楼群人潮之间

第一眼看见的就是你

你好啊，羚羊

一个跋涉者向你注目致礼

草原的图腾

传说的兀立

在你机警矫健的躯体上

过去与现在浑然一体

奔驰中的默立

惊奇后的欣喜

哦，是谛听改革的涛声

还是回味水泽草地的静谧

呵，是舍不得离开这儿吧

行动化作高耸的群体

牧羊人和他的妻子乘"幸福"驰来

牧马汉子骑"凤凰"飞来

都站在这儿与你合影

时代为你调好了最佳焦距

（原载 1988 年 4 月 26 日《甘南报》第 3 版）

我们是八十年代的高原人

拉茂杰布

是的，我们是高原人

我们有高原的肤色和气魄

我们有高原的不满和激昂

壮阔的高原

充满了我们的希望

我们的性格和我们的肋骨

我们的一切

有一半是高原有一半是阳光

我们慷慨地撒下雪域人辛劳的种子

我们喜悦地收获高原上

茂丰的欢畅

是的，我们是高原人

我们给黯然伤神的高原母亲

输送着儿女们滚烫的血浆

我们给徘徊奋争的同胞姐妹送去早春二月五彩的吉祥

我们把牛羊当舞伴把草原当舞场

和着时代变革的打击乐跳起高原人的快四步

是的，我们是高原人

我们依偎在珠穆朗玛的周围

耳根紧贴着高原母亲的胸膛

倾听她含泪诵唱

雪域人经历的岁月沧桑

雍布拉岗的荣辱

布达拉宫的兴衰

江孜古堡上的累累弹痕

多灾多难的三部四茹六岗

至今还在慢慢转经路上蹒跚的父亲

一次次被割裂与缝合的卫藏朵康

以及为之悲泣了千百年的雪域高原

在我们眼前展示出屈辱与荣光

我们这些神猴与罗刹女的后代

甘愿为雪山之域的腾飞而引航

是的，我们是高原人

我们站在祖国站在亚洲

以至世界的制高点

用最高的频率把我们的宣言向全球播放

我们，高原人

将开始一场灵魂的造山运动

（原载 1988 年 6 月 23 日《甘南报》第 3 版）

山　趣

——甘肃省少数民族文学创作研讨会全体成员浪山即兴

高　平

太阳把它的七种颜色，

分给了东舟山的花朵；

东舟山为了深深答谢，

托起了翠绿的海螺。

白云是这样情意绵绵，

总不肯和蓝天告别；

红草莓也成了红豆，

在爱的露水中是湿漉漉地合作。

那边看向天上的松林，

这边看向拉萨的林卡；

再看民族团结的道路，

和我们的胸膛一样宽阔。

（原载 1988 年 7 月 9 日《甘南报》第 3 版）

远处的城市（外一首）

阿 信

远处的城市
看是看不见的
只能想想
远处的城市
有许多跑动的车辆
与你的马不同
尽管马们
也能遍布草原
也能到达任何地方
据说远处的城市
有一些石头垒着的塔
树木撑起来的山
被人挤高的楼房
却想不出什么样子
想想还是
想不出什么样子

你依旧每天骑那匹青马

围着白石头山转悠

偶尔望一眼

林带下稀疏的帐篷

又要想一想

远处的城市

到底什么样子

有一个地方

有一个地方人们常挂在口上

有一个地方谁都没有去过

风雪来临的日子

羊群赶出去

或许就赶不回来

这种事情每每发生

很少有人

一辈子平平安安

蹲在帐房里的牧人

为此要沉默一个冬天

有一个地方人们总挂在口上

有一个地方四季如春水草丰美

可谁也没有去过

（原载 1988 年 8 月 13 日《甘南报》第 3 版）

草原的儿子

童　伟

我是在草原生的
就在那么一个蘑菇般的毡房
从此，我的脉管里流动着草原的血液
流动着草原的思想

我是草原的儿子
草原的儿子有着草原的强悍草原的畅朗草原的倔强
草原的儿子有着草原的坚韧草原的阔大草原的顽强
草原赋予我绿色
我便葱茏一片
草原结满金黄
我便有无限的向往
草原鲜花遍野
那是我多彩的梦乡哟
这片丰润的土地
孕育我的欢乐我的希望
我亘古不熄的信仰

我是草原的儿子

草原也有痛苦也有思索也有悲哀的时刻

草原也有柔情也有怀恋也有缠绵的情肠

草原的儿子会喊破嗓子地高唱

草原的儿子也会默默地凝望

而草原的儿子总是把一切都奉献给草原

连同自己豪迈的生命一起深深地融进碧绿的身躯

我是草原生的

就在那么一个蘑菇般的毡房

我的脉管里流动着草原的血液

流动着草原的思想

（原载 1989 年 2 月 24 日《甘南报》第 3 版）

走过玛曲

才旺瑙乳

那一天在玛曲看见多雪

天空中的一只鹰

大雪飘飘不停

那只鹰就在多雪的天空中

高高地浮游着

我仰起脸看它

雪落个不停

大雪落满我的面孔

而我在深深的积雪中

仰脸看它，看它漆黑一团的翅膀

如何浮现在我的满面泪光之上

浮现在我比雪山还要沉重的灵魂之上

玛曲冰冷

它就冷静地飘浮在空中

雪花在它双翅的犁动下

纷纷飘散，凋谢殆尽

在我的脸上化为冰水

浑浊地流动

我能够想到它在飞翔

或是凝止时的姿势

想到我的生命也是如此飘忽不定

显得沉重，在雪原上

在深厚的积雪中

无论飘浮或者静止

上升或者下沉

都会在深远的生命之后

变得若有若无……

但我不能够忘记这个过程

那一天的雪已飘得很远

而那只鹰至今还在我的记忆中

飘浮着，雪落纷纷

它仿佛被风雪抽落的一根羽毛

在我的灵魂中不断地

上升啊上升

（原载 1989 年 2 月 23 日《甘南报》第 3 版）

独在夏河（组诗节选）

枯　石

静　坐

这样坐着

冰凉的手胡乱地摸索

抬头看前方的山

低头静观身边的河水

眼睛成了两个空洞

潦倒的身子慢慢浮了起来

长久以来压迫我的影子

纷纷漂去

阳光一路而来

天空开始轻松

抬起头重新证实自己

清楚地看见过去的日子

安睡如母亲怀中的婴儿

人生多么美丽

给 梅 民

我意识到你就在对面

温柔的月光

纷纷扬扬

我知道你是一株草

抑或是草上的一颗露珠

明亮我的眼睛

使我身后的影子

消散殆尽

唱首歌吧

你的美丽让天空很深

深得我模糊一团

最后化成一丝丝风

渗进你没有防备的灵魂

我明白你对每个港口

都充满了信心

我要成为深夜里的浮标

让你永远摆渡在风风雨雨

最后流下泪来

而后累倒在我惴惴不安的眼睛

哦！民民

这 一 生

深夜，白日的温情消失

不愿孤独的我

面对镜子看见身体的里层

生活平淡无奇

这草原小城

在多思的月光下闪闪发亮

很多人坐在长椅上欣赏明信片

我很早以前学会了喝酒

此时坐在镜子里

等待明天的开始

这一生命中注定

我要在等待中消散

但心甘情愿

为这具有永恒的等待

献上我的整个生命

在人类思想里流浪

何须归期

（原载 1989 年 6 月 17 日《甘南报》第 3 版）

夏日的合作镇

曹世清

街上流行红裙子、健美裤

于是夏日成了姑娘们的世界

各种流行色向大街小巷展示美

费翔、苏芮正大声叫卖

《故乡的云》和《跟着感觉走》

于是跟着感觉走的人们

都把身姿表现得颀长优美

太阳风华正茂

把花花绿绿的伞阵从南方调来

于是防晒霜与增白粉蜜

尽情在男人和女人间流行

夏日里路灯很调皮

专照路旁依偎的情侣

于是一对对的情人们

经常躲到南山林里私语

夏日里自行车铃特别响

匆匆地上班匆匆地等待星期日

夏日的合作镇成了活泼的小伙、姑娘

彩色的季节在高原上飘荡

（原载 1989 年 6 月 29 日《甘南报》第 3 版）

田野上的牛铃声

张世虎

叮叮当当

叩醒静静的田野

叩醒红土地上春天的憧憬

抖落岁月的尘埃

抖落沉默的期待

抖落纷繁的季节

叮叮当当

在爷爷的吆喝里响着

在父亲的叹息里响着

在我的焦躁里响着

响在故乡古老

而沉缓的生活

田野上的牛铃声哟

一幅褪色的风情画

声声拽不断的苦涩

（原载 1989 年 6 月 29 日《甘南报》第 3 版）

黄河上游

王　慧

浑浊的河水

使天上的云朵

更加苍郁

每条支流

都有一些以牛毛制成的黑色毡房

即使诡秘而火热的夏季

也渗不透雨水

保护全家老少

过平静的日子

偶尔与山那边一群

发生纠纷

男人便扛起猎枪

走得更远一些

而女人和孩子

留守帐篷

唯一的旱季

是冬天连绵大雪

死去的牛羊

使黄河越来越干渴

载不动摆渡的季节

人在远方

把一幅幅风景画

欣赏得越发动人

（原载 1989 年 10 月 17 日《甘南报》第 3 版）

西部的草原没有墙

苗志红

畅想是没有围墙的草原
骑一匹骏马就能把黄昏驰骋

夜晚的草原静得好甜
在西部没有围墙的草原
女人们安静地在清晨与黄昏
吟唱着不老的岁月

西部的草原没有墙
门口拴一条狗便是女人的胆量
女人的向往并不是星星和月亮
女人的思念是西部的太阳

西部的草原没有墙
女人嚼着泡泡糖的乐趣
能把日子从早嚼到黑
捻着细长的牛毛线
就能拉出一段有滋有味的家常

（原载 1990 年 11 月 13 日《甘南报》第 3 版）

我紧紧拥抱雪山

——西藏纪行

丁　克

我乘着万顷之涛，
不是为了寻找雪域的神秘，
是为了用心紧贴雪山；
不是为了当爬过屋脊的英雄，
是为了心中的爱更醇更浓……

我站在布达拉宫的阶梯上，
抚摸着一块块垒起的大青石，
像摸到了我民族挺拔的背影；
沿着宫墙迈开坚实的步伐，
如踩着雪峰铺展前程……

我怀着深深的敬意
看那宫墙上迎风的几簇小草，
连它也别有一番骁勇，
就因它深扎在屋脊的石缝中，
才敢迎斗突来的狂风！

我不会空唱崇高的赞美词，

但我紧紧拥抱雪山

不！是雪山把我拥抱在怀中，

给我做一块青石的荣誉，

给我一棵小草迎风的勇气……

（原载 1990 年 12 月 22 日《甘南报》第 3 版）

山里姑娘

来全明

山里姑娘走进城里
脸上多少惊奇多少叹息
东商店出来西商店进去
一块钱捏在手心出了汗珠

山里姑娘走进城里
浑身洋溢着乡土气息
粗糙的双手握着朴实
黝黑的皮肤不能和城里的小姐比

城里姑娘穿的是健美裤
发型一个接着一个梳
山里姑娘穿的是宽腿裤
长辫子留着心里美滋滋

山里姑娘走回山里
拿起镰刀铁锄
托起朝阳送走夕阳

迷恋山里的一草一木

山里姑娘走回山里
心里有一种说不出的踏实
踩着泥土耕种新绿
沉甸甸的果实是她们的希冀

（原载 1992 年 6 月 4 日《甘南报》第 3 版）

雪山之舟

——写给家乡的白牦牛

迭目江腾

最先触到雪山的体温

深味主宰一切

透骨彻身

怎能冻结心头的曲影

白牦牛的蹄印

速印动人的春秋

黑头人的汗渍

重版其衍生的字句

坚硬的骨架

弹奏天生的性格之调

瞳仁中的幻影

纵横出了那分坦荡

从无法冻结的黄河

飘归着那些精灵

哞——

将冬之怪影送得甚远甚远

（原载 1994 年 3 月 31 日《甘南报》第 3 版）

肩章，我的名片

傅兰芳

没有铅字的印记

没有耀眼的级衔

可这金铸的符号象征

拥有比金钱更为可贵的蕴含

哦，大檐帽下鲜红的肩章

就是我倍感骄傲自豪的名片

呵，肩章，我的名片

五星与红旗交辉的图案

镌刻着共和国曾经出生入死的庄严

浇注着需要我们誓死捍卫的神圣召唤

也深深倾注融会着

我的职责我的追求

和报效祖国母亲的

一腔火热信念

呵，肩章，我的名片

人群里，我是春风

黑暗里，我是明灯

法庭上，我是天平

罪犯前，我是利剑

虽然，我的工作清苦

事业之路充满坎坷艰险

但我从不懊悔也不抱怨

我知道，如果失去廉洁

就连肩上的国徽也会变得暗淡

呵，祖国把重托放在我的双肩

我以一个卫士的名义起誓

为了肩章的鲜亮辉煌

我要真诚地献给祖国

一腔如火的情愫

一副赤诚的肝胆

因为，我的名字叫

人民检察官

（原载 1995 年 12 月 19 日《甘南报》第 3 版）

首曲变奏

王陆建

蓝色的梦幻

抖动春的双臂，

捧出心的月亮，

雪域女神哟，

绽放春的风姿。

渴望流动着的力量，

神秘催醒着祈盼。

那殷殷滚动的春雷，

是女神感奋，

万马奔腾的蹄音。

神奇的玛曲哟，

涌动着黄河源头，

蓝色的梦幻。

美丽的家园

唐蕃古道的故事，
激荡着今天的河流，
演义在现代文明的
草原新城。
可曾望见
松赞干布迎亲的猎猎彩旗，
可曾望见
文成公主入藏的金轿，
游移于雪域蓝天的阳光下
……
这里的子民们承沿着
昨天的，或前天的历史，
创造的灿烂。
彩色的毡房，皑皑的雪峰，
如画的草原，
绿色的世界，
这人类文明的乐土，
敞开新世纪的胸怀。
把黄金留给别人，
把牛羊留给自己，
这就是雪域的承诺。
雪域女神哟，

被英俊的王子拥抱着

永远徜徉在如痴如醉的草原，

多少动人的故事，

将在黄河岸边流传……

（原载 2000 年 7 月 9 日《甘南报》第 3 版）

则岔传说

云丹龙珠

一个美丽的传说，一幅奇妙的景观。

植根于草原深处，飘游在林间峡谷。

则岔——神秘的自然风光，

尖峡——难测的天险奇象。

你曾被湖海搅扰，你曾遭恶妖作祟。

是格萨尔为民除害，用圣剑把顽岩劈开。

流走了污浊湖水，逐出了作孽魔鬼。

从此留下了尖峡雄姿，从此留下了英雄故事。

熬过一冬又一冬，迎来了一春又一春。

那拴马桩、马蹄印，那马鞍石、箭穿峰。

仿佛格萨尔就在眼前，似乎这岁月并不遥远。

（原载 2000 年 8 月 13 日《甘南报》第 3 版）

七月，我的母亲

达德文

七月，我的母亲正在属于我们的田间劳作
北方的田里生长着小麦
那是母亲亲手播种的一片麦地
母亲说：等小麦收割的时节你们就回来了

七月，我的母亲正在属于我们的田间劳作
田里的小麦已经开始拔节
母亲的手掌里攥满杂草和野麦
母亲说：小麦收割的时节你们就回来了

七月，我的母亲正在属于我们的田间劳作
母亲没有上过学母亲不识字
但母亲认识和小麦长得一模一样的绿军装
母亲说：等小麦收割的时节你们就回来了

七月，我的母亲正在属于我们的田间劳作
母亲日日劳动着
手掌里攥紧小麦还有她的希望

　　母亲说：等小麦收割的时节你们就回来了

　　七月，我的母亲正在属于我们的田间劳作
　　我们都不在母亲身边
　　我们只记着母亲的叹息
　　母亲说：等小麦收割的时节你们就回来了

　　　　　　　　（原载 2004 年 8 月 15 日《甘南日报》第 3 版）

梦

王丽霞

梦中
一匹雪白的昂首的
骏马
洒脱地飞奔在无际的
草原上
不知疲惫
偶尔一声长啸
是对草原——
它的母亲
最简单豪迈的依恋

梦中
一只雪白的展翅的
鸽子
轻柔地飘过明净的
天空
永不徘徊
带着一串哨声

是对天空——

它的母亲

最直接响亮的赞美

梦中

雪白的小鱼

慢慢地滑过幽深的水底

不懂后退

随意地吐着一串串

珍珠

是对海洋——

它的母亲

最温柔甜蜜的吻

只是

渐渐地

草原枯老而狭小

天空苍白而沉重

每一滴海水

是苦涩的泪

当一个血泪斑斑的

生命

轻叹光阴的无常时

在风雨中

忘记了它的存在

（原载 2005 年 4 月 17 日《甘南日报》第 3 版）

怀　念

才让东珠

有一种怀念

在我梦幻里

萦绕了二十年

它像春天的一缕阳光

在灿烂的季节里

充实我美丽的心情

无论黑夜与白昼

一个身影却总是

牵肠挂肚

时间匆匆流逝

它却显得历历在目

有一种怀念

在我生活里

伴随了二十年

它像夏天的一股暖风

在寒冷的角落里

吹干我忧伤的灵魂

无论快乐与痛苦

一分真爱却总是

抚慰我心

随年龄的增长

它却显得真真切切

有一种怀念

在我心底里

埋藏了二十年

它像秋天的一朵菊花

在寂静的日子里

填满我空虚的记忆

无论天涯与海角

一分恩情却总是

难以忘怀

随世事的变迁

它却显得越来越重

有一种怀念

在我憧憬中

闪耀了二十年

它像冬天的一团火炬

在寒冷的岁月里

传递给我足够的力量

无论现在与未来

一个期盼却总是

欢欣鼓舞

随脚步的迈动

它却显得坚定不移

（原载 2005 年 5 月 15 日《甘南日报》第 3 版）

甘南姑娘

闫苏奴东主

甘南姑娘

苗条的身姿

犹如首曲第一弯

甘南姑娘

粗黑的长发

犹如悠悠洮河

甘南姑娘

灿烂的笑容

犹如珊瑚的光泽

甘南姑娘

清脆的歌声

宛如林中的布谷鸟

是她们的美丽

增添了草原的生机

是她们的勤劳

造就了高原的风景

是她们的善良

沐浴了游子的虔诚

是她们的微笑

陶醉了艺人的情怀

甘南姑娘

你是我

梦牵魂系的雪莲花

永远芬芳在家乡

这片神秘的热土

（原载 2005 年 6 月 5 日《甘南日报》第 3 版）

母 亲

付爱琳

母亲天天梳头
把她的故事越梳越长
母亲的头发脱落时
我听到了
秋天来回走动的声音
母亲的脚
走在跌跌撞撞的岁月里
她仍然伸出一只手让我
在她宽大的手掌里长大
在岁月的风景里
母亲站成一棵高大的树
艰难的日子里
为我遮风挡雨

（原载 2005 年 6 月 5 日《甘南日报》第 3 版）

雪域礼赞

捏贡·贡保杰

雪山在高歌，
不再乏味诵经
湖泊也劲舞，
不再坐禅求静
古老的雪域，
在新世纪的风波里飞腾
亲人啊，
远在异乡的亲人
愿你早日觉醒，
雪域繁荣的明天
呼唤我们
同负历史的使命！

大地在巨变，
不再循守旧尘
江河也咆哮，
在新世纪的浪潮中奋进
亲人啊，

远在天涯的亲人
盼你早登归程，
雪域富强的明天
赋予我们
共建历史的奇勋！

（原载 2005 年 8 月 28 日《甘南日报》第 3 版）

格桑花盛开的一天

一多·佳星

第一次看见她的那天
就是格桑花盛开的一天
灯光灿烂的那个城市里
从没污染过的一个角落
月光还是那么明亮
我突然想起传说中的
德哇拉毛

第一次听见她百灵鸟
一样的声音
就是格桑花芬芳的一天
我啊！
开始梦般地幻想
欣赏另一个果园
聆听她那优美的歌声

对了她要回去
回到我日夜思念的地方

如果她要归来
进入我的门
让她知道我的心房是
蓝色的

第一次送她离去
就是格桑花散出花蕊的
一天
多年等待的小蜜蜂
留下深深的印迹
今天明天还有后天

（原载 2005 年 11 月 27 日《甘南日报》第 3 版）

静　夜

孙于斐

在我的记忆里
你始终是世外桃源
车轮划过的地方
幽香纷落如雨
溅起一片花瓣
一片似水的柔情

我在你如雨的幽香里
扬眉吐气
如果你是一口刚出土的
马家窑文化的陶罐
我就是陶罐里的一滴
曾窖在地底八千年的
老酒
醉翻了天下的男人

一轮皓月隔着薄云
窃语光明

并带秘而不宣的诱惑

执着无期地奔走

而你玉色的瞳孔

深不见底

沉不了别人

却将我沉得最深

吸满思念的笔端

呼出真诚的诗

一首，一首……

慢慢地把我垫起

在我的记忆里

你是世外桃源

（原载 2005 年 12 月 18 日《甘南日报》第 3 版）

美丽的牵绊

燕 子

相聚是别离的春天

等待是孤寂的诺言

你是我永恒的蓝天

时光消逝

落叶就是证据

千头万绪

我一时无从打理

捡拾起一片片回忆

无法逃脱你的名字

恨这长长的秋季

为什么总是被雨浸湿

（原载 2006 年 12 月 10 日《甘南日报》第 3 版）

赛庆梅朵

乔文瑜

高原的赛庆梅朵

在料峭的春风中

探出它娇嫩的身子

在与风雪的磨砺中

茁壮成长

高原上的赛庆梅朵

在海拔三千多米的雪域

身姿更加袅娜

多像高原上的藏家姑娘

让笑声在希望里荡漾

盛开时的赛庆梅朵

星星点点

点点星星

似繁星泼洒草原

似赶赴一次美的盛会

撩人的赛庆梅朵

在姑娘们黑色的辫梢间

翩翩飞舞

哦，高原上的赛庆梅朵

（原载 2006 年 12 月 10 日《甘南日报》第 3 版）

念 想（外二首）

草原河

谁也无法阻止我对金秋田野的念想
秋天，让人想到收获，想到果实
想到与丰满有关的词语，还会想到
多年以前父亲离我而去的那一刻
满院的菊花正在盛开
我们用眼泪冲刷了金秋十月
又是秋天，我更无法阻止对你的念想
哪怕轻轻的一个微笑
也能填补我的苍茫

影 子

我从一座山峰上下来
坡上的花很娇小但很艳丽，天空中有大鸟飞过
那些闲暇的人们没有顾及一双有力的翅膀
在空中做出美丽的姿势，然后飞过山冈

大鸟飞去的方向应该是

那遥远的香格里拉和西双版纳

那四季如春的都市中也应该有我

我要拥抱着我的影子被云贵高原的风儿吹动

最终还是要飘落在草原，我心中的家

在一座帐篷前我安顿下孤单的自己

看那些外地人跳起欢快的锅庄

一直到篝火渐渐熄灭

秋　天

昨夜在梦中我听见门前那条小河结冰的声音

很像你的脚步声，在这个秋天咯吱、咯吱地远去

天气开始变冷，草原上的晨霜像银色的月光

不敢去碰撞那大片的晶莹，一不小心

怕露出丝丝冰凉。我不愿意让冬天很快就到来

因为牛羊刚搬到秋季草场，重要的是

格桑的长相和你一模一样，丰满得像金秋的果实

安静啊，偌大的村庄

太阳刚刚升起，那大片的晶莹像一颗颗泪珠

在金色的草叶上滚落

滴答、滴答……

（原载 2009 年 12 月 11 日《甘南日报》第 3 版）

陪读的老人

夏家立

陪读的老人

满脸沧桑

岁月的印痕深深地刻在她的额上

手握经筒

神态安详

夕阳中的老人脸上一片金黄

让岁月变成永久的记忆

让身影凝固成一尊古铜色的雕像

四周一片寂静

一个稚气未脱的孩童

那是老人的孙子

正在书本里寻找着宝藏

老人的双眼

正在深情地注视着远方

是在回忆美好的过去

还是在眷恋着牛羊和牧场

天际下山峰旁

一只鹰正在展翅飞翔

（原载 2007 年 10 月 19 日《甘南日报》第 3 版）

翅 膀（外二首）

阿 忆

秋天抵达了道路的尽头，
牧人体会到了最初的深深秋意。
一片叶子提前到达草原，
骤然升高的是雪峰和阳光，
以及在峰顶向月亮膜拜的经幡。
这匹古老的白马就奔跑在原野上，
这条古老的黄河成了它唯一的道路。
玛曲，盛开的果园是美丽的期冀，
万物的盛衰，
犹如白马和黄河渐渐遁去的幻影，
犹如暴烈和湿润穿过我空空的躯体，
鱼类和卵石在亘古的恒温中
失去了朝思暮想的远方。
玛曲在匆忙中，
聆听了一千零一只翅膀的飞翔，
这是谁的孤独和遗憾。
鹰群在苍茫中黯然远去，

骤然上升的是海拔和高度，

是我灵魂深处点燃的灯盏。

虚　构

可以想象，

一场雪崩来临之前，

羊群有过怎样地惊慌与不安，

一只狼有过怎样地冷漠和麻木。

这是巴颜喀拉山的南面，

同样的一片草地上，

我却看到了一群恐惧的失败者，

和一个傲慢的胜利者。

这是无数个冬天里的细节，

有些灾难带来了日益深重的阴影，

有些意外却给孤独者带来了

绵延不绝的生机。

可以想象，一场雪崩，

让一群羊和一匹狼显现原形，

把我的文字和思想，

逼上绝路，

经历了艰难的再生。

鸟　歌

第一首歌叩响我的门扉

我的头发开始飘落

那只雪白的鸟儿

连那孤独的哨音

终于在我的掌中忧郁地死去

不知是谁

在我的背后学了声鸦叫

我成了发呆的聋子

夜潮湿的影子堵塞了路

我的歌

和鸟一样忠诚地死去

从此

我就躺在鸟的巢中

看一场雪

淹没我的声音

（原载 2009 年 12 月 25 日《甘南日报》第 3 版）

家　书（组诗节选）

桑　子

NO.1

如果我活着

是你的幸福

那么，我活着

好好地过完一生

从此往后

再也不去陌生的街头

眺望迷茫的远方

再也不去喧闹的城市

独自孤独

然而所有的生命

都会死亡

如果我的死

会成为你的灾难

那么，请告诉我该怎么办

在苍茫的草原

秋天的风

送来了你的声音

在高高的天空

你微笑着凝望我

淡淡的表情

给我温暖

我想告诉世界我的一切

可是涌上心头的

全是泪水

秋天的叶子

纷飞而落

那些小茧们

贴在大树之上

能告诉我这是夏天的

第几只蝴蝶

能告诉我凋落了的

又该是夏天里的

第几朵鲜花

在苍茫的草原

我活着

可是我不能给你任何帮助

不能帮她们

安度冬天

我只能在这里等候

等候明年的第一朵花

悄悄开放

等候明年的第一只蝴蝶

如约飞过

NO.4

亲爱的人

当昼夜不消不长

当我们的被窝清虚阴冷

当骨头成为自己的家乡

而精神却在尘外俯仰

亲爱的人，我爱着你

我们的身边

已经有了许多绝快平生的事情

更有我们的孩子

我们还有天音浩荡在心魂

当我们的骨头清夜扪心

善意像春园的青草一样滋长

我们的身心性命

原来到处都可以安居

亲爱的人，我爱着你

现在，黄昏的光辉秀美精进

而我正默默地看着你

看着这人世间的万物，不惧不怖

我们的夜已经足够漫长

但我的怀抱里却是暗香浮动

你也无意于高逸的门槛

就在我平民的怀抱里

终老一生，听我真浅的丈夫心脏

时刻向你趋近的声音

是，是的
是的，我爱着你

NO.37

晚儿，我爱你
因为有了你
桑烟松雪，我也能内心尽知
凄风冷月，我也从不志意酸怆
你使我幸福
使我咀嚼着春的花衣
冬的梅香，使我安于天偏地远
俭居甘南。当浮世被秋虫翻动
太阳照耀始终，像乌托邦的远景
当我胸怀旷远
与你笑谈浮云黄鹤
晚儿，我爱你
我们即是父女
更像是朋友，尘海茫茫
我们就这样隔年遥和
共同驾驭着浮世的舟楫
虽然我会老迈，而你新驹依然
然而你的淳朴天然
却使我四时称快
使我尽收牢骚。现在我绕过荆棘
善待着尘世的恩惠
我看见了繁盛并没有从草原逃遁

当你低语与耳哝

当亲情百回肠转，像轻轻的微风

轻抚着我的秃顶

夏天的虫豸叫得多么热烈

晚儿，我爱你

我就想尘封了玉碗

与你沿街去听北里的歌声

分辨自然的清浊，远离污秽

让我为你掀开可能高悬的夜幕

送去晚归的风鼓

打碎经年的窠臼，把鼓点散于楼馆

散于合作的东一路

散于这肃然的太平街

让我们与士农工商相交

收起飞举的羽翼，开门启钥

让我为你净面洗脚

进入梦乡，进入平民最平常的一夜

（原载 2010 年 4 月 9 日《甘南日报》第 3 版）

如果我知道

王有萍

如果花儿知道，在这场大雨之后
必定褪尽鲜艳，叶子也会沾上污泥
如果泥土知道，饮尽甘霖尝过酷寒
才能孕育更丰美的生命
如果繁星知道，在黎明之前终将归隐
如果大地知道，无论闪电或雷鸣
都将刺痛心脏
如果万物知道，生长就预示着死亡
那么，选择就是一个问题
就像花儿明知会凋零却依然选择了绽放
就像繁星明知短暂的光亮也会坦然相照
就像大地历尽分娩的痛苦才有母亲的怀抱
百花的齐放和万鸟的朝拜
就像万物以生命的庄严相知相恋并相惜
如果没有白云追随着蓝天，如果不是绿水
相伴着青山
如果没有风也没有雨，也没有雷霆的龙颜
和电闪的威慑

那么就不会有千树万树的惊喜和彩虹的花

也不会有离离的芳草惹人愁绪

也不会有飒飒的木叶和生烟的波

那么单调将是最好的描述

如果我知道，垂垂老矣也是我多年以后的写照

如果我知道，过去的一切将不复重回

无论选择遗忘或是铭记

如果我知道，恣意的张扬只是在耗竭生命的能量

如果我知道，生命中的苦难远比幸福要长

我仍然愿意做个凡俗的女子过这凡俗的一生

泛舟碧湖，采些莲叶，吹些小曲述说些平常的愁闷和悦喜

（原载 2010 年 7 月 9 日《甘南日报》第 3 版）

小　城（外一首）

陈劲松

她是小草的，

也是马兰花的。

她是澄澈的阳光的，

也是积雨的云朵的。

她是扎西与卓玛的，

也是一个路过的异乡人的。

她属于花香，

也属于鸟鸣。

她属于翠绿，

也属于宁静。

在六月，谁听到

一朵格桑细小的、微凉的嗓音，

她就是谁的。

草　原

六月，在甘南，

万物都有清脆的歌喉。

马兰花歌唱的，也是青草与云雀歌唱的。

在草丛里坐下的扎西与卓玛

是两朵依偎着穿越尘世的格桑花。

远处的那两头牦牛，一头纯白，一头纯黑。

它们的鼻息，宁静而安详，安抚了我诗歌中

喧嚣的白天与黑夜。

（原载 2010 年 7 月 23 日《甘南日报》第 3 版）

走，回我的林子里去

苗引林

走，和我一起
回我的林子里去
远离城市的喧嚣
和尘世的烦扰
在那里，我们风餐、露宿
睡在没有尘埃的草叶之上
在任何一棵树旁
我们都能安营扎寨
我们和每一只野虫对话
与每一棵草木共话桑麻

走，回我的林子里去
莫要犹豫，无须彷徨
辗转的人生
已消隐于时间的花蕊中
忘却曳裙而过的爱情和忧伤
丢掉所有的背包
我们赤脚，两手空空

像一座寂寞的城

走，回我的林子里去
就是现在，即刻我们出发
去那晨风永远在吹的地方
听画眉、野麻雀的鸣唱
晨起观雾，暮时看云
不再感叹那些值得珍惜的光阴

走，回我的林子里去
这不是请求
也不是命令
这只是一份永久的暗示

（原载 2010 年 12 月 5 日《甘南日报·羚城周末》第七版）

怀念从前的时光

高次让

从前的时光里面，我们是主角
在雪盖大地的时候，我们徒步登山伐木
在夕阳中拉回木头，给心上的妹妹建房

从前的时光里面，我们是主角
在鲜花铺满山冈的时候
我们进山挖蕨菜，采来达玛梅朵
迷蒙的细雨中，唱着歌回家
围在火炕边上生火取暖，谈情说爱

从前的时光里面，我们是主角
翻过旧年，在春天还没有来的时候
聚集在场院里面
打打秋千，试试运气

从前的时光里面，我们是主角
跟在黄牛和马匹的后面
穿丛林，过草地，翻越山冈

看着越来越多的牛马汇聚成海，自由恋爱

从前的时光里面，我们是主角
我们送走一个又一个爱恋的老人
迎来一个又一个娇嫩的婴儿
渐渐地头发花白，心绪苍老
从前的时光仍然年轻如初，光洁无瑕

（原载 2012 年 4 月 27 日《甘南日报》第 3 版）

枫叶的信念

冰 鼎

腊子口的猎猎劲松，
展示着中华民族的尊严。
试问山崖上哪一块石头，
不是一部长征英雄传？
难道中国的山只会挽弓射大雕？
不，翠绿的腊子口捧出，
燎原似火的枫叶。
该冲锋时，石头上流动着红星，
该作战时，石头都是弹丸。
——这正是五角枫叶的颂歌，
——这正是一块石头的信念！

（原载 2012 年 7 月 27 日《甘南日报》第 3 版）

雪　地

杜曼·叶尔江

三月还没有开始
祁连山腹地牧场积雪
还没有完全融化
松树的根系像春天的静脉
我的太阳统摄万物

我拨响了残雪
阴影的谱子

我挣脱了
我自己的枷锁

初秋草原的阳光
跨河游走的落雪
收走了
我感觉中的牧场

我从阿尼玛卿山

来到故乡祁连山

骑马狂奔

去寻觅祖先的遗迹

曾经

失落的菩提树

曾经记忆中

有几株菩提树

倾听寺院诵经声

残雪中绽露寺院的痕迹

仿佛巨大的脚印

（原载 2012 年 9 月 14 日《甘南日报》第 3 版）

我该如何安放你

麦 子

我该如何安放你
安放这叶片一样的孤单
安放你灵魂的密语
还有低到尘埃里的
一个人的独舞

我能带来的只有这些
微不足道的快乐
或许可以点燃黑夜的眼睛
可以让阴影里的草
开出一朵紫色的花

超越时间的轮回
我们，像同一株树上飘落的
两枚相似的叶子
有着相似的血统
骨子里的孤单
让我们亲人一样
彼此靠近

（原载 2012 年 12 月 21 日《甘南日报》第 3 版）

不朽的喇嘛崖

李德全

一座雕像，一座年迈母亲的雕像，
你历经千锤万凿，如今已是百孔千疮。
即使穿越了一千三百多年的风霜雨雪，
依然有人在你即将坍塌的骨骼里刮肚搜肠。
依然是凛冽的岁月剥蚀着你日渐枯槁的容颜，
依然是洮河水映照着你遍体的伤痕与沧桑。

你的孩子们离你而去，走过了北方，
走进了中原，走进了宫廷，走进了汉唐，
以龙的雄武和凤的威仪展示了喇嘛崖的辉煌。
他们叫龙飞凤舞，他们叫曲水流觞，
他们叫八仙过海，他们叫踏雪寻梅，
他们叫天女散花，他们叫苏武牧羊。
他们是洮砚人祖祖辈辈用血泪滋养的孩子，
他们用灵魂铸就了洮河绿石砚遥远而凄美的故乡。

喇嘛崖，一座千年不朽的艺术丰碑，
静静地站立在华夏版图一隅而熠熠生光，

以绿如蓝润如玉、能淬笔锋利如锥的精美，
让柳公权论洮砚，让苏东坡题砚铭，
让乾隆皇帝把酒弄墨兰亭砚，
留下一句"比之旧端，郊寒岛瘦"的辞章。

喇嘛崖以其丰厚和滋润养育了洮河绿石，
洮砚人又以其聪明和智慧成就了洮河绿石砚，
这精美绝伦的洮河绿石砚，就是
以其小桥流水般的婉约和大江东去的豪放，
使多少墨客妙手著丹青，
使多少文人千古留绝唱。

我走过一百七十四公里的悠悠洮河，
割舍不了的依然是这座令人敬畏的喇嘛崖，
面对千年不朽的山崖，听长风凛冽如歌，
看苍山为你做伴，日月为你增辉，洮河为你引吭。
可你隐忍而冷峻，静静伫立于万千苍生之间，
仰天遥望，你留给我的依然是无尽的慨叹和悲伤。

你看那水泉湾一道道长长的流沙，
犹如飞流直下三千尺的惆怅，日夜为你倾诉衷肠。
你看那长河落日的云隙里洒下的那抹余晖，
又如白发三千丈的愁思，为你悲叹，为你忧伤。
那曾映照过唐宋的明月，还能依然朗照？
那曾开放在明清的奇葩，还能溢彩流芳？

每当洮水流珠穿越石门金锁，喇嘛崖

深深烙记着每一块石头悲欢离合的故事；
每当毛桃花笑遍河湾山岭，喇嘛崖
粉红色的记忆里依旧是鲤鱼跳龙门的渴望。
喇嘛崖，你有一段长峡般绵延不断的梦，
梦里依旧舞动着蜿蜒千年的龙凤呈祥。

喇嘛崖啊，在水一方，你的独处俊秀而悲壮，
你用坦荡的胸怀，抚慰着洮砚人家的酸甜苦辣，
你用无私的奉献，圆满着洮砚人家的人生梦想。
你是一座艺术的丰碑，你是一座母亲的雕像，
只要青山不老，喇嘛崖就会承载洮砚千年的厚重历史，
只要江河不枯，洮砚人就会实现龙腾九州的艺术梦想。

注：兰亭砚：洮河绿石兰亭砚，清乾隆皇帝御用并珍藏精品，现存台湾故宫。

（原载 2013 年 7 月 12 日《甘南日报》第 3 版）

甘南的雪

曹建军

甘南的雪
司空见惯了
习以为常了

这一场雪从天空飘来
它为何这般匆匆忙忙
又为何覆盖着这个莽原
是为了山脉中那一跳动
还是为了那一束年复一年的花朵

甘南的雪
就这样飘着
站在山冈
它向你弥漫
伏在平川
它还向你弥漫

你用身躯

你用体温

与它共同融化

来年这里一定有最美的故事

甘南的雪

就这样年复一年

就这样仿佛是一场雪

又仿佛不是同一场雪

那花儿开了又谢了

谢了又开了……

仿佛是一个故事

又仿佛不是一个故事

甘南的雪

是每个人的记忆

又是记忆中的每个人

每个人是一朵雪花

一朵雪花又是每个人

甘南的雪

那不再遥远的嫩芽

分明要染绿整个山冈

那如光的花期还会遥远吗

甘南的雪

司空见惯了

又习以为常了

是一场雪

又不是同一场雪

（原载 2014 年 1 月 17 日《甘南日报》第 3 版）

萌动的春天

严文涛

天空脱去灰重的厚衣

换上了轻轻的蓝纱

大山褪去雪的厚被

活泛起来了

太阳的手暖暖的

抚摸着大山的头

从山顶倾斜下来

流进田野，流进村庄

村庄在暖阳中沐浴

阳光钻进房子里

披着太阳的人们

脸像太阳一样

溢出了温暖和欢喜

树木的枝条开始变得灵动

小草争先恐后往上蹿着

人们展开双臂拥抱太阳

微笑着跑向春天

（原载 2014 年 4 月 25 日《甘南日报》第 3 版）

聆听暮色

斯琴卓玛

此时此刻
高原大地被镀成了金色
牧羊人披着霞光回家
这些成群的牛羊也悠闲地回家

此时此刻
高原的夜即将拉开序幕
牧羊人的家会顿时温暖无比
我要借着春风的羽翼
聆听高原大地温馨的声音

此时此刻
那些刚刚发芽的小草
会在华灯初上的瞬间
安然入睡
那些孕育着春梦的格桑
亦会安然入睡

（原载 2014 年 4 月 25 日《甘南日报》第 3 版）

卓尼土司

沧浪之水

院落里睡着土司
睡着土司的女人
院落里兀自盛开杏花桃花
兀自飘落杨叶柳叶

戴狐皮帽的土司
挎盒子枪的土司
戴红玛瑙的女人
穿蓝锦缎的女人
都在细雨中飞雪中安睡
都在蝴蝶蜜蜂的穿梭中安睡

荣耀　耻辱　爱恨　情仇
都是落叶
覆盖着睡去的人们

洮河水很响
土司站在高山上看过的洮河水
女人倚在栏杆旁看过的洮河水
一直到今天哗啦啦哗啦啦很响

（原载 2016 年 3 月 28 日《甘南日报》第 3 版）

牧场上空的星星

杜　娟

在牧场的夜晚
天空回到了童年

星星是娘的孩子
始终七嘴八舌
唱着九个音符的小曲

这种干净的光
挤过来作了我的营养
安慰我的想象

星星说
它们是一只只眼睛
在凌晨两点可以看见人的灵魂

（原载 2016 年 3 月 28 日《甘南日报》第 3 版）

草地献词

葛峡峰

略带冰凉的风吹过大地

吹过平静的河流和湖水

两岸的树木看见了

自己弯曲的倒影

面无表情的人

心怀忧伤，匆匆走过

在即将到来的春天

盛大的分娩隐含阵痛

天空中飘过一粒沙尘

尖锐地疼痛

我提笔给远方的情人写信

写下干净的粮食和雨水

写下蒲公英和向日葵灿烂的梦

写下属于土地的火焰和金黄

我要面对忧郁的天空

写下无尽绵延的爱

（原载 2016 年 3 月 28 日《甘南日报》第 3 版）

你不在的时候

唐亚琼

你不在的时候
我喜欢去广场坐
迎春花开了
孩子们放风筝
广场上一朵一朵黄蝴蝶白蝴蝶飞

一整天
我哪也没去
定定坐着
手里的书一页也没有看完
我看着她们
一会儿跑近又跑远

（原载 2016 年 3 月 28 日《甘南日报》第 3 版）

心　愿

王小忠

窗外，寒风发出呜呜的叫声
一片一片的草地静卧着，没有丝毫响动
沉默着的生命
正在朝不可预知的方向迅速发展，壮大
我没有感到惊奇，因为有着同样的心愿
但必须要忍住寒冷，忍住忧伤和寂寞

和往常一样，端详着挂在墙壁上的镜子
却找不到活着的骄傲
或者，一句安慰自己的话
去平衡或缓解这种充满敌意与对抗的局面

应该出去走走了，走进那些暗藏生机的草丛深处
把寒冷和忧伤，还有不如意的想法
统统关进心底
让它们像一棵棵小草
满布天涯海角，与霜结盟，迎风而笑

（原载 2016 年 3 月 28 日《甘南日报》第 3 版）

简单的生活

诺布朗杰

呼吸。在鼻子里
喂养一些来自山里的清新空气
目光所及，都能看到兀自开放的野花
蝴蝶在为这场盛大的开放舞蹈
下雨了，可以从雨里提取露水
天气转晴，也可以从太阳里收集光线
头顶的阴云，会给内心投下阴影
不怕。许下一个美丽的心愿
裹在那片阴影里

（原载 2016 年 3 月 28 日《甘南日报》第 3 版）

一只鹰，正优雅地飞过

薛 贞

去黑措的路上
草色正由绿转黄
牛羊走走停停
风吹过
云彩一动不动

山坡上滑过黑色的投影
一只鹰
正优雅地飞过
宽大的翅膀匀速翻飞
天空因此而生动起来

鹰越飞越高
我仰视着它的身影
直到天边
而鹰
不会因为我的仰视稍作停留

（原载 2016 年 3 月 28 日《甘南日报》第 3 版）

扎尕那

后建春

诗人追梦的故乡
洮叠古道的迭山之最
光盖山，心灵涤荡的圣地

石镜山腰的祥云
是搭在神山经幡上的音符
深吸一口，用心感受心底深处的音乐

心累了，农家炕头的味道
才知道你真正的归宿

别让你的思想和灵魂，在青稞酒中摇晃
请在酥油茶中品味你来前许下的愿
然后，把日子装进行囊开始上路

（原载 2016 年 3 月 28 日《甘南日报》第 3 版）

春之草原

与　戈

踏上一片闪耀绿色火焰的土地
双眼被倒置在湛蓝天空的下面

我抵达了草原生命温柔的内部
渴望爱
渴望一片绿色火焰将这温柔的部分燃烧

香浪之时我深情歌唱，并伴着舞步
向羊群走去，向花朵走去

相信每天太阳升起的地方
有一朵朵盛开的格桑

（原载 2016 年 3 月 28 日《甘南日报》第 3 版）

明天是个独立的词

林杰荣

明天就是远方的日出

触不到它的温暖

却给了我光明的期待

我从无数个黑夜走出

身上的行囊越来越少

明天，当是个独立的词

并不需要太多今天的修饰

流水和脚步

都应当拒绝机械化

我们在走，在跑，时间才有意义

就算阳光有些刺眼

脚下的路依然往前，始终往前

它不在意通往哪里，只在意不断延续下去

（原载 2017 年 1 月 9 日《甘南日报》第 3 版）

冶力关之恋

鲁海平

冶木河静静流淌

留下多少传说

是谁在轻轻歌唱

让爱情在温柔中绽放

黄捻子如画般镶嵌

像爱人的身姿一样美丽

冶力关，你这片花开的世界

是我日夜思念的故乡

将军山浅浅沉睡

穿过千年时光

是谁在悄悄唤醒

让生命尽情飞扬

冶海湖如梦如幻般浮现

像母亲的眼睛一样深邃

冶力关，你这片神奇的仙境

是我日夜思念的故乡

（原载 2017 年 3 月 6 日《甘南日报》第 3 版）

走进曾经的我

——致甘肃临潭县的隍庙

北　乔

走进这里

我们就

走进了历史

走进了文化

走进了

我们曾经的自己

曾经

戏台上

金戈铁马

阳春白雪

戏台下

欢声笑语

尔虞我诈

而今

一切化为尘埃

只有

这沉默
依然矗立

他们
来自历史的深处
我闻听到
沧桑的呼吸
我触摸到
悠远的风尘
一切
又仿佛
在昨日
在今天

这是
"在那遥远的地方"中的
那个地方
边塞要地
偏远世界
然而
又好似我曾经生活过的地方
这
怎么又如我的故乡

没有阳光
天空阴沉
光影的斑驳

依然执着

这是

历史的光影

岁月的光影

有些苍凉

有些寂寞

有些忧伤

但生命的顽强

与日月同在

在这片土地上

沉默地歌唱

静寂地歌唱

无律动的生命

穿越历史

带我去远方

穿越时光

来到我身旁

（原载 2017 年 6 月 26 日《甘南日报》第 3 版）

黄河西流去（组诗节选）

陈　拓

黑帐篷的梦里

今夜，我与你的距离，只有两片嘴唇那么遥远
虽然，我们曾经隔着二十一个春天那样漫长的距离

爱情像浩瀚星空中划过的流星和阿尼玛卿雪山上飘落下来的雪花
落在曾经那个中午的灵感中，发芽、开花却无结果

为什么，那树灿若云霞的桃花偏偏要在梦中跌落我的怀中
并将伤口的疼痛，至今通过时间和空间，还有一种灵犀和别离
传输到我的身躯、心灵，好像"以彼之道，还施彼身"一样
常常让我辗转反侧，彻夜不眠
我一次一次地用诗歌做药，大把吞咽
但其结果是：又呕吐成一首首带血的诗歌，循环往复

我还能告诉你什么呢？一腔心事如成熟的苹果，挂满秋天的大树

坐在树下的我，已经须发皆白，不知为你还能否写出最后一首诗歌
以展示我不老的才情，同时作为我最后一片止痛的药

格萨尔赛马

从史诗的第一页，蹄声哒哒、马蹄哒哒
一直驰入一千年后的玛曲大草原之夜
驰进一个民族的梦里，成为一个民族的精神文化

草原上生长的草和草哺育的马，健美、肥壮、飘逸
从神话的传说和马背的摇篮
以及奶茶青稞酒的清香、醇厚中不断成熟
一年又一年，承载着一代又一代牧人的梦和希望

仅仅是为了一骑夺得王冠和美人珠毛的缘故吗？
千载以降，牧人们只要有一片草原
就在草长羊肥的季节，扎帐聚众，杀牛宰羊、赛马争雄
以此刺激马背民族血管里渐驰渐远的背影

虽然时间，还沉浸在二月的寒冷和哆嗦中
草原上的草儿们，仍旧蜷缩在看不见的地底下
但我在牦牛织成的帐篷中，随便地喝着一碗奶茶
却已经嗅到了草长羊肥的辽阔，蓝天白云的高远
嗅到了万物勃发的野性，嗅到了盛装斗艳的卓玛姑娘们
鬓角胸前，琥珀的萌动，珊瑚的渴望和绿松石的澎湃

你看，秋天的牧鞭，抽在草原肥硕的背脊上

在天苍苍野茫茫的背景下，弥漫天地的桑烟，漫天飞舞的路马

千骥万骏奔突的激越，数以万计响彻云霄的呼啸

沉入草原牧人的血脉、骨髓，成为一种生命的纹理

（原载 2017 年 8 月 3 日《甘南日报》第 3 版）

柿子红了

陈韶华

白露打湿的中秋
谷穗上微凉微温的中秋
蟋蟀反弹相思的中秋
红润　绵软而又甜亮
谁家悬挂着连天的灯笼
照亮了游子回家的日子

院外菊花　院内桂树
一个个柿子　历经温抚
翻过来　又覆过去
母亲抚摸又温热的
是谁的小名与脸庞

柿子红了　中秋红了
老家的窗花也红了
海外留学的哥哥回乡了
柿子树下　小轿车内

吮吸佳期

照亮今晚月光的

又是谁家的新娘

（原载 2018 年 9 月 24 日《甘南日报》第 3 版）

一千零一次

苏娜旺姆

记不清这是第几次闭上眼思考
我变成了一棵树
终年扎根在这沃土里
直到有一天啊
他告诉我我终不能在家乡终老

闭上眼后
我又变成了一所房子
但却不是面向大海
也没有春暖花开
但是有朵花　从窗外偷偷看我

又一次闭上眼
我变成了一条鱼
处在这无尽的相思海中
任由狂风巨浪拍打我
但我知道是我安慰了大海

是啊，这是第一千零一次闭眼了
每次睁眼就像是大梦初醒
我从闭眼时开始　睁眼时结束
我知道光明
被我藏在第一千零一次的眼里

（原载 2018 年 10 月 22 日《甘南日报》第 3 版）

最美的身影

——献给在舟曲因公殉职的扶贫干部和新闻媒体人

海日卓玛

舟曲，花开的舟曲

舟曲，腾飞的舟曲

舟曲，书写青春的舟曲

舟曲，共筑梦想的舟曲

舟曲，是一方净土养育了许许多多优秀儿女的舟曲

舟曲，是一个个用生命温暖向上的舟曲

行走在寒风初露的早晨

泉城，无泉水可寻

群山矗立，紧锁眉头

而那一树一树的银杏叶翻飞在路口

那一串串金色的谷物搭晒在天空的檐上

踏着泥泞的小路，穿越险途

追寻生命的足迹，回忆温情的日子

仰望高山流水，仰望生生不息的家园

仰望生命的多彩世界

阳光路上，洋溢着期望，洋溢着星空灿烂

掩不住一抹青春的光芒和不惧风雨中的沧桑

她们犹如一朵朵山野盛开的达玛花

开得那样热烈，开得那样深情，开得那样忘我

让生命充满芬芳和向往

坚忍不拔让脚下的路有了温暖和感动

扶贫路上有你们花一样的名字和最美的身影

平凡中有着不平凡的人生

她们拥有最朴素、最朴实的家国情怀

青春无悔，诠释着生命的力量

她们用热血与激情为青春加油，为青春喝彩

秋去，冬来，那是自然的轮回

而那些年轻的生命永远定格在不归的路上

这是一个多雨的秋天，山崖之上流云无处安放

空空荡荡的田野，低处的花朵噙满泪水

咽下悲凉与忧伤，咽下天地之间的无奈

白龙江畔的柿子红了，红得那样妖娆

像生命，像灯塔，像一团火焰

点燃大山的沉默与明媚

停留在你的必经之处，看看你又看看自己，遥望彼此

那逆流而上的光阴没有虚度没有挥霍

宛如一条无声流动的溪水穿城而过

流进田野，流进那难舍的村落

从清晨到黄昏，到每一个角落

有风吹过，泛起阵阵涟漪

这个冬天必将会温暖，必将成为一生的记忆

春风化雨时，相信灵魂与灵魂再一次的邂逅

追梦路上，永远都会有一轮朝阳一弯明月

是激流是天籁

是无穷无尽的希望和初心

是一粒种子根植于内心深处的独白或绝唱

是生命与生命的承诺

来年，枯木逢春

母亲小院里那棵百年梨树和一棵稚嫩的白玉兰

悄然绽放在春天

那是遥远国度，遥寄给母亲妻儿的思念与安宁

是给生养土地的深情告白

是淡淡地守候，长长地相依

是那远去的身影隐在流金的岁月

采摘一束时光的花朵

来祭奠青春流逝的生命

愿大山长出翅膀，愿河流开出花朵

愿天空蔚蓝，大地吉祥

愿众生获得更多的幸福

告慰年轻的生命，因为有你，生命如此绚烂

青春是一首歌，是一把火炬

唱响今天，照亮明天

青春浩荡，一路春风

（原载 2019 年 12 月 16 日《甘南日报》第 3 版）

我是尕娘娘

刘玉琴

我是尕娘娘
我的旧忆与今昔
无论花巾、绣裙或压鬓的银
都来源我的祖先和我久远的过去

我曾是苏皖水乡的一块玉
深灰色的磐石和青苔包裹着我的凝脂柔黄
听惯了太阳追着流水一同摇橹的声音
也看惯了粉墙、黛瓦和马头墙壁
我仅有的愿望便是，与我的丈夫
白头偕老，琴瑟和鸣

我的丈夫，我心爱的人啊
我的眸中还存有你少年白衣、曲水流觞的影子
可你怎么突然就要背井离乡，征戍四方
你哒哒的马蹄踏碎了我柔软的心
这次第，我情愿与你一同前往
做你永远的妻

我是随军而来的异乡民
洮州，暴力地厮杀出了一片狂野的土地
黄沙天、黄土地，我与乳儿
熟悉了青草卷带着清晨露水的味道
以及甘洌的山泉和羊奶的浓香
终于，不再是异乡

遥远的母音唤起我记忆，我是
苏皖水乡那个清秀碧玉的尕娘娘
是啊，我是尕娘娘
我追随我的祖先从南向北，由东向西
我是尕娘娘
尕娘娘也应该活在黄泥铸写的历史里

而今
远在西北的我
仍然会想起我的祖先和我久远的过去
我佩戴起我的花巾、绣裙和压鬓的银
将我的旧忆与今昔
念念于心

（原载 2020 年 6 月 8 日《甘南日报》第 3 版）

阿　爸

王鹏俊

阿妈凝视的高耸雪峰

在天地间诉说

阿爸的故事

酥油茶飘香的高原

传唱阿爸用汗水播洒的希望

我心中的阳光

最敬佩的阿爸

风风雨雨

任劳任怨

岁月染白了黑发

七彩虹托起的苍茫云海

可是

阿爸生命中远去的归宿

格桑花点缀的净土

可有

阿爸用念珠丈量的传奇

阿爸

我心灵的坐标

年年岁岁

苦累自己扛

您博大的胸怀

感召我的壮阔

您的伟岸

练就我的坚忍

月圆月缺

多想聆听您的歌

今生今世我最爱的人

（原载 2020 年 10 月 12 日《甘南日报》第 3 版）

如果可以

毛红燕

如果可以
我要对你说"早安午安晚安"
让风带着我的思念
拂过你发梢

如果可以
我要让时间回到最初的早晨中午傍晚
用尽我所有的勇气
对你说一声"遇见你真好"

如果可以
我要坐在花开的小径
静等一场花开的盛宴
目送岁月桀骜不驯的身影

如果可以
我愿在仓央嘉措的诗里
辗转五百年

换你今生一次相遇

如果可以
我愿从离开的地方重新回去
趁还能听到风吹过森林的声音
趁还能嗅到花的芬芳

暮色中
携手白头
灿烂如晨光
我们活着、爱着、陪伴着……

（原载 2020 年 11 月 16 日《甘南日报》第 3 版）

曲 告 纳（组诗）

杨曙明

头人的女人

一段红头绳，系住外婆和她所有的故事
溪水浣洗着乌黑油亮的发髻
也把你最初的姻缘
带到那座经幡猎猎的村庄

打开盛放胭脂的木盒
夜的蕊泊在月光的玉碗里
你吹起口弦
仿佛春风拂过这土地

静谧的日子唯有这红烛
烧起每一个被思念填满的内心
你绯红的脸颊
像初生的霞光

你在那条小溪嬉戏
丢失了珊瑚银饰
从此变得语无伦次郁郁寡欢
头人说：你依然是这个村庄最美的姑娘

母亲的镰刀

大片的蓖麻地里
是母亲温柔和蔼的笑容
催醒天空的不是布谷鸟
而是这灼灼其华的汗滴

头戴野花的那些日子
流云掠过山坡
你把弦子和情歌遗落在草场

三十年的风雨忽东忽西
你奔走在山后和上河
那把曾被月光打磨的镰刀
饱食过多少青春年华

在那个不能回去的小山村里
母亲承受着多少的伤感
在梦境里一遍一遍
重复着同一个话语：曲告纳

童年的小摇车

一把小摇车坐着哥姐和我
从遥远的曲告纳来到上河
车辙没有扬起任何尘土
甚至没有留下任何回忆
我们已经长大
从母亲忧郁的眼神里
读出了她难以割舍的乡愁
那辆承载童年欢乐的小摇车
被我完好地保存下来
在每一个月光照临的晚上
我们都会陪着母亲
看那辆落满灰尘的小摇车

曲 告 纳

风从丁字河口吹过
拱坝河的水埋藏了多少隐声的抽泣
它让一个渐进故乡的人停下前进的脚步
彷徨中谁在河对岸高声吆喝
那声音分明来自姥爷嘶哑的喉咙

那一年我骑过的马匹重现山坡
我系过的围巾在记忆里飘远
却始终没有找到皎如满月的银盘

和那个唱着情歌的女子

我在冰冷的拱坝河畔久久伫望大河
天空开始下起雨
从铁坝过来的表姐向我招手致意

在河水巨大的吵闹声里
她嚅动着嘴唇
我没有听清她说的话
但她幽怨的神情让我终生难忘

曲告纳，我在人世的长河里
早已刻下你月亮般的故事

（原载 2021 年 4 月 19 日《甘南日报》第 3 版）

让孤独成为真实和幸福的一小部分（组诗节选）

花　盛

我们的一生

高原风大，我们的一生
都在执拗地与风搏斗，与风赛跑
与风抗衡……
直到，彼此都累了，才握手言和

高原风冷，我们的一生
都在风中保持着足够地清醒，
足够地冷静
足够的力量……
风，是时刻照见我们自己的
一面镜子

高原风长，我们的一生
都在说一阵风的话，做一阵风的事
走一阵风的路……

风，变成我们遁世的隐身衣
从喧嚣的言语间，从难以命名的病痛里
抽身出来，让孤独
成为真实和幸福的一小部分

在 高 原

像期盼一封远方的回信，
高原的春天姗姗来迟。
冰雪消融的地方
苏鲁花用自己的坚忍
一遍遍
弥补生活的空白

烟花易冷。我没有奢侈的赞美词
让寒夜拥有足够的星辰和温暖
风的羽翼打开又合拢
像一本旧日记
藏满时光的跫音和梦的气息

在一个人的高原上，我埋下冰雪的
晶莹和寒气，也埋下明亮的歌声
我相信，风吹过时，你将亲手打开
这尘封的、这寂寥的、这辽阔的

秋　日

草先于树叶枯黄

水更清澈，更湛蓝，但先于雾冰凉

像昆虫，先于你我感知万物兴衰

每天清晨，我要经过一条深巷

苏醒的事物，星辰般寂寥

我们在秋日，却痴迷于落叶以外的事

云，在上升，越来越高

高过一对对羽翼所描绘的领地

云，在远行，越来越浅

浅过一次次虚伪而廉价的赞美

雪，将要来临。我们都是草叶

任风摆布，较于昆虫，不确定性

只增不减。而在高原之上

我们终归寂然，也终归明亮

（原载 2021 年 6 月 14 日《甘南日报》第 3 版）

温暖的词语

张润德

北方的草原

很阴冷

春天也不例外

我们唯一能找到关于温暖的词语

就是牛粪

我们把晒干的牛粪填在土炕的炕洞里

填在连锅炕的火炉里

升起烟火

升起希望

生活就不至于过多地缩手缩脚

采集许多新鲜的牛粪

贴在院墙和门前的草地上

心中才会踏实

码起一大摞一大摞的牛粪饽饽

过日子才会有底气

（原载 2021 年 6 月 21 日《甘南日报》第 3 版）

八 角 城

周铁钧

橙光夹杂的尘沙中

猝现古甘青合"十"的封面

没有页码的要冲

写满奠祀兴盛的祭词

争辩在学者笔端的孤骸

有许多甲虫手舞足蹈

形韵里深藏着折弓断戟的悲怆

芦苇、红柳夯筑的墙土

泪露垂浊的俯乞秋草

留一点精魂啊

再次植根涅槃之树

八角古城是蕊冢

底层铺满瓣羽

运行严谨的绽落周期

将西域影像映入摄像头

重示繁茂

（原载 2021 年 4 月 19 日《甘南日报》第 3 版）

在我们西北

阿 信

在我们西北，有帝师、长老、魔法大仙、种桃子的人。
有一天，他们也要老去。胡子越长越长，天塌下来，他们也顾不上。

在我们西北，认识一个人。某某，或某某，有名有姓，
有据可考：他来自大槐树下，与你的祖上，三代姻亲。

在我们西北，雪片大如席，人情大如天。一声老乡，盘腿上炕。
八百里秦川，比不上董志塬一个边边。

在我们西北，天下之大，一座羊圈。
十八路诸侯，六十四烟尘，一袋旱烟，半晌罐罐茶而已。

在我们西北，太阳不叫太阳，叫日头。夸父不叫夸父，叫瓜娃子。
山寨叫堡子，皇帝叫爷，再大的葱，没栽过也见过。

在我们西北，不扯虎皮作大旗。有一是一，有二是二。
老子青牛过函谷、涉流沙；孔子没来过，确确实实，爱谁谁？

在我们西北，大漠孤烟直，长河落日圆。
两个诗人：一个王维；一个李白。

在我们西北，一条路，丝绸之路；一条河，就是黄河。
一座羊圈，叶舟说那是敦煌，爱信不信。

在我们西北，祖国叫家国，先家而后国，保家而卫国。
黄河是母，秦岭为父，赳赳老秦，一息尚存。

在我们西北，血是热的，火是烫的，心是疼的。
冷的冰的是三九天，是说话不算，是喝酒不干。

在我们西北，五谷酿的叫酒，头割下来碗大的疤。
血和雪，声母韵母，分不大清。情和义，朝代更迭，换血买盐。

在我们西北，两个姐妹：生下汉唐、吐蕃、大夏、匈奴和柔然。
三个兄弟：一个叫贺兰，一个叫祁连，一个叫天山。

（原载 2021 年 12 月 22 日《甘南日报》第 3 版）

小城合作

敏彦文

1

合作小城吉祥的羚羊地

传说中的部落

骏马和草原

仍养育着生活的信念

只是成群的羚羊

不再趁繁星的夜晚

跨过一条条柏油马路

圈住瓦屋洋楼的村庄

陪伴牧人绚烂的感情

合作小城甘南草原上

一颗年轻的心脏

羚羊在远山的峰顶

望得见她都市般妩媚的眼睛

听得见她与江海对话的声音

2

白山羊穿过马路，在草滩上停住

盛开的马兰

撑不住阳光的重量

伤痛的泪水漫泅而来

湿润了谁的眼睛？

噢，马兰！草原上美丽的伤口

何时才能被神的手爱抚

而不再被摧折

合作小城，人的孤寂是真正的孤寂

花朵的绚烂才是假设和暂时的

热闹过后，更是长久地

忘却、冷漠和误解

只有乌鸦一心一意留恋着这片草地

每天清晨起来，便飞着到处去呼喊：

"爱啊——快来！爱啊——快来

爱啊……爱啊……快来……"

3

一辆马车又一辆马车

在脆响的鞭影里

渐次走过大街

落山的太阳一样

沉甸甸的

街上的灯火还不到亮的时候

心头的情歌却流得正酣畅

伸出小城的路

每一条不甘寂寞的血脉上

都盛开着神话养育过的村寨

马车一归最后一缕炊烟便消散了

经幡以安详的神态

迎来第一颗星星

梦开满了金黄的花朵

而在镇子上

大大小小的汽车

正风尘仆仆地驶进旅社客栈

准备明天走更远的路

（原载 2022 年 3 月 9 日《甘南日报》第 3 版）

李志勇的诗

李志勇

夫　妻

从阳台望着落雪的小镇，对妻子保持着沉默

雪很轻很白的，来自远方。如果真有来自厨房的蝴蝶

也可能非常多，非常红，从锅下的

火焰中飞出来

因为高温，谁也不敢捕捉，不敢喂养

丈夫吃饭时，不知用筷子在碗里默默写下了

多少文字，一天天已接近一本书了

如果不是那些字

他可能什么也无法咽下

此刻，妻子正悄悄读着他写在碗里的东西

在厨房里，一个人哭了

因此有的碗才有了裂纹，有的碗

才有了一种声音，有了一种静默的能力

再次梦见童年拾麦穗的夏日

天气炎热，在麦地里，我感到孤单
在地边草丛里就有鲜红的草莓，而我
不能去摘。麦茬戳疼脚腕。虫子在
地里鸣叫。草叶窸窣作响。我也向山谷叫喊
所有的声音，最后都以回声的形式消失了
现在的我最为清楚，却也常在半夜里睁眼躺着
一直等着，最后的那点回声
屋顶上滚过轰轰的雷声、雨声和风声
和童年的一样，但正在重新塑造我的耳朵
我拾了满满一背篼的麦穗，在梦里默默站着
等待着，希望能听到什么
自从父亲和母亲去世之后，多年之中
就再没人夸过我了

李 子 花

李子花有一些像清早的新雪。在一片
嫩叶新发的灌木中，鸟的眼睛显得更为黑亮
风把一些李子花的白色花瓣吹得落了一地
有些落到泉水中，慢慢地将会被泉水溶化
很难相信，过去了的三十年，不是像
三十本书在某个地方放着，而是全都消失不在了
而这片山林还一直留在这里。鸟偶尔
会鸣叫几声。李子花静静盛开，满树雪白

我独自一人看了很久，感觉到了
一朵花与另一朵花之间的区别，感觉到了
素雅、质朴所带的那种孤单

作　品

有时候，只桌上那些作品
那些我们写下的诗
在暗示我们，认为我们可能
也是被人构思、创作出来的作品
我从那些诗的面前走过
尽力控制减弱着
我的气息，但是仍然被它们
辨别了出来。它们认为
我们的气息已经
渗透了我们的意象。它们知道
某盏灯下就有我们的作者，他
从没去想再现什么
我站着，有时经常感到我们的读者
就在我们的脖颈后面阅读我们
能感到他们的目光
和他们呼出的热气
那些诗认为，我们的头发、皮肤
都像词语构建起了一个文本
有些句号，在我们的当中出现得
非常突然，然后又有了些太多的逗号
那非常地晦涩、枯燥。那些诗

感觉我们还没有被阅读

因此才显得有些安静孤独

那些诗始终都在

怀疑我们的意义

因此一直都在注视着我们

（原载 2022 年 3 月 23 日《甘南日报》第 3 版）

尕娘娘（外一首）

阿　垅

古来征战的疆场，芳草萋萋。
斑驳的城堡，必是时光的藏典之处。

冶木河层层递进，将护佑这块田园的
迎面一座山，称之为十里睡佛。

咫尺即天涯，对唱的花儿
这个暖心的称呼，携带有江淮遗风的白墙和黛瓦
遮阳的绸伞都以此发声。

门口低头绣鞋垫的小妇人，
指尖上细雨和风，而体内桑叶多汁
供养着一只吐丝的蚕。

迭山杜鹃

怪石嶙峋的山野独自伤神。

一束束蒙尘的叶片毫不鲜亮。
灰白粗糙的枝干如老妇扭曲的手指。

在海拔四千米以上夺人眼目
没有一朵盛开的花是丑陋的。
她们的美深含两个酒窝，窒息了长风几十里。

（原载 2022 年 4 月 13 日《甘南日报》第 3 版）

谷雨时节

魏益君

一个散发着庄稼清香的名字
坐在季节的末梢
尽情演绎着
乡村饱满的农事

谷雨
拖着春天的尾巴
撒一路清香
把靓丽推向人间
杨柳飞絮
茶山耀眼
乡村柔美
家燕归巢

谷雨，谷雨
真的是多雨缠绵
淅淅沥沥的雨丝
淋湿着人间的四月天

亲近着多情的土地
农人就着喜雨
把希望植入泥土
将撒谷插秧、种瓜点豆的文章
抒写得酣畅淋漓

农家喜笑颜开地
接一壶季节的雨水
煮一盏新茶
品尝着日子的香甜

（原载 2022 年 4 月 18 日《甘南日报》第 3 版）

梨花低语

罗　裳

春风忘了吹拂
阳光里，一棵梨树背靠山坡
听花朵低低私语

梨花坐满枝头
脸庞清纯，裙裾洁白
风中氤氲着清香

朵朵梨花，口吐芬芳
是在倾诉彼此的心事，还是
春天本身就是美好的话题

忽然，一朵梨花笑出声来
所有梨花也跟着笑起来
颤落一地露珠

某一刻，梨花安静下来
天空和大地，也安静下来

梨树轻轻舒展着腰身

现在，我就像梨树这么幸福
坐在花影里
隐隐听见儿女在耳边暖暖地说笑

（原载 2022 年 4 月 18 日《甘南日报》第 3 版）

一树樱花

梦　忆

春天，我们本能地说出爱
说出希望，说出一切的美好
那分还不愿意离去的寒冷只能一瘦再瘦
渐渐地我们忘记苍凉，忘记荒芜
忘记那些沸煮过孤独的夜晚

抽芽的新绿，繁盛的花朵
是雪花再也无法逾越的一道隘口
人们迅速地抽身于那个冰冷的季节
剥离出一副与春天符合的样子
我和妮妮也不例外

在时光最接近黄昏的时候
我们说起一树的樱花
妮妮在北方的平原把它晕染在一幅画里
白色的樱花是春天的象征
而深蓝色的背景是星空，是神秘
还是不愿提及的忧伤

我在大西北的高原把它写进一首诗里
把妮妮没有画完的孤独揉进一段文字
把雪花消融成雨滴的过程
把季节变换得悲壮

尽量地缩短在一支笔的距离

（原载 2022 年 5 月 9 日《甘南日报》第 3 版）

哑　冬（外一首）

扎西才让

哑的村庄
哑的荒凉大道
之后就能看见哑的人

我们坐在牛车上
要经过桑多河

赶车的老人
他浑浊之眼里暗藏着风雪

河谷里的水早已停止流动
它拒绝讲述荣辱往昔

雪飘起来了
寒冷促使我们
越来越快地趋向沉默
仿佛桑多河谷趋向巨大的宁静

黑 羊 羔

黎明，似乎只属于此时的黑羊羔，
它依偎着母亲，身后，是五月深远的
草地，和油彩般绚丽的天空。

或许，在广袤宁静的牧场上，
世界原本就是这么简单，这么美丽：
只一个场景，就让人心生慈悲。

也许你我都在探究着世界的永恒，
将各自的心灵，想象成柔弱可怜
又倔强的小羊羔，浑身都是黑。

也许你我都渴望着：穷其一生，
也要找到可以依靠的人。天地很大
也很美，但显然不能独自面对。

（原载 2022 年 5 月 12 日《甘南日报》第 3 版）

甘 南 志（组诗）

扎西才让

甘南草原的清晨

1949 年 10 月 1 日，中华人民共和国成立，定都北京。

————题 记

或许野草想脱离地面飞向碧空，像箭镞，也像思想。
或许鼹鼠们还躲在洞里，是一只只无法沉默的钟。

从花瓣上能看到阳光烙印出的七色，
从渐渐展开的广大土地上，也能想象到无法收拢的雄心。

偌大的草原，土地深处流动着血脉，
石山下埋着人类逐日时遭遇过的那片桃林。

若我像蝼蚁生活于草底，
将能目睹什么也遮不住的日出。

若我睡在地底下，也能在渐渐喧嚣起来的世界里，
聆听到大地的轻吟。

新 甘 南

1953 年 10 月，甘南藏族自治区成立。1955 年 7 月 1 日，更名为
甘南藏族自治州。

——题 记

一丛热烈怒放的矢车菊，仿佛归乡之路上注定的献辞。
是什么隐在眼里越来越深？是什么张开嘴唇就想呐喊？

你：裸体的甘南，贫穷的甘南，我爱你这如饥似渴的甘南！
我爱你高悬的日和月，你这神秘的刚刚分娩的甘南。

我爱你金翅的太阳，蓝眼的月亮……
我爱你高处的血性河流，信仰你远方的银白雪山。

改革开放的巨人

1978 年，国家决定对经济增长的方式进行大刀阔斧地调整，但各
方面意见比较激烈，邓小平一锤定音："必须要杀出一条血路来！"甘
南，也迈步跨入了发展经济的征程。

——题 记

"需要有智者指路，才能在林莽中前行，
需要有光，在那遥远的山脊闪耀，才能确保自己不会迷路。"

哦，时代的巨人，尽管有浓云密布在您的天宇，
您还是凭着直觉，从荆棘丛中突围，要目睹乡村衍变为城市的前景。

若干年后，当我追思您的一生，才突然明白：
那幅有关巨人俄里翁的大幅油画，暗喻的，也是您的使命。

大伯有了自己的土地

　　1982 年 12 月 4 日，中华人民共和国第五届全国人民代表大会第五次会议通过的《中华人民共和国宪法》第八条第一款规定："……参加农村集体经济组织的劳动者，有权在法律规定的范围内经营自留地、自留山、家庭副业和饲养自留畜。"自此，农民真正拥有了能自己做主、自己耕种的土地。

——题　记

我的大伯——一个心怀理想的农民，
背对着我，站在群山之巅。
他左脚轻踏凸岩，坚挺有力的右腿，
支撑着他的冷静和尊严。

那强势果决的背影，
有着甩开膀子大干特干的从容与自信。

云隐藏了大地上的事物，

而他的眼神，则彰显了自己的气魄。

他额头的乱发被劲风吹起，

但他的未来，看来已被他完全掌控。

若干年后的今天，当我登高望远，

才真正理解了他当年的壮志与雄心。

高 原 魂

1996 年，国务院批准设立合作市，1998 年 1 月正式挂牌成立。
2000 年，在合作市二十一世纪广场，一尊象征着合作市各族人民奋斗
精神的牦牛雕像——"高原魂"拔地而起。

——题 记

我们能听到她沉闷的呼吸声。

我们能感知她二十年来积蓄的力量。

我们能想象她奔腾起来的那一日

——那定是格外辉煌的瞬间。

看她犄角高扬，四蹄踢踏。

看她腹中沉睡的牛犊已被时光唤醒。

看她热情的眼睛里浮现出大大的天地

——那定是格外辉煌的世界。

我们在冬日瓦蓝的天空下仰望着她。

她心无旁骛，一动不动，坚守着身下的土地。

她的土地上发生过那么多令人激动的历史

——那定是为辉煌准备的镜子！

山地牧场上的牧人

　　2005 年 10 月，党的十六届五中全会通过了《中共中央关于制定国民经济和社会发展第十一个五年规划的建议》，提出了社会主义新农村建设这个概念。2009 年，甘南农牧区的基础建设已卓有成效。这种巨变，使人在欢呼雀跃的同时，也平生出对往昔的眷恋。

——题　记

牧牛人安静地坐在凸出的山头，
九头牛，在向阳的斜坡上低头吃草。

第十头，是个牛犊，一身黑白相间的皮毛，
它蹦蹦跳跳地跑到牧牛人的身后。

待它靠近他，他必搂它入怀，
待它以黑亮眼睛看他，他必给它安慰。

只因那山下碧青的洮河蜿蜒南去，
河边渡口，旧船不在，一桥飞架西东。

我心肯定如那牧人之心，时光如水流逝，
河东河西早已异于往昔，让人伤感又欣慰。

达娲央宗从飞机上俯视安果草原

甘南夏河机场，位于甘肃省甘南藏族自治州夏河县库赛塘村，东北距合作市 56 千米，北距夏河县城 72 千米，为 AAAA 级旅游支线机场，属高原机场。夏河机场于 2010 年 9 月 7 日开工建设，2013 年 7 月 18 日试飞，同年 8 月 19 日正式通航。

——题 记

广袤的草原缩小为一方碧绿的地毯，
低缓的山脉，如交颈的游龙一般。
那白色黑色的斑点，已不是她记忆中
牛羊的样子，是蚂蚁在搬运它们的卵。

桑曲河，真的是一条白练，在绿色里
隐身，又陡现。她觉得：千百年来
这小小的世界一片静好，这天然牧歌
还能在今后的世纪里，轻飏又回旋。

但也深知：这世界，早已悄然改变，
在这高原河源头，定会诞生新的文明
——铁路、机场、超市、学校、医院，
古老的土地上，将是黄金打造的家园。

我们的新岁

2018 年 2 月，甘肃省政府确定该年度省列重大建设项目，甘肃

2018 年易地扶贫搬迁工程，兰州至合作铁路、西宁经合作至成都铁路（甘肃段）、卓尼至合作高速公路、王格尔塘至夏河高速公路、夏河县拉卜楞-桑科大景区旅游基础设施建设项目、引洮（博）济合供水工程、甘南州冶力关大景区基础设施建设项目等多个项目在列。

——题　记

在猕猴和罗刹女偶遇的那个蛮荒时代，
我们悄然诞生，日渐成为聋哑高原上的主人。
我们钻木取火，从大地上获取五谷，
在山洞里画出壁画，在羊皮上写下深情的诗篇。

后来，因频频生发的雄心，我们四处征战。
也因日渐深味了生命的宝贵，而渴望固守家园。
天灾和人祸，终究会催人反思，贫穷之后，
困惑之时，我们找到皈依之所，灵魂宁静而澄澈。

几百年过去了，几千年过去了，雪山之下，
我们耕种，我们游牧，中华民族志里，有着我们的
身影。现在啊，在青藏快车的长鸣声里，
我们在东方之光的普照下，走向了逐梦的坦途。

（原载 2022 年 5 月 23 日《甘南日报》第 3 版）

青年之歌（外一首）

贡卜扎西

请别说我们年轻

我们懂得每一个人都有一颗奉献的心

我们是祖国大地上无限蔓延的森林

我们是知识的上空飞翔的一个个精灵

我是一个兵就要守卫祖国的安宁

我是一首诗就要歌唱人民的艰辛

我是一座山就要树立伟岸的自信

我是一朵花就要聆听大地的欢欣

请与我们同行

我们将给予你纯洁的年轻

我们的名字就叫振兴

请与我们同行

我们的希望就是天空中闪烁的星星

那就是中国未来强盛的眼睛

星，祖国会唱歌的星

叠嶂的群山
像木匠锯齿的剪影
草原的夜空
像湛蓝湛蓝的海洋

看，祖国会唱歌的星
满载着探索者的追求
凝结着飞腾的期望
向人间敞开智慧的心

啊！莹莹的星
多么近啊！
险些擦破了帐篷
要是伸长炽热的双臂
就可以把她搂抱亲吻
请不要嫌我眼里噙满了泪
因为光明缩短了今天和明天的距离

啊！遥望祖国会唱歌的星
我那抑郁的心灵顿时腾飞
像藏家的歌化入飘荡的霞
光明在我心头上萦绕……

（原载 2022 年 5 月 25 日《甘南日报》第 3 版）

纽 带

——献给首曲黄河大桥的汉族建设者

尕藏才旦

一辈又一辈地祈祷：
大慈大悲的菩萨啊，
我们给您点圣灯、供净水，
请扯条彩虹飞架黄河吧！
菩萨不显灵，彩虹不见踪，
浪涛卷走了多少年代，
留下的仍是苦涩的泪水，
增添了心头的惆怅。

一代一代地梦幻：
九天银河的喜鹊啊，
我们给您献甘露，采仙果，
请翩落人间搭座金桥吧！

金桥化泡影，喜鹊空啼唱，
洪波冲走了幸福的憧憬，
留下的仍是无情的天障，

失望的阴影越拖越长！

黄河一道，锁链一条，
绊住了多少骏马的银蹄，
古老的草原——
锁在贫穷、落后的瓮中⋯⋯
祖先这样送走了日月，
子孙们还是在梦幻、梦幻，
飞来吧，喜鹊！
飞来吧，彩虹！

彩虹真的飞来了，
喜鹊真的飞来了！
彩霞簇拥来一桥飞贯南北，
她，比祖辈梦幻的还要雄伟！
您！就是幸福的引导者呀——
敬爱的中国共产党；
您！就是搭桥的喜鹊呀——
智慧的汉族建设者！

彩虹能消失，
修下的金桥却永架心河；
喜鹊会飞走，
播下的幸福却伴着我们欢唱！
无私的汗水，
浇铸出的是永恒的桥墩；
真诚的帮助，

编织出的是汉藏团结的纽带！

用什么表达我们的谢意？
献一条传统的哈达吧，
哈达白，哈达长，
难表绵绵情意长；
唱一曲古老的颂歌吧，
词儿多，词儿美，
难表汉藏情谊深！
还是祖先留下的那句话：
对掏出眼珠送我的，
我舍得捧出心肺放在他掌心！

（原载 2022 年 5 月 25 日《甘南日报》第 3 版）

黄河源头的歌（外一首）

贡保甲

1

从远古的时候

雄浑的乐章响彻到今天

无数次变迁

留下许多遗憾和史诗

那波

那浪

仍然是你生命的主旋律

曾有多少伟人的憧憬

凝固在你的眼神里

可我宁愿在潮流中呐喊

也不愿凝固在你的眼神里沉默

2

从大山里走来的时候

听你忧愁的声音

我怕你凝固于岁月

你却自信百倍

在山谷里顽强地延伸

你那样从容不迫

减去了多少激荡和雄浑

这难言你

熟悉源头固有的野性

这难释你

熟悉源头特具的温柔

是安慰深深忧虑的河床

是迷恋彼岸悠扬的牧歌

从河滩中走来的时候

激流中跳跃着雪山的情

摇荡着牧人的爱

抑或你深藏一颗忏悔的心

因为你曾经许诺过

给雪山以情

给牧人以爱

通往北京的大路

我生活的草原

撒满耀眼的珍珠

那不是珍珠

是牧民的牛羊马群

我生活的草原

哈达缠绕着起伏的山群

那不是哈达

是茫茫的白云

我生活的草原

覆盖着闪光的锦缎

那不是锦缎

是美丽的赛钦花

我生活的草原

腾跃着银色的长龙

那不是长龙

是银波粼粼的河流

我生活的草原

铺着一条五彩长虹

那不是彩虹

是通向北京的大路

（原载 2022 年 5 月 25 日《甘南日报》第 3 版）

青稞点头的地方（组诗节选）

刚杰·索木东

故 乡

那只鹰，还在苍穹里盘旋
那些牛羊仍旧啃食着枯黄的冬日
巨大的寂寥，足以让天空愈发湛蓝

大地如此静穆，清澈的雪光里
依旧，有我们所不知道的
深藏在岁月幽暗之处

年关将近，四面八方的人
又回到了故乡，曾经空空的院落
再次充盈着团聚的喜悦——

在熟悉的屋檐下，更多的时候
我们相对无言，默默擦拭着

那些略显疲惫的仪轨

青稞点头的地方

青稞点头的路口
风把四季的门次第打开
一段路在脚不能到达的地方
把零落的肋骨仔细收藏

谁的生命在浅薄之外
花一样没有理由地绽放
一双手既然选择了远方
就已经不想握起
所有雨后的苍茫

即使今夜，我将错失
所有的火种或者幸福

我知道穿越雪山需要勇气
我直待雪光漫起
然后站在一段无人能解的谜语里头
让一个又一个故事盛开得美丽无比
而谁又能给我最后的安慰

白发的尽头并排站着苍老的母亲

在梦开始增多的夜晚

我无法放牧

自己日渐减少的羊群

而青稞无法点头

青稞的生命在田野之外

今夜我只能静静地卸下头颅

然后站在光明丢失的路口

把史诗歌一样慢慢传诵

一只羚轻盈地跃过梦境

一百年前的那只羚

高贵，警觉，绝尘而去

一百年后的角，悬于壁上

无法听闻，从远处

打马归来的安慰

离乡三十余载，已无意逗留

再也不会有羚群出没的高原小城

在甘南，诗人阿信说——

"从天边滚过的马……一匹也看不见了"

每次出远门的时候，总会

轻抚这根陈旧的皮鞭

渴望有一只羚，或一匹马

和你一起，跃过梦境

这些年，我总是对万物奢求太多

这些年，我尚能对众生心存悲悯

美　仁

在草地上盘膝而坐

天空和云朵就一起低了下来

一场雨，落在美仁草原

便遇见了久违的前生

在甘南

既不是过客，也不是归人

在人世

必将是过客，也会是归人

村 落 史

在那么漫长的光阴里

祖先们，丝毫没有改变

打马归来，卸下一身寒气

卸下那些疲惫

多年以后，我和我的亲人们

依旧如此局促地挤在一起

在如此短暂的岁月里

有些花，说开也就突然开了

有些人，说走也就突然走了

群山苍茫，年关已近

深陷在一曲黄钟大吕里

早已忘记，深切地哭泣

（原载 2022 年 6 月 6 日《甘南日报》第 3 版）

春天里最安静的久别重逢（外一首）

黑小白

杏树聚拢月色

正在等待一只麻雀

没有人知道

它怎样怀念自己枝繁叶茂的那个时候——

杏花簇拥，像大片的雪

而最后一场雪，留在了倒春寒的深夜。

一群麻雀叫醒阳光

风从灌木林吹来，带来河水的气息

带走鸟鸣

——直到叶子落尽，风像镰刀

掠过芨芨草。在这期间，麻雀从未离开

今夜，杏树和麻雀在月亮下拥抱

这是春天里最安静的久别重逢

岁月缝花

母亲笨拙地缝补
粗大的针脚在被褥和衣服上奔走
像时间大步流星穿过我们
留下不堪

她只好放弃了精细的针线活
但依旧整天忙碌
把自己当作一枚迟钝的针
哪怕再也做不出让她骄傲的女红

她也愿意，尽自己所能
将日子慢慢缝补成幸福的锦缎
而她鬓角的头发，和她不得已搁下的针
一样银白。

——没有一根线，能轻松穿过岁月的针眼
也没有一朵花，能让我忘记
母亲刺绣的牡丹像云霞照亮屋檐

（原载 2022 年 6 月 12 日《甘南日报》第 3 版）

祝　福

白　羽

在青藏高原，在草原深处

名叫夏河的地方，是我久违的故乡

波光粼粼的达宗湖是它深情的眼睛

辽阔苍茫的桑科草原是它翠绿的衣衫

迎风盛开的格桑花是它芳香的裙裾

日夜奔腾的大夏河是它献出的哈达

在这繁花似锦的盛夏

我久违的故乡被疫霾笼罩

这片深爱的土地

坚强而充满柔情

我看见——马背上的白衣天使正奔向草原深处

我看见——一顶顶蓝色帐篷静静守护在每个角落

我看见——红旗的背后还是红旗

我看见——飘扬起的一面面红旗

成为草原深处燃烧着希望的火炬

微炬成光，心有暖阳

志愿红天使白温暖着人们的心灵
他们的目光如此坚定
他们的脚步如此铿锵
他们的感情如此炽热
他们在草原深处，在街头巷尾，在平凡岗位上的身影
如夜空中的星
其中最亮的那一颗，就在草原的夜空闪烁
在无边夜色中真情守卫

大夏河水奔流向东
千里草原辽阔苍茫
在冷清的夜里
我们固守一隅
用信念，用防护，用坚守
我们心手相连，众志成城
在无声中前行
在疫霾中不屈

相信明天
所有希望都会实现
相信明天
黎明的光辉总会穿透这暗夜的黑
相信明天
会迎来战胜疫情的曙光
相信明天
花开的声音叩击心扉
灿烂的阳光照耀甘南大地

每一棵小草都闪耀着希望

每一朵花蕾都吐露着芬芳

祝福夏河，祝福甘南，祝福陇原大地和我们伟大的祖国

祝福每一个用生命和深情为人民服务的人们

在波澜壮阔的历史长河中

你们书写着爱与奉献的光辉篇章

（原载 2022 年 7 月 25 日《甘南日报》第 3 版）

草原深处

梅里·雪

河

一条河，流淌小镇的古老岁月。

我远道而来，追问源头，追问谁在河边饮马歇息！

秋深。夜浓。

我在河边留下徘徊的脚印，留下望断迢迢水路的目光。

往后的日子，平静的心会不会就此烙上对一条河的思念？

或者对草原深处的牵挂——

多久的时间需要流淌成一条波澜壮阔的心河，一生一世穿越我的身体。

你说，一条河的源头是众神的合唱。

我在河边，想象着思念的辽阔，然后沉默着，静听来自水面之上的歌声——多么令人忧伤。

岸上灯火——几点碎影在河里浮闪。

一颗，两颗，我把第几颗灯影看作是你呢？

河边的人在秋风里忽远忽近……

小　镇

风来自峡谷深处，我迎风走向你，仿佛是一次梦中的相逢。
白墙青瓦，摇曳着乡愁。

雨落前的黄昏，草地上的野菊花开始靠近素雅、闲散、静美。
她的思念总是沉默，只需你用一个眼神或柔软来收割。

小镇婉约。半个月亮睡在山那边，睡在村外的小河里。
小镇均匀的呼吸在一方静谧的温柔里起伏。
那另一半月亮被谁偷走？

我只是过客，不能与小镇朝夕相处。
一条河的温润、一座桥上的生活，甚至一个人，是我住下来的理由。
从此，我放下孤独。
在一片柔情和泪水中，有人亲切地念想起我曾来过小镇。
那扇窗只为你开，有人在远方怀揣热爱，倾听河水的忧伤。

百　合

素纱旗袍的女子。一首诗。
你说，是心灵的月光，惊觉的美。浅浅微笑在一方水域交换真诚的灵魂。
隔一层纱，一层淡淡的薄雾，就看见书生的影子：
左手书，右手茶。目光游走，一个人正为我读《雅歌》。

干净的十指，为盛开准备水。

居室里开一朵一朵白色的花。开出淡定和纯洁。如雪，如水。

只用从容、均匀的气息翻动书页，静静守住永恒，守住透明的心，守住从时间上静静滑落的我们的呼吸。

百合，水做的女子，走失在时间的水上。

绕尽天涯的一直是大地雅歌的清音。

你歌唱或者守望，在月光够不到的地方，勾画一场奢侈的梦或者爱情。

透明是百合的心，神秘的暗语只有你听得懂。千千心结被月光的絮语打开。你用纯洁和高贵蜕去一个人内心的寒凉。

百合，当书生歌唱你时，我必须用心灵的纯真和内心的柔软去倾听。

雪 花

细密的时光落下来——

一支舞，一首诗，一场雪，我们刻意等待那场大雨，那朵鲜花，那个屹立在河边的人……

冬天的路上，所有回忆都被你的名字串起。

雪，一万遍写在冬的额前——

星辰和月光依旧密集，朔风料峭，离愁唏嘘。

念你，写你，我保持在月光的清辉下

与冬天一样静一样白，一样地孤单。

草原深处

一盏孤独的灯亮着！远行人的背影无限苍茫……

一匹马的守望，搅疼了九九八十一弯河的静谧。

我是你留在草原深处的格桑。
这么多年，安静地落，安静地开。

雨水从叶子上滑落，灌进身体，甜蜜，也苦涩。
鸟鸣衔走身体里坚持的颜色，但衔不走梦里梦外的牧歌。

某一天，马背上的歌声从远处传来。
我含羞的心事就那样轻轻地摇一摇，再摇一摇……

（原载 2012 年 7 月 6 日《甘南日报》第 3 版）

寻梦甘南

张瑞民

1

你见过深夜草原的篝火吗？

——那在漆黑夜里跳跃着的一团团红色的火球。

喧嚣一天的草原睡熟了。

唯有这位智者醒着，它的瞳孔竟闪射着如此诱人的光芒。

火光一闪一闪地，像一面猎猎的旗帜。

火光在前，光明在前……

2

描绘一头牦牛，在你日记本的扉页上。

高高的犄角，宽大的额头，明亮的眼睛，四肢直立而通身倒垂的毛发……

——当你郁闷烦躁、失意倦怠的时候，就让它在你的记忆里站立成一种精神塑像，给生命以启迪。

3

总有一片希冀，在我的胸腔里站着。

可以为我作证的，是那一望无际、骨骼相连的山脉，还有那一群铺天盖地、呼啸而来的牦牛——它们曾无数次地、无数次地撞击着我的心旌。

我如一名佛教信徒，双手合十，跪拜于地，虔诚地沐浴在甘南赐福给万物生灵的神光中。

4

碧蓝的天空下，盘旋着一只矫健的雄鹰。

时上，时下；忽高，忽低……张开两只扇形的翅膀，悠闲地在空中飞出优美的弧线。

如椽的腿蜷缩着，炯炯有神的目光四处搜寻着……

突然，好像发现了什么。

猛调头，裹挟着一片风暴，抖落空中几朵云彩，向远方峻峭的峰峦冲去——

如一颗射出的子弹，很快消失在暮色苍茫中。

5

夜幕，笼罩着寂静的旷野。

草场上，有近百人围着一团熊熊燃烧的篝火，在尽情地跳着锅庄。

身着各式各样服饰的男女老少手牵着手，伴随着悠扬的歌曲，踩着音符，以整齐划一的脚步，踏得大地咚咚作响，铿锵有力的声音在空中回荡。

粗犷、豪迈，热情、奔放，使高海拔缺氧的空气徒然增添了许多浓度。

星星眨着美丽的眼睛，窥视；一弯月牙也浮出云层，会意地笑了。

让我以诗的花瓣承接你眼中那一抹碧绿透明的呼唤……

（原载 2012 年 9 月 14 日《甘南日报》第 3 版）

在乡愁中酩酊大醉

王朝霞

1

霜色轻薄。

空旷的田野静寂如一幅简笔素描。月色漫过屋顶时，村庄陷入更深的宁静。

青稞已颗粒归仓。土豆们安静地回到屋里，闭目养神，不言别离。

粗糙的篱笆内，几朵未及凋零的蒲公英还在浅吟秋风。

它们从春天一直盛放至深秋，像在诠释某种永恒。

"烟烟冒上天，天上娘娘擀花毡。花毡破，烙馍馍……"

一缕炊烟，越过清晨的空旷落在窗前，念念不忘那首旧日的童谣。

我蓄积已久的泪水，终于有了汹涌的出口。

当沦落为村庄的过客时，我再也无法对一缕炊烟诉尽心底的清愁。

如同无法托风寄出那封写给故乡的信件一样。

通往前方的路，只能一个人慢慢地走，像田间的蜗牛。

绕开途中遇到的荒芜、繁华、疲倦和孤单，保存最初的天真，慢慢地走。

让回忆完好无损。

2

老屋真的老了。骨质疏松，视力减退。呼吸一天慢似一天。

白天，也会在轰鸣的雷声中打盹、昏睡。曾在屋檐下唱歌的鸟儿，已不知去向。

低浮的黄昏光影里，老屋暗淡成一帧旧照片。

那时光阴尚好。爷爷还在，我亦幼小。记得的，是他的怀抱温暖始终。

他的手指修长而洁净，用来翻阅书本，净我鼻涕眼泪，或者抽烟，都无限美好。

爷爷抽烟时习惯后仰。微笑的样子古典而慈祥。他咳嗽的时候，老藤椅会疼，会皱眉。

他手里那本发黄的线装书，总是散发出优雅的药味儿，黄昏样令人惆怅。

他牵我的小手散步，掌心的温热一直包容着我的懦弱。

原以为，我可以永远这样被包容。以为童年和故乡能永远唇齿相依。

以为不必长大或告别。不必独自颠沛流离，终日在远离故乡的路上。

时间像一帖药膏，愈合一些伤口，又制造出一些伤口。

它还要假借良善之名，为我频频回首的目光，盖上故乡的邮戳。

3

这些年，河水日渐消瘦，神情落寞。

垃圾逐渐成为新的符号，掠夺般占领着裸露的河床。

慈悲的河水，不急、不怒，接纳着被生活遗弃的一切病句：轻生的小狗，破碎的爱情，无助的眼泪，人间的灰尘，以及过期的情书。

还要接纳突如其来的大雨，用以清洗尘埃，免除人世间的罪恶。

河的对岸，是我的母校。夕阳薄暮的堤岸上，曾留下我年少懵懂的快乐。

捡轻薄的鹅卵石打水漂。

花很长时间盯着一个波浪让它带自己远走。

撕了不是满分的作文折纸船玩。

那些溅起的水花里，每一朵都能照得见我清澈无忧的内心。

那时，河水也清澈。水中有鱼。胖乎乎的，是娃娃鱼。长着丑胡子的，叫狗鱼。

水流低沉。

转身，我已找不到当年躲猫猫的灌木丛，和树林里涂过我红脸蛋的小草莓。

也找不回我曾唇红齿白的青涩模样。

河叫冶木河。

我小的时候，它壮实勇敢得像我年轻的母亲一样。

4

这些年，慢慢学会了克制，不说出疼，不说出想念。不让自己在甘南以外的喧嚣里，流下未被命名的泪水。

学着像母亲那样去宽恕生活简化自己。

学着像山梁上的青稞一样隐忍缄默。

习惯晚睡，在夜的最深处饮酒成诗。在诗歌里找到甘南，在甘南的版图上勾勒出我小小的故乡。

再添上满院清凉的月色。门口的草垛，和水塘里的蛙声。

添上外婆鬓间的那一片雪白。和她俯身吻我时身旁响起的一粒鸟鸣。

添上从不和母亲顶嘴淘气的庄稼。它们乖巧地迎接每一个节气，拔节、开花、结果，处处迎合母亲的心意。

隔窗，临摹天空的瓦蓝。

在一朵云的柔软里存放故乡。用童年里收集的温暖，缝补渐已消瘦零落的心。

5

土门关以外，我会爱上这座羚羊出没的小城。

爱她车辆稀少表情木讷的街道，爱她氧气稀薄的阳光。

爱她滂沱的大雨能适时地掩饰我的忧伤。

爱她晚归的牛羊，和暮色里渐次亮起的零星灯火。

在这里，我可以放心地选择信任。向陌生人微笑，在喜欢的路口发呆。

可以随时接受被黄昏遗漏的光影，或记录一条流浪狗的闲散自由。

我每天光顾市场，和外地来的苹果香蕉小青瓜们打招呼。让它们入诗，或带它们回家。

我每天都在努力，让自己爱上这井底的俗世烟火。

（原载 2016 年 1 月 25 日《甘南日报》第 3 版）

敦煌逸事

扎西才让

斯坦因的敦煌之旅

一九〇七年初夏。

当北面荒凉的山峰遥遥在望，英国人斯坦因来到了被世界忘却的地方——敦煌，一处在自由宁静的沙漠里诞生的西北边陲小镇。

佛国的世界，世俗的生活，甚至那西域王宫的奢华，丝绸之路的艰辛……在他面前一一展现。

他找到了守护敦煌的人——一个姓王的矮个道士。面对异域来客，王道士显得害羞、紧张，偶尔流露出狡猾、机警的神情。

在斯坦因眼里，这道士，也是孤傲而忠于职守的形貌普通的中国男子。

终于，王道士为斯坦因打开了一个洞窟。英国人斯坦因，被堆积如山的文书所震撼，他顾不上研究这些文书的年代，他只关注：用怎样的方式，来拿走多少经文。

号称"装箱能手"的斯坦因带领着他的车队离开敦煌时，千佛洞外，刮起了那个夏天的第一场沙尘。

八十岁那年，斯坦因死在阿富汗，他的墓地建在了异乡的沙漠。

他给自己写下了墓志铭："通过极度困难的印度、中国新疆……的旅行，扩展了知识领悟。"

不知为什么，对于一九〇七年的敦煌之行，他只字未提。

伯希和的生日礼物

二十九岁的法国人伯希和，精通十三国语言。在敦煌，他以一口流利的汉语，赢得了王道士的好感。

当他置身于偌大的藏经洞，他的惊讶，胜过离开法国时在狂欢节上经历的荣耀：他向他的人展示了一卷公元八百年的描述月牙泉的本子。

离开敦煌的第二天，是他三十岁的生日。一车来自中国的珍贵文物，是他一生中最宝贵的礼物。

一九〇九年九月，在北京六合饭店，伯希和公开展示了一箱来自敦煌的写本精品。

一个叫罗振玉的中国人，感觉到了揪心地疼痛。

回到欧洲后，法国人伯希和，被誉为世界上最权威的汉学家之一。

但一九三五年《北平晨报》发表的公开信中，中国学者们给了他一个盗贼的名分。

甘州画师史小玉

十四世纪中叶，书生史小玉来到敦煌。有人说他是脸色白皙的游客，有人说他是来自甘州的画师。

他眼中的圣地敦煌，是一处规模宏达的艺术殿堂，一幅绘制了千年的画卷。他一走进去就再也无法出来，一晃就是多年。

在新开凿的窟内，画师史小玉舍弃了印度、中亚的画风。他用简古清新的中原文人画法，用流畅的线条直接创造了《千手千眼观音像》。

这是赵孟頫和吴道子笔法，是中原文人的情致，是另一种文化在敦煌生根。看那神清气爽，看那清淡雅致，真的是天衣飞扬满壁生动。

他在画面一角写下："甘州史小玉笔。"

而今这一行字，也随着岁月的流逝逐渐隐去。只"救苦救难观世音菩萨，上报四恩，下资三愿……"等祈语，浮现出了恒久的踪迹。

当他的尸骨再现于当代，他笔下诞生的观音，依旧是那慈悲的容颜。在那深邃清晰的眼睛深处，隐藏着一幅美丽的愿景。

赵僧子的典儿契

塑匠赵僧子回到家里，他觉得应该将手艺传授给儿子。

但儿子还小，不明白佛是什么，为何要给佛塑像。也不明白那些端坐在洞窟里的佛陀来自何方。

作为一名塑匠，生活在没落的时代，是不幸的。

他只好通过一己之力，完善心目中的佛陀形象。他献上了所有的心血，所有的热情。他甚至融入了自己的信仰。

供养人曹氏说："你先做佛龛下的我的形象吧！"这个要求，粉碎了赵僧子追逐佛国的梦想。

而几天后的一场洪水，淹没了他的家。这洪水，也淹没了他对生活的梦想。

他只好把唯一的儿子，也典卖给他人抚养。

遥遥千年之后，他和同行们塑造的彩塑，出现在小学课本里。

生于晚唐长于五代的赵僧子，寂寞了十个世纪，而今才迎来了他个人苦苦等待的辉煌。

寡妇阿龙和她的女人社

伯希和 3257 号文书，记载的是寡妇阿龙的故事。

一千多年过去了，阿龙在文书中用中指画出的指节线，还在告诉人们她那鲜活的生命信息。

战乱前，祁连雪山上扬起了风雪。

战乱后，被吐谷浑抓走的小叔子又回到城里。他夺走了寡妇阿龙仅有的一块土地。

有性格的节度使曹元忠，写下了这样的判词：从这土地上，阿龙可以获得她应有的一份。

燃灯节上，敦煌像艘巨大的船，在夜晚的沙海里，载着阿龙驶向心中的净土。

阿龙加入了女人社——女性佛教信众社团。在她死后，社里的姊妹就能替她操办一个体面的葬礼。

这真切的生活也被文字记载，在鸣沙山下，千年来的民俗细流流淌至今。

一批失踪的信件

当美丽柔软的中国丝绸征服了罗马，足迹遍布欧亚大陆的撒马尔罕商队，在丝绸之路上开始了几个世纪的艰难跋涉。

从长安送往撒马尔罕城的八封信件，失踪了。

八封信，讲述了洛阳的失陷，三万余人的死亡，宫殿的焚毁和城池的荒废。也讲述了一个叫米薇的女子，对远在异域的丈夫的哀怨与期待。

但这批信件，因为突现的劫匪，因为那令人窒息的时刻，因为财富中的精品：那温软的和田玉，那光彩华丽的胡锦，那腰肢细长的西域舞女……而失踪了。

在一座坍塌的烽燧废墟中，英国人斯坦因意外地找到了这八封极为罕见的纸质文书。

他不知道，他找到了开启中世纪丝路商旅生活的一把宝贵钥匙。

夕阳的光辉斜射过来，过去的一切显得真实了。

这个二十世纪初的发现，使那些深埋在沙尘中的故事，重新变得鲜活起来。

"光明之神"安禄山带给河西走廊的长达一个世纪的黑暗，也开始显露出来。

唐佛儿的飞天舞

大唐天宝年间，一个来自长安教坊的舞伎刚刚出现在敦煌街头，就被痴情的东方画工将她曼妙的舞姿，化为超越时空的精魂，化为一生的念想，留存在莫高窟的壁画中。

汉人、粟特人、突厥人、回鹘人……众生杂居的敦煌城，成为轻歌妙舞的极乐世界。

空前绝后的鼎盛时代，好像连空气中都飘荡着舞蹈的音符。

舞伎唐佛儿恍恍惚惚："我觉得这些舞姿形象，就是我生命中等待的东西。"

唐佛儿——这个在红尘乱世中流落民间的宫廷女子，从此成为佛祖庇佑的音声人，在古寺青灯下垂垂老矣。

而她参悟的佛国舞蹈，又在遥远的中亚和西亚落了地，生了根。

千年后的某一年，大梦初醒的飞天乐伎们，从大漠深处的石窟里，从千秋寂寞的壁画中，坠入滚滚红尘。

一台《丝路花雨》，成为华夏儿女追想盛唐的蓝色模本。

常书鸿：敦煌守护神

在法国生活了十年，在很多人看来，他已经属于那里。

但一本《敦煌石窟图录》，将他和他的家人，还有他的灵魂，带到了遥远的戈壁。

国家存亡之际，为了拯救并延续尚存的中华文化根脉，一个知识分子以他瘦弱的身躯，穿越了河西走廊。

"一眼望去，只见一堆堆的沙丘和零零落落的骆驼刺……昏黄的光线，被黑暗的戈壁滩吞没着，显得格外阴冷暗淡。"

当一轮太阳，从嶙峋的三危山高峰升起，他被眼前壮阔的景象，完全迷醉了。

然而空荡寂静又幽暗的洞室，默默地回顾往昔的盛衰荣辱，无言地怨恨着它至今遭受的悲惨命运。

抹去半个世纪的风沙，岌岌可危的残壁危崖逐渐焕发出生命的光彩。而她的守护者，已妻离子散，鬓染霜雪。

一九八二年，守护敦煌四十年的他迁居北京。三危山下，九层楼前，静静地散落着一群墓碑。

"如果真能再一次投胎为人，我将还是常书鸿。"

一九九四年七月，他的骨灰从遥远的北京，飞回到敦煌。

生前，他和莫高窟终生相守。死后，他和那些先他而去的敦煌守护人一样。

他们的灵魂，永驻在灵魂的故乡。

（原载 2016 年 2 月 29 日《甘南日报》第 3 版）

甘南，甘南

王　剑

阳光打开了草原的辽阔

阳光哗啦一声，打开了门锁。六月，甘南的六月，桑科草原，对我们打开了她全部的辽阔。

漫天的青草顶着露珠，来来去去的羊群啃食着无边的心事。毡房外，马蹄声渐渐远去。一群鹰，追着云朵飞翔。

这是一种怎样的美好啊！草原深处，我们俯身亲吻一棵冰草的嫩叶。我们被苜蓿的紫花感动得泪流满面。我们虔诚地为一株株野草命名。我们的嗓音里洋溢着马头琴的忧伤。

在桑科草原，我们穿上香浪节的盛装，来到拉卜再的山头上。我们煨桑，祈求神灵。我们把木箭插到山头的大木栏里。

我们纵马狂奔。古老的风轻托着我们的长发。我们看见，苍茫的群山吐着寒气。樟子松和云杉，在草原上扎下长长的根须。芨芨草张开翠绿的嘴唇。清澈的湖水呼唤着天空的白云。

慢慢地，马蹄声消失了。大夏河也熟睡了。一切都归于静寂，整个草原一片空旷。只有英雄格萨尔王，从一棵草里露出了笑脸，打量着桑科草原神秘的傍晚。

尕海收揽了天空全部的清澈

尕海是上苍安放在草原上的一只眸子。尕海，你收揽了天空全部的清澈。

蓝莹莹的一双慧目，看着清风，看着白云，看着翩翩起舞的远山。

天穹压落，云欲擦肩。风吹起千年的长调。骏马和羊群拥有相似的幸福。蒙古包和月牙一样，美如花朵。但是，尕海，没有谁能比你更亲近高原。

湖水一层层推出湖面。那条红色的鱼，或者蓝色的鱼，还在神话里，滚动。沙山横亘，不远处的青海湖，泛着母性的轻唤。

起风了。浓稠的西北风，吹皱了尕海，却吹不动一湖的古老和沧桑。

时光已经老去，尕海，只有你坚守着爱的诺言。任凭黑鹳、黑颈鹤和玉带海雕，在你铺开的琴弦上，弹奏一曲亘古不变的歌谣。

（原载 2016 年 7 月 18 日《甘南日报》第 3 版）

格 桑 花

冯 琳

白色的花瓣是你送给牧民的水晶，玫红色的花瓣是你献给草原的爱情。

一条麻绳一样的茎，支撑你弱小的身体。这简单的造型，这纯色的颜料，时常开在路边、岩缝和甘南草原上。

高原上天空的表情阴晴不定。风经常把天空撕开一个口子，雨漏了下来，硕大的雨滴在你脸庞。你顿时泪流满面，无须擦干，你依然高昂着头，迎接更大更强的风暴。

闪电腾空而起，像一把利斧从天边劈来，你依然镇定自若，把姐妹们团结在一起，和暴风雨对峙，与苦难周旋。

越来越坚强，越挫越勇敢。

当天空打了一个喷嚏，雪，纷纷扬扬飘零，盖在你的头上，为你戴上白色毡帽。挂在你的身上，你把腰杆挺得更直。

草原顿时安静下来。

清晨，你一声声呼唤，牛羊为你而来。有你的地方，牛羊笑逐颜开。

午时，蓝天像一条被子，盖在草原上，你把倒影幸福地印在棉被上。

夜晚，你和皎洁的月光一起，为牛羊归家的路，点亮仁慈的目光。

（原载 2017 年 4 月 3 日《甘南日报》第 3 版）

速　度（外一章）

王小忠

月光明亮啊！好几年没见如此明亮的月光。

月光照在小小破旧的院子里，照在那些搁在角落里的农具上，照在即将枯萎的杏树上，它们都无比明亮。

小小院子有了活气。有了重生的可能。——月光短暂！

如果是在二十五年以前，小小院落肯定充满了笑声，那么纯真、无私、清洁。

如果是在二十五年以前，小小院落肯定还有一棵刺梅树，蓬勃开花，向四周延伸。

月光年轻，年轻的月光照在院落里，照在农具上，照在那些杏树的叶片上，我把它们一层一层剥下来，放在炕头，心里明亮。

墙根里的农具少了，刺梅树老死了，它们似乎完成了一种使命，而后从我的眼底慢慢消失。

远去的记忆闪亮。暗红的铁锈明亮。

小小院落很阒静。

我的兄弟姐妹在场院里打碾作物，他们不说话，一截一截的麦草堆在场院里，默不作声。

我坐在月光下，就看见了早年的那个山丘，它们在不远处静卧。公社时期的冬麦场荒芜，几只麻雀觅食，没有声音。

场院前的歪脖子杨柳上，叶片不断下落，它们累积一层一层光阴。

我站起来，就看见了自己的影子，低矮，黑暗，也正在一截一截缩短。

草　原

草原在深秋里寂寥而空阔——

那些接近太阳的紫色草穗和迎风摆动着的青稞，低垂着头颅。

还有什么比它们的沉思更伟大！

漫无边际的幽蓝——是甘南的尕海，吉祥的草木悄然唤醒沉睡的羊群，骑手的血液注进高原的骨髓，仙子的发辫生成草木葳蕤……

迷醉与幻想让我在暮色的尕海草原无法返回。消失而永恒的光阴面前，谁能书写自己前生来世的命运？

常常想起草原，想起漫无边际的雪花，想起大风里点头的衰草和牧归的羊群……当这一切再次进入心灵，在这里的每一次呼吸，都会和真实的灵魂相遇。

光阴诞生出花朵的艳丽，也诞生出永不衰竭的回忆。我只想在这片暮色包围的草原上，安详地迎接每一个灿烂的黎明，平静地接纳每一个夜晚的寂静。

矫健的马蹄踏响高原，高山牧场给大地温暖。经幡向天空歌唱，桑烟给海域柔软。女人一样的龙胆花给尘世安详。纵然明灯彻夜燃烧，牧歌夜夜传唱，一个人内心的世界要真安静下来，一定和时间无关。

（原载 2017 年 7 月 10 日《甘南日报》第 3 版）

甘南之云

耿永红

甘南的云，是一页页经卷。

风吹过，经卷轻翻。

读它的人，有老阿妈，灯下，昏花的眼。有赶车的老汉，眼睛里倒映着影像。有衣着艳丽的藏族姑娘，两颊落满高原红，朝霞般鲜美。

哦，她的祈祷，清亮虔诚，仿佛雨珠滴答。每一朵云，都藏着一颗雨珠。

那是盛开在高原上的梦。格桑花一样，繁密，明媚。

甘南的云，五颜六色。

乌云是藏族姑娘的头发。她美丽的青春，点缀着古老而崭新的甘南。彩云是一群群藏族的孩子。色彩斑斓，变幻无穷。

白云，是老祖母的发髻，风雷渐消，内心宁静。

饮过青稞酒，躺在草原上望云。

你的四肢脱离了你，渐渐轻盈。你的躯干一点点虚化。

你的五官渐渐模糊，你的灵魂一路飞升。

现在，你也是一片云了。俯瞰着高峻的山峰，青草上骨碌碌滚动的牛羊。一只苍鹰经过，彼此点头示好。

猛然醒来，哦，你还在原地。

化成甘南的一朵云，降落在尘世。

（原载 2017 年 7 月 31 日《甘南日报》第 3 版）

对草的阅读

卓玛本

这些被风奉为信仰的祭品，放满山野。为疑似荒芜的空，撒下一丝丝安慰。

略去它那与天等同的海拔，隐去姓名，它所拥有的蔚蓝，比海都大。

即使是活在世界不知名的角落，这陨落的一派生机，正以顾名思义的美，迎娶着闪电与磨难。

而对草真正的阅读，应当从牧歌开始，因为歌唱由大地开始，而草原的大地与草又往往分不出区别。

所以，要沿着这样的脉络，去捕捉那条天边飘荡的纽带。

从它向阳生成的本性中，获取那坚韧不拔的哲理与品格。

如谦逊缄默，如斯相守。

而其中，那蒲公英般的随遇而安，是我对它最大的敬佩，也是一株草编织出特有的真诚与善良之后，遗漏高原的耿直。

（原载 2017 年 10 月 9 日《甘南日报》第 3 版）

甘南，或八颗星辰闪耀的大地

王 力

甘南古为羌氏之地，自治州今辖七县一市。

1

鹰翅擦亮的天空下，有三河一江的吟唱。

海拔之上的风雪，埋不住她们奔涌不息的歌声。

2

时间退回亘古，退回新石器时代的荒原。

散落在地的甲骨片上，湮没在历史深处的"羌"字，吞吐神秘而深邃的
萤光。

3

那人名叫无弋爰剑。兽皮为衣，背挽长弓、手握箭镞，行进在通往中原
的道路上。黄土漫漫掩道，乌云滚滚搅天。羌人的首领，以尘洗面。

第一粒种子破土而出的声音，似雷霆轰响！

高处放牧，低处种田。从青藏高原到黄土高原的边缘，四季的雨雪风霜里，人与自然相融相生，各自安然。

4

析支河曲。以白鹿为图腾的姓氏，有一个勇敢者的名字：党项。

这是卓格岭地。赤兔马在传说中愈加俊美高大；史诗中传唱的英雄，他经历的艰辛和磨难，已化为一个民族血液里的勇敢、正义、智慧和力量！

5

远古的羌戎牧地。

甘加滩东部。

央曲河与央拉河交汇的台地上，八角城里鼓角争鸣。

刀枪剑戟的撞击之声，从历史幽暗的隧道里隐隐传来。

失守、收复、更迭、易主……

八角城，八角城。八个城角是八个方向。

陶片、货币、筒瓦板瓦、方砖条砖……唐代的城池中，曾经端坐着吐谷浑、吐蕃、西夏、唃厮啰的王。

而名叫吐蕃的民族，来自遥远的西藏。

6

史家挥笔疾书：北蔽河湟、西控番戎、东济陇右……

汉藏聚合、农牧过渡的地带，先民耕作、种植。随山势起伏的农田里，依稀波动着迁徙之民的沧桑。

牛头山上牛头城。

牛头城里，吐谷浑王稳坐中军大帐。

柏木的桌子上，牛角爵里的烈酒，映照江山万里。

而洮州卫城的军士，终于成为戍边的居民，夜夜梦行水上。

7

涅甘达娃。他的大拇指，蕴藏着开山辟地的力量。

传说隐去。历史的巨轮，驶向一九三五年九月十六日的黄昏。

茨日那村的小小木楼上，一代伟人下达了劈开腊子口的命令。

枪林弹雨倾斜而下！盘旋在悬崖上空的苍鹰，敛住了划动空气的翅膀。

8

巴藏朝水，博峪采花。

黑措镇的羚羊，走失于最后的水洼。

现在，它以雕塑的形式回到了家园，静静伫立于文化广场，像一个智者，陷入了沉思。

9

这是佛光笼罩的甘南。

活佛阿旺宗哲，早已经历了轮回。

红墙金顶的寺院里，华旦达瓦智化手书的《贝叶经》，静卧于藏经楼上，闪烁着古老智慧的光芒。

10

羌、氐、戎，吐谷浑、吐蕃……高迥之地，土著和迁入之族，都是这片古老土地的先祖。

藏、汉、回、土、蒙……三河一江，不同民族的兄弟姐妹，皆为建设美丽家园挥汗如雨。

葫芦状人形陶罐上，还散发着先人的体温。

"银色的神鹰"已然高飞于海洋般蔚蓝的天空。

古老的土地啊，常新的土地！

以高原之舟的沉稳，以河曲宝马的矫健，以黑措羚羊的迅捷。

以各民族团结的力量，再次启航！

（原载 2018 年 8 月 6 日《甘南日报》第 3 版）

洮　河

花　盛

对洮河的挚爱，倾注了我全部的勇气，胜过一次雪崩般地决绝。

凡你走过的地方，我就像回到了故乡，鸟儿啁啾，牛羊悠闲。

我们蜜蜂般，争先恐后地亲吻你灵动柔美的身体。

我们蚂蚁般，在你的涛声里筑巢，储备食物，繁衍后代。

而你，始终只顾埋头赶路，忘却一棵小草叶含泪地守望。

雨雪，替你记录一年的丰盈与消瘦；黑夜和白昼，替你道出生命欣荣枯衰地轮回。

那些浪花，彼此追逐着，像风追着落叶，我们追着时间。

每个人的血脉里，都流淌着一条河。我们在河里承载着自然的使命和全部情感，也在岸上打捞脆弱的梦想和陈旧的时光。

多年了，它们融为一体，成为我心灵深处不灭的星辰，影子般不离不弃。

其中一颗星星，浪花般站起来，成为我们身体里不可或缺的一部分。

（原载 2020 年 8 月 17 日《甘南日报》第 3 版）

暖风吹，为业仁而醉

金 凯

时光丰裕。

风雅颂，村庄的春秋与冬夏。

我踏歌而行，内心盛满了阡陌田垄，诚挚的表达在云水禅心之上，瞬间被荡涤得隆重热烈，目光所及——牛羊与云彩的交错，正在演绎一场朴素恬淡的完美。

一株青稞的心事，触及五谷满仓和笑声酣畅的秋实累累，二十四节气变得丰盈厚重。

半亩当归随锄出土，有一种悬壶济世的庄重，让病困伤痛四处流浪终将无处落脚。

花盛开，云雀跃。

美丽的传说正在土地上寻找着源头活水。

澄净的天空，深远的意境铺满了深深浅浅的甜蜜。

天苍苍，野茫茫，一粒麦芽开始了破土之旅，生命在孕育中蓬勃向上。

当我以诗者的目光去翻阅村庄的过往，那一场温柔的细雨，洒落在群山之中，撩动起我内心澎湃豪壮的灵思。

邂逅，感慨。我把薄雾、彩云和天空下的一切美好，全部写进好山好水好甘南的歌谣和弹唱之中，让土地上生长出明媚的阳光和皎洁的月色。

也许，我曾经迷茫。

在旷野中，不断迷失自己，不断找回希望，随着那片缓缓移动的羊群，翻山梁、越沟坎，追随着一片白云，向着远方跋涉，与一瓣花叶一起吟诵内心的诗句。

学会在雨雪霏霏之前，把脆弱的心紧紧裹起，不让寒冷和困窘找到突破的缝隙。尝试着开始一场前所未有的冬眠，在梦境里执掌一颗沸腾的心，然后跟着粗壮的风去经营一段情满江湖的姻缘。

修辞格调是春的温和、夏的欢悦、秋的伤感、冬的冷峻……每一季，我都在一些分行的词句中寻找失散的灵感。

透过时光的背影，我会念及夜雨寄北——巴山夜雨轻剪西窗烛。书卷之中，有村庄的爱恨情仇，有人生的离愁别绪，还有生活的苦乐浓淡。

格桑花芬芳了高原。

仰首腾空，草地选择了一匹骏马的呼吸和疾驰。

月上旬，徘徊的心境正在努力培植一畦春光灿烂。

暑云散，凉风起。以另一种方式与村庄相遇时，我学会了写实、记录、叙事、抒情，还有浅吟和高唱，用饱满的真情去感染每一个过往和未来。

长路漫漫，有相思，有追随，有坚守，更有不离不弃的挚爱永恒。

每一次交谈，每一分离散，总在风起雨落的日子里，有些许大小不同的心动扑面而来，让低落的心花在刹那间怒放不止。

一段往事，一些人影，清波逐流的澄澈与宁静，月落星疏的辽远与深广，丝丝红尘的纷乱复杂，都在某一个灯火阑珊的夜晚，跌入茫茫的心绪大潮。

业仁，在晨曦中清秀迷人，在晚霞中沉稳端庄。

我缓步轻轻踏进你不老的时光流转中，开始用心经营着每一颗籽粒的嫩芽和根系。

在无限的眷恋中想念那些枝梢上的绿意，庭院里的温饱，灶台上的烟火和仓廪殷实，还有精壮的子孙后代。

　　执着向前而行，穿越密林，翻过山峦，聆听一条小河的前世今生，洞悉人生的流程，曲折环绕，光芒与暗淡时常交会。走出泥沼，迎面而来的即是坦途大道和柳暗花明。

　　暖风吹，昨夜的圆月成为一往情深的寄托。

　　关于美与善的话题，越行越远，从眉头直抵心头。

　　业仁，每一天都在我血液中以炙热的豪壮起伏翻滚，向着远方，向着梦想。

（原载 2021 年 2 月 22 日《甘南日报》第 3 版）

甘南记（组章节选）

牧 风

10

一曲羌戎牧歌吹动甘南汉代古韵的神话。

一支飞入草泽的箭镞捎来北方鲜卑人欲望的脚步。

一束六世纪初的月光透过青藏的缝隙，将吐谷浑神秘的影踪瞬间推入初唐甘南的原始秘境。

一条翻越巴颜喀拉的溪流在甘南的制高点完成小溪育河的壮美蜕变。

一朵汉唐喂养的格桑梅朵，在吐谷浑狼烟遍地、饮血踏歌中沉吟挽歌。
一片承接历史的荣枯和兴衰的银霜覆盖青藏原野和江湖横流。

一座横跨青藏的雪峰，用高耸入云的雄姿阻挡住外侵者贪婪的灵魂。

一颗埋没千年的文明种粒，冒险将瘦弱而顽强的头颅顶出青藏腹地，摆动鲜活娇羞的脸庞，在雨雪的浸润中，把梦想繁衍成大野苍茫。

一抹彩虹把盛唐西边的雪域描绘成渴望和平的佛乐典章。

18

把歌声留给温馨的草地牧帐，那炊烟袅袅里升起奶茶的飘香。

把祝福献给破茧蝶变的美丽藏乡，那绿色涂抹的家园是人间天堂。

把生命里快乐的时光呈现给三河一江，那波涛翻卷着朝晖和暮落的苍凉。

把雪域最美的赞歌献给秀美牧场和浩瀚林海，那高原壮美的骨骼在凛冽中铿锵有声。

把尘埃里孕育的故事倾诉给十万雪山和数千河流，那空旷的回音震撼着青藏的每一根神经。

呵，甘南，雪域深处一朵怒放的雪莲，带着晨露的幸福时光。

20

一个名字镶嵌在脑海里已久远了。

一千三百多年前屹立东喀尔神山的湟川古城轮廓依旧。

晒银滩上生灵的歌唱已穿越古今。

征战、拼搏、碰撞中活下来的历史，是尕秀沧桑而古老影踪迁徙的活化石。

六十万亩赖以生存的辽阔草场，是前凉时期最神秘的疆域。

岁月让吐谷浑的子孙们在群雄逐鹿中稳住脚跟。

东喀尔神山偎依的神奇精灵，是格桑喂养的伟岸和雄起。

龙头琴弹唱的悠扬中英雄格萨尔发出的嗟叹，在锅庄的优美身姿中演绎神话。

一朵苏鲁梅朵滋润的尕秀，是甘南新时代心灵的坐标。

一束阳光里温暖的尕秀，是族人终生守望的故乡。

五彩环绕的牧帐如莲盛开，望空嘶鸣的神骏驰骋草原。

鹰隼集结旋动的翅羽挟裹雷电！

一场破茧成蝶的博弈，一场涅槃重生的升华。

倾听尕秀，那绿色崛起的战鼓已隆隆响起……

24

在晨露中推开黄河桥头的迷雾，把冷峻的身影插进朝露闪烁的草泽。

挑开阿万仓的轻衫，二百平方公里鲜活的贡赛尔喀木道湿地，在贡曲、赛尔曲、道吉曲三条河流与首曲交汇之地旋动着，被飓风掠起牧歌，裸露辽阔的身躯。

沃特村寨如莲泛动，钟鼓声起，大鸟齐鸣，成群的牦牛挺起脊梁，在风雪中踏冰登高，俯瞻旷野，做着草原之王的美梦。

俯耳谛听的生灵竖起渺小的头颅，在正午的阳光下不屑于一群践踏者的吆喝！

在海拔三千六百米升起的阿万仓诸神的制高点，我被南北相望的珠姆和琼佩山神的盟约惊醒，这苍翠如玉的大野，只有清澈心灵的海子如繁星闪亮，照彻阿万仓湿地最美的部分，就连摇曳的八瓣格桑都发出天界临凡的爆绽之声，那是两座神山无限贴近发出的海誓山盟吗？

雨水还原着一个游牧人前世的脚印，而我用残破的手掌握住牧鞭，在晨曦的草场里尝试做一位沉默的骑手。

25

一道闪电跨过尕玛梁雨来临前的暗夜，在河曲草泽上亮出惊悸。

一群岁月磨砺的影子，在辽阔的乔科湿地，惊悚一地睡熟的苏鲁梅朵，只有神谕才能改变它们绽放的姿势。

远望草丛稠密的缝隙，时有小生灵们合奏恬静的小夜曲，如同万千军队穿越死亡雪谷，如此孤寂的行动，没有集结号，没有旌旗猎猎，没有嘈杂的脚步，只有死一样的沉闷和粗壮的呼吸伴着雨夹雪。

与共和国同龄的河曲马场是一块养育神骏的灵地，上千匹青海骢纷拥而入，这些河曲之外的神骏都在梦想，梦想成为广大河曲腹地的英雄，想拥有这片丰腴厚实的宝地。

像一团火焰瞬间划破前方摇动的静谧；

像一束箭镞眨眼中嵌入余晖中泛滥的霞光；

像一段时光之羽在疾驰中撩拨草原颤悚的神经。

30

三只鹰隼都飞不过去，只有措美峰高耸入云。

一幅巨大的油画，活生生镶嵌在迭山白水间，将我仰望的灵魂全部占据，没有留下想象的缝隙。

一切都像安排好的，我几乎是跟着神灵在卡坝东边的峡谷里穿梭，甚至像一朵随意绽放的云，想无限次地逼近迭部秋风鸣动的褶皱里。

把自己交给扎尕那的月光，还是呈送给尘埃里翻诵经卷的旺藏寺？

我涉过达拉河的静寂，只为抚摸八十多年前为毛泽东遮风挡雨的数棵千年古杨。

那闪烁在尼傲、阿夏和多儿的旷世诗篇，是尕巴舞狂放之美，还是一个游走者的泣血而歌？

为何聆听不到八十多年前的红色集结号？

唯有腊子口战役的纪念碑在往昔的追忆中独自沉吟。

落下果实沉甸甸的，就像母亲甘甜的乳汁，丰硕着迭部成熟的日子。

想那苦苦追寻而来的白龙江，已在眼前剧烈地颤动着身子，将我陪伴的河流幻化成一叶舒展的兰舟。

（原载 2022 年 2 月 21 日《甘南日报》第 3 版）

羚城之灵（组章）

王小玲

羚城之灵

脚步到达之前，我的心已经抵达。

天地大开大合织成的经纬，我身披这天成的锦衣，飞翔在云彩托起的空中花园。

"金盆养鱼"的宝地，

群山环绕的净土，

草原里的城，

羚羊栖息的乐园，

青铜白银打造的宫殿。

羚之街走过不同穿戴的牧民、诗人和贤者，他们说着不一样的方言，但我听懂了他们口中念着同一个词："黑措"。

这名字，由轻灵的羚羊托着，从大海到森林，从森林到草原，从远古到如今。

穿过城市的街道走向郊外的草地，山坡上细碎繁花铺陈天际；空气里飘荡着青草的涩香和野花的甜香，百灵鸟嘀哩嘀哩地在云端歌唱；蓬松的云朵就在眼前，伸手就可以捧在手中，拥进怀里。

露珠是看花忘了回去的云，被月亮吻过，专门在你清晨出门时跳到足尖上画画。小小的花瓣上的露珠哦，太阳出来之前，用什么穿起来送给我爱的人？

天上的星星水灵而饱满，离我那么近，都是会说话的精灵。羚的足印通往神秘之境，奔跑的声音永久缭绕在羚城的上空。

美仁大草原

七月铺金。

八月蔚蓝。

九月缤纷。

美仁大草原是吉祥天女编织的锦绣。

珍花异草，蜂飞蝶舞，百鸟歌吟，大河悠悠。打马经过，香染马蹄，身后扬起芬芳的花尘。

躺在花海中，纯粹的花香渗透我，血液新鲜而干净。

白云是温暖的手掌，低低地伸下来，抚过花草、河流、牛羊和帐篷；

白云也会悄悄化作浅灰色帘幕，雨就斜斜地飘下来，花草的尖瓣落满了珍珠；太阳像个调皮的孩子，忽而隐在云雾里，忽而散射出七彩的霓裳。

青草的气息越发清晰，暖意自心底慢慢上升，我的心越来越安静。

白首的山峰静立于天际，用沉默告诉我们：你不知道的，神知道。

白 龙 江

我从齐鲁大地一路寻来，表达对一条江的感恩。

安享福泽的人啊，可知天上之水来自何处？

涧水溪流从郎木寺镇的峡谷间潺潺流出，汇集成一条清亮的河，活泼泼地穿过镇子，一跃而成惊涛拍岸的白龙江。

一条懂得掉头的江水，千回百转腾云驾雾飞抵长江。

一条河流的存在，教会人回首，寻找生命的源头，心存敬畏与感恩，向河流致敬，向花草虫蚁问好，向鸟鱼禽兽颔首，向大地的主人深深鞠躬。

那些小小的海贝化石向我们讲述着大海退去江河生成的故事，人类与地球上所有的生命都该侧耳倾听——那遥远的涛声是否依旧。

阿 让 山

那山，是男性的山。伟岸雄奇。

那水，是女性的水。舞姿妙曼。

有这样的山才有这样的水。有这样的山水才有这样的人。

自然的羞赧的孩子，与万物同住，相信并珍视那些"看不见的"生命的实相。

五月五日朝水节。

女人穿过七彩的阳光，在散开的浓雾中到达了瀑布，她们一边接受天上之水的沐浴，一边唱着天籁的歌谣；

她们把泉水装进容器带回家，那是仙女在凌晨加了百草之药的神水，为男人、孩子和客人"灌顶"洗礼，从此百病不生。

我看到了另一个自己，鲜嫩、干净，生动如被一轮明月拂照。

采 花

我与情郎哥哥站在花丛中，

春风浩荡，掀动我的花衣裳，和一触即发的爱情。

我看花，花也看我，看懂了就可以相互戴在头上，穿在身上。

我的情郎哥哥高声唱"采得花一朵，佳人鬓上霞"，他的眼睛里闪着白龙江的光波，我的心撞来撞去，山风吹落了花瓣，上面绣着他的名字。

就在我们对视的刹那，一朵达玛花喊出声，一千朵达玛花在喊。

我们在如花瓣层叠的山峦上赤脚奔跑，我的长发飘成瀑布，六月的风中草浪起伏，花儿们散播芬芳，染我一袭芳泽。

那个在花海中掌舵的男人，他给我戴上彩带，束扎层层折叠的青布帕；他将我的长发梳成碎辫子，他给我编玉珠穗子，给我打银盘镶玛瑙。最后在我耳边悄悄说：你比花儿还好看。

我的情郎哥哥呀，我愿意在此安居，与达玛花结为最近的亲戚，成为山路上婀娜的妇人。

就凭你，不再凭任何。

飞　翔

多么好的季节啊，在甘南，我的呼吸融入万物的呼吸。

我想睡，就会有香草在此铺垫；我想唱，就会有百鸟聚集伴奏；我想飞，便会有祥云栖落脚底，有光在前方指点迷津。

草原有多辽阔，我的生命就有多壮美。

风吹过，羊群走过，我青绿着，开一朵小花，在自身的美好里，身姿摇曳，顾影自怜，难以自持。我想说出这些感受，又一朵花在我头顶开了。

一些很沉的东西已经卸下。

我似乎要飞起来了。

超　越

梦中的羚群越来越近，在繁星中带我穿越远山的峰顶，我周身轻盈，散发野花的香气。

长着彩色翅翼的歌雀正在用花腔唱诵万物生。

万物美好。

我要用草原上所有的野花和溪水大声地说出我的爱，我准备用全部的力量去爱。

我在这里修行，抵达不曾有过的完美，安放我中年的分离与相逢。

在甘南，遇见了最美的自己，我要向所有人说出我幸福的秘密——我有春风十里，也有采花时遇见的良人。

我的诗章、我的生命可以在季节里开出属于自己且只属于自己的花朵了，这朵花熠熠耀闪出别样的光芒。

（原载 2022 年 5 月 2 日《甘南日报》第 3 版）

甘南，静看尘烟深处的古城

曲桑卓玛

金戈铁马雍仲城

雍仲城，屹立于甘加草原腹地的一组密码，一部完整的无字史书，如莲盛开。

八角，是古城墙的独特之处。如此造型，极为罕见。一枚枚羽箭护城，听闻城墙之外若有风吹草动，尽可予以无死角、无盲点精准射击。

如此精妙的设计灵感，究竟来自何处？是《山海经》里的某一处仙境，还是用以印证宇宙世界结构的本源与特质的"坛城"？

唃厮啰，一位来自雅砻河谷的吐蕃王子。

他马蹄如风，骁勇善战。

雄踞雍仲城，智取河湟与洮岷。这个年轻的赞普，在西夏和北宋王朝的夹缝里拓展疆域，庇佑苍生，也为后世子孙，谋下千秋万代的幸福康宁。

风，吹不散埋藏千年的先祖智慧；雨，打不湿流芳百世的英雄册页。

桑烟袅袅，海螺声声。白石崖下，甘加秘境如一滴清凉的泪水，把边塞宏阔苍茫的故事，连同金戈铁马的尾音，种进你我的旧梦。

山脊垒垒石头城

路过的神，拇指轻轻一摁，迭部就打开了一只美丽的月光宝盒。山奇石怪，林密草深。泉流溪瀑，纵横激荡出一个又一个灵动活泼的村寨。

蕨菜、木耳、猴头菇，还有草滩上闲庭信步的蕨麻猪，喂养了迭部男人的豪迈与自信。

一个人，一生能喝多少酒？

"我喝的酒嘛，能在迭部城的上面，不大不小的一场雨下哈呢！"这就是迭部男人：胸脯一挺——牛皮吹得，火车推得，敢做敢当，敢爱，也敢恨。

一念是山，一念是水。

像迭部男人一样，胸中装满豪情与荣耀的扎尕那，万壑千山，无惧风雨。

你斩落夕阳，那些被山风吹皱的石头，如屏如障。

石头，是谁放不下的执念？

山脊垒垒，固若金汤。

一个石头与另一个石头，相视而笑。它们手挽手、肩并肩，于旷野之中，伫立成地老天荒的勇士模样。扎尕那，是王冠上的一颗宝石？还是勇士们托举的一座王城？

高山杜鹃、紫斑牡丹，或者一株叶面闪着点点油光的秦艽，都是王城里的合法公民，它们骄傲如没落的贵族，守着一份矜持，不肯在喧嚣的尘世里人云亦云。

上善若水瓜咱城

风吹过大地，剥蚀了岁月，让大地上的每一座古城遗址，都包浆成了古董。

瓜咱城，舟曲百姓口中的莲花城。是貌若莲花，还是口吐莲花？村野中人无人解答。

史书告诉我，此城始筑于汉代，为古宕昌国早期的王城。历史就是这么奇怪，梁勤称王，宕昌羌走过二百五十九年峥嵘岁月，终归寂灭。王城，于羌水之畔迁了又迁，从未在某个角落坐拥一城繁华。

宕昌国所建立的政权，于历史长河而言只是弹指一挥，而瓜咱城却以平凡而粗糙的样貌屹立千年不倒。

天道轮回，来的来，去的去。

不来不去的，只有羌水里的浪花。

是啊，浪花淘尽英雄，昨天如此，今天亦是如此，哪怕羌水几度更名，哪怕今天它只有白龙江这一个称谓，我们也不能否认这是一朵智慧的浪花。

老子说："上善若水，水利万物而不争……"

羌水给我们的智慧是不争，是以神的视角俯视人间，俯视那有翅膀的蚂蚁和无翅膀的蚂蚁，在草窠间争执，甚至互相攻击。

而今，关于宕昌国王城遗址的争论，也像极了那两只蚂蚁。

银发睿智牛头城

凭山而筑的牛头城，静静注望着眼前的花海，沉默不语。宛如一个睿智的银发老者，从西晋永嘉末年，走到了今天。

历史，总是这般沉重而滚烫。

打开它，让心灵一半浸入海水，一半丢进火堆，唯有疼痛才能唤醒觉悟，才能更近一步走进古人的心境。

夕阳西下，落日的余晖是一卷唯美的画布。鲜卑慕容氏族吐谷浑部落，从遥远的辽东走进了甘肃南部——临潭古战的这一块风水宝地，于此筑城而栖。他们不辞辛劳，千里迢迢内迁至此，是为了让族人都能够好好地活下去。

历史的车轮滚滚向前，边塞永远是战争的最前沿。

活着，总是逃不出弱肉强食的丛林法则，没有对错。只为了让族人都能够好好地活下去。

烽烟处，吐谷浑被吐蕃所灭。

时光更迭。

千年以后，古战却是一片花海，而牛头城依旧是那个鹤发童颜的老者，聪明睿智，福寿安康。用它累世所修的福泽，荫蔽洮州永远吉祥。

（原载 2022 年 9 月 26 日《甘南日报》第 3 版）

在扎尕那听雨（组章）

阿　垅

达拉民歌：肖央

一幅画，是以月光来装裱入框的。

一个夜晚，是从一首达拉民歌开始传唱的。

山间修好了小路，溪流上架好了石桥，手捻的羊毛线越来越长，红杆绿叶的荞麦就要开花。

等木楼上垂下携有体温的织带——

一站就是上百年的那个人，就是另一个你我。

白龙江素描

不仅在眼前，还时常在梦里。

一条江，究竟饮喂了多少银色的马驹，浪涛如鬣鬃翻滚，嘶鸣如绸缎顺滑。

枕边有涛声，两耳就不觉寂寞。

那种如影随形的不离不弃，不会顺流而下，也不会逆流而上，多像过去只倾心往返于南北两岸的木筏子。

那种土得掉渣的莫逆之交，与童年时光纠缠在一起。
风车、弹弓、沙包和鸡毛毽子，浓重的方言，谁提起，谁就是与我发小喜泣重逢的人。

在扎尕那听雨

木窗外的黎明，泛起鱼肚的白。
淅淅沥沥的雨声，拥挤着寻找各自的落脚之处。

在扎尕那，最初的雨水，应该是春天埋锅造饭、最早升起的炊烟：看云雾缭绕，万物在蒸腾中蠢蠢欲动。
原野边的架杆落下了鸟雀的音符，那些漫游的羊群，只顾低头赶路，会不会是远方派来的信使？

好吧，既然有人心照不宣，在门后摞起了种子的布袋。
山间无栅栏，伴随着嘀嗒声，让我们的交谈就此开始。

美仁大草原

草的盛宴，在大地端起的盘中。
是盛夏的惊堂木，拍响了这一望无边的绿。

这是怎样的草啊，相依为命的草，一棵是另一棵的影子，一棵是另一棵的替身，不分你我和彼此。

这不是迎风就倒的墙头草，也不是杂乱无章的蒿茅草，这是精神抖擞一律留着寸头的草，盛装的阅兵式接受雪域的检阅。

这是怎样的绿啊，绵延起伏、平心静气、毫无保留的绿，曾在梦里出现过，在梦想间栽种过，在纸张上描述过的都遥不可及。一色的绿，没有杂质、创伤、裂痕和非分之想。

身边的帐房，像垂落下的云朵，任飞鸟掠过，信马由缰，喝茶、寻觅和吟诗，已不分天上和人间。

我乃一介书生，不敢高声喧哗。

擦肩而过的人流中，衣袖里都藏有一小朵达玛花。

扎尕那图鉴

想把亚当和夏娃的诞生地放在这里的人，不是我，是 1926 年漫游至此的约瑟夫·洛克。

扎尕那，一个被群山环绕的地名，以藏语发音，会让慕名而来陕川沪粤各地浓重的方言在舌尖上打滑。

仰望是门修身的功课。

直到云雾散开，一座又一座山好似从天上落下。

万物此时融为一体，迎合发出共鸣：草木攀升寻缝扎根，鹰鹫居高敛翅筑巢，陡峭绝境的崖壁上，也有销魂之舞，成群的盘羊纵身蹦跳，来去自由。

怀揣整座山的人，会牵一匹枣红大马。

背驮夜宿的行囊，不一定走得沉重缓慢。

　　打两三声响亮的口哨，就在前边带路的当地向导，不时停下脚步，转身等待气喘吁吁的我们。

　　先画出来再说：
　　最高处是牧场，除了牛羊，还有一缕炊烟袅袅升起；中间是茂密森林，土壤潮润，延伸的林海应该遮挡住了菌类布下的另一片星空；再往低处，油菜花黄，青稞抽穗，农田在村寨和河流之间起伏……
　　涂彩的油画笔，她左手上刚停歇下三支，右手上的一支还在发出沙沙声响。

　　不是我光张嘴，不说话。
　　磨房吱呀，夕照清流，为戏水孩童的裸体插上了金箔的羽翼。
　　自古人间多高山，有名与无名不重要。
　　重要的是——
　　此山，在谁心中盘亘了千年。

（原载 2022 年 12 月 22 日《甘南日报》第 3 版）

图书在版编目（CIP）数据

《甘南日报》七十年副刊作品精选：全2册. 诗歌卷 /
张大勇主编. -- 北京：中国文史出版社，2023.6
　　ISBN 978-7-5205-4152-7

　　Ⅰ.①甘… Ⅱ.①张… Ⅲ.①诗集－中国－当代
Ⅳ.①I217.1

中国国家版本馆 CIP 数据核字 (2023) 第 116596 号

责任编辑：全秋生

出版发行：中国文史出版社
地　　址：北京市海淀区西八里庄路 69 号　　邮编：100142
电　　话：010－81136602　　81136603　　81136606（发行部）
传　　真：010－81136655
印　　装：廊坊市海涛印刷有限公司
经　　销：全国新华书店
开　　本：787 毫米×1092 毫米　　1/16
印　　张：17.75
字　　数：280 千字
版　　次：2023 年 7 月北京第 1 版
印　　次：2023 年 7 月第 1 次印刷
定　　价：128.00 元（全 2 册）

散文卷

《甘南日报》七十年副刊作品精选

张大勇◎主编

中国文史出版社

编 委 会

前　言

千里草原牧歌嘹亮，三河一江咏叹情深。在甘南文学的版图上，《甘南日报》文艺副刊"芳草地"在七十载岁月流转中始终与时代同行，坚守着甘南文学的精神高地。

从一九五七年的"百灵鸟"到后来的"牧笛""牧歌""小草"……到二〇〇四年的"芳草地"，一代又一代副刊编辑辛勤耕耘，甘为孺子牛、勤作铺路石，累计编辑刊发了数万篇文学作品，开辟了一片草木葳蕤的"芳草地"，成为甘南州内外文学爱好者和文艺创作者的摇篮、青年朋友和广大读者共同的精神家园。二〇一九年，《甘南日报》副刊设立"金羚"年度文学奖，为甘南文学注入了新的活力，不仅激发了本土作家的创作热情，更是吸引了全国各地大批作家诗人文学爱好者踊跃参与。"金羚"年度文学奖以"九色甘南香巴拉"为引，打造了一个世界"了解甘南、欣赏甘南、热爱甘南、沉醉甘南"的窗口，将"甘南"从一个地理名词升华为一个精神和诗意的文化符号，为甘南文学打造了一个亮丽的品牌，为甘南文化建设发挥了重要作用。

山川有迹，文字无声。七十载悠悠岁月，《甘南日报》文艺副刊随着

《甘南日报》的发展迤逦前行，留下了许多珍贵的文学佳作，这些作品普遍具有鲜活的时代性、人民性和艺术性，有精神、有情怀、有格调，散发着独特的艺术魅力，展现了美丽甘南的神奇大美和甘南各族儿女与时代同步奋进的社会实践。在喜迎甘南藏族自治州成立七十周年之际，我们组织选编了《〈甘南日报〉七十年副刊作品精选》，分散文和诗歌两卷，收入《甘南日报》副刊发表的散文、诗歌、评论等作品共 二百四十余首（篇）。在七十年的时间纬度上打开这一绚丽厚重的文学长卷，让读者体味不同的时代气息和审美个性，沿着时间的河流去感知那些文学笔触下的时代情怀、甘南故事，共鸣于那些曾经涌动在人们心中的深情眷恋和美丽情愫。凝结在文集中的是这片土地上七十年流金岁月的灿烂华章，流动在册页间的是伟大祖国甘南大地上生生不息的时代脉搏。

矢志于千秋文脉，七十年恰风华正茂，我们希望更多的作家和文学爱好者能够创作出更多反映时代发展进步、提升人们精神境界、带给读者美好情感的好作品，让"芳草地"花开满园，流芳溢彩。

文集因篇幅有限，编选中遗珠之憾在所难免，因编者能力有限，编选过程中不足之处必定不少，希望广大作者和读者谅解、指正。

目　录

春到卓尼

◎杨述炯

一

一条笔直的马路，用石子铺成鱼脊形。这马路穿过城中心直通到河沿，沿着马路两旁，长着翠绿而古老的大白杨树。这马路从城中心到河沿来往的距离不过一箭之地，走起来使人感到轻松愉快，不知不觉就会到城中心或是到河沿。每天早晨，这马路上就有很多人——男女老少都在来往忙碌着，男人送粪，女人挑水，幼童放牧，年轻人背柴，三三五五，成群结队，非常愉快。这种景象，充分显示了在新中国成立后的今天，在共产党的光辉照耀下，藏族人民都在孜孜不息地劳动着，并认识了劳动是光荣的、伟大的。直至更深夜静，这条马路才会安静下来。

二

千百条葱绿的柳树，遮掩着城市，映绿了洮水，这就是全区胜景的

"柳林"。柳林中长满了各种嫩绿的杂草，盛开着各色的鲜花，好像是天然的地毯，并有十字交叉和弯曲旋转的小道，也有一座座的屋舍、碉楼。每到夕阳西斜，就有许多的男女学生和革命工作人员等在这儿活动。风景优美的柳林，给广大人民在工作上、劳动上、学习上、生活上增添了无限的力量。

三

洮水围绕着柳林，向东奔流，南山的翠影倒映在河水里，成了天然的照片。这碧绿的洮水，把每个人的"杂乱心思"都清洗成了纯洁一致的、全心全意为藏族人民谋幸福的思想。每到晴天特别是礼拜天，就有很多成双成对的人在这儿嬉戏、洗衣，欢乐而愉快的笑声，震荡着水波，人们感到只有在共产党的领导下，才有这样幸福、美满、自由的生活。

（原载 1953 年 6 月 5 日《甘南报》第 3 版）

完尕滩的今昔

◎严　浩

　　从拉卜楞沿着大夏河东行七十里，再到河的右岸，就是完尕滩了。这里在新中国成立前住着回、汉、裕固族共十一户人家，都是为躲避国民党反动统治"抓壮丁"和民族压迫流落到这里来的。在这里他们照旧得不到安宁的生活。夏河县完尕滩区民政助理员孔庆德回忆起当时的情况，痛苦地说："过去完尕滩十一户中够吃够穿的没一家，但是反动派的官员还是经常来捏造是非，挑起回、汉族住户的纠纷，从中弄钱。人们被官款、差事逼得没法活下去！"

　　新中国成立前，村里的街道高低不平，中间是沟，水沟两边到处是牛尿马粪，几间房子东倒西歪。村西尚格河和大夏河汇聚的三岔口路上还经常有抢劫事件发生，这里虽是由临夏往甘南的通道，但过去来往的人和脚户却很少。

　　新中国成立后，多少年来笼罩在人们心上的阴云消散了。在中国共产党的民族政策照耀下，工农牧物资交流大大方便，村里关闭已久了的店门重新开了，大路上无论白天夜晚都有运入工业品与运出皮张绒毛的脚户走动着，人们愉快地劳动着。

现在，完尕滩简直是一个繁荣的小市镇。1952 年 11 月 14 日，自夏临公路通车后，过去滩上来往的小毛驴车一天比一天少了，代之而起的是一队队满载货物、大米和白面的拉拉车和飞跑着的汽车。村里的住户由十一户增到三十九户，新修建起四十多间铺面房屋。贸易公司的门市部里堆满了各色布匹、百货，到中午，从三四十里外赶来的藏族群众，都来选购自己喜爱的物品。

街道东头新修的一所学校，玻璃窗闪闪发光，两间教室里坐着七十多个藏、汉、回族小学生，正愉快地学习。从学校向西走不远，就是人民银行营业所，这里的工作人员紧张地工作着，先后把人民政府发放的种畜、籽种、副业等贷款发放给群众。接着走过去是完尕滩区人民政府和区卫生所，卫生所免费给藏族群众治病，一年有几百人经治疗恢复了健康。

（原载 1954 年 9 月 1 日《甘南报》第 3 版）

草原上新兴的玛曲城

◎段　耀

在黄河玛曲一望无际的草原上，出现一座新兴的城市——玛曲城。玛曲县人民委员会就设在这里。

玛曲城四周的景色，美丽如画。城背面是一座大草山，山腰有座寺院。城南是我国著名的大河流——黄河，河水闪闪耀眼。城西有一条清澈见底的小河，人们在上游挑水，下游饮牲口、洗衣。城周围是水草丰美的草原，放牧着成千上万的牛羊，特别是夏初，一片碧绿的牧草，星布着黑、白色的牛羊，好像一块精致的大地毯。

这座草原上新兴的城市，诞生在一九五四年的冬天。城墙是用草皮砌成方块垒成的，坚固美观。城墙四角修有岗楼，保卫祖国草原的中国人民解放军日夜警惕地守护这座城和草原。东西两扇城门对着升，两边扎着各式各样的帐篷，形成一条宽大的街道。城内有贸易公司门市部、畜产收购处、人民银行营业所、邮电局营业处、卫生医疗组等机构，仅一九五四年贸易总额达十五万五千多元，给牧民治疗疾病二千二百多人次。城中央的广播收音站，早晚播送着中央人民广播电台的新闻和祖国各方面建设的喜讯，使住在祖国边远地区的人们和全国人民在精神上建立了密切的联系；这些新闻和喜讯，鼓舞着人们建设祖国草原的热情和信心。城内有一个运动场，机关干部和解放军战士们每天工余都在这里进行各种活动，为建设祖国的草原而锻炼身体，同志们把这个广场叫作中央广场。贸易公司门市部高大的帆布帐篷显得很突出，同志们也给它起了个名字叫作贸易商店大楼。这些好听的名字，不但反映了同志们建设草原的美好理想和决心，而且也是将来必然会实现的愿望。这座新兴城市的面貌正在改变着，城内已经出现了一排排土木结构的新房子，而且还在不断地增加。

这座新兴的草原城市，已经成为玛曲县的政治、经济和文化中心，它将在我国过渡时期起着繁荣牧区经济、改善和提高当地藏族人民生活的巨大作用。

（原载 1955 年 7 月 11 日《甘南报》第 3 版）

一座草原上的城市正在兴建

◎张兴茂

从夏河坐上汽车向东南行七十多公里，就到了辽阔的合作草原。谁能想到，几个月以前的草滩，现在却变成了甘南最热闹的地方。一排排新式房屋修了起来，高大的礼堂和办公楼矗立着；转运材料的汽车整天在工地上奔跑，数十座砖瓦窑日夜吞吐着黑烟。这一切说明，一座草原上的城市正在兴建。

合作草原海拔三千多米，气候变化无常，工程施工和工人们的生活都遇到了很大的困难。这并没有挡住五百多名建筑工人建设草原的信心，他们忍受着寒冷，克服了许多难以想象的困难。如开始挖槽基时，土壤很松，地下水位又高，打夯时形成翻浆现象，经工人们研究，在打夯时加木椿，填干碎石，解决了这一问题。在多雨的季节里，差不多每天总要下场雨，前一刻挖好的槽基，说不定隔一夜或一时就被一场雨冲坏了，严重影响着工程的进展，后来工人们采用一面打三合土，一面上架子、砌墙的大流水作业法，保证了工程顺利地进行。八月初，阴雨连绵，砖坯子晒不干，不能装窑，在这种情况下，可能造成停工待料的现象，但在汉、回、藏各族工人的相互支援下，战胜了困难，保证了工地材料需求。他们自豪地说：咱共同的目的是为了把甘南建设好，有困难一定要相互帮助克服。工人们经常利用工余到工地整理现场，拾掇丢散的零星材料，增产节约。

　　今年施工的工程即将竣工了，合作的面貌在日益改变着，它将成为甘南政治、经济和文化的中心，成为草原上一座繁荣美丽的城市。

（原载 1955 年 9 月 26 日《甘南报》第 3 版）

合作的新集日

◎孙储元

　　早晨，太阳刚从二郎山露出脸的时候，合作市街道上的人们就忙碌了起来，铺门都已打开，门框边挂的国营贸易公司经销或代销店的牌子发出亮光，货架上五光十色的物品摆得整齐美观。饭馆、馍铺和压面铺显得比平日更加繁忙。七月二十六日（即农历六月十九）是合作市附近农牧民群众赶集的日子，有很多的人要在集市上卖农、牧产品和土特产品，买米、面、盐、蔬菜、布匹和喜爱的东西。过去，这里的习惯是每隔五天赶一次集，自治州机关迁来，完合公路通车，这座草原上的城市人口在大量增加，五天一次的集日已不能适应合作市物资交流的需要了，现已改为每隔三日赶一次集了。

　　这天，虽然是改变集日后的第一次，但来自美武、博拉、扎油、上下卡加等半农半牧区和临夏、临洮等附近县赶集的农牧民仍然不少。吃过早饭，合作大街上就摆上了唐汪川的桃杏、金塔寺的金蛋和甘谷的辣子等有名的水果蔬菜和柴、油、盐、布匹、铁器、瓷器等日用品，买柴的、买菜的、称盐打油的、扯布的、到饭馆尝新鲜的……来来往往的人们，在新的集日里，把合作市装饰得繁荣而又美丽。

（原载 1956 年 7 月 26 日《甘南报》第 3 版）

上海来的姑娘

◎李维纲

这些天，到夏河县供销合作社门市部买东西的人都会遇到操着上海口音的几个女营业员，她们的服务态度给人一种愉快的感觉。她们就是不久以前，从上海来支援甘南建设的四位年轻姑娘。一个偶然的机会，我采访了她们。

"甘南地方好，祖国的每一块土地都是美丽的、可爱的。我们刚到甘南，在生活方面是有些不习惯，不过，这没什么，以后我们会习惯的。"一个名叫朱秀珍的姑娘对我说。其他的三个姑娘也点点头，表示同意。

当我们谈到她们的家乡上海时，四个姑娘把话匣子打开了，边说，边笑，还带比喻，弄得我不知听谁的好。潘蕊娣说："上海当然比甘南好，如果甘南比上海好，那就用不着我们来参加甘南的建设了，正因为甘南赶不上上海，所以我们才来甘南参加建设。"

这时我问："你们对供销合作社工作有兴趣吗？"

她们四人齐声回答："工作都是一样的。组织上分配啥工作，我们就干啥工作。当然，在工作中困难是有的，像业务不熟，不懂藏语，但我们有信心克服这些困难。"

　　后来，我从社主任张崇义同志那里了解到一些她们的工作情况。在短短的一星期中，陈苓英记熟了一百多种布匹的价格；负责副食的朱秀珍也记熟了四十余种商品的价格；负责百货的黄柏鹃，记熟的商品价格也有一半多；潘蕊娣在同志们的帮助下已能单独担负出纳工作。有一次，一个机关干部买了电池，又买了许多别的东西，走时忘了拿电池，当黄柏鹃发现后，就急忙拿上电池赶去，送给了顾客。还有一次，一个藏族老乡买东西后，应找给他两分钱，他没等就走了，当时朱秀珍就跑出去，把钱交给了这个老乡。群众买东西时，她们不懂藏语，就把商品摆好，让顾客挑，用手势比画价格，使他们都能买到喜爱的物品。

（原载 1956 年 9 月 1 日《甘南报》第 3 版）

佳节情意深

◎刘　波

红旗招展，锣鼓喧天。节日的合作变成了欢乐的海洋。人民会堂前的广场、大街小巷人群簇拥，熙熙攘攘。人们身着盛装，满怀节日的喜悦，齐声歌颂伟大祖国光辉十四年，纵情歌舞甘南草原十年巨变。

佳节忆十年

在庆祝会上，一位白发苍苍的藏族老人，左手拉着孙女，右手拉着老伴，他挤到主席台的前面，眼巴巴地望着主席台上，情不自禁地自语着："啊泽，啊泽！"

这位老人是夏河县扎油博拉公社塘赛日村的社员昂钦，今年已经七十二岁了。当他听见这个喜庆的日子后，老早催家里人提前完成社里的生产任务，又让儿媳准备好节日穿的衣服，好来参加庆祝会。

节日的前夕，全家人洗呀换的，忙碌了一整天。虽说已是深夜了，但内心的喜悦使老人没有一点倦意。他对着灯坐着，满脑子的思绪涌上心头：十年啦，变化多大呀！十年前，一家人吃了上顿愁下顿，一件破皮袄穿了三代人。现在呢，房子新的，有吃有穿，炕上铺上了新毡，样样不缺。昂钦老人越想越高兴，越高兴越睡不着。

天还没亮，他就穿上礼服，领上老伴、儿子、儿媳、孙女一家五口人，从四十里以外，来到锣鼓喧天的人民会堂广场，参加庆祝活动。

笑在脸，喜在心

在庆祝会场上，从农民的队伍里，我们看见他们穿着整齐的衣服，个个眉开眼笑。

他们是合作郊区十余个公社的社员。这些公社因土质、气候条件，过去世世代代不能出产小麦、豌豆，只能种一些青稞，每年种下庄稼以后，有时连种子也收不回来，但在新中国成立以后，特别是在人民公社化以后，连年获得了好收成，今年获得了比往年更好的收成。社员心里明白，农业丰收，是人民公社好，政策贯彻得好的结果。人人感激党和毛主席的恩德。大伙说："我们这里庄稼成了，是托党和毛主席、人民公社的福。"庄稼刚一拉上场，他们提前打碾，在国庆前七八天时间内完成了公粮，是全县、全州完成公粮任务最早最快的公社之一，所以，今天他们更加高兴。

感激的泪花

在人群里，有一位六十多岁的老阿姨望着欢乐的人群，看着游行的队伍，从她那老花眼眶里滚下几颗泪水。这是高兴的泪花，是激动的泪花。

这位老阿姨名叫卡毛夏，是卓尼县录竹乡略尔察公社热惹生产队的。新中国成立前要饭吃来过合作，但被坏蛋僧官贡却一安打坏了她的腿，她蹒跚着爬回了自己的家。新中国成立后，她有了家，母女俩生活得很幸福，她已满花甲，劳动起来还得劲。她听到州庆十周年的消息后，和几个同伴步行一百多里路赶到这里。这是她第二次来合作，可是，仅仅十年时间，合作起了多么大的变化啊！看到这种情况，她怎能不激动呢？

　　游行队伍开始了，这位老阿姨抹了一下湿润的眼睛，跟在了游行队伍的后面迈开了步子，十年的建设成就鼓舞着藏族人民前进。

（原载 1965 年 10 月 2 日《甘南报》第 3 版）

草原新城——合作

◎王淑兰　苗志礼

　　甘南藏族自治州首府合作在党的民族政策的光辉照耀下，二十多年间，发生了日新月异的变化。今天，宛如一颗璀璨明珠，镶嵌在美丽富饶的甘南草原上。

　　新中国成立前的合作，是一片泥泞的水草滩。靠北面的山脚下，住着百户左右的人家，东北角有一座喇嘛寺。当地群众把这里称作"黑措"（藏语，即羚羊出没的地方）。那时候，"黑措"一片荒凉。在政教合一的封建制度下，这里是活佛、土官的天堂，劳动人民的地狱。广大人民遭受着骇人听闻的压迫和剥削，经常有盗贼出没，人民的生命财产受到威胁，很多人被迫飘落异乡。

　　东方升起红太阳，草原人民得解放。一九五四年，"黑措"被音译为象征着民族团结的"合作"，并选定为自治州首府。从此，在人民政府的领导下，藏、回、汉各族人民意气风发，团结战斗，用自己勤劳的双手，在一片水草滩上开始了大规模建设。现在，合作已经变成了一座繁荣兴旺的草原新城。城区面积由新中国成立前不到一平方公里扩大到了十二平方公里，人口已达两万八千多人。当你登上环绕城区的山顶俯瞰合作全景，草原新城尽收眼底；蜿蜒曲折的祖历河两岸，一幢幢高楼拔地而起，宽阔平直的街道两旁绿树成荫，汽车在伸向草原的公路上川流不息。每到夜晚，全城灯火辉煌，犹如繁星降落人间，把草原新城点缀得更加美丽。

新中国成立前，合作仅有几家手工业作坊。新中国成立后，随着农牧业生产的发展，工业生产也得到了迅速发展。现在，合作已建成了农业机械、砖瓦、印刷、木材加工、火柴、制药、汽车修配、乳品加工、电力等中小型工厂三十多个，主要产品达二十九种，工业总产值八百多万元。甘南乳品厂是我国现代化乳品厂之一，从鲜奶过滤、消毒到出粉、包装，整个生产过程，都用机械操作，自动化程度达到了百分之九十以上，它生产的"彩云牌"奶粉畅销全国各地。试制成功的乳油、炼乳、水果糖及冰棍等产品，也受到人民群众的欢迎。随着工业建设的发展，很多过去被人们看不起的"拉哇"（藏语，即长工）走上了工业建设的岗位。如今，他们当中有的已成了技术能手，有的被选进了各级领导班子，在生产建设中发挥着越来越大的作用。

过去这里农业生产十分落后，当地群众根本吃不上蔬菜，有些菜连见都没见过。现在农业生产有了较大发展，郊区合作大队的大型温室内能生产辣子、茄子、黄瓜、西红柿、龙豆等细菜，除了解决社员自食外，还供应了市场。

过去的合作，人烟稀少，交通闭塞，长期生活在这里的藏、回、汉等各族人民几乎与外界隔绝，从合作步行到兰州得七八天。如今公路交通四通八达，全省公路干线之一的兰郎路经过这里，从兰州到合作只要七八个小时。与州内各县和临近地、州每天都有来往班车，以合作为中心通向各县、社的公路交通网已基本形成。合作每天过往的长途汽车达二百多辆，它们满载着日用百货及生产资料，运到甘南州各地，又将大批的畜产品和农副产品运往内地。

新中国成立前，合作的日用百货奇缺，一些奸商乘机牟取暴利，高利盘剥牧民。那时，一张羊皮只能换一盒火柴。现在，以甘南州贸易公司百货商店为中心的商业网遍布全城，各类货物繁多，花色品种齐全，吸引着成千上万的顾客，较大的商店内还设有民族商品专柜，丰富多彩的民族商品琳琅满目，供少数民族群众选购。

新中国成立前，合作地区没有什么文教卫生设施。广大牧民有病不能治，大批青少年没有学文化的权利。现在仅合作就有中小学十所，三千多名学生在校读书；两百多名医务人员分布在自治州的两所大医院和专业医疗所、站，群众就医十分方便。出版了藏、汉两种文字的《甘南报》，并设有播送藏、汉双语的甘南人民广播电台，及时宣传党的方针、政策，报道各族人民在四化建设当中的英雄模范事迹。另外，这里还有体育场、电影院、影剧院、电影发行公司、文化馆、图书馆、新华书店和民族歌舞团、秦剧团等，这些文化机构经常开展活动，大大地丰富了人民群众的文化生活。

合作，这座新型城镇，似千万朵鲜花中初绽的蓓蕾，在党的民族政策的光辉照耀下，将会变得更加绚丽多彩！

（原载 1979 年 9 月 19 日《甘南报》第 3 版）

洮河放筏

◎赵新峰

　　有人赞美碧波涟漪的洮河水色，有人赞美神奇美妙的洮水流珠。然而，我却赞美洮河放筏，更赞美那些长年撑筏前进的木材水运工。

　　盛夏的一天清晨，我去河边散步。朝阳从山巅冉冉升起，放射出耀眼的光辉。青松苍翠欲滴，碧绿洮水腾着晨雾。忽然，"花儿"声声，由远而近，夹杂着"哗啦"和"扑通、扑通"的响声。我循声望去，只见片片木筏从山后顺流而来，英姿潇洒的放筏工面迎早霞，身披晨露，高卷裤腿，背携救生衣，赤脚站在木筏上。他们时而弯腰划桨，时而抓桨顺滑，轻轻盈盈踏水破雾，优美的歌声此起彼伏。此刻，木筏一架追一架，水珠激起团团雪白的浪花。多美的一幅放筏图！

　　"不见九甸峡，不知放筏难。"这是熟悉洮河的人们对艰险的水运工作的描述和概括。八月中旬的一天，我有幸到了九甸峡的入口——燕子坪。这里绝壁陡立，险关狭隘几十处，十二里雾浪一线天，木筏一点随流穿，"好险哪，要小心！"我关切地对放筏勇士说。"水大正好抢运哩，放筏工人不怕险……"这声音洪亮激昂，压浪涛，震峡谷，气吞河山。

　　傍晚的九甸峡，夜色早已很浓很浓了。我站在巨石上举目向河面俯瞰，皎洁的月光洒满峡谷，洒到撑在木筏上的白布帐子上，显得格外素净、美丽。那无数雪白雪白的帐子在河湾里不停地浮动，摇晃，犹如朵朵水莲花，怒放在水石上、峡谷里。此时，我好像看见了放筏工圣洁的灵魂、朴实的品格、和善的笑脸。他们就是这样地执着、憨厚、豪爽，从不计较工作条件的险恶，成年累月地放筏、放筏，把木材运出林区，把栋梁送到四化建设的前哨。

（原载 1980 年 10 月 22 日《甘南报》第 3 版）

春　吟

◎徐英梅

春，是世界上最美好的字眼！

她将燃烧的热情溶于冰雪之中。于是，她使凝固的开始流动、沉睡的开始苏醒；她使百草返青、万木复苏……

早春，冰封的小河开裂了。厚大的冰块水晶一般地往前漂、往前挤，仿佛都急着赶上前去，希望自己早些消融，早些化为浩浩春水……

早春，漫天飞舞的雪花，犹如天外寄来的贺年片，在庆贺新春的来临。她无声地落在你的头发上、衣服上，她把祝福洒落在广阔起伏的土地上。她告诉人们，生机盎然的春天到来了。

早春，小草透过僵硬的地壳舒展腰身，在阳光下闪烁着片片嫩绿，她吸吮着大自然清新的气息，幻想着未来的风雨和金色的秋季。

早春，人们迎着乍暖还寒的风，在黑黝黝的土地上留下行行足迹。妇女们把一粒粒饱满、蕴藏着希冀的种子撒在犁沟里。勤劳的人们迎接着春天，也播种着春天。

春是五彩缤纷的，但她的色彩究竟是什么呢？是湖水的碧蓝？还是朝阳的玫瑰色？是山花初绽的嫩黄？啊，都是。你看她把路边小草和岸柳染得墨绿墨绿；你看她把院内桃花染得火红火红；你看她把山野的迎春花染得金黄金黄……

大自然的春天明媚、新鲜，令人神往，可她哪有人们心田上的春天那么生机勃勃、芬芳浓郁，那么充满着无尽的创造力？

哦，我歌唱早春，更歌唱创造着美好春光的人们！

（原载 1984 年 3 月 24 日《甘南报》第 3 版）

山玫瑰之歌

◎王建政

　　甘南草原，虽然远不及南国春早，然而时至五月，所有的绿色生灵也就全都春装迟着，飘绿荡翠，飞艳吐红了。

　　夏日的一天，我们踏上了去格桑村的路途。走进山坳，就仿佛走进了一条色彩缤纷的画廊，走进了一个目不暇接的大千世界，满目琳琅，美不胜收。

　　突然，我们一行数人被道旁万绿丛中的一树红玫瑰紧紧地吸引住了。只见它在骄阳的暴晒下毫无倦态，蓬蓬勃勃，繁花满树，浑身充满了盎然的生机。它在山野里默默地生长、开花、吐芳，显得那样洒脱，那样坦然。

　　沉思中，我忽然觉得同行的王大夫，也似这样一树生长在深山沟里的红玫瑰。

　　大学毕业后，王大夫被分配到达洒这个偏僻的山坳里。十几年来，她在这里默默无闻，安居乐业。不论白天黑夜，还是刮风下雨，哪里有病人，她就往哪里，赢得了藏族同胞的衷心爱戴和敬佩。

一路上，见到她的牧民群众都热情地邀请她到家里做客。十几年来，她不仅熟悉和习惯藏族群众的各种生活习性、风俗人情，还学得了一口流利的藏话。

前年，在兰州工作的丈夫又是好言相劝，又是变脸责备，一定要王大夫尽快调到兰州去。组织上亦考虑他们夫妇牛郎织女生活已经多年，也劝她调到兰州去团聚。当牧民们听到她要调动的消息后，都纷纷赶来以各种形式进行挽留。可是弄清楚了她自己根本不想走后，大家便都发出会心的欢笑。

这些年来，王大夫记录了几千个病例。对当地的一些常见病、多发病和一些较顽固的地方性病变，从病因、病理方面都进行了细致调查、观察和分析，防治上大胆地进行了科学尝试，并收到一定效果。

对于王大夫安居山沟、不肯调至繁华省城去的问题，我也感到费解。于是便问："老王，看来你把甘南的牦牛骑上瘾了！"她咳了一声说："人各有志嘛，我看这里就蛮好的。山清水秀，奶肉飘香，何必一定要去赶那个时髦呢？"我无言以对，只好缄默。看着红玫瑰，再看看王大夫。我猛然悟出：她不就是人们心中一朵朴素的玫瑰花吗？她使人们心中的春天永驻，绿色常存。如果说在红玫瑰身上我仅仅看到了美的外在，那么在王大夫身上，我真正看到了美的内涵，美的本身。

啊，深山沟里的玫瑰花，很少引人注目和赏识，然而它却是多么令人敬慕和赞颂！

（原载 1984 年 10 月 6 日《甘南报》第 3 版）

木轮牛车

◎韦　君

不知是环境选择了你，还是你选择了环境。

一根根直挺的山桃木的辐条，硬撑起直径一米五、似圆似不圆的木轮；一个简单而狭小的木车厢，坐在驱连双轮的横木轴上；笨重的双辕固执地向前伸出。

通体都用山里各种树木做成，通体都显示着山里人的厚实、朴拙和自信。在没有路的地方碾出路，在有路的地方碾出两条平行线段般的凹轨。

你的使命转动了几千年？你的节目延续了几千年？

春秋战国时驰骋沙场的战车，是你的同族兄弟吗？

农家至今还靠着你呢：送粪、拉土、拾烧柴、媳妇拖儿带女转娘家、送亲戚朋友出远门……鞭炮声不断的腊月正月，用几面大红棉毯、猩红毡在车厢上围个圆篷，你就载走了一代代新嫁娘甜酸参半的哭声。

你还有自己传统的节目呢：每年金秋八月，牛角上缠红挂彩，牛铃吊上五彩线穗，牛额上镶挂一面小镜子，车辕两沿用红绸绾两朵牡丹。于是，木轮就这样喜气洋洋地在一级级的垅坎爬上爬下，在季节性似路非路的窄陌间蠕动，把庄稼汉满山遍野汗水的结晶运回场院屋角。

　　有时，你也载着沉甸甸的山货进城赶集，在大马路上和"东风""解放""铁牛"并驾，但不能齐驱。这时，你那咯吱咯吱的巨轮慢腾腾地转动从容傲慢；老犏牛的脖铃叮铃铃，沉稳地摇响不卑不亢；从赶车人那被红系腰缠紧的腹胸哼出的一曲曲"花儿"小调里，透出几分自豪：鞭梢儿悠来荡去的嘴角边，还报以醉迷迷的笑呢！

　　赶车人呵，你何时才能从这洮河边的山山洼洼走出去，让黄河、长江的浪花冲刷掉你木轮下岁月的积淀呢？

　　　　　　　　　　　　（原载 1986 年 7 月 19 日《甘南报》第 3 版）

车巴河情思

◎杨春景

车巴河，是故乡的一条河。

车巴河的水，是出奇地清。不管多么深，都能看到河底五光十色的卵石：有的洁白如玉，有的白中带青，有的青亮如翠，有的光洁如明镜，有的细腻似宝石……柔和的色调，给人以美感。俯视那清澈的水底，慢悠悠地游动着的小鱼儿清晰可辨。哗哗的流水声像是在高唱着一支支充满憧憬的希望之歌。

车巴河，你清清的河水滋润了我的童年，河岸湿润的泥土里有我天真的幻想。吸吮着你的乳汁我从一个单纯的牧童成长为一名大学生、国家干部。

车巴河哺育了两岸丰饶的草原。夏日，那起伏的草原像铺花的绒毯，展现在河流两岸，构成了一幅绮丽的景色。蓝天白云下，帐篷点点，牛羊撒欢，一缕缕炊烟轻轻飘起。

如今，车巴河水映出的不再是牧民的叹息和啜泣，不再是升不起炊烟的破矮茅屋。车巴河日夜弹唱的是欢快的歌曲。你像一幅长轴画卷，映出两岸的繁荣景象：牧民新房、机关、学校、木材加工厂、藏香厂，还有年轻人幸福的笑脸……

古朴与时髦，恬静与喧闹，对比鲜明，却又显得那么和谐。

远处一阵悠扬的笛声伴着歌声："草原上吹来吉祥的风，天边挂上彩色的虹，牛羊肥壮水草丰茂，车巴河畔起歌声……"

我应邀到一位老乡家做客。在主人的接引下，我走进了他家的新楼房。楼房装饰得异常华丽，雕梁画栋，设计新颖美观，不同于古老的藏式木板建筑。屋内挂着许多五光十色的风光画片。墙上相框里贴着主人在天安门、杭州西湖、西安华清池、扬州瘦西湖边和布达拉宫前照的相片，从中可以看出主人丰富的见识。刚入座，热情的主人就斟上了热气腾腾的奶茶，端来了藏包、手抓羊肉和各种糖果……据主人介绍，他的妻子和女儿从事放牧，大儿子开车跑运输。家里现有两辆汽车和一家小百货店，还跟别人联办了一家木材加工厂，生产床板、包装箱、桌凳等产品。听到这里，我插了一句："你的本事真不小啊。"爽朗的主人感慨地说："看你说的，没有党的富民政策，我哪有这么大的神通？现在我们啥都不缺，就是缺文化科学知识……"群众自觉地认识到学文化知识的重要性，这是多么大的进步啊。今天我们所需要的不正是这种观念的转变吗？

夜幕降临时，我告别了热情的主人踏上了归途，车巴河两岸灯火明亮，河面波光粼粼，犹如一条蜿蜒穿行、通体透亮的游龙。想着主人对我说过的话，我心里想：家乡人民有勇气向着贫困落后的昨天告别，也一定能创新、求美，向着美好的明天奋进。

哦，车巴河，你的滚滚波浪荡涤着历史的尘埃，书写着新的历史篇章。流吧，家乡的河，希望的河！

（原载 1987 年 3 月 14 日《甘南报》第 3 版）

第二故乡

◎周　斌

你没有想到，命运的弦拨你到北方；你没有想到，你的成绩那么好却在南方考不上学；你没有想到，离开南方就离开了母亲。

你难道爱流浪——流浪北方？没有想到的太多了，你干脆不想。

吃惯了麻辣味，突然让你吃馒头，喝菜汤。

没见过大森林，你原以为树多一些叫森林，哪晓得树多林大得超出了你的想象。

那场雪下了整一天，你就担忧、不安了一天。雪一停你就在雪地上滚了起来，你激动得见人就说雪，可人们漠然，你不知他们早已司空见惯，习以为常。

第一次去草原，蓝天白云下你心情格外舒畅，心胸特别开朗。你像匹发疯的马乱跳乱跑。累了，你就躺在草地上。你真想，真想在草地上躺着，永不离开。

刚来时你怕接近藏族群众，几年后非但不再，而且已与酥油糌粑分不离。

你说不清是爱北方，是恨北方。回到南方你总爱说北方，带着半土不纯的北方音，有人笑你忘恩负义，你笑笑：南方是生我养我的第一故乡，北方是认识自我表现自我的第二故乡。

你很奇怪在北方你能喝一瓶沱牌，在南方你一杯都不能喝。你慢慢发觉在南方你充溢着温柔的南方性格，在北方你又满是强壮的北方味道。

你每次回南方都满怀着激情想给同事、朋友们讲讲北方的森林、北方的草原、北方的风土人情，可惜他们毫无兴趣。你愤然。从前的知己不可能永远是知己，你发觉能很好生存下去还是在北方。北方已铸成了你强壮剽悍的身躯，北方的黄土已染黄了你的皮肤，北方的性格已改变了你，连你身上也散发着北方风味，你站起一米八〇，蹲下像北方大树墩，难怪妈妈叫你北方壮汉，你家还没出过这样壮的汉子。

你喜欢北方冬天。认为它代表北方个性，你曾踩着厚厚的积雪观赏着北国冬景。那些曾经繁花似锦、浓荫蔽日的，此时都失去了它们的光彩，赤身裸体地让人们欣赏、挑剔，让严寒亲吻、摧残。唯有苍松翠柏依然长青，充满着生机和活力，你太爱了。

你想到了自己：南方移来的小松，经得住北方的严寒吗？

你相信自己，已是北方的儿子！

（原载 1989 年 1 月 14 日《甘南报》第 3 版）

芨芨草·养路工

◎ 洪　渊

　　光阴如梭，一瞬间，我已在公路养护部门度过了三年时光，先后到过许多公路养护作业现场。每当我看到养路工人精心养路的情景时，就会体会到一个人在社会中应有的价值。当我紧握养路工人满是老茧的双手时，眼前又仿佛见到家乡特有的芨芨草。

　　在我的故乡，芨芨草随处可见，然而却不为人所注目，更不会想到它的价值。这是因为芨芨草扎根的地方太广太多，它那小串儿的淡绿色花更是平淡、朴素。

　　从记事起，所看到的芨芨草多半生长在贫瘠的白土里、道路旁。春天，芨芨草最先悄无声息地抽出了淡黄色的嫩芽，散发着一股甘甜的清香。盛夏，芨芨草狭长的绿叶又成为牲畜的佳肴，那些背上驮有重负的牲畜一看到芨芨草就贪婪地吃起来。秋收季节，芨芨草已完全成熟，叶子由多变少，由绿变黄，而枝干却显得挺拔端庄。一阵秋风掠过，芨芨草稍有摆动便竖直了腰身，表现出了自己的顽强意志。冬天，芨芨草完全失去了夏日的风姿，没有绿叶，没有色彩，把主干赤裸裸地展现在狂风中。

芨芨草还是很好的植被,它们长在墙壁上,能防止雨水冲刷,避免墙皮剥落;长在山里路旁的,又是很好的燃料,能给人以温暖。隆冬到了,家乡人为了筹几个零花钱,从傍晚就背上自己加工的林副产品,披星戴月地踏上了赶新城营的征程。子夜时分,黑暗与严寒、劳累与饥饿交加,人们用火点着成片的芨芨草,取暖、烤干粮。芨芨草在如泣如诉的"哔剥"声中燃尽了自己,把仅有的光和热毫不保留地奉献给了人类。

芨芨草是这样平凡、无华。养路工人也像这芨芨草,他们不分春夏秋冬,不畏严寒酷暑,终年挥舞着镐和锹,为公路填坑槽、挖边沟、铺路沙,把汗水播洒到每一寸路面。是他们的辛勤劳动,才使出门在外的游子能安然坐车回家团圆,共享天伦之乐;是他们的无私奉献,才使南来北往的车辆能多拉快跑,促进城乡经济、文化的繁荣。因此,我要礼赞芨芨草和养路工,因为养路工人的劳动是高尚的,他们的灵魂最纯洁!

（原载 1990 年 8 月 25 日《甘南报》第 3 版）

西北小城

◎许争辉

一座青山镶嵌着一幅美画。

一条江水揉弄着画的影子。

几枝柳叶摇曳着画的典朴。

哦，大西北！哦，大西北的小城！你是大西北万山丛中盛开的一枝小小花朵，你是泱泱白龙江的一个驿站。你镶嵌在青山上已有五千多年的历史了，你浸泡在白龙江里已有五千多年的历史了，你的庭院里滋长过五千多回的芊芊芳草，你的灰瓦脊衍生了五千多次的衰草，你的檐角滑过了五千多轮残月……今天，我来看你。

我翻出发黄的记忆，我看见前朝万人簇动的你——府都，我看见数万藏汉黎明的荒坡孤屋，经小桥流水和随之带来的寂静，我看见三国时的邓艾和姜维曾经鏖战，我看见李瑛将军和夫人徐氏营从你如山似云的愁绪中走来……

泱泱白龙江没有流老，你却衰老了。哦，大西北的小城！

我让记忆蹚过历史的断桥去。

　　我放眼远眺，小城尽收眼底：一幢幢高楼大厦拔地而起，一条条交错的小巷和一幢幢盛满传说的木屋。笔架山下，滔滔的白龙江如九肠曲，在城麓下的巨磐间萦迂东流，驮载着发霉的日子缓缓地流远。

　　太阳在大西北是新的，早晨，朝阳把橘红色的柔光披在小城身上，小城的脸庞红润润的；下午，骄阳似火，小城暖烘烘的；傍晚，夕阳偎依着蒙蒙苍山，带着宁静、温柔和留恋，脉脉含情地微笑着向小城道一声晚安……

　　月亮在大西北是亮的，它把最圣洁的羽纱围在小城的脖子上，小城乐滋滋地微眯着眼，如痴如醉地品味着仙宫仙女的旋律。

　　先前翻出的记忆已经写在孩子的日记本之中！

　　白龙江流老了，你却未老。哦，大西北的小城！

　　柳叶袅袅，杏味飘飘。

　　哦，小城，你这佩戴在大西北胸部的一朵耀眼的鲜花，散发着缕缕芳香，陶醉着流连的游客，我在碧波粼粼的白龙江中捧起你的倩影，我在缤纷的云彩里捕捉你的歌声，我看见你像一名健壮的运动员踏着矫健的步子，从古旧堆积的废墟中走来，从呆滞的目光和灰色的云中走来，去向拨着鸭爪的溪流和摇着松风的树林，去向明丽的月色和灿烂的朝晖。

　　大西北，哦，大西北的小城，逝者已去，留者健在，去接近灿烂辉煌的明天吧！记忆可以重合。而历史，却不会在已断的桥上重合！

　　泱泱的白龙江从大山的深处带来一缕缕新的绿波，装点着自己的驿站。哦，小城，大西北的小城哟！

（原载 1991 年 6 月 5 日《甘南报》第 3 版）

皮袋马尾度三十

◎陈　拓

　　那是大高原与大高原生活汇聚的地域。一种过于自然荒凉，一种天地之大与雄浑笼罩着四野，笼罩着所在高原的人生，笼罩着我即将度过的标志着人生成熟的而立之年，在青藏高原纵深的崇山峻岭之间，一个充斥着高原的空荡河谷，我不由屏住了呼吸，任凭黄河冰凉冰凉的河水袭遍全身，那时，我紧紧攥着马尾巴，抱着鼓胀的羊皮袋，顺流沉浮；那时，我才发觉平昔的诸多想法和不如意都是那么多余而浅薄，包括那种三十而立之时什么都没立的悲哀；那时，仿佛有的只是一种吞噬生命的彻骨冰凉缓缓地漫延开来，深入心髓，深入三十这样一种生命的过程。

　　数百里单骑，背着愈来愈高、愈来愈升起而沉重的西倾山和阿尼玛沁雪山，疾行在曾经是春初秋深牧群来去往返，而却被飘摇的长草湮没了的已看不出路的山口，亲眼看着，独自一步一步深入，没有一只牛羊，不见一柱孤烟，却空旷地接天连地的九曲河首草地；亲眼看着，独自一步一步被彻天彻地的荒漠所围困，所吞食，所消融，所分割蹂躏……而无能为力，而只能承受着，听凭那匹又快又稳的河曲马，负着我一步一步向那个目的地——第二道黄河南岸的一处牧场，去完成每年一次的牧畜疫苗注射。

我就这样度过了我的而立之年。像那块被黄河封锁隔绝的天地里的人一样，几千年来，祖祖辈辈从青藏高原腹地的那个充斥着大高原空荒的空荡河谷，就这样抱着羊皮袋，牵着马尾巴渡来渡去，不管春夏秋冬，却没有一个要离开那里一步，在那条冰凉的河里，渡过的不仅仅是高原之舟——牦牛，还有著名河曲马、欧拉羊，还有他们三十这样深沉而深刻的高原年龄，还有他们自己。我想他们昨天没有一个要离开那里一步，今天明天，我想也是不会有的，包括我这个被高原和他们容纳同化的人，因为我知道，那些曾经三十而立的人，不一定无悔无憾。

这里不是诗人画家笔下的雪山草地、蓝天白云，这里没有"风吹草低见牛羊"的诗情画意，这里的天空空荡而辽远，这里的河岸纵深而荒野，独自一个人呆立在那条河谷，呆立在人生三十的这样一种过程，看着黄河之水迢迢地从天上流来，整个天地之间，依稀没有一个人，没有一匹马，甚至一只飞鸟，一种从没有过的说不清的孤寂的决绝滋味和感触，深沉在生命，但我觉得在那种苍凉的背景下，涌动着的是一种无法压抑扑灭的火热，这种真实的火热，将会燃烧高原所有的时间和空间。心跳的声音充斥着天宇六合。

我就这样皮袋马尾渡过那条暴涨的黄河，那个高原上奇特而深沉的三十而立之年，想起那次渡过的那种没有边际没有人烟的荒凉与黄河的冰凉，这一生生活在那个高原，或者远离了那个高原，一种真诚拥有过生命的充实平静浮升在心间，与在背后逐渐升起的阿尼玛沁雪山和西倾山同在。皮袋马尾度过三十的那一天，我仿佛觉得，渡过的不仅仅是那条冰凉的黄河和我的而立之年，还有说不清道不明的别的什么。

（原载 1993 年 2 月 9 日《甘南报》第 3 版）

我与州庆

◎段亚平

　　甘南州成立四十周年庆典活动结束了。参与活动过程的所见所闻，不禁引起了我对四次大的州庆活动的回忆。

　　一九六三年，在合作中学初二上学的我校学生会的文艺委员，被抽调到州庆十周年大会上服务。小小年龄，做不了事，只干些把门收票、后台联络、餐厅排座之类的服务。当时的甘南，文化生活很贫乏，除了电影和州级剧团的演出外，连收音机都很少见到。但如此热闹的庆祝活动，以前未曾见过，使我激动不已。甘肃省民族歌舞团演出了《革命历史歌曲表演唱》和歌舞小节目，兰州军区战斗文工团演出了歌剧《刘三姐》和歌舞曲艺节目，甘肃省杂技团演出了武术、魔术和杂技节目。剧场舞台上演大剧目，场外搭台联演小节目。丰富多彩的节目和高水平的表演使我大开眼界，激发了对艺术的热爱，搞文化工作便成了我的夙愿。一九六八年参加工作前后，我参加了数次省、州及合作地区的群众业余创作演出和组织工作，考入了业余文化队伍的行列。

　　一九七三年，我在西北师院上学，据说由于种种原因，甘南州没有搞二十年大庆活动。一九七八年，我到文化部门工作已三年了，州庆二十五周年应是第二次较大规模的庆祝活动。合作地区冒雨召开了庆祝大会和游行活动。全国人大常委会、国务院、国家民委发来了贺电，甘肃省委、省政府派了代表团，甘肃省杂技团应邀前来助兴。文化部门举办了文艺演出，协办了全州建设成就展览。我撰写的文化事业发展的文章和一首有感而发的诗词发表在《甘南报》上，从这以后，我便在业余时间里创作了一批歌曲、歌词和诗歌，部分发表并获奖，加入了甘肃省音乐家协会，在文艺创作园地里尽享其乐。

一九八三年，三十年州庆来到了。节日气氛显得特别热烈，群众的情绪极为高涨。节日前，我被派往青海西宁邀请中央民族歌舞团演出一队来甘南州演出，歌唱家蒋大为因故临时在京，未能来合作献艺，观众遗憾长叹，演出一队带的节目是独唱、独奏和双人单人舞，在剧场演出两场又在体育场公演一场后返回西宁。数日后，中央民族歌舞团演出二队由歌唱家德德玛率队，从阿坝来合作，观众摩肩接踵，盛况空前。

一晃又是十年。这十年里，我写了多篇文化事业的介绍研究文章和民间艺术论文，部分在国家级杂志发表，陆续加入了国家级的两个专业学会和省级的三个专业学会。思昔抚今，我在文化部门工作已十七年了，虽对文化行政工作日臻熟悉，但惭愧的是在艺术探索上却无大成果。在改革开放的今天，文化工作的任务将更加艰巨。文化园地在改革大潮的洗礼后，将会更加绚丽多彩。也许在十年后的五十年州庆里，我仍在参与筹办庆祝活动，抑或是改换门庭也难说。心情不静。匆匆收笔，以表达我对州庆的由衷之言。

（原载 1993 年 9 月 9 日《甘南报》第 3 版）

难忘腊子口

◎彭志明

　　一九三五年九月十六日，中国工农红军在举世闻名的二万五千里长征途中越过雪山草地，经过浴血奋战，终于突破了国民党部队重兵把守的天险腊子口，走向陕甘宁革命根据地。由此，这里成为后人瞻仰的圣地。

　　光阴如梭，弹指间五十七年过去了。今年盛夏七月，我怀着一颗虔诚的心，来到了大山深处的圣地。

　　傍晚，残阳如血，我信步漫游到腊子口战役纪念碑前。当时，距州庆大典日期不足一月，纪念碑重建工程进入最后阶段，从脚手架上下来一黝黑的建筑青工，他说："现在所建的这座碑两层台阶，象征着二次革命，碑高九点一六米，象征着红军到达时间。"碑建成后，还要装上路灯，方便游人夜间瞻仰。细细观察，碑体坐南朝北，西面紧靠岷（县）代（代古寺）公路，南来北往的车辆不时急驰而过；北面是甘肃省人民政府的碑文；西南、南面分别是杨成武将军所题写的碑名；东面紧挨湍急的腊子河，河水像一条洁白的哈达，由北向南搭在纪念碑脚下。不一会，夜幕降临，月牙儿徐徐升起，挂在郁郁葱葱的松林上。此时此刻，感到胸中热血涌动，不由自主登上纪念碑台阶，扯开嗓门喊了声"红军万岁"！山谷里、松林间好像有千军万马振臂响应，"红军万岁"声回荡不息。

腊子口山清水秀，而且是一块物产富饶的"风水宝地"。很久很久以来，西藏有一个人来这里打猎，产生了举家迁来定居的想法，但拿不定主意。临走，他随意将一根木棍插在地上；翌年，这位猎人重返腊子口，只见所插木棍枝叶茂密，生机盎然，便迁来家人定居，也就成了腊子乡人的先祖。在红军经过此地五十多年以后的今天，腊子口发生了翻天覆地的变化，当地藏族群众吃穿不愁不说，仅腊子一村、二村六十九户人家，半数以上的房顶高耸着银白色电视天线，在艳阳的照射下熠熠闪光，其中四分之一还是大彩电呢！

翌日，当我在腊子口席地而坐等车时，只见满山遍野的野棉花或蓓蕾初绽，或含苞怒放；野花椒、野杏子、野李子等挂满枝头，诱人垂涎。忽听对面山坡丛林间传出阵阵嬉闹之声，循声望去，在绿树掩映之中，几个藏族青年男女正在采蘑菇摘草莓。只见那些妙龄少女或白衬衣、黑筒裙，或白色连衣裙，亭亭玉立，与城里姑娘不分上下。此时，日挂中天，炎热难熬，身着黑筒裙的少女攀上一棵野杏树，往口袋里摘，往地下摇，伙伴们在树下你推我搡抢着捡，不时传来阵阵欢声笑语，引来路人羡慕的神情。苍松绿叶也仿佛不甘寂静，在微风的吹拂下曼舞起来。

假如英烈们在天有灵，能够目睹今日腊子口的风姿，也会感到欣慰的。

腊子口风光无限好，腊子口人民也勤劳，此情此景永驻我心中。

（原载 1993 年 12 月 4 日《甘南报》第 3 版）

三角坪的姑娘

◎袁全寿

　　舟曲县三角坪乡是出妻的地方。凡到三角坪去工作的未婚男人，一年半载回转家园，都保准领回一个称心如意的新娘。到那去干活做工的农村青年，时间稍长也会领来一个女人作妻。妻在三角坪，凡了解三角坪的人对此说是公认的。

　　三角坪地处舟曲县山前山后的"山"上，山前沿白龙江流域多为汉族，山后拱坝河沿岸为藏族居住区，三角坪汉藏杂居，集山前山后民风民俗于一体。三角坪的男人敢闯敢干，十七八岁就走江湖，下四川走广州，一年大半时间在外闯。三角坪的姑娘早熟，十四五岁就通晓人情。她们性格开放，向往山外的世界，一旦相上个男人敢追敢跟敢跑。

　　三角坪的水好。冷水泉的水冬温夏凉，有开胃健脾滋养肌肤的神奇功效。三角坪姑娘不管俊丑都是好水色。细的如脂似玉，粗的白里泛红少有茄子色、褐斑色。三角坪姑娘都有双黑白分明的亮眼睛，扑闪扑闪，明汪汪湖水一样。

三角坪偏僻却不闭塞，一条两峡公路通车典礼开过二十年了，自从公路延伸到山后的那一端没有厂矿后，就再也无人问津，这非但绊不住三角坪人往外走的腿脚，反而成了精神动力。穷则思变，男人们一农闲就往外跑，带回来大地方的现代文明。于是三角坪的土路上出现了长发飘飘，有了羊蹄子皮鞋的咔咔声。刚遮住屁股的短裙子乍穿出来，曾使亲戚长辈避之不及。但姑娘们的胆子并未因此变小。现代文化毕竟要替代封建落后保守的陈规旧俗。姑娘们早已不受"好女不远嫁"的绳索束缚，乡土观念极淡。管他天南地北的，只要人好，屁股一拍就跟了走。

三角坪的姑娘热情大方。任你怎么厚着脸看，别指望那白脸儿红一红；但要行非礼，休想！她们的眼睛是"照情镜"，你感情发展到什么程度了，那镜子一照便知。等到你再无二心了，都知道我是你的你是我的了，那禁果，你啥时想吃就吃吧。

三角坪姑娘是开放型的。她们勇于追求美好生活，敢于改变现状。她们开拓进取的精神与这轰轰烈烈的改革大潮是那么合节合拍。她们把三角坪人的腿变长了，到处有熟人，哪儿都能走。她们给古老贫瘠的三角坪创造了辉煌、增添了光彩。三角坪姑娘是三角坪的特产，是三角坪的骄傲！

（原载 1994 年 4 月 9 日《甘南报》第 3 版）

折箭论团结

◎王俊英

　　甘南藏族自治州临潭县西五公里外有一个叫古战的村庄，村西北的大山余脉三四十米的高阜上，有一座历经一千七八百年风雨沧桑的古战堡——洮阳城巍然屹立于巅顶，它布满整齐有致的夹棍眼的高大城垣，在疾风中昂着头颅，发出呜呜的呼啸声，好像向人们倾诉着千年往事，嘱咐人们铭记勿忘。

　　一千六百八十年前，一支由辽西鲜卑人吐谷浑率领的人马度阴山、出沙碛，辗转来到甘肃西南部，牧马放牛，繁衍生息。这支地道的异族"外来户"满打满算只有七百多家，掺和在当地西羌人的汪洋大海之中，真可谓"少数民族"了。但是这位吐谷浑的部落长满腹雄才大略，意欲大展宏图为慕容家氏族另拓疆土，建功立业。

　　吐谷浑后来落户到了甘南，与周围的羌人友好相处，羌人纷纷依附于他。没过多久，洮河以西的沙州（今临潭、卓尼至碌曲一带）成了他的活动中心，统辖地域南达今松潘、阿坝，北至临夏，西至青海中部，东到洮水之滨，竟有千里之疆土。

当时，周围各族称其为"阿柴虏"，据史籍记载，阿柴读音为"阿资"，"虏"在甘南藏语中是部落的意思，至今沿用。如玛曲县有泰吾若、贡巴若等等，"虏"和"若"仅仅是译音用字上的差异。前头说到临潭古战村西北山头上的牛头城，在这个城遗址北面山脚下有个卓尼县的村子叫阿子滩，按史书记载，应该写成阿资塘、阿柴塘，"塘"在藏语里是"滩""平川"的意思。由于吐谷浑人"虽有城郭而不居，恒处穹庐，随水草畜牧"，城郭便成了戍守要塞，阿子滩上下才是阿柴的牙帐和族人居住的处所了。由于吐谷浑国力日强，加之地处西北交通锁钥之地古丝绸之路上，发挥了促进政治交往、东西友好、繁荣经济文化的重要作用，吐谷浑人为保证这条中西大道的畅通做出了重要贡献。

吐谷浑第九代主阿豺，又是一个英明的吐谷浑王。他兼并氐、羌，拓地数千里，号称"强国"。西秦封他为"征西大将军、开府仪同三司、安西州牧、白兰玉"，南朝刘宋少帝封他为"督塞表诸军事、安西将军、沙州刺史、浇河公"。他站在白龙江源头西疆山（西倾山）上调查了解垫江沿岸道路、州郡分布，实际为"河南道"的开通立下了历史的丰碑。

阿豺在弥留之际，怕后代"窝里斗"，争权夺利，祸害国家，遂招来他二十个儿子，对长子纬代等说，你们各拿一支箭折断。他们二十人各手拿一箭"叭、叭"都折断扔到地上。随即对同母异父的弟弟慕容利延说，你也拿一支折断。随后又命拿十九支箭合在一起让大家折，结果都没能折断。阿豺说："你们领会我的用意了没有？一支箭容易被折断。单人独马，易被人消灭，人多势众，则难摧毁，只有齐心协力，国家才能巩固……"言毕而卒。

（原载 1994 年 6 月 25 日《甘南报》第 3 版）

根　魂

◎王永祥

　　根，没有亭亭玉立的姿颜，也无流芳人世的英名，但却有丰富多彩的内涵，有着无限延伸的永恒意义。难道不是吗？它骨骼清奇，本色自然，生性不屈不挠，平淡中透出刚毅，浑厚质朴中显出坦然遒劲。一条细微蜷伏的根，就是一股凝聚的力量，一个凝重感情的音符，一种精神显示的魅力；一条粗糙龟裂的根，就是一段辉煌的里程，一首吟唱千古的诗史，一条富于哲理的提示。

　　根永远是生活的强者。那裸露在沙滩山峁上的根，坦然流露着豁达厚重的自然本色；那爬伏在大漠深处悄然蠕动的根，践诺着先祖赋予繁衍生命的遗训；那壁虎般紧扣在峭壁上的根，无言地诠释着生命自我平衡的自然法则；那断臂女神般俏立在绝壁险崖上的根，粲然展示着古朴粗犷的原始个性；即便是被终生宠养在盆皿之中的根，仍然顽强地显露出生命的盎然璀璨。

　　根是生命的起源，是物种长盛不竭的精髓、渊源。在亿万斯年的艰难蠕动中，在苍凉寂寥的俯首潜行中，拉响裹睡在皑皑白雪中催放生命的春雷，拨动激越万物竞相勃发向上的琴弦，串联起绿色盎然铺展的灿烂共鸣，支撑起旖旎而苍茫深远的绿色屏障，触动人类追求苍翠葱郁的清新感觉，不是吗？它根植于泥土深处，追求义无反顾地投入，崇尚慷慨无私地付出，体味生命负势竞上的痛畅豪放，领略群山莽原博大宏阔的思想情怀，在冬的冷峻缄默和春的胆怯萌动中，凝聚、吸纳来年勃发喷涌的内力底蕴。

以刚的风骨傲岸，以忍的精神赋形，生根于浓墨重彩的艺术沃土里，镌刻在浩如烟海的美学卷帙中，在诗人们文采横溢的高亢赞叹中升华，载写五千年中华悠悠历史，浸润共和国年轻恢宏的绿色版图，生长托举祖国大厦的精英脊梁，延续走向新世纪的辉煌之梦引领所有的意趣、畅想、信念，共向蓝天、祖国母亲致意。不是吗？虬龙蟒蛇般筋腱发达的根瘤，犹如固守阵地的英武猛士；雕塑般悲壮肃穆的根形，给人以力的显示、鼓舞和激励；斗士般桀骜不驯、傲立苍穹的雄姿给人以宁静、高雅而又深邃的启迪、振奋。

啊，我赞美你，根，你是衔接未来的神经，是祖国强盛之魂。

（原载 1995 年 6 月 15 日《甘南报》第 3 版）

太爷·大草滩

◎后　俊

太爷仙逝了。

噩耗传来，六百里外我的魂儿就被他老人家带走了几天。这是家中来信告诉我的，还说太爷的丧事办得很大，亲戚朋友、街坊邻居全来了，为不耽误我的学业，故没叫我这个大长曾孙，但给我留着一顶红布做的丧帽。

泪水迎眼眶，无心思听课，脑海里却想起一个久远的故事：一片坦荡的大草滩中，一人高的芨芨草在盛夏的凉风里迎风挺立，一群群麻雀上下翻飞，一洼洼坑水隐藏在草底。大滩的西北角，有一栋陈旧的二层砖楼，楼周围多是用土坯和牛粪砌成的人家。一个壮实黝黑的藏族牧民，穿着大袢袄，骑头黑牦牛径直来到楼门前，牛也乖巧，用角抵开门，往里钻，人也不下牛身，一弯腰就进去了。里面是个商店，一大会，牧民腰里鼓鼓的，还是没下牛背，一弯腰出了门，走远了。这是太爷在我念小学时讲的故事。

我慢慢长大了，陆续得知太爷家原是商户。太爷年轻时，由几个熟路的脚户怂恿他来这个大草滩做买卖，住了十多天。刚到的那天，太爷就看到那个新鲜又不可思议的场景。十几天中，天天都有同样的故事，回家乡后，太爷以为人人都觉得新奇，总是逢人就讲那个故事。两天后，太爷才知道这儿名叫甘南（本是合作，太爷总是把合作称之为甘南），还知道有个沙子沟、一座黑措寺……那是民国时期的事。这也是太爷唯一出远门唯一辉煌值得炫耀的一次。

今年寒假里，我一回家，太爷就和我谝起大草滩。开场，还是大草滩的故事，由太爷讲给我听，倒不如说他在那儿喃喃自语，如老牛反刍。那时，他身板好，有银钱，花了一个月走完从家里到大草滩的路。经过一山一水一小村的名字全记得清清楚楚，一谝就是一假期。末了，他问我，你知道不？我摇摇头，我坐的是一天一趟、二十来元一张票的班车，只知有个新旧城。

我告诉老人家，甘南有宽阔的柏油马路，楼房盖满了草滩，人们挤满了街道，水位下降了，我们还挨了半月的渴。半晌，太爷似乎在梦呓，半信不信。信的是我在甘南念书，不哄他；不信的是他脑中那么大的草滩会盖满房子？一团团清水会被喝干？还有那雀那人那楼。

我曾央求他老人家看我一趟。我知道，太爷晕车厉害，不会来看我的，要是太爷年轻，我敢肯定他会用双脚走到甘南看我的，看看他的大草滩。然而没想到与太爷寒假一别就成了永别。忽然，又想起太奶奶来，瘦小的脸上爬满了岁月沧桑，挪着小脚，还在劳作。她常说，明九暗九躲不过。命苦人要死在伏天，命大人殁在二八月。

我急忙翻开信仔细一看，太爷仙逝的那一天，是农历二月初二龙抬头的日子。泪才悄然止住，心里才略略有点安慰。我决定，放暑假回家后，定会带一张甘南（合作）全景照，挂在太爷的新屋。

（原载 1995 年 9 月 16 日《甘南报》第 3 版）

走进故乡的腊月

◎唐 毅

走进故乡的腊月，处处是一片红火，处处是一片温馨，处处充满着一种前所未有的热烈。

当雪花正在为一个"冷"字和风儿拼搏时，当流珠为一个"寒"字而拼命碰撞时，故乡的小巷深处已传出零星的鞭炮"噼啪"声，淡淡的硝烟里已透出浓浓的年味。农闲人不闲的乡亲们一大早便跳下热烘烘、暖融融的炕头，匆匆去干那些昨晚两口子在枕头上商量了大半夜的事。

别误会，他们不再是为借两个钱过"难"而大清早去奔波，也不是钱烧了腰包匆匆去挥霍，今天的故乡人哟，年前的腊月已注入了新的内容，自有新的打算在心窝，年，明天，已是一个实实在在的字眼。

她大姨家有从外地引进的抗旱能力强的小麦优良品种，要趁早兑换些，明年让咱家的柜子也胀一回；听说商店最近调进了几车"二铵""尿素""喷施宝"，迟了就没有份儿了；邻村办了"科学种田培训班"，再忙也不能忘了去听课，那可比"杨家将"过瘾多了……

走进故乡腊月的男人们忙着，女人们也不会在家闲待，忙罢了里外，拿起了针线活又不约而同地跨进了熟悉的农技员家的门槛，叽叽喳喳，七嘴八舌，高呼低唤起来："嗨，大兄弟，再给我们谝谝梨树的修剪，那天我来迟了，漏了一段，开春我那几百棵苹果树该修枝了。""哎，他三叔，你还是给咱再说说瘦肉型猪的速育法，明年啊，我还想多养它十几头呢。"于是，耳朵竖着，手里忙着，活儿干完了，致富的手艺也学到手了，"哎哟，该做饭了！"一声惊呼，几十只山雀又飞回各自的暖窝。

故乡的年，有过饥寒交迫的年、胆战心惊的年，而今故乡人提起，说那不叫过年，那叫过"关"过"难"。现在的年哟，才是扬眉吐气的年、吉庆有余的年、热闹开心的年。

走进故乡的腊月，给人一种融融的温馨，给人一种勃勃生机，更给人一种感叹过后的兴奋和咀嚼以后的甜蜜……

雪花哟，别再为"冷"字撕撕扯扯，故乡人心中有一团火，流珠啊，别再为"寒"字推推搡搡，故乡人心中已是春天。

（原载 1996 年 3 月 19 日《甘南报》第 3 版）

甘南晨曲

◎王举君

白雾偎依在山坳，草叶上挂满了露珠，雄鹰已在苍蓝的天空盘旋，旱獭正在挖一个新洞，牛羊走出了帐圈，在河谷、草丘下散漫开去。风儿很小……我在晨风中感受每一片草叶，我在尚没有褪尽暮色的晨曦中倾听大地每一丝纤细的呼吸。啊，甘南的清晨，那是一道至高无上的绝景。

在这里，我有一种想呐喊的感觉，但又怕破坏了这晨的宁谧；我有一种想飞奔的感觉，却生怕遗漏了一丝儿眼的早餐和耳的早茶；我有一种想哭的感觉，大地就这样真实地袒露着它的气息，它的底蕴，它把最崭新的一面呈现在了眼前，让我吮吸，让我品咂，给我启悟，给我震撼，它没有自私，没有伪装，没有功利。

甘南的清晨这时候有了一种禅意，我也有了一种禅心，我为这一感觉而激动不已。谁看到了？甘南的清晨被盛在一座偌大的禅房，这座禅房修筑在一个幽泉呜咽、苍松掩映的山巅。这里能放眼云海，能平视日出，能俯瞰脚下芸芸众生。

甘南的清晨便从这座禅房里悠悠流出。寺院的小沙弥把一瓢瓢清水灌入白塑料壶，缓缓的溪水倒映着他们辛劳、清苦的身影，这银色的小溪多像琴弦，而那些身着袈裟的沙弥多像一个个跳动的音符。身后的膳房上，正有一抹炊烟袅袅升起，炊烟是一个绝妙的休止符。两只野兔从这个洞口跑到那个洞口，是在放哨还是在觅食？在这自由的天堂里，野兔都在唱着"幸福快车"。青草这时候挺直了身子，在一片"嘎扎"声中，又长出一截。静下心来，它们倾听：风儿会送来草原晨曲，最喜欢听蒋大为那"骏马奔驰在草原上"，最喜欢品"西班牙斗牛士"圆舞曲。它们有美好的追求，有强大的力量。它们的身躯虽然瘦小，但并不软弱，每一棵小草的神经都是连通的，青藏高原无边的绿色才是真正的它们，这是一首演绎着永恒"敕勒川"旋律的凝固了的曲谱。

山头并不尖拔，它是曲线和缓、轮廓浑圆的，每一座山包虽然相似但不相同，每一个山包都有一个秘密，这个秘密仿佛山头上一个雅士临风而弹的一首首古筝曲子，在解读这山川形胜的去处时，也在破译生命的密码。生命要多简单就有多简单，而人性要多复杂就有多复杂。但是甘南晨曲的主题却是不变的：永远的绿色，永远地挺拔，永远地广阔，显示着大山草原的性格，却是人难以具有的性格。

甘南晨曲是一种强烈而明晰的感受，是宇宙间至纯至真的一股真气。真气孕育出了清澈的河水，无病的游鱼，青碧的牧草，鲜艳的花朵，云是没有尘渣的白，天幕是没有划痕的蓝，呼吸是这样轻松，没有令人皱眉头的难闻味儿，大脑是这样清爽，而人情也是甘饴的，纯真的，少了许多尘垢。

甘南晨曲迎来了喷薄日出、百鸟啁啾与平和的心态。甘南晨曲与其他地方的晨曲既是一样的，又是不一样的。其他地方清晨，不会有甘南这样宁静清新，那里在清晨时就已经喧嚣，空气就有霉味，太阳也已被污染，甘南晨曲却一直是清朗明澈的。

在人们非常需要一个真实而不是虚拟的后花园的时候，应该想到甘南。因为清晨在甘南是常驻的，晨曲被珍藏在草原、山脊那巨大的琴盒里，并会从每一块卵石下、每一条峡谷里飞出。

（原载 1997 年 8 月 19 日《甘南报》第 3 版）

妈妈，仍在那遥远的小山村

◎王彩霞

　　我曾好多次想把妈妈写一下，但我觉得不能用笔墨表达我的心迹，因为妈妈在我心里。终于有种急不可挡的感觉冲击我的脑海，我再也关不住感情的闸门，思念的激流涌上笔尖，翻滚的情愫，使母亲生活中的画面定格在我的记忆中。

　　妈妈是农村妇女，已五十多岁了。在我的记忆里妈妈从来都很瘦，她常说："我这身体吃酥油也胖不了。"是啊！从我记事起妈妈一直被胃病折磨着，曾几次疼得昏死过去，吓得爸爸也流着泪说这可咋办，家人也乱作一团。现在说起来，爸爸还是哽咽着讲不下去。那时我年龄小不懂事，但我很清楚地记得妈妈胃疼忍受不了时，就使劲地抠炕上的席子，指甲缝都抠出血来了，牙齿也咬得"咯咯"作响。我傻乎乎地问妈妈："您心口疼还吃豆子？"妈妈没有说话，其实根本无力说话。于是她便慢慢抬起蜡黄的脸用无助的眼光看着我，似有一种乞求，或许还有责怪，更多的则是一种无奈，至今想起来心里都不是滋味。

　　在农业合作社年代农村实行工分制，那时女人下地劳动最高只有六分工，相当于现在的两三角钱。每当母亲病情稍有好转就干活挣工分。在我童年记忆深处，最难忘的是妈妈站时佝偻着瘦弱的身体、站不住时就跪着干活的情景。别人一锄头可把粪蛋蛋打个稀巴烂，而妈妈得打五六下才打开。于是那些身强力壮的姐儿们说妈妈是"挖家鬼""混工分"，妈妈则说："我躺不住，躺下挣不来工分几个孩子就没吃的了……"于是她用病体换来每月的几十斤粮。由于妈妈会操持家务，在别人家掀不开锅盖时，我家还有苞谷面薄饼子和红薯干吃呢。但是此时妈妈总是少吃，有时全让我们吃完，她自己连渣也不留，并说"我是大人，孩子们小，多吃点长好身体，当妈的就高兴"。可是妈妈每天中午下工回来，一屁股坐在院内台阶上缓一阵子才能颤抖着站起来。妈妈舍不得花一分钱买药吃，即使在病重的日子里也总是扛着，何时疼到忍不住时才吃两颗安乃近、去痛片什么的，如果打上两针，过后要唠叨几天，直到爸爸生气时才不说了。

作为女儿，如今我只有在工作中勤学苦干来回报妈妈的养育之恩。只有我们姊妹在工作、学习上有了成绩，或许妈妈脸上的皱纹、头上的白发才会添得少，添得慢一些。

我不想收笔，因为在我的脑海深处藏着妈妈，然而，又不得不收笔，因为妈妈是说不完、道不尽的……

但是，不论今生今世我走到哪里，生活发生多大的变化，不论是坦途或坎坷，我永远都要唱那首"在那遥远的小山村……"的歌。

（原载 1997 年 9 月 13 日《甘南报》第 3 版）

黑　爷

◎王志娴

听老辈说，黑爷是孤儿，一辈子没成家，却有许多儿子，个个出息，叫他"爹"，跟亲的一样。

黑爷身材又瘦又矮，黝黑的脸上"梯田"遍布，纵横交错，可条条皱纹都溢满笑意，透出乐观与豁达。

黑爷喜热闹，喜欢钻在一群年轻人中间聊天、开玩笑。黑爷人极随和，年轻人常肆无忌惮地跟他开玩笑。"黑爷，昨天来看你的是你几儿子呀，又叫了你几声'爹'？""呵呵呵……"黑爷笑。"黑爷，你儿子一个月给你几个钱呀？"说着，小伙子伸手揪了揪黑爷的胡子，便跑得远远的，黑爷站起身佯装要追打小伙子，却"呵呵呵……"笑了，花白的山羊胡抖颤颤的。

村里人聚在一起常说黑爷，说他残着的左手，说他前后收养的十三个孤儿，甚至还会有人故作神秘，于是所有的人探过身子，那人咳半天，见别人有些不耐烦，才开口说道："听说过×××吧！他是黑爷收养过的孤儿哩，我亲眼见过他坐了小车来看黑爷……""啧啧……"正说着，黑爷缩了残着的左手，右手拉辆架子车，走了过来。"哟，黑爷，积德呀！就冲你这么垫路，别说这后半辈子好福气，就是下辈子也不愁没有好日子过喽！""闲着也是闲嘛，呵呵……"

黑爷老了，由他一个远房侄女养老。侄女对他极好，理解他，从不阻止他每天拾些碎砖瓦填坑洼不平的路面。黑爷衣服总是干净、整洁，他从未对人说起过侄女如何待他，可村里人都说，黑爷侄女真善良贤惠。

黑爷去了趟北京，听说是在北京当官的某个儿子接他去逛的。带回一个稀罕的整天可以听戏的"随身听"，还照了不少相片。于是，黑爷更喜欢和年轻人聊天。"黑爷，城里好玩吗？""好啥！一件衣服几千元，我那黑蛋要给买，咦！庄稼人要那么高级的衣服干啥，糟蹋了，也怪，那儿买的人还不少哩！那儿楼可高哩，上楼时，只管钻进一个小房子，一会儿就吊上去了，若不是黑蛋，我还真不知该咋整，这城里人懒，可真有懒福！""人家都当大官了，你还叫人家小名，羞哩！""呵呵……"黑爷笑，山羊胡子跟着颤！

在农村这个纯朴、单一的世界，本很新鲜的事过几天总会被淡忘，唯有黑爷坎坷传奇的往事以及大人物×××曾是给黑爷暖过被窝的小乞丐等话题令人们久谈不衰。黑爷从未谈起过这些，因此也增强了话题的迷离色彩。总之，村里已缺不了黑爷呵呵的笑声；人们也已习惯走被黑爷填平的小路；学生放学时，突降大雨，家长已习惯安心在家，等待黑爷将孩子安全送来。别人看来，每家都有烦恼，可只有黑爷整日乐呵呵的，怡然自得。黑爷是无病无灾突然逝去的，听说遗容极为安详，仍然笑眯眯的，山羊胡子被黝黑的皮肤衬得雪白。黑爷的葬礼极为隆重，留给村里人印象最深的是供桌上的全猪、全羊，还有黑爷的好几个儿子争着摔丧盆。

黑爷走了，而年轻人也很少在闲暇时聚在一起聊天了。那些孤独的老人们提起黑爷，便撩起衣襟擦擦眼睛，嘴里喃喃："应该的哩……"

（原载 1999 年 2 月 27 日《甘南报》第 3 版）

洮州夜语

◎唐为民

夜是如此之静。没有狗犬声，没有车轮碾过的轰鸣声，披雪的群山在沉睡，慵懒的风拍打窗棂的声音亦那样地漫不经心。这样的夜，往往令人沉醉。我是那种沉湎于洮州故事而久久不愿松手的怀旧者，尽管我还很年轻，但我更愿意让思绪沿着那些前人书写的文字逶迤前行。

在现今洮河流域的阳坝古城，曾经静静地肃立着几块碑刻，历经水火兵燹，丧乱痛苦，但它却以其金相玉质开启覆盖洮州、独领风骚的一代文风。

这就是《石堡战楼颂》碑。

我没有见过它，但我想它在历史的风尘中一定是字迹漫漶，石花残损。民国八年洋人传教士把它盗运到美国的纽约博物馆，前人的一瓣心香，就这样寂寞地躺在大洋的彼岸，今天我们所能接触到的，只是洮州史志上残缺不全的文字。

我无法想象当时运走碑刻时围观群众冷漠木然的眼神，他们惊奇与惶惑的可能是这个金发碧眼的洋人为何垂青于这几块蓬头垢面的石碑，今天我们也不能过多地责备他们。在那个时代，维持生计已然不易，谁还会有兴趣去阻止带来天主福音的牧师拿走几块洮河沿岸司空见惯的石头。但我可以想见那些史志的编纂者们面对残缺不全的拓片时痛心疾首的遗憾，那些闪烁着古代洮州人文精神的瑰丽篇章，更令后世文人墨客为此仰天长叹。

《石堡战楼颂》碑刻是在石堡城建成时筑立的，不仅仅叙述石堡城扼守洮州门户的重要战略地位，也描绘出盛唐时洮州词客侍坐、剑人高歌的生动景象，文字简练华美，行文恣肆纵横，读来有一种风樯阵马、凌厉刚劲之美。

唐时的洮州，因着它丰美的水草，就注定了跃马横戈的你争我夺，大唐帝国的盛世并没有庇荫和祈福予它，在历尽吐蕃与唐王朝拉锯般的战争后，在洮州广袤的山野之间，落下的无不是苍烟落照、一枕清霜，只有那些刻在石头上的文字，默默地为历史代言。在我看来，任何一种文字形式的表达都应是岁月深处人们心灵的苦役行程，无论是历史的、提纲挈领的黄钟大吕，还是沧桑的西风古道上的寒塘雁迹，都因着人的心性律动和悟性深浅之别而风采各异，但它永远摒弃靡弱无能的文风。《石堡战楼颂》给我的也远远不止这些，面对它，我缺乏短视者的窃喜，当一个人与功利、世俗握手言和的时候，那种称之为个性神采的东西，任你在青灯枯卷里，白日既匿继之朗月，也始唤不出。

遗憾的是后世洮州，再也没有涌现出那样慷慨激昂的篇章。这其中，有历史的、现实的诸多因素。但有一点是肯定的，当澄澈天然的古典意象与繁俗浮躁的现实颠倒之时，长风振林、微雨湿花的古典美也就远遁了。

《石堡战楼颂》和当初挥毫写作的人和事都随着尘俗而渐行渐远，在历史的远方化作一片苍茫了。但是在电脑时代的今日，它驰骋的情怀却一直撩拨着文人的心弦，像一颗进入蚌体的沙粒，带来的却是精神牵挂，永远不可能磨灭。

（原载 1999 年 7 月 27 日《甘南报》第 3 版）

藏乡情韵

◎知　否

白云悠悠，山路弯弯。一个宁静的世界里，繁衍着一个古老的民族。

走进这里，就走进了遥远的历史和传说。也许一座山峰，就藏着一个部落的洞穴；一块兀石，曾留下格萨尔王的刀痕；一棵枯干的老树，曾为寨民们带来一片荫凉。这些，他们都会有滋有味地向你谈起。

藏居很古老。

片片村落依山势而立。拾径而上，篱笆围场。两层的小楼，榻板的房，顶上层层的木板波涌浪叠。一律上矮下高，楼上放粮堆草，楼下居家起灶。烧火用木头，做饭用火笼，待客有腊肉，门前有猎狗。木柱木墙，木门木窗，还有那村后的榆树和白杨，昭示着先人们曾生存于绿茵茵的氛围中，有过宁静的天籁人生。

藏女很美。

与山下的汉家女相比，少了一身素朴，少了一副清淡，多了一种斑斓色彩，一种艳丽迷人。曲瓦、巴藏的少女头顶一方蓝帕，顶盘一绺彩辫，上着青灰的对襟衫，下着灰青的灯笼裤，初觉素朴，细观不失静雅。八楞、拱坝的少女十绺百绺的小辫在肩上飘舞，一圈又一圈的锦带在顶上回环缠绵，红衫阔绰，彩带束腰，似唐装回潮，宋娥复现。胸前红红黄黄的彩条密布，显示着青春的色彩和生命的活力。

正月，是她们最快活的日子。个个洗濯得清纯欲滴，手挽手在村头的场院里聚在一起，围成一圈，轻挪莲步，款摆柳腰，唱酒曲，跳乐乐，到处喜气洋洋。有时，也钻到村后的松林里，吹口弦，唱山歌，打打闹闹，戏谑彼此的阿哥。

藏家情郎爱在清晨进山。架着犁，赶着牛，一路走一路吼。归来时，一背柴火，紫铜色的肌肤上汗珠锃亮，透着高原人的健美。小伙们也爱在八九点的晨风中进城，用山里人的收获斑斓热闹市井。夕阳斜照时，携进山里的是花布花伞、花带花包，带来的是对阿妹的深情思恋。偶尔的月光下，酒醉兴起时，也会扛起猎枪，排成方阵，踏步喊号，在春妹的心里荡起阵阵涟漪。

青稞酒很醇。

山上人久居大山，在大山中寻觅到了自己的热情。收获稼穑时节，支起青铜的锅，架起青冈的火，淋出的酒液滴进碗里盆里，阿爸阿妈的脸上绽开了笑容，飘出的酒香荡漾在村落上空，醉了老老少少的乡亲。山下的官人、旧交来了，捧上一碗青稞酒，就捧出了自己火热的情，就捧出了一片纯朴、火辣的山里人生。

山里人生，庄稼漫坡，垄流青溪，绿冠山顶，到处都有纯朴而又绚丽的风景。

（原载 1999 年 9 月 10 日《甘南报》第 3 版）

母亲的嘱咐

◎王小忠

　　母亲的嘱咐像挂在床头的风铃，时时刻刻在我耳边萦绕。当我打开沾满黄土气息的信封时，母亲的嘱咐沿雪白的信笺流淌而出。

　　母亲是一个地地道道的农民。她常说："穷人家的孩子早当家"，从我记事的那时候起，我就跟随母亲走遍了家乡的山山岭岭。

　　农家人穷困，孩子们都要帮父母干活，而很少去读书。直到八岁，我才背起书包，白天和母亲见不着面，也听不到她的嘱咐，可是晚上一回来她的嘱咐便又开始了。"娃，到学校里要好好学习，不能和别人家的娃娃打架。"在我记忆深处，六年小学时间像是在母亲的嘱咐中度过的。

　　到中学里，母亲的嘱咐依然没有停，而且有增无减。"娃，上了中学，除学习外，还要学会一个人过日子。钱要节约用……"母亲的嘱咐儿乎成了祥林嫂式的唠叨。

　　"妈，你就别唠叨了，这么大的人，我知道。"有时候，我听得烦了就这样顶撞她一句。

　　"唉"，母亲什么也不说，只是这么长长一声叹息。就为这声叹息往往令我好几夜无法入眠。因为我发现母亲白皙的脸上爬满了皱纹，窈窕的身段也渐渐伛偻了起来。"妈妈呀，妈妈，您就别再为我操心了，我会记住您的嘱咐。"我多渴望母亲不要累坏了身心。

这样又过去了六年，当我接到师专的录取通知时，心里最快乐的就是母亲这次可以放下她唠叨式的嘱咐了。

太阳从东边冉冉升起，而后又从西边缓缓坠落。一天就这样完了，一年也这样完了。匆忙的生活压抑下，我时常想念母亲。一想起母亲，那唠叨式的嘱咐便又接踵而至。

母亲终于回信了，我迫不及待地打开那皱皱巴巴的信笺时，母亲的嘱咐又在我耳边响起。"娃，咱是穷人家，钱是我和你爸的汗水换来的，该花的就花，但要好好学呀……"听着母亲寓意深远的嘱咐，我的心禁不住颤抖了起来。

"父母心在儿女上，儿女心在石头上。"是啊，这么多年来我一直把母亲的嘱咐视为唠叨，如今才真正明白了，原来母亲的嘱咐是用汗水织成的一个希望，不论天涯海角，她的意思是让我永远背着，不要丢弃。今天我终于明白了，只有背起这个希望，生活才会一步一个脚印。

（原载 2001 年 10 月 29 日《甘南报》第 3 版）

在回顾中感受诗神的默默温情

◎扎西才让

　　我与文学的渊源，可追溯至小学时代。写东西且得以发表，却是一九九二年。其时我上大学二年级，攻读中文专业，接触了一些流派众多的现代诗，有了感触，也便有了冲动和盲目。一九九二年因以《白鬃马穿过草地》获得《飞天》"陇南春杯"诗文大赛优秀奖而促使创作延续下去，直至现在。其间发表诗作百余首、小说四篇、散文与文学短评若干。大部分被剪贴成册，闲时翻翻，有些满足，亦有些黯然。

　　在这些作品中，被外界所称道且论及的是诗歌。曾打算将其打印成书，赠予相关人士，以示我未曾虚度年华。但因经济及其他原因，暂被搁置了。我倍觉遗憾，那种为文之心，也日渐冷淡下来。

　　但我无法对写作的岁月轻易释怀。求学时的寂寞，单身时的孤单，工作中的失意，最终被诗神之手调和着、平衡着，使我前行而不后退，乐观而不落魄，充实而不空乏，深感前半生未曾虚度。作为一名藏族诗人，我应该歌颂我的母族，呈现我生息的土地，但我更关注倾向于内心抒情，那些心灵的轻微震颤，激情降临时莫可名状的欢愉……都能在诗行中找到痕迹。

"活着是艰难的，那些伤心往事谁能理喻？"我曾写过这样的诗句。人总是在矛盾和误解中磕磕绊绊地前行，欢欣是短暂的，而苦闷陪伴着一生。可是人生之路毕竟一段又一段地走过来了，且要长久地走下去。在这一点上，许多人的认识竟出奇地相似。我思索着，领悟着，表达着，一腔书生意气，看不穿人生烟云。

因此，我想：人活着，在走过一段路后应该回头看看，看看得失，看看成败，看看荣辱。在回顾中感受诗神的默默温情，品评曾经的酒与咖啡，在总结中体验内心的风暴，深味那雨过天晴后的祥和与安宁，是多么美好的事。为了这美好之事，我写作，我抒情，涉足时间之河，忽视了身外之物的存在。

（原载 2001 年 11 月 8 日《甘南报》第 3 版）

欢乐的"朝水节"

◎郭　路

在我国传统节日端午节期间，地处白龙江畔的藏汉各族群众，欢聚在舟曲县风光秀美的黑水沟旅游风景区，载歌载舞，欢度一年一度的"朝水节"。

黑水沟旅游风景区位于舟曲县和迭部县交界处，境内奇峰林立，云雾缭绕，古树参天，山泉飞瀑腾空直泻，景色十分秀丽，是舟曲县重要的旅游风景区之一。每年农历五月初五，舟曲、迭部和岷县等周边各地成千上万的各族群众自发地会聚在黑水沟境内林木茂密的主峰昂让山上，沐浴山泉飞瀑，举行规模盛大的"朝水"活动。从昂让山顶数百米高的悬崖石缝中飞泻而出的一帘瀑布，形似飘带，声若雷鸣，浪花四溅，被当地群众尊称为"曲纱"圣水。据说端午节这天，天神在"曲纱"圣水中撒有仙药，沐浴和饮用此水，能医治百病，净化身心，消灾避难，这里还流传着许多美丽的传说和神奇的故事，吸引着八方游客前来尽情地沐浴和朝拜。在瀑布飞落的山崖下，有十几眼清泉竞相喷涌，分别被人们称作明目泉、健身泉、长寿泉和聪明泉，游客们可根据各自的祈愿择泉而浴。朝水时，游客们穿梭沐浴在飞瀑之下，鸣枪放炮，煨桑祈祷，诵经祝愿，企盼来年五谷丰登，六畜兴旺，国泰民安。有趣的是，朝水时，"曲纱"瀑布随着游客们的欢呼声时大时小，变幻无常，遇到品行不正的人则避而不赐，仿佛人与自然在默默地对话沟通。朝水活动结束后，游客们沿着鸟语花香的林荫小道下山，各路歌手还拉开阵势相互敬酒，对歌献艺。身着节日盛装的藏族妇女们在野外手拉手尽情地跳起欢快的"乐乐舞"。用优美的歌声歌颂党的富民政策和团结、祥和、幸福的新生活。男子们则由长者持矛领头，列成数百米的长队，吆喝呼应，摆起威武的"龙阵"，尽情地展示着山里人的粗犷与豪放。当夜幕来临，通宵进行的篝火晚会上，此起彼伏的歌声和欢笑声响彻山谷，将节日的狂欢气氛一步步推向了高潮，整个旅游风景区成了一座美丽的不夜城。目前，这处集山水风光、宗教寺庙和民俗节日为一体的旅游风景区以其独特而浓郁的藏民俗文化愈来愈受到游客的青睐，成为甘南州旅游资源开发的新亮点。

（原载 2002 年 7 月 12 日《甘南报》第 3 版）

青青甘南

◎葛峡峰

　　岁月如梭，回首间，在潮湿而又阴冷的甘南已生活数年，鹰隼、牦牛、马群、雪域、帐篷、经幡这些生动而又古朴的词组，成为我生命中恒久的意象，它们像藏族老人转动的嘛呢，组合成我心底闪烁的星座。我常常陷入甘南天高地阔的生存大背景下、莫名的冥想之中，被生存的翅翼拍打。任凭来自高原猛烈的风和强烈的紫外线拍打和炙烤。

　　我的眼前总浮现着饱经风霜、面庞刀削斧凿似的老人，踽踽而行于一片水洼中的村庄。他混浊的眼神，在风里飘逝。还有裸着臂膀，在水井旁汲水的僧侣，恬静而安详。而安睡渗出油的羊皮袄里，目光清纯明亮的小女孩，眼神中透出惊恐和疑惑。我常常努力控制自己的意念，想让洁白的雪，绿浪般的草地，给皮肤黝黑的人群一种洁净和朝气蓬勃的活力和想象。在甘南，我刚来到时，一切情感源于浑厚或接近苍凉，而后，动感的它慢慢逼向你，咀嚼你，撕裂你，融化你。这种体验对一个外乡人来说，使他茫然无措。一种被世俗包裹着的躯壳正在褪去，使你显得弱小而不堪一击。留下一个真正的自我。自然对人的身心的作用，在甘南是一个明显的例证。这一切也许源于草地生命的顽强茂盛，源于"天人合一"感召下的文化底蕴。

一九九一年初秋，与友人一起踏上黄河首曲的玛曲，灯光如悬浮于雾中的星群，四周寂静，母亲河把这一切聚敛成宁静。老聃说："上善若水"，母亲河，在上游至浩、至善、至柔，迂回九曲十八弯后一路奔泻惠泽万物和百姓，交响成民族呐喊的绝唱。次日与文友小酌，谈及河曲牧人，我心底涌起了悲凉和冲动，在昂首中原、西接青藏的高原小城，友人抛弃大悲大喜，汲雪域之灵气，纳首曲之膏泽，以极平常但不乏挚爱的心灵之笔，十几年勾勒、临摹、感受，刻画出了甘南生命的画卷《游牧青藏》。

第三日相约去草地。车沿着草洼行走。初秋的玛曲一派萧索和惨淡，突然我们眼前出现了马群，四十多匹，开始马蹄缓缓而行，后如飓风般掠过草地，那样迅疾地掠过，完全忽略了海拔对生命自由的扼制，看来无论在什么地方，自由是永恒的图腾，自由可以让心灵的空间淋漓尽致地发挥。

草地远处炊烟袅袅，我想象这些生活在帐篷中的骑手，生命中不会有阴霾存在，他们在季节的轮回里粗犷豪爽，但沉默寡言，他们是用心灵表述对草地热爱的人群。在阿万仓、采日玛我们见到了用极其简单的生活方式生存，而歌声纯净的歌手，在我们短暂的相处中，他们以悠扬久远激昂的歌声、滚烫的酥油茶接待了我们。我们共同在灰蒙蒙的草地上用歌声倾诉，祝福这些善良勇敢的骑手们风调雨顺，牛羊肥壮。

对于甘南，我终于要选择离开。对于这样一隅充满灵性、母性的大地，除了感动、喟叹，唯有选择默默离开。因为它从我向往时起，宽容地接纳了我，把我化作了一棵草或一缕风，一种不灭的精神。

（原载 2002 年 8 月 11 日《甘南报》第 3 版）

最爱的马莲花

◎马慧梅

　　喧闹的人群、如水的车流、快节奏的生活，使我总有一个心愿，想到大自然中去放松一下，听听久别的鸟叫声，看看放纵的绿，呼吸一下新鲜的空气，欣赏心爱的马莲花。今天阳光格外灿烂，湛蓝的天空没有一丝云彩，我兴奋地向西装、裙子道声"再见"，迅速换上牛仔裤、休闲鞋，直奔当周沟。

　　来到目的地，映入眼帘的是一片醉人的绿色。远山上层层叠叠的松树绿得发黑，山坡上的草绿得晶莹发亮，使人心旷神怡。

　　一丛丛、一簇簇的马莲花毫无遮掩地展示出它蓬蓬勃勃的生命力。远远望去，好像在一幅绿锦缎上绣上了紫色的花，煞是美丽，我弯下腰，捧起一朵马莲花闻了闻，一阵清香扑鼻而来，它绿色的叶子向四面散开，透出生命的顽强、执着。盛开的马莲花有九朵花瓣，中间六朵花瓣上有浅浅的紫色水纹状花纹，边缘上的三朵花瓣向下自然卷曲；含苞欲放的马莲花更是别具一格，一两片叶子已展开，悄悄地向外张望，如羞涩的新娘；还有的正打着骨朵儿，袅袅娜娜，如碧天里的星星。成群的蜜蜂、花蝴蝶在花丛中飞来飞去。

我钟爱马莲花，还因为它与我的名字有缘。母亲也非常喜欢马莲花，每次去山里劳动，回来总忘不了摘一大把，把它养在瓶子里，一进屋就能闻到一股淡淡的花香。爸爸开玩笑说："这样喜欢马莲花，等生了女儿就叫兰香吧。"因此妈妈一直叫我兰香。

我喜欢马莲花，不仅因为它美丽、清香，更重要的是它有顽强的生命力。它不择土壤，高山、平地都能看到它的身影；它不怕严寒、不怕风吹雨打，永远挺直了身子迎接一切考验；它不与百花媲美，默默地把大地装扮。

（原载 2005 年 7 月 24 日《甘南日报》第 3 版）

纸糊的岁月

◎彭世华

　　在故乡，腊八粥一喝，就几乎是进入年关了。父亲便掰着指头计算二叔和四叔的归期，并且让我给二叔去信，来时叫带些报纸。

　　在我眼里，二叔带回的那些角儿压得平展展的《人民日报》《参考消息》要比二叔带来的糖果零食诱人得多，珍贵得多。我总抓紧时间凑着比煤油灯亮不了多少的低瓦电灯夜读不休。虽然，那些新闻早已是旧闻，但仍然读得如醉如痴。一边看，一边还将有好文章的另外放在一旁，过些时候再读。当然，二叔的报纸并不是专门带给我的，那些报纸更大的用途是糊墙。起先，糊墙的工作由我和四叔来干。后来，弟弟能搭上帮了，四叔就专心地去给自家和邻居家写对联。我的家庭尽管在村子里还能算得上中等，但四堵墙都是泥坯子砌成的，尤其是顶棚，烟熏火燎后就更黑了，所以每年都要糊一次。弟弟负责刷浆子，我负责糊墙。浆子是要打合适的，稀了不粘，稠了，报纸一干就裂了。糊时，先糊墙面，我往往将有可读内容的版面糊在外面，尤其是炕的两侧更是特意"安排"的。以便将来坐在炕上或爬或跪或坐，看天下的风云变化、人间的悲欢离合。

糊顶棚可不容易。刚将一个边粘好，另一个边儿却卷过来。三折腾两折腾，报纸也烂了，心疼半天。

墙和顶棚终于都糊好了，屋里焕然一新，连心里也觉着亮堂了。

纸糊的岁月已渐渐离我们远去了，当我小小的女儿依偎在我的怀里翻看着那一本本精美的童话书时，我的眼角湿润了，那是一段多么让人难忘的日子啊。

（原载 2006 年 3 月 19 日《甘南日报》第 3 版）

采山野菜的姑娘

◎冰　鼎

在小江南舟曲，过了农历"三月三，换单衫"的日子，就到了采摘山野菜的时候。在崎岖的山路上，少女们轻快地走着，像这山涧流水一样，不时向前跳跃几步。她们喝着山泉，唱着山歌，仿佛一点儿也不累，浑身有的是劲儿。

其实在这个季节，她们像往年一样，在晨雾还没有消散的时候就进林子了。上山、下谷、穿林、越涧，她们一天也没有空闲，那满满一背篓的山野菜可以为她们做证。

她们来了，像天宫里采摘蟠桃的仙女一样来了，背篓里装有香椿、五爪、乌兰头、叶里开花、蘑菇、狼肚菌、木耳、蕨菜、松花，还有种种外行人叫不出名字的野菜。

每当碰到一株山野菜，她们总是仔细地采摘下来，捧在手上，瞪着还珠格格一样的眼睛，久久地端详，然后，脸上就露出幸福的笑容。

她们爱山，山对她们也总是慷慨的。

她们爱山野菜,心里充满了山珍香。

高高的深山阔林,出花、出果、出药材、出山野菜,也出像飞天一样的姑娘哩!有诗为证:"村口问儿童,言姐采薇去。只在此山中,云深不知处。"

(原载 2007 年 8 月 31 日《甘南日报》第 3 版)

草原的眼睛

◎夏家立

在青藏高原，那烟波浩渺的青海湖、天上的纳木错湖、碧波荡漾的尕海湖、神秘莫测的天池冶海、深邃宁静的达宗湖，以及草原上众多大大小小的湖泊，晶莹剔透，纯洁无瑕，犹如草原的眼睛，镶嵌在草原深处。

草原的眼睛使每座山川充满了神奇，使每条溪流洋溢着灵性。那滔滔的黄河、连绵的湿地，是草原偾张的血脉，那一条条涓涓溪流，犹如画家灵性的画笔，在草原上画出一条条优美的曲线，似飘动的彩带，又似洁白的哈达。

春天，草原的眼睛春光无限，笑意盈盈。冰雪融化，山欢水笑，草绿了，花开了，草原变成了绿色的地毯，每个湖泊都打破了往日的宁静。远处蓝天白云，芳草萋萋；近处洁白的帐篷里炊烟升起，成群的牛羊四散在湖区周围，到处都呈现出勃勃的生机。

秋天，草原的眼睛含情脉脉，富有生机。每一个湖泊都成了鸟类的乐园，各种鸟类在湖畔繁衍生息，有的四处觅食，有的拍击嬉戏，有的悠闲漫步，有的浅吟轻啼，有的翩翩起舞，有的惊鸿一瞥，不禁让人想起"落霞与孤鹜齐飞，秋水共长天一色"的诗句。

在风和日丽的白天，草原的眼睛恬静安逸。蓝天白云倒映在湖中，微风吹起阵阵涟漪，牛羊在草地上徜徉，骏马在群山中奔驰，牧歌在草原上回荡，皑皑的白雪辉映在天际，构成了一幅幅动人的画卷。

在月朗风清的夜晚，草原的眼睛深邃幽静，睡意蒙眬。喧闹了一天的草原安静下来，牛羊已经入圈，劳累一天的牧人也进入甜美的梦乡。草原始终眨着睿智和灵性的眼睛，邀明月和繁星相伴，携清风和松涛共鸣，细碎的月光在水面上跳跃，发出银白色的光泽，令人如痴如醉，如梦如幻。

千百年来，牧人们像爱护自己的眼睛一样守护着草原上的每个湖泊和每条溪流，不让其有一丝一毫污染和破坏。正因有了千沟万壑的涓涓细流，湖泊才这样明亮润泽，碧波荡漾。正因有了这些湖泊的滋润，草原才得以鲜花盛开，牛羊才得以膘肥体壮，牧民才得以丰衣足食。那清纯的湖水、肥美的草场，养育了草原的儿女，草原的儿女也知道如何爱护每一个湖泊、每一块湿地。他们崇敬河流，爱护湖泊，并赋予它们特别的意义。人们对每一个湖泊都心存敬畏，不敢有丝毫亵渎，有的湖泊还被视为神湖，禁止在湖区打鱼和捕猎，禁止向湖中倾倒不洁物。这种崇尚自然、爱护自然的意识，促进了人与大自然和谐相处，达到了天人合一的境界。

随着黄河重要水源补给功能区生态保护建设项目的启动和实施，这些草原中的湖泊，犹如少女多情的眼睛，一定会更加清新亮丽。

（原载 2008 年 1 月 4 日《甘南日报》第 3 版）

又是一年槐花香

◎苗娟娟

初春，同事去舟曲，一听要去特产颇丰的"小江南"，我开玩笑让她回来时带点吃的。

几天后，同事就带着她特有的舟曲口音和一编织袋东西来上班了，看着轻轻软软的，猜想是不是这个时节出产最多的山野菜。这样想着便打开了袋子，一股香甜的味道扑鼻而来，纯白而热烈的花儿被绿色细枝条串成一大嘟噜，提起一串，最上面的开得灿烂而整齐，让人满心欢喜；中间半开的花儿像拉着白纱帘的窗户，似乎里面还藏着一位清纯而婀娜的仙子；下面的花儿还是圆圆的花骨朵，像铃铛一样，一摇就会发出声响似的。

噢，是槐花，摘一朵花放在嘴里，香香甜甜的，尝一口它的味道，熟悉得让我心惊。顿时，一个个熟悉的身影在脑海里拥挤起来。难道味道是人一生最难忘的记忆。

我和三姐就差一岁，小时候睡觉，妈妈怀里搂一个，脚底下放一个，谁饿了就把谁拉到怀里，白天妈妈还要在食堂上班。我六个月大的时候外婆从陕西来看妈妈，看自己女儿太辛苦，就提议要带走一个。

一个月后，外婆就抱着我来到了千里之外的陕西，那时是冬天，我被包在一件羊毛大衣里面。

妈妈说，走之前的那个晚上，我哭了整整一夜。到现在她还说，娃娃最有灵性，啥都知道。

七岁之前，我在外婆家的美好时光就在暖暖的槐花香里、水渠边的咪咪草丛中、生产队喂牛的池塘边、火红的柿子树下悄悄溜走了。

外婆是个很要强的人，个子高大，干活麻利。外公年轻时在部队做饭，在村里是少有的聪明人，白白净净，什么事都依外婆的。

三十晚上看春晚，白云和黑土特像他们俩，白云抬左手，黑土拿杯子，白云抬右手，黑土放凳子。外婆的好强就是这样让外公双手接着、捧着、呵护着。

妈妈说，女人做饭，除了用心，还要有手气。

外婆肯定就是那种用心给一大家子做饭而且还有手气的那种人，做饭在村里也不会输给别人。什么青菜、萝卜到她手里都会香味四溢，尤其是槐花蒸饭。三四月份，门前的老槐树就开满了雪白的槐花。长竹竿上绑一个铁钩子，套住槐花的枝条一拧再往下一拉，一串串槐花就放在了外婆的大笸篮里。拿到水渠边漂洗一番，用面一裹，就上了蒸笼。

风箱拉得呼呼响，灶膛里柴火哔哔剥剥，蒸笼上热气腾腾。不到半小时，带着花香的蒸饭就好了。把蒸饭摊开晾凉的当儿，切些葱花，用油一泼，和槐花蒸饭拌在一起，香甜而可口，在我看来这就是特有的故乡味道了。

傍晚，村子里的小伙伴就去水渠边拔咪咪草。咪咪草和花店里的狗尾巴草有点像，只是要矮许多，直直的。穗子还没有完全抽出来，我们就把它拔出来，放在嘴里大嚼特嚼。

不单单是为了吃咪咪草，更是为了在窄窄的水渠边上摇摇晃晃跑来跑去。渠里的水清清亮亮，渠边咪咪草的叶片随着水流柔软地摆动。远处火车轨道上不时有火车"咣当咣当"地经过，我们站成一排数着车厢：一、二、三……

那时，牛可是村里的宝贝。夏天天热，村里在生产队门前挖两个大池塘，让牛可以洗澡降温又可以饮水。池塘便又成了我们的乐园。

要么在木棍上绑两个酒瓶子，在池塘里灌满水，学大人晃晃悠悠地担水；要么把蓖麻叶放在水面上，用木棍当桨，让叶子漂来漂去。直到有一天我因为往酒瓶里灌水，一头栽到了池塘里，我们才结束了池塘的游戏。

过了多少年，外婆一提起这事，嘴里就会反复说，要是有个三长两短，我怎么向你妈妈交代。

秋天是村里人和天气争粮食的季节。

前脚刚收过麦子的地里，麦香在弥漫，麦茬齐刷刷的，胖胖的麦穗七零八落散落在地里。

给割麦子的舅舅们送完水，就开始拾麦穗。衣服往上一撩，拾的麦穗就往里面放，不一会儿，就能拾一大捧。大人们在前面割着麦子，擦着汗水说笑着，我们跟在后面比谁拾的麦穗多。

晚上，老椿树上的蝉叫个不停，外婆把凉席铺在有风的堂屋，我趴在上面看着外公、外婆、舅舅、姨姨说话，眼睛不由自主就打起架来，他们的声音越来越远。

柿子树上的叶子都掉光了，红彤彤的柿子像一盏盏灯笼挂在弯弯曲曲的枝干上，冬天来了。

快要过年的时候，外婆就会念叨，你妈妈该给你寄衣服了。舅舅从镇上取回包裹，新衣服不是带金丝丝的那种就是很紧俏的条绒，衣服兜里还不会忘了装上压岁钱和泡泡糖，村里的小伙伴们可羡慕了，有的说泡泡糖不能吹泡泡，不甜的时候就要咽到肚子里面；有的说要像包装纸上扎着蝴蝶结的女孩一样吹得大大的，可那时谁都不会吹，我只顾着新衣服自己高兴，也不会想妈妈。这时候也是外婆最自豪的时候，就会对伙伴们说，她妈在外面上班呢，应该给我娃买一套好衣裳。

四季流转，我的槐花、咪咪草已在记忆中深藏，只是在不经意的瞬间，散发出历久弥新的清香味道。

又是初春，又想起满身槐花味道的外婆。

（原载 2008 年 3 月 21 日《甘南日报》第 3 版）

洮州女人

◎敏奇才

　　清晨，天外荡来了滚滚的雾霭，像女人甩起的衣袖，又像是浓云般弥漫着，托住忽隐忽现的远山。近处丘陵四合，矮似蛤蟆，卧伏不动，只是背上那绿意盎然的植被掩盖了一切丑陋和不毛，增添了无限的生机和灵动。远处，烟雾涌动迷漫，在清晨的天色里辨不清哪是云哪是雾。雾雨中隐隐约约一声鸡鸣、一声狗叫、一声牛哞、一声马嘶……还有那穿透屋顶飘逸不定的草火烟，纠缠着雾霭，浓郁地在村子上空的雾中穿行着跑了几圈，随之吸尽了地气形成了团团翻滚的白云，以婀娜多姿的风韵，烘托出了村子的无限生机和盎然的活力。

　　雾中鸡叫狗咬娃娃跑。于是村子就活泛了。

　　有女人在村子里穿梭，她们的嬉笑声在浓雾中激激荡荡地透出了村庄，飘扬在润朗朗的田野上，是谁家看家守户的媳妇还是待嫁的姑娘？竟是那么充满了活力。是笑羊碰了人还是狗惊了羊，也许是人咤了狗。笑声里带着一种善意的幸灾乐祸的味道。这会儿是看不清那朗朗笑语里的人影，辨不清是谁在那儿。只有闻声的狗箭一样地飞蹿出去，拆散了笑语连天的兴致。

雾在炎炎晨阳中一丝丝地悄然褪去，随后薄得像一页白纸。在这薄薄的看不清人影的神话世界里终是有人物走了出来。几经辨认，原来是浓雾中的嬉笑者。立领宽袖、宽口甩裤、踏着碎步的女人在纸雾的虚掩中款款而至，显尽了洮州女人的妩媚、神韵以及道说不尽的江淮遗风。汉族女人云髻峨峨，回族女人高帽围纱，操着一口传神的点点斑斑的吴语，风韵各异。各自带着一身草火烟的烟熏火燎味和田野的青草味，走在村道上，左边是牵牛的儿子，右边是牵羊的女子，身后是摇尾撒欢的狗儿，觅食的花母鸡。她们走走停停，划破纸雾的掩护，深吸一口地气，闻着泥地里的土腥味，听着山野里的鸟鸣，看着天空中的鹰旋，把心思种在了希望的田野里，与花草和庄稼一起生长，并恪守着内心的秘密，用生命守护今生今世的承诺。

痴痴地望着雾气腾腾的远山，读着村子里飘忽不定的炊烟，一种思念就在心田里像雨后的青草和庄稼一样疯了似的生长，清清的、甜甜的、黏黏的，飞向远方。田野里拂来了一阵风，是一阵东风抑或是一阵西风，像飘来荡去的思念来来去去地拂乱了雾的方向，让雾随了它的性子，风也让思念拂乱了自己的性子，没找到准确的目标和方向。儿子手里牵着的牛好奇地抬起头，眼睛润润地看着忽左忽右忽上忽下随了风的性子的雾，又低下头看着嘴边的草摇摇摆摆没有个静止的时候，随之又抬头思谋着前春上吃草时见过的祖先的一根脚把骨，还见过祖先留下的一颗快朽坏的老牙。这牛成了一头会思念和思考的牛，和那些女人一样，会看一些事情也会想一些事情了。

雾在太阳底下升空去了，带着女人的体香，还有田野里的花香，升得悄无声息，去孕育翌日更大更多的雾气。

锄头很农民地扛在女人的肩头上，泛着青紫紫的光芒。田里的庄稼和路边的杂草喜滋滋地笑了，笑得很像农民，也很像一阵风。牵着牛儿羊儿跟着的孩子听到了一阵怪怪的笑声，说给说说笑笑的女人听。然而她们完全听不懂牵牛的顽童在说些什么，深陷思念的深潭听不清美妙的天籁之音。只是把一种叫思念的东西深深地装在了心里。

田野里的油菜花开了，笑了；野花开了，笑了；麦穗开了，笑了。孩童牵着牛儿笑得合不拢嘴，嘲笑扛着锄头的傻女人听不懂花草的声音。叫桃花的女人悄悄地约叫荷花的女人，明天是不是领着娃娃和老人打个平伙，荷花高兴地拍了一把桃花，把一种挚诚和信任拍进了桃花的心窝里，也把一种关切的暖流洒进了桃花的心田。

洮州大地唯一缺少的就是大江大河，但小河还是有的，河水四季清澈明亮，能照清人的影子。天热的时节，女人们就把那洗得发白的被褥和衣物抱到河边，相互调笑着洗洗揉揉，然后再说说家常，在嬉笑声中让积压的怨气随水流去。然后各自奔忙家务，看守自己的家下老小，扛了锄头，日出而作，日落而归，把青春种在田野里，用汗水浇灌自己的青春在岁月中成熟。

在日暮的傍晚，女人扛了锄头，领着顽童，牵了牛儿赶了羊儿，踩着山道的余热和青草的柔软，披了一身霞光，带了一身田野的馨香回来了。依然是云髻峨峨，高帽围纱，款款而至，在深切的思念中走出了一种神韵，一种姿态，让外面世界的那些女人们羡慕得不行，也让那些搞摄影的闲人们闻风而至。于是，外面的世界知道了洮州，知道了洮州的女人，都想来看看洮州的山水景致，更想来饱读山野里款款而至的洮州女人的风情神韵。

（原载 2010 年 5 月 7 日《甘南日报》第 3 版）

那年 那月

◎张淑瑜

岁月的车轮碾碎了时光的长河，那些日子有如老树的年轮一样，一圈又一圈，刻画在记忆的脑海里。回忆真是个奇怪的东西，对于过去，我一向是怀着一种复杂的心情去看待的：既怀念过去的时光，又向往将来的生活。儿时的我是在农村奶奶家度过的，那里有我生长的足迹。关于童年的生活，记忆随着时光的变迁越发显得清晰而深刻，走在一直向前的路上，我总是禁不住回望，回望那些酸甜的日子。

"瓦房里的"是个代称，谁都知道是指戏台对面的李奶奶家。大门很阔气，青砖上有浮花，透着一种悠远和精致。院子又大又平，桃树、梨树、杏树撑起一道绿荫，牡丹、芍药、玫瑰扎堆开放。秋天的时候，李奶奶总会拿着园子里的桃啊梨的来我家和奶奶聊天，我也因此有了口福，感觉总是比自家园子里的个大，吃着香甜，奶奶说那是人家的树好。我知道，李奶奶家好，大瓦房是村里唯一的，厚重的大门，一眼望进去深深的庭院，高高在上的堂屋，总让我有些胆怯。

李奶奶家是村子里的殷实家庭，瓦房的年代已很久远，可是很威风。

因为房屋的显眼，"瓦房里的"便成了李奶奶家的代号，凡说起有关她家时都说"瓦房里的"。有人问路，我们也会指着说：往前走，瓦房那儿再向左向右或是前面后面，它是村子里的标志性建筑。

那时候，"房上"是我们的游乐场，村子里的平房连成了一片，我们总是从这家院里的梯子上去，从那家房上下来，串门变得好玩起来。有时候我们什么也不做，只是静静地趴着看村子里的一切：那家的母亲在教训淘气的孩子，这家院里老人们聚在一起"掀牛"。李奶奶家有什么样的情景呢？我们是不可能知道的，瓦房在一溜土黄的平房中显得孤傲，成了我脑海中淡淡的一抹青。

生活悄然发生着改变，不经意间，一切都变了，瓦房在村里黯淡了许多，在它的旁边有了更多鲜亮的身影，水泥硬化的院落、花砖围起的花园、瓷砖一贴到底……奶奶们还在说着"瓦房里的"，可年轻的一辈儿渐渐忽略了它的优越性，说起来都是那谁家谁家的，简单明了，"瓦房里的"像小脚的李奶奶晃悠着走远了。

"快点，快点！"弟弟们对我吃完饭舔碗的举动很不耐烦，这边催着那边已经出门了，我立即追了上去，姊妹都没有回过神来。

还是迟了。三叔家的大门已经从里面闩上了，弟弟们边埋怨我边从门缝里喊话，平生哥刚把门闩拉开就跑进去了。院子里站满了人，花园墙上站着小孩，屋檐下一排排的长条凳已经超载了，先来者都在堂屋里席地而坐，我们好不容易挤进去，平生哥挪了挪屁股，头也不回地说，没占上位置。又说，胡一刀中毒死了……算是给我们一个交代，眼睛始终没有离开桌子上的电视屏幕。夜空下，三叔家透出温馨的光，宁静中流动着一分热闹。

三叔家是全村唯一有电视的，哥哥又弄来了放像机，时不时从集上找来录像带，全村的人都往三叔家拥，《雪山飞狐》《楚留香传奇》丰富了我们的"夜生活"。老太爷也会在小曾孙的搀扶下来凑热闹，赶上哪天放《薛丁山传奇》《真假状元》一类的戏曲，他就更加有精神，在哥哥换带子的时候，他是发言的权威，总能告诉大伙下一节的故事。

在我的记忆中，那时候总是停电，在我们看到最紧张的时候。现在想来那也是一件美妙的事情，大伙说着刚看的录像情节，评价故事人物的好坏，猜测结局，但谁也没有要回去的意思，嘴里说着，眼睛不时朝堂屋里望去，那分等待显得执着。星星越闪越亮，也不知道我们玩了多久的"藏猫猫"，三叔已经在门槛上半闭着眼睛了。有人说了句：看样子电不来了。大伙才意犹未尽地散了，手电光在巷子里交叉闪着。我总是上下晃着手电筒，看光能打多远，很多时候打到天上，看着光柱在半空消失。

后来，奶奶家买了电视，乡上也有了转播台，我们可以端着饭碗慢悠悠地边吃边看了。可是，还是怀念三叔家盛大的聚会。

觉得才是刚睡下的样子，婶婶就轻轻地下了炕。没一会儿，"咣当"，一对桶出了门。

看不见人，只听到过来的咯吱声，"哎，谁家的？""哦，是平娃媳妇儿啊。"一对桶等着另一对桶，结伴向村外的河边去了。天渐渐亮了，村道一片湿润，那是挑水的人经过的足迹。"早啊。""不早了，水都浑了。""明儿要早些，那谁家的今儿挑的水最鲜了。"在那个年月，品评谁家的媳妇能干，挑水早不早、灶房里的水缸满不满是一个很重要的方面。村里的女人总是悄悄地较劲，天亮之前，村道上进行着一场激烈的竞争。

我以为挑水是容易的，让奶奶给我拴了两个罐头瓶子，和妹妹一起去，她小我两岁，要把担绳往上挽好几圈才能把桶挑起来，可她已经很熟练了。出了村子，往河边的路又陡又窄，再加上水洒在路上特别滑。双手握紧担钩处，一步步往下蹲，实在不行就小跑着下去。有一段路是裸露的河床，挑满水后桶往下一沉，肩上着了力，脚也被石头硌得生疼。走半路上，前前后后的几个人把桶一放，担子一横，坐上面聊起来，随手舀上一瓢水咕咚下肚，脆生生地凉。正说着，栓子甩着桶下来，几个人一起笑道："哟，这么心疼媳妇儿啊。""那我不疼谁疼啊。"把大伙回得没话了，更大的笑声洒在了路上。

挑一回水总要休息四五次，到家的时候桶里也只有七分了。我总试图帮妹妹，在她休息的时候我赶紧挑起来，生怕不让，可走不上十步就放下了，肩头火辣辣地疼。这还是近的，遇上雨天有洪水，就要去更远的地方。

这也只能是吃的水凑合够用，喂猪、浇菜、洗衣服就用下雨天接的"檐水"、窖水，要是村口的水渠哪天下来一股洪水，也是让人高兴的，家家户户都拿了盆盆罐罐，来来回回忙得不亦乐乎。

那些日子，贫苦中有着太多的无奈，笑声背后太多的艰辛压在人们的肩上、心里，妹妹闭着眼睛在姊姊的催促声中挑着桶出门的样子，在我的记忆中定格。

时光荏苒，那条磨得光溜溜的扁担挂在灶房门口渐渐没用了。最后一次见到它，是在柴火堆里，那么显眼，好像在告诉它的伙伴曾经的光辉岁月，它在很多人肩膀上留下过印记。

咯吱、咯吱、咯吱……像一首久远的歌谣。

（原载 2008 年 10 月 31 日《甘南日报》第 3 版）

放牧心灵的地方

◎刘顺良

　　当我来到阔别三十八年的玛曲，来到我眷恋的第二故乡时，我的心灵再次被如诗如画的玛曲震撼，并且陶醉。

　　天下黄河九十九道弯，玛曲是第一弯，玛曲即藏语"黄河"的音译。这里也是人类活动很早的地方，从新石器时代起，以白鹿为图腾的党项羌族，世代狩猎、放牧，生息在这片热土上，也是格萨尔的发祥地。

　　玛曲县城坐落在西倾山下的黄河之畔，城虽不大，但极具民族特色，其建筑风格以藏式小楼和贴有白瓷砖的平房为主，这与藏族人喜欢洁白有关。真是每个地方都有自己的性格、自己的气质。

　　翌日，我们吃过糌粑、喝罢酥油奶茶，整理行囊直奔草原深处的西倾山。我虽在玛曲工作过八年，却未曾去过此地。海拔约五千多米的西倾山，横亘在尼玛草原上。午时，阳光凌空倾泻，西倾雪峰泛着圣洁的光芒，犹如一尊慈悲的大佛在普度众生，难怪当地的牧民膜拜它为神山。

　　越野车向前飞奔，西倾山突然断裂，形成一个巨大的峡谷——万玛沟。其南部连接广袤的大草原，黄河划开青青的草地，缓慢流淌。沿着开满粉、白两色杜鹃花的峡谷顺溪而上，穿过灌木林向北登临，便抵达高山草甸。此地遍布水母雪莲、冬虫夏草等名贵药材。

最难得去的是西麦朵合塘（藏语意为"花滩"），它在欧拉秀玛乡平坦的河谷滩上。这里是典型的边际气候，一年分三次更替景色。七月遍地怒放着的金莲花，即便有急事的牧人，也不忍心踩踏这金色的地毯。八月的龙胆花，一片蔚蓝，天地成一色。十月是植被谢幕的季节，有时山上落雪，山下却滴雨。周边的高山已白雪皑皑，滩上换了斑斑点点的毛茛花，与白雪对应，呈现冷静之美。

毛日扎西滩自古以来就是活佛讲经弘法、头人议论政事之地，更是赛马的好地方。远有群山护卫，近有丘陵环立，带状的盆地间有一走廊，地势平缓，水草丰茂。近年来，这里不但举行讲经弘法会，政府还在此举办大型的"香浪节"、赛马大会、经贸洽谈会、民族服饰表演、歌舞会等，人山人海，蔚为壮观。可惜我们未能目睹其盛况。

玛曲的七月，是草原上最好的季节。天蓝如海，云若雪莲，百兽齐奔，千鸟共鸣，万花盛开，空气里弥漫着芬芳。碧草连天的草原，将夏天齐整地铺排。金雕邀空，用翅膀切割着太阳的金牧草，咏唱这凝滞或永逝的歌谣。花丛中那些意念般的飞蝶，像生命的叶子，随风飘舞。天鹅、斑头雁、黑颈鹤、蓝马鸡、雪鸡、锦鸡带来了吉祥，藏羚羊、盘羊、野牦牛、黄羊、雪豹、白唇鹿、马鹿、梅花鹿、棕熊、林麝在此会聚，旱獭、猞猁、野兔各自悠游栖息，懒洋洋的黄河湟鱼在水中游弋，河曲马、欧拉羊、齐哈玛的牦牛、木西河的狗，因驰名中外而洋洋自得。紫色的高山紫苑、黄色的垂头菊、粉色的马先蒿、矜持的点地梅、豪放的报春花、精灵的紫云英，在灌木丛中争相斗艳，香远益清，沁人心脾。清风撩过小草的叶尖，光影四处飘移，云天相映在水天河曲中。这就是玛曲，梦中的香巴拉。

走在黄昏的草原上，归程的奔马四蹄沾香。晚霞中，散落的帐篷里渐次升起炊烟，成群的牛羊走向帐篷。挤奶的藏女亮起了清纯的嗓音，藏獒低吼。在与天相接的原野上，驰骋的马群浪潮一般涌来。

玛曲街上往来多藏族同胞，也有其他各族人民。民族间的团结、互助融合于此，原始和现代融合于此。这与以前"街上无树木，风吹石头跑。城里人烟稀，野狗满街逛"的景象判若两个世界。改革开放的成果展现在人们眼前，惠及各族群众。雄伟的"黄河第一桥"代替了昔日的羊皮筏子，从烧牛粪到用上天然气、从马背小学到网上远程教学、从住毡房到定居豪宅，游牧民族在生产、生活方式上发生了翻天覆地的变化和跨越式发展。

不知是夜里什么时候，我从热情好客的藏族老朋友家品尝完正宗的手抓、蕨麻米饭和青稞酒后，人已微醉，于是转身回宾馆。夏夜，高原的天空很低，一个透亮的月亮就在眼前，很近很近，我仿佛举步就可以跨入月宫……

玛曲，你磁石般永远吸引着我。你的博大胸怀，是我放牧心灵的原野。

（原载 2009 年 9 月 11 日《甘南日报》第 3 版）

两棵桃树

◎张　琳

　　院子里有两棵桃树。一棵是父亲在二十多年前栽的，如今已是一个白发苍苍的老人，深沉地耸立在墙角。另一棵是女儿出生后的第二年自己长出来的，如今也已郁郁葱葱，黑亮的叶泛着青春的活力，热情地挺立在院中。

　　因为有了桃树，我的小院一下子便生动起来。

　　每当春风带着笑容款款而至时，两棵树总是最先张开双臂迎接春天的到来，它们顶着满树绯红的花，在春风里轻快地摇摆。而小院也因春天的到来变得斑斓起来。一阵风，粉红的花瓣便会随着春风在院中翩翩起舞，头顶是粉艳艳的一树花，身旁围绕的是轻灵旋转的花瓣，脚下踩着的是一地的斑斓……

　　仿佛一夜之间，花瓣落尽，嫩嫩的绿取代了曾经的绯红。而这时，满枝毛茸茸的桃子又带给我们满心的期望。女儿总是站在树下望着高高的枝丫："妈妈你看，桃子尖尖的""妈妈快看，桃子都红了。"

　　每当这时，我就会想起多年前，那时，我和弟弟也像女儿现在这样，每天都会仰头看树上那毛茸茸的果实，看它们慢慢长大，看它们由青绿一点点变得艳红，看枝条被一天天长大的桃子压弯腰。那时，那些艳红的桃子曾带给我们多少期望和喜悦啊！

夏天，浓密的树荫遮住了小院，小院便成了避暑的天堂。在树下摆上小桌，我们就在树荫的庇护下吃饭、纳凉。如今，女儿和她的伙伴们会在两棵树间拉上皮筋，满院回荡的便是她们天真烂漫的笑声……

最开心的自然就是桃子成熟的时候了。还记得大桃树第一次结桃的时候，只是稀稀疏疏的几个桃子，每个都硕大无比。我还清楚地记得，那时父亲还说这桃怎么长得比土豆还大！小桃树第一次结果是女儿五岁那年，树上只开了一朵花，那朵花竟然结出了一个红艳艳的桃。那时，女儿刚刚学了《孔融让梨》，所以非要让我吃，而我又怎能独自品尝那么红艳艳的桃子呢！于是，我们便一人一半。已经记不清当时桃子是什么味道了，但却清楚地记着女儿那天真可爱的笑脸。

每年桃子往下掉的时候，母亲就会看着掉下的桃说："已经长熟了，过几天我们就能摘桃了。"大树上的桃汁多肉厚，成熟的季节里只要刮风，桃就会随风滚落满地。找个晴朗的周末，弟弟爬上树，于是，熟透的桃子便会一筐筐从树上递下来。不一会，树上就只剩下稀疏的叶和被母亲称为"看树"的桃子了。母亲说人不能太贪心，果子不能摘完，要留些桃"看树"，所以每年摘桃的时候我们总要留一些"看树"的桃子。桃子摘下来，我们把那些桃子分成小袋，然后和弟弟分送给左邻右舍。

如今，大树已经耗费尽了精力。每年只是象征性地结几个果子。而小桃树正是风华正茂，繁茂的叶下挂满了累累的果实。像大树一样，在成熟的季节里仍滚落满地的果实。

有趣的是远方友人来访，在树下摆酒小酌，酒正酣处，忽然从天降一物，"啪"的一声落在桌上。众人大惊，仔细看，却是一只熟透了的桃子，红艳艳地立在那里。

等大部分桃都露出红红笑脸的时候，像母亲一样，我也会留下"看树"的桃子，然后在晴朗的周末摘下成熟的果实，分装成小袋，牵着女儿的手把它们分送给左邻右舍。年龄大些的姐姐便会牵着我的手问长问短：

"你妈还好吧？她怎么也不回来""你妈在这里的时候我们就年年吃你家的桃，这么多年了，现在还能吃上"……每当这时，女儿就会好奇地问我："妈妈，怎么好多人都认识姥姥？怎么大家都想她啊？"小小的女儿怎么能体会到当年邻里之间的那分感情呢！那时，我家开着一个小商店，而小店的门口就是左邻右舍聊天的好地方，经常有邻居婶婶在柜台前向母亲请教织毛衣的花样。也经常有路人夸我家的桃长得好，而母亲也会摘下红艳艳的桃请他们品尝。

浓密的桃树舒展着枝叶，用它宽容的胸膛和无私的爱滋养着周围的人们，而母亲便是爱的传播者。因为父亲退休回省城养老，父母离开这里已经多年了，可母亲当年传播的那分爱仍然浓浓地散布在周围的空气中。

如今，大桃树已到了垂暮之年，它的枝叶已不再舒展，而且每天都会从树上落下很多卷曲的叶片。虽然我想了很多办法，但仍挡不住岁月的流逝，它已经是一个白发苍苍的老人了！而小桃树因为有大树的庇护，也越来越健壮，它依偎着大树，就像是紧紧依靠着的祖孙俩。月圆的夜晚，轻风吹过，树叶沙沙作响，那正是它们在月下喃喃细语呢！

（原载 2009 年 11 月 20 日《甘南日报》第 3 版）

鞋子的记忆

◎马玉虎

　　每每闲暇在家打扫卫生，清理出来的旧物中总有一双又一双的旧鞋子，望着这一堆半新不旧、样式过时的鞋子，总有一种酸酸的感觉。记得诗人白居易也曾看着一双晾晒的旧鞋子作过一首名叫《感情》的诗，"人只履犹双，何曾得相似"。吟出了诗人与有情人最终没有像鞋子一样成双成对的无奈和对昔日情人的凄苦思念，而此刻我眼前浮现的，却是许多年前我与鞋子的情感故事。

　　儿时，父亲每月都是不到百元钱的工资，家里的孩子又多，每年每人一双棉鞋和单鞋，就已经是一笔不小的开销了，是不可能再给谁买第二双的。那时候人们脚上穿的基本都是胶鞋，冬天穿棉胶鞋走一天路下来，鞋里面总是湿漉漉的，每天晚上临睡前第一个重要的事就是把鞋放到尚有余火的炉旁或灶边烘干，不然第二天早晨把脚伸进冰凉潮湿的鞋里是挺难受的，所以天天如此重复着这一习惯直到换单鞋。

　　到夏天就更不轻松了，那时的街道不像现在这样平整，小孩在好动的年龄走路是很费鞋的，为了省鞋，像上房顶、爬墙头之类的游戏我都不会去玩，偶尔奔跑被绊倒，爬起来首先看看鞋坏没坏而不是脚疼不疼。

记得那是在儿时一个深秋的午后，我跟街坊家的小伙伴玩捉迷藏，被蒙着眼睛的我在小伙伴们的嬉笑声中掉进了路边的污水沟里，那时的街道两边都并行着两条污水沟用来排放居民日用废水，由于表面没有覆盖物，夏天污水横流、臭气熏鼻，而到了冬天就结满了冰，冰面甚至会窜到街道上。在我掉进污水沟的那一刹那，我首先想到的是自己的鞋子，那是妈妈新近做的一双合脚的布鞋啊！回家肯定会挨一顿暴揍。为了回到家里不挨揍，我就坐在邻居家的墙角光着脚丫晒鞋子，当鞋子干得差不多时我才发现，条绒布做的鞋面上沾满的泥污是根本没办法去掉的，我就急得大哭起来……

那天是姐姐抱我回家的，我手里拎着鞋。

我至今仍清晰记得，母亲为了给我们做一双新鞋，她不但细心地将旧布裁成布条，做成鞋底，还要在夜深人静的时候，坐在昏暗的灯光下纳鞋底，长长的麻线跟着母亲的手跳跃，我就随着针眼的暖流暖暖地进入梦乡。

"慈母手中线，游子身上衣"，在我感同身受唐诗魅力与韵味的同时，也深深地体会到"一粥一饭，当思来之不易；半丝半缕，恒念物力维艰"的辛酸。

还是在秋日午后的阳光里，妈妈忙着为我们赶制冬天的棉鞋，捻麻线、铰鞋样、粘袼褙、纳鞋底……我依偎在妈妈身边，看着她不停忙碌着手里的活计。她一边喃喃地对我说："孩子，以后走路要小心，不要再踢石子、踩泥水了，你看，做一双鞋子多不容易啊！"我默默地点头，深深地记在心里……还记得有一年是在春暖花开的季节，又逢学校开运动会，学校要求穿白球鞋，于是我坐着父亲的自行车跑遍了合作好几家百货商店，买回了一双白球鞋，风风光光地参加了运动会。可是穿着那双鞋出汗了，白色的鞋面就会出现黄色的汗渍。

一到雨天，尽管我会绕道挑没有水的地方一跳一跳地走，可还是会溅上泥点子。于是我就三天两头地刷洗，对那双鞋可谓是百般呵护。每天穿着白白的球鞋在同学面前走来走去，心里十分得意，可得意之余却有一股淡淡的酸楚。类似这样的故事重复着伴随着我成长，那时我常常想，关于鞋子，什么时候能开始一个新故事呢？

时光荏苒，光阴在变化中一天天溜走。如今布鞋已经淡出了人们的日常生活，我们脚下的胶鞋也渐渐失宠了，上海产的飞跃、回力胶底运动鞋、步云旅游鞋也失去了原有的风采，而红蜻蜓、康奈、意尔康、李宁等一些国内外知名品牌占了上风。而今这些材质多样、种类齐全、功能各异、色彩缤纷、造型变幻的鞋子，已经不再只隅于过去百货商店的一角，它们已有了自己所谓"屋""厅"乃至"城"，以更广阔的空间向人们展示自己的千姿百态，从而满足人们日新月异的审美需求。

现在，健身强体、一试身手要穿运动鞋，上班公务要穿名贵的皮鞋，休闲度假要穿休闲鞋，派对约会要穿情侣鞋，爱美、懂美的女士"衣不厌新、鞋不厌贵"，自然要穿时尚新潮的各类马靴和以至于有点另类的尖头鞋、松糕鞋等。

鞋子从人们生活的基本用品到丰富生活的装饰品，标志着旧的生活方式的终结和一种新的美好生活的开始。

我时常看着自己脚上的鞋子，挺有诗意地想着，我想买的下一双鞋不会就是太空鞋吧，穿在脚上能像孙悟空所驾的筋斗云一样腾云驾雾，能像哪吒三太子的风火轮，叱咤风云、傲视苍穹……

（原载 2010 年 10 月 25 日《甘南日报·羚城周末》第 4 版）

人淡如菊，落花无言

◎薛　菲

　　小学到初中，父亲一直在外地工作，家里长年只剩我与母亲。那时家里有一间比较大的屋子，计划做客厅的，但是一直迟迟没有收拾。因为父母都很忙。父亲开学后在学校工作，放假了还得在省城的美院学习他很热爱的油画。所以那间屋子一直堆放着两个书柜和一张大沙发，还有散落在屋角的几麻袋粮食。平时放学之后若没有其他事，这里便是我的天堂。从书柜里找出小说，然后蜷缩在大沙发的角落里一页一页读，不知屋外时光。眼前是故事里陌生而美好的世界，我追随里面人物的足迹，不知疲倦。只有时时飘绕在鼻翼的粮食清香，提醒我这是在自己家里的某个地方。那粮食，是我母亲春种秋收得来的。

　　母亲往往忙于田间或家务，无暇顾及我，只要我按时完成作业、不闹不生病就行。小学毕业升初中的那一段时间，几乎翻遍了自己感兴趣的书，就在那间屋子的大沙发上。父亲喜欢古典小说，《红楼梦》当然是我首先读完了的，接下来是白话的《聊斋志异》。其实白话并不好看，这是后来朋友送我《聊斋志异》读后得出的结论。当时也就知道这世界并不只在这间屋子，或者我的家，或者学校，或者远到父亲的工作地。世界是一处美妙的场所，有前有后，前的，叫古代，后的，叫未来，这些都不在我的经验范围；世界非常大，还有许多稀奇美丽的国家，被山、被海、被道路像不规则的格子一样将人们阻隔，那些国家叫外国，外国人长得不与我们相同，外国人写的书很好看。

　　记忆中那是一个涂了橘黄油漆的书柜，还是父亲抽空涂上的油漆。它旁边一个是奶油色的，它们造型不一样。橘黄色分上下两部分。上半部分又分三层，书籍是父亲整理过的。最上一层是古典小说，中层是历史小说，下层是外国小说，有《屠格涅夫小说选》《亚非拉短篇小说选》《苦难的历程》《世界通史》，偶尔也有哲学书，不多。

　　书柜下半部分又另开了两扇门，里面分两层，放了一大堆连环画，也有《画报》和油画类刊物，它们在里面整整齐齐地堆放着，但每次都被我翻乱，这是父亲每次整理书柜气恼的原因之一。每次回来，父亲总要整理它，然后修理被我弄坏的书页。沉着脸。那时父亲不赞成我读小说、古典诗词这些，每次听到他要回家的消息，我先藏起手边的书，怕他发现，若被他发现我在四册《历代诗歌选》的书页上涂涂写写，非挨一顿打不可。

　　住在另一个书柜里的是整部《二十四史》，我看不懂。除了正史，间或也有一些古人写的野史，偶尔翻开，觉得新鲜有趣，便看几日。尤其里面写一些女子的，或者后宫的，因为插图很好看，可以拿来做有趣的临摹。而且里面女人们的名字一般都婉约精致，住的宫苑名更好听。那时，古典装束的女子一直是我心目中美好女子的样子。

　　间或碰见父亲封皮柔和的笔记本，也趁他不在悄悄看一下，里面是他写的诗词，有古典的，也有现代的。父亲喜用黑色墨水写字，字体端方又不羁，好似水墨画一般，往往在一首诗左下角习惯画一些钢笔画，他的钢笔画真的很好看，往往是一些小动物，或者花卉，父亲最喜欢画的花卉是梅花。黑色钢笔画梅，风骨凛然，却又清丽脱俗。

　　水墨画一样的字体，当然对当时的我来说很难辨认，所以不知道他写了什么。大致是乡土人情吧。因为写字台的玻璃下面就有他发表在报纸上的诗歌，编辑配以藏族女子或者格桑花……幼时哥哥指给我看这些，看到珍重的铅字排版，虽不懂，却很为父亲骄傲。记得当时那张写字台最下面铺着一整张淡蓝的皱纹纸，然后左上角放了父亲发表的部分文字，中间是全家人的照片，也有我们姊妹的。其中一张是哥哥十岁左右和他的伙伴在草原上的照片，穿着温暖的羊皮袄，笑容灿烂极了。哥哥说伙伴是父亲同事的儿子。我的小侄子两岁左右时那照片还在，他指着说那是爸爸（我哥哥）和他。当时我们都笑。

老照片，父亲写草原、写蓝天的文字，都在蓝色皱纹纸上，在下午的阳光下安静绽放，蓝色逐渐褪色，不会褪色的是宝贵的字迹。蓝色皱纹纸上还有少年时的哥哥写的诗歌。哥哥十二岁时写下：太阳的金箭／射向清晨的草原……发表了，得到稿酬，哥哥决意拿去和他的弟兄们玩儿，而父亲要他收藏它，最后遵循了谁的意思，不得而知。

家里的杂物间曾经是我的最爱。看到《呼兰河传》里萧红也有此嗜好，不禁莞尔。我在那里找到姐姐小时候的读物——《儿童文学》，坐在灰尘扑鼻的书堆上翻看，张志新的故事，就是从那里读到的。还翻到姐姐初中时填词的本子。一本显然很用心地用白纸订成的大本子，一页一页，是旧词牌下的新诗词。姐姐的钢笔字非常俊秀、漂亮，她就这样一页一页写过去，写的多是学习和校园友谊，纯洁清新，写到最后，忽然一句感慨：填词非易事矣……遂搁笔。但是一个本子也就这样写完了。

记忆中那时姐姐非常年轻，鹅蛋脸、杏核眼，乌黑的眼仁，高鼻梁，最美的是那一头乌发，扎两根大辫子，快甩到脚踝了。这样一个会写诗填词又漂亮的女生，不知让多少少年的目光难以转动呢……后来哥哥爆料说，那时他们老起哄姐姐和一个邻家男孩。我依稀记得那男孩儿，因为他弟弟是我哥哥的同学，叫我小妹妹。弟兄两个都长得浓眉大眼，英俊挺拔。一大家子聚在一起，大家爱拿这件事开姐姐的玩笑，姐姐也不申辩，往往一笑而过。

喜欢在夏天吃玉米，原因是每到暑假姊妹就回家，总带各样精巧的玩物和好吃的给我，教我外面的知识。他们去街上的时候不忘买玉米给我吃，热气腾腾的玉米，来自高原之外的土地，它的味道让我着迷。

每年立秋后姊妹就得回学校。我也该上学了。但是，学校和书籍虽好，终不及他们带给我的外面世界。姐姐教的歌曲，哥哥在雨中喂食鸽子的样子。他们教我吟诗歌和文字；他们买来玉米给我吃……

所以玉米在记忆中一直是幸福的味道，淡淡的，不可替代。年愈长，味愈浓重。

姐姐曾在合适的年龄和一个男孩相爱。男孩来过我家，喜欢逗我。长得清秀颀长，很温雅。是我母亲心目中的女婿样子。姐姐数学不好，那男孩儿辅导她学数学，她帮人家学语文，便在书桌上相爱了。但当时父母一致说他们家太远，而且那地方太贫穷，怕姐姐受委屈，不赞同。也不知是父亲的意思，还是母亲的想法。姐姐是怎么了断这分感情的，亦不得而知。而今她还是那样大说大笑爱热闹的一个人。但是初恋，便也那样断了。

至今姐姐相册里还有那男孩的照片。玉树临风，相片说明的空白处是姐姐秀丽的字迹，也不怕姐夫看见、误会。想必姐夫亦是了解的，他们相爱，对彼此对家人都尊重、体谅，姐夫是一个淳朴而有担当的好男人，姐姐很幸福。

人生漫长，有一个这样的人在身边，这种俗世里的幸福，也不亚于那幅画吧。但是那幅画何其动人啊。

那幅画是这样的。它挂在家里的木头墙壁上。它是父亲的一幅油画，经过精心裱糊的。内容是两个人物在草原上。一男一女，藏族人的装束藏族人的脸，黝黑的脸上有藏族人的快乐，那男子装束简朴、粗犷，悠然坐着，温情地注视爬在他膝前的女孩儿，女孩脸上荡漾着明亮的笑影，衣服的褶皱里灌满璀璨的阳光。

在她身上，一反那男子的平常，父亲用了最艳丽明亮的色彩，鲜红的珊瑚项链，漆黑发辫上翠绿的头饰，洁白牙齿，宽大袍服里露出葱绿绸衫。她像个小女孩一样趴在草地上，神情专注地听着左耳畔的录音机……

不知道那里面是何种天籁，如此吸引着她，然后他被她吸引……

父亲一直怀念在草原上做老师的日子，也许，父亲是在怀念青春、怀念岁月、怀念爱情吧。但是父亲告诉我，他中意的女孩其实是汉族，来自北京，他们在读高中时结识。后来呢？我总性急地问后来。后来，她生病，去世了……

淡淡一句，有些黯然。身旁的母亲点点头，神情里有在人世经历风霜后的端肃……原来，母亲早就知道。

一时无语。看父亲。父亲年纪大了，父亲还是高高的个子，温和宽厚的性情，依旧是我心里智慧的、生于一九五〇的父亲。但是在我注视的这一刻，父亲忽然就变成画里的人。聆听天籁，不再看我们。那匣子里的天籁，是什么呢？

岁月是这样一个人，你知道他将从你面前走过，你知道他是唯一与你今生相伴的人，他走过你的帐房，牵动你的皮鞭，带走你的歌谣，而你，留不住他。

人生，人生是什么呢？那一对幸福的男女在画中聆听天籁，那是父亲超逸的精神世界；父亲和母亲相濡以沫，这是父亲踏实的现实世界……画中的、超越了现实的琐细停留在纯粹的空间里，却也就流失了现实中的温馨和温暖；现实中的，虽然无法上升至艺术境界的永恒，但是相濡以沫的情感，是由爱情升华来的亲情。亲情，我们此生唯一、贴身的行李。

无论走到哪里，请你一定记得带上它。

（原载 2010 年 12 月 5 日《甘南日报》第 3 版）

尕海湖寻梦

◎石和平

　　岗森户外徒步探险队的八名队员于十一月二十日早晨六时三十分从合作出发，沿国道二一三线向碌曲尕海国家级自然环境保护区驶去。

　　行车两小时后，探险队顺利到达"高原明珠"尕海湖边。冬季的尕海气候特别寒冷。队员们一下车，刺骨的冷风直往怀里钻。湖面结冰后，像一面巨大的镜子镶嵌在草原上，在太阳的照射下闪闪发光，令人眼花缭乱。冰面上几十只不愿离去的候鸟仍然翩翩起舞，引颈高歌。

　　探险队一行八人，在当地向导扎西东知的带领下，沿湖边开始跋涉，探寻冬季尕海湖之神韵。走在高低不平的草包上，恐惧感油然而生，好在有向导带路，队员们蹑手蹑脚地向前。队员中的两名女队员由于缺氧，气短、胸闷，加上害怕不敢前行。这时向导扎西东知给大家讲了一个故事：很久以前，天上的七仙女来到人间，看到了尕海草原一望无际，牛羊成群，便来到草原上欣赏人间美景。没想到走时，其中一名仙女把宝镜遗落在草原上。后来便形成了尕海湖。听了这美丽动人的传说，两名女队员顿时有了信心，探险队继续出发。

中午十二时，队员们已走了近三分之一的路程，个个饥肠辘辘，于是开始做饭。不一会，午饭的香味在尕海湖上空飘起。饭后向导扎西东知提出，让每个队员俯身贴在冰面上，听听冰下面的动静。一种常人领略不到的神韵穿过寒冰进入耳朵，像是湖浪轻拍冰面发出绝妙的音乐，像是鱼儿亲吻冰层想挣脱黑暗。大自然神奇的魔力使队员们忘记了疲劳，忘记了寒冷……

寒风怒吼，天上没有苍鹰盘旋，草地上少了牛哞羊咩声，尕海湖摆脱了昔日的喧嚣，显得那样清净纯洁，几个追随者匍匐在她的脚下，轻轻抚摸着她的脚尖，她笑了，笑得那样开心。

不远处传来呼唤声。湖边沼泽地上，牧民的一匹马陷入冰窟窿中，马的后半身已被冰泥所覆盖，牧民使劲拉住马缰绳不让马往下陷，枣红马喘着粗气，已显得筋疲力尽，眼角渗出了泪水。探险队员解下围巾绑在马脖子和前腿上，前拉后推终于把马拽出了沼泽地。

原来尕海湖冬季结冰后，形成了一座天然桥，缩短了南北两岸的距离，这时牧民群众沿此桥往返于两岸，没想到因湖边草长，冰冻不结实，导致牦牛马匹陷入冰窟窿的事时有发生。

探险队经过八个小时的艰难行程终于到达了原出发点。用双脚实地丈量了尕海的面积。冬季的尕海湖湖面南北宽约不到一公里，东西长约六公里。让人感叹的是，除了大自然的神奇之外，给队员们留下了一道难解的谜：尕海湖在完全封闭的状态下，湖中成千上万条鱼是怎样生存的？这有待于人们去研究考察。

（原载 2010 年 12 月 8 日《甘南日报》第 3 版）

花　事

◎王　力

终于到了春天，但百花却还将绽未绽。奶奶在世时，总会仰着头，微微笑着，看着含苞的花朵对我说："桃花儿开，杏花儿绽，梨花儿急得把脚跘。"桃花盛开的时候，杏花正在含苞。梨花呢，要等到杏花基本凋谢之后才开，所以说，要"急得把脚跘"了。"把脚跘"者，家乡语，即跺脚。

庄廓周围，有四棵毛桃树、一棵桃树、三棵杏树、一棵梨树。如果加上一棵棠梨树的话，就是两颗梨树了。

棠梨又名杜梨、甘棠。《诗经》云："蔽芾甘棠，勿剪勿伐，召伯所茇。"茂盛的棠梨树啊，不要剪不要砍，曾是召伯居住的地方。召伯名姬奭，是周文王姬昌的庶子，他常在棠梨树下处理事务，结果均能让官民满意。棠梨树也随着召伯的美名，被众人所知。

我家之梨树，奶奶谓之"冬果树"，应该是一种很老的品种。果实要到秋后才能成熟，经霜最好，味道爽脆可口，甘甜多汁。关于冬果梨，还有一个典故。相传唐太宗李世民连着几天上殿问朝，均不见魏徵的影子。急命近侍去问，才知魏徵的老母偶感风寒，在病中。而这病，竟是冬果梨治好的。这传说有无实据可考，不得而知，但冬果能治风寒，确是属实的。

毛桃树之谓者，皆因此树之果实较小，有的品种果实极小，并且果实表面密被短柔毛。毛桃有红心和白心之分。红心毛桃最好吃，脆而甘甜，但果子小；白心毛桃多汁而酸，但果实却大一些。

开了花，未必就有果实；但未开花，何尝就有果实——几场新雨过后，草儿们冒出了明黄的芽子，满山满坡都是毛茸茸的、嫩嫩的生机。毛桃树对于春天，自然是要增几分色的。想起那"人面桃花"之句，就让人浮想联翩呢。花之最妙者，应在含苞待放之际。毛桃花的花苞不大，小小的一点，是那种恰到好处的粉红色——再增一点或减一点，就不是桃花了——弱弱地猴在枝头上，待春风一点点将它吹开。如果你愿意仔细观察，风和日丽之时，含苞的桃花差不多两个小时就会变一个样子：变大了、变饱满了，而那一匀的红色，也在花苞的顶端慢慢往下褪……终于变得急不可耐了，将那藏了多时的花蕊从展开的花蕾里探头探脑地伸了出来。毛桃花一开，颜色随即变淡，成了淡粉色。

毛桃树是乡间的卑微树种。而我家竟然也有一棵桃树！桃树的"辈分"自然要比毛桃树大一些，所以花开得比毛桃迟。桃花的花瓣要比毛桃花大，所以开起来就比毛桃花铺张得多。桃花的颜色，是那种让人想入非非的粉色，当得起"浮艳"一词。记得那是少年时，从田里干活回来，远远看见那一树的粉色，有时候会无由地发一阵呆。"桃之夭夭，灼灼其华"，少年的怅惘，也像花儿一样盛开了。

待桃花开得零落，杏花就上来替补，总不能空负"春色"这样一个好词。杏花又是另一种风致。总是挤满了枝头，一个紧挨着一个，仿佛要挤出笑声似的。含苞的杏花，差不多是深红色的。它们挨挨挤挤半月左右，突然在某一个早晨，你开门一看，竟然在向阳的枝头上，有数十朵已经开放了！后面的姐妹哪能再耐得住，不出一两天，满树粉嘟嘟的杏花，排山倒海般，在和煦的春风中一展它们的妩媚。杏花的颜色，是白里映红，红中透白的。说是红的，又不太红；说是白的，又不算白。宋·杨万里《杏花》一诗，正好可以解我无以描述的窘况："道白非真白，言红不若红。请君红白外，别眼看天工。"

满树的杏花开得好欢，当得起"繁花似锦"的盛况。这时蜜蜂也来凑热闹。一大群蜜蜂，围着杏树上下翻飞。你能看得见它们的小翅膀扇出的美丽弧线，带着"刷子"的小腿腿上沾满了花蜜。那"嗡嗡嗡"的声音，整天不绝于耳。从田里干活回来，三十米开外，就能听到蜜蜂的"嗡嗡"声，是春天的"热闹"，也属于家的温暖。

有时候我一个人在家，近午之时，就来到杏树底下。也正好是一个晴天，湛蓝的天空中，几朵浮云慵懒地踱着方步。踱着踱着，就不见了。杏花的香气，弥漫在我的周围，让人神清气爽。蜜蜂也早已来了，在花丛中飞来飞去。我周围的土地是干净的，因前几日下了雨的缘故。也有早谢的花朵，飘落到我的头顶。我一摇头，又飘到了地上，能听到轻轻地"噗"的声音。偶尔也有几声犬吠，但就几声，又没了声息。只有蜜蜂的"嗡嗡"声时紧时慢，时大时小。这春天的舞曲，在苍茫人世中，飘浮在花朵之上。

然而终于到了"花褪残红青杏小"的时候。庄廓背后的梨树，也该开花了吧。但是我知道，它是不会"跸脚"的，那不属于梨花的性格。其实梨花是最能耐得住性子的，它知道春天过于妖艳张扬了，所以才要煞一个安静的尾。

梨花的花苞，也是白色的。待花完全绽开，那一色的纯白，干净如初见的惊喜。南朝梁·萧子显《燕歌行》有"洛阳梨花落如雪"之句。看着那满树的洁白，你要疑心时间几乎要停止了。你自然要安静下来，呼吸也要放缓，要不然就当不起梨花的清雅。梨花的花瓣极薄，像极了绽放在枝头的白玉片。梨花就像锋刃，刺穿的，都是一些洁净的脏腑。我依然清楚地记得，奶奶拄着拐棍，笑眯眯的，站在盛开的梨花树下，一边唤着我的乳名，轻声说："看，梨花开了。"

梨花也是一种酒器。酒器而以梨花名，想必饮酒之人，亦知自持。奇巧的是，梨花竟然可以酿酒。尝自遐想，若在清风明月之夜，藤椅石桌，与远人隔桌相望。梨花杯里，梨花酒仅有六分。无语对饮，笑皆出于月色。那时间的流水，哗哗哗。书生一梦，几为断肠！

元好问有《梨花》一首，最能说尽梨花的妙处："梨花如静女，寂寞出春暮。春色惜天真，玉颊洗风露。素月谈相映，肃然见风度。恨无尘外人，为续雪香句。孤芳忌太洁，莫遣凡卉妬。"

花开花谢，自然之理；一喜一悲，人之心怀。花事亦如人事，曾经繁花似锦，终归零落成泥。我之"梨花情结"，不过痴人呓语；而曾经和我一起仰头看梨花的奶奶，在地下已二十余年矣。尘寰之事，也许亦应看开。若有泉下，我自会和地下的亲人们一一相聚。

（原载 2012 年 4 月 27 日《甘南日报》第 3 版）

土　炕

◎汪树峰

在农村，土炕就是宽敞的大床，犹如一只温热的大手，抚摸着人的身躯，安慰着人的心灵。土炕就是我们草根族一生最离不开的地方。

老家的土炕，盘在房子里的右边，挨着窗，靠着墙，占去全屋近三分之一的空间。土炕看上去像一个方形的平台，其上铺着一页竹篾席子，席子上又铺着一层羊毛毡，最上才是床单，既光洁又平静，并带着淡淡的烟熏味。一床棉被长年暖在炕上，花被面洋溢着一种热情，透露出一种喜悦。

今年春节回家，一路风雪相伴，冻得我手指麻木，耳朵生疼。一进门，就急忙甩下包，先趴在炕沿边，把双手塞进被窝里暖一阵。当我的手一接近土炕的热被窝时，心就变得平静起来，一路的疲劳困倦就立刻消失了。接着再脱下鞋子爬上炕去，用热棉被焐住了脚腿，把脊背靠在窗边时，那绵绵的温度，盈盈的热力，从屁股底下只向头顶涌来，顿感浑身寒气消退，心底泛起一种踏实、一种归属感。坐在炕头转过头向窗外望去，院子里的一切可看得清清楚楚。几天来，天空飞雪弥漫，满地皆白，屋里的土炕则是昼夜温热。当热炕把我的肌肤一次次抚摸的时候，当我在一遍遍念叨土炕好处的时候，我的脑海里就不断浮现出多年前帮父亲盘炕的一些情景来。

　　那年开春种洋芋，烧了多年的土炕因用肥料被挖掉，挖掉了就要尽快盘新炕。父亲说下午要盘炕，让我给他帮忙。我的活儿主要是给父亲备料做下手。先去泉道担来几担白干土倒在要盘炕的地面，再去门外园子里端来土基子（土坯）码在屋内空地上，然后挑水、挑土、背麦草、和稀泥。待料备齐后，整个中午的时间就花去了，一切就绪，父亲就拿上瓦刀开始垒炕圈了。他先将土基子一片连一片，一层压一层地砌起来。每砌一层，我就用铁锨赶紧端来草泥，倒在已经砌好的一层土基子上，父亲就用瓦刀将泥拨平，再往上铺一层基子，我再端来草泥倒于其上，父亲又拨平铺一层基子，直垒到与人腰齐平的高度后停下。这时，他就跨进炕圈内，卷上一支喇叭旱烟叼在嘴边，打量着炕圈内壁的四周，查看烟道的出口位置。然后在炕圈内壁处间隔等距地倒竖起一圈支撑炕面的基子，基子的长度侧面紧贴炕墙内壁，与炕墙形成"丁"字状。每片基子的下部又被瓦刀削成有弧度的斜面，呈上宽下窄的形状，再用地上的干土将其擁实立稳，父亲将这种形状叫作"猴儿顶。""猴儿顶"状的基子在炕墙内壁立了一圈，看起来像一圈修大桥的柱子。之后，再在"猴儿顶"头抹上草泥，平铺炕面基子盖住了一圈"猴儿顶"。这样，炕墙内就出现了一圈匀称的穴洞，作用是扩大炕膛，蓄烟存热。其后，父亲让我找来一根高粱秆，截成和基子一样的长度当作"尺子"，他先把"尺子"搭在四周丈量，量了左边量右边，量了右边再量左边，他是在确定一个立炕柱的中心点。见他用瓦刀把中心点那里的干土刨开一个坑洼时，我就把几片基子从炕墙外传递给他，又把草泥端来，他就在这个中心点用四片基子竖起一个十字形的结实柱子，基子之间的隙缝要弥合，他就用手挖草泥连塞带抹地把它糊住，又将其削成"猴儿顶"状，用同样的方法在顶上抹草泥，平压两片基子，两片基子的长边一合缝，恰好是一个正方形，这样一看，如一个立起的上大下小的土方桌，这个方桌柱子对于支撑整个炕面来说，起着非常重要的中坚作用。接下来的问题是怎样才能把整个炕面一点点连接成块形呢？只见父亲左手拿着高粱秆，右手握瓦刀，将炕面四周的一圈基子边角砍成朝上斜面，边砍边量，哪里砍多了哪里砍少了，就搭上"尺子"校正调整。再在这些斜面上抹上草泥，就叫我给他递过另一片基子，他又把这片基子一头抱在怀里，一头放在大腿上，又把两头砍成斜面，然后翻过去，一头搭在中心炕柱斜面，另一头搭在炕围斜面，两边对齐，这样，朝下的基子斜面压在朝上的基子斜面，朝上的基子斜面托起朝下的基子斜面。由于俩斜面磨合贴在了一起套上了卯，其间的空隙就卡实了，再加上草泥的粘连作用，三片基子就结成了一个整体。父亲先连接好炕柱左边的，接着又连接好炕柱右边的，左右两边的力度在自然连接过程中相互顶住再一挤，炕面就更牢实了，用这种方法以此类推，整个炕就盘成了。这时我就不停地用铁锨端草泥，脚底跑得发出咚咚的声响。草泥端来就倒在炕面，父亲就用泥抹子抹开，我不停地端，他不停地抹，直把炕面刮得平整光滑后，才去抹炕沿炕墙。

　　炕盘好了，父亲就坐在小凳子上，点燃煤油灯盏，左手端上水烟筒，右手用麦秆引火，就"咕咚咚咕咚咚"不停地吸烟。此间，我就帮母亲背来柴草，填入炕膛里点燃，用慢火来烘烤湿炕，热烟就蹿向炕膛里的角角落落，然后顺着烟道从后檐墙的烟洞眼冒出。过了一会儿，慢慢地就发现炕面的草泥上蒸发出一层淡淡的白气。这样烧过几天后，土炕就干了，等潮气散完之后便可睡人了。

　　几十年过去了，我和父亲盘的土炕早已拆除做了肥料长了庄稼，如今的这个土炕，我知道，还是父亲在世时盘的，十几年来就再没有打动过。土炕依然在烧，依然在发挥作用，可父亲已去世了多年，他去世就是睡在这个炕上断气的，是我给他穿的衣裳。现在我又睡在父亲原来睡过的位置，有时睡得很实在，有时睡得很恍惚。睡不着时，就回想一阵昔日的家事，或者爬起身来坐在热炕上，写几页日记……

　　盛夏天热，躺在土炕上睡午觉，身上的热量被土炕吸食消化，感到特别清凉。秋天阴雨连绵，土炕就提前烧开了。烧炕的原料就是一些碎柴、干驴粪，当白烟从烟洞眼一冒出，土炕也就热了起来，冰凉的屋内一下子充满了暖意。秋天农民最忙，既要按时收割，又要抢时播种，忙碌一天的人在热炕上舒舒服服睡一觉，疲劳就顿时消除，乏气缓解，第二天起来元气恢复，干活时似乎浑身都蓄满了劲儿。土炕也是个温床，农村人年前蒸馍发面、生豆芽菜，或煮甜麦，就用瓦盆做容器放在热炕角，再用小棉被捂住，尽管屋外大雪弥漫，滴水成冰，但瓦盆里的面照样发得松软，豆芽菜照样长得白胖，甜麦照样变得酸甜。土炕也是农村人吃饭或待客的场所。饭熟了，一方小桌摆在炕中，全家人就盘腿围坐在炕桌四周吃饭，其间也可商议些家事，饭后炕桌碗筷一撤，就趄过身子一躺，眯一阵眼皮，舒坦得真不想下炕。其间如有庄间长辈或远客来，就必须让他脱鞋上炕，坐在正炕中间的位置，以示对他的尊重。此时被窝里尽是些乱放的脚腿，相互碰撞着。在我陪母亲暖炕的这些日子里，觉得冬天是农村人最快乐的时光，贫贱也好，富贵也好，都一样在静静地享受眼前这真实的温暖与幸福。我就推想，土炕不仅温暖着人的肌肤，也温暖着人的脾性，你看，农村人大多心性绵实，对人热情厚道，那种不紧不慢、不急不躁的性格，大概是与土炕的潜移默化有关吧。

土炕造价低廉，施工简便，说来也微不足道，但它是我辈草根族一生最离不开的地方。它最先把我们接到尘世，最后又把我们送上天堂。土炕，是人一生的载体。

（原载 2012 年 6 月 13 日《甘南日报》第 3 版）

灾区的春天

◎扬　柳

　　天气慢慢转暖了。一个星期天的早晨，丈夫一大早扛着尼龙袋连续五六趟到家中，只见他大汗淋漓，我赶紧上前询问，他说："扛的是土，准备种点东西。"我很是惊讶，泥石流中家没有了，现在还暂住在亲戚家的楼房中，连一块地都没有，怎么种？他说："你可能没有注意，阳台外下方有一块空地，虽然是石头和水泥砌的，地方也不大，但我准备用小木板钉成一圈，改造一下，种花种菜都成。"我走到阳台往外看，果然，阳台下方有一块空地，地方真是很小，长大概有个两米、宽也就一米，在这两平方米的地方种菜种花，我觉得不可思议，再说，我们在这儿住的时间也不会太长，就会搬到重建好的新楼房去。可他却乐呵呵地忙前忙后，一会拿上锤子、一会拿上从工地捡来的废料。经过一个小时忙碌，他钉好了小围栏，接着又将背来的土倒进里面拍打整齐，又用洒壶在上面浇上水，来去这么几个回合，他的改土造地工程已进行完毕。休息片刻后，他说要去市场买东西，我便忙自己的十字绣。

　　一会回来，只见他手里提着塑料袋，又取出盆子，从塑料袋里掏出东西。我以为买的是菜，迎上去一看是西红柿和辣椒苗子，他说这些苗子的根要包好放到水里，等傍晚再栽，这样成活率高。我说："看不出，你对这些还很在行。"

傍晚的时候，他拿着买来的苗子栽上，还下了几个菜瓜种子，又浇上水。第二天早上刚起来，儿子大呼小叫："爸爸，你种的菜都死了！"我也连忙朝阳台走去，往外一看，只见一棵棵苗子都歪着身子，一副萎靡不振的样子。丈夫走过来，只笑不语，我说："白忙乎了吧？"丈夫还是锲而不舍，每天晚上浇水。过了四五天，奇迹发生了，那一棵棵苗子就像变魔术似的竟然活过来，并且个个精神抖擞。十几天后，那几颗菜瓜种子也破土而出，长出了嫩芽。看到这些，我内心感触颇深，这感触不仅来自大灾过后丈夫的乐观，更来自这些小苗昂扬的生命力。

灾后的日子过得很艰难，倒不是生活艰难，而是周围的自然环境。每天踏着崎岖小路，穿梭在堆满泥石的沟道上下班，尤其是这几天，街上到处挖得乱糟糟的。只要是晴天，工程车经过的地方，尘土飞扬，遇上下雨天工程车经过时泥浆四溅，同事们上下班只要看见工程车经过，便四下里慌忙躲避，生怕泥浆溅一身。到了单位或家中，照着镜子里的自己，满身的尘土就像出征的战士刚从硝烟弥漫的战场归来。舟曲人为此自嘲地编了一句顺口溜："晴天是扬灰路，雨天是水泥路。"那天，单位上有一个职工刚换上洗干净的制服，由于躲避不及被溅了一身泥。唉！灾后的日子，有时真的感到很心酸，多么希望有一片片绿树环绕着我们啊！

其实，更多的日子，顾不上这许多便投入紧张的工作中。说不出是因为生命的坚强还是守候，每每看着这些绿色的生命迎风摇曳，感动的同时情绪也会有所好转。春天真好，尤其是那些绿色植物给灾区以希望和憧憬。重建的工地上，机器和车辆日夜忙碌。我想，那些建设者们不也在为灾区播撒春天和希望吗？相信这种"晴天是扬灰路，雨天是水泥路"的状况会随着灾后重建的步伐即将成为过去。

在丈夫的影响下，我也时不时给小苗浇水。现在，这些小苗已茁壮成长，并且已开了花结了果。一个崭新的春天——舟曲的春天，将会展现在世人眼前。

（原载 2012 年 6 月 15 日《甘南日报》第 3 版）

房锋生和他的北山小学

◎包红霞

　　二〇一二年四月二十三日，天下着小雨，我和几位朋友走进北山小学。

　　北山小学在立节乡北山村，坐落在海拔约两千五百余米的高山上，设有学前班、一年级、二年级，共十六个孩子，女生九个，只有房锋生一个老师。

　　问及学生少了的原因，房老师说，三年级的孩子全去了中心校，有条件的人把孩子转到了县城。他这里的全是适龄儿童，全村没有失学的。现在政策好了，上学不要钱，家长把智障儿也送到学校。他教的这个智障孩子，十一岁，还不会剥鸡蛋，学校早上发营养餐，给他鸡蛋，他压碎在桌子上连壳吃，面包发给他，吃一口就扔了。每天早上他都守着这孩子吃东西，放学护送他回家，平时一再强调其他孩子不能欺负他。

　　山上平地极其狭窄，学校在村子高处，村民院落大多出门就是悬崖。按国家规定每个孩子三元钱的早餐标准，但北山小学没有配备够，只有一包纯牛奶，其余全没有。学校在山上，娃娃们的牛奶都是他去山下买，然后找车往山上搬，好的一点是他兄弟跑车，大多数情况都是免费捎，鸡蛋和面包都是他掏工资买。爱人帮他，农活不紧张时就给孩子们蒸馒头。

谈到现在孩子的教育问题，和我同去的一位朋友说，他曾到乡镇小学搞过调查，当问到孩子们将来想干什么时，大多数孩子说当干部，有些说当警察，有些说当医生。孩子们在一起不比学习，比的是谁家有地位，谁家有钱，再就是谁穿戴的是名牌。他觉得教育最重要的是先教会孩子树立正确的人生观，让孩子知道怎么做人……

房老师说，现在的孩子比过去的难管，上面规定不能体罚孩子，有些孩子不体罚就不听话，布置的作业不好好完成，一回家就看电视，守着动画片一动都不动，家长关了电视，他们会跑到别人家里去看。

房老师说，十多年前，北山小学教室是土墙洋麦秆打的茅草棚，抬头就看得见天顶，雨天常淋湿孩子们的衣服。他教百十名学生，冬天没棉衣，夏天没衬衫，雨雪天路滑回不了家，他烧洋芋拌拌汤给孩子们吃。孩子们吃不饱，穿不暖，学习却很刻苦，现在的娃娃不愁吃不愁穿，上学不要钱还有补助，条件这么好，学习却不刻苦。

他还说，计划生育政策下，民族地区一家最多也才三个孩子，不管城市还是农村，家长把孩子当宝贝，有些家长只要孩子高兴，宁肯孩子不写作业，也不配合老师严加管教。

多年从教，房老师说，教育孩子他觉得三点比较重要：一是要鼓励，二是要物质奖励，三是要适当体罚，不听话的孩子不来点皮肉之苦是不行的。

我说，这一点咱们看法一致，有些调皮捣蛋的孩子，苦口婆心根本行不通，所以我比较推崇棍棒底下出孝子的教育理念，拿棍子吓唬吓唬，但不能打脸或伤及肢体和大脑，这是原则。

听我这么说，房老师笑了……

走进教室，俩人同坐的老式桌凳摆放有致，掉色的桌面失却了光滑。墙上有祖冲之、陈景润、居里夫人、鲁迅等的画像和励志名言。房老师让孩子们抄写了励志范文，画画，贴后面墙上就成了学习园地。教室整洁干净，庄严而又朴素。孩子们大多穿的是布鞋，十一岁的智障儿穿着花布小棉袄，眉清目秀，看上去与正常孩子没什么区别。

北山小学新校舍是甘肃赛拓矿业公司马福财先生援建的二层教学楼，因资金短缺院子未硬化，沙地上有孩子们画写的数字和拼音。厕所简单至极——房老师用几块编织袋围了一个小坑，上面搭了两条粗棍子，雨天方便不了。

村路陡又险，多临悬崖，房老师规定雨雪天路滑时不到校，耽误的课时，星期六和星期天补上。他将星期一和星期二变成了双休日，原因是学校只有他一个人，按正常享受双休日，他无法办事，这样一变动，星期一星期二他去文教局或县上办事就让孩子们过双休日。无论怎么变，每周升国旗唱国歌的仪式始终没变。

从教快三十年，教了北山村两代人，北山小学已是房老师生命的一部分，孩子们对他也十分依恋和尊重。那天我们在房老师宿舍，学前班的一小女孩要上厕所时喊"报告"请假，房老师还给她手纸……

（原载 2012 年 8 月 22 日《甘南日报》第 3 版）

我的乡村生活

◎李 伟

割 草

"走，走，起身割草走。""快点，再迟就赶不上别人了。"这些似曾遥远的话语却在昨晚的梦中被清晰地演绎出来，让我在深深的雨夜，泪湿枕巾。

那是在我上初中的时候，一直在老家念书。因为家里人一直把我当城里出生的孩子，总是不让我干农活，找些"力气小，有蛇咬"的托词，让我在家里好好复习功课。那时候我的年龄不大，正是喜欢山里疯跑的年纪。因此无论家里人怎么劝我或者吓唬我，我都当作耳旁风，左耳朵进右耳朵出。因为我比同龄的孩子个头矮，年龄小，总是很羡慕别人在疯玩之余还能帮家里放放牛、割点草，给父母们帮衬帮衬。而我就被家里人那些冠冕堂皇的理由给扼杀了"做贡献"的权力。我心底里很不服气，总想着要表现表现，给家里人一个惊喜。

割草，是我认识到的最有魅力的一项农活了。因为老家地处偏远，经济条件落后，气候条件又差，冬天牛羊保膘育肥的工作是家里人很看重的一项任务，而割草就是为牛羊准备过冬的饲草料，让牛羊能安全过冬。

割草是有季节要求的。像我们那里，八月份上下正是割草的好月份，因为那时的草长势旺、成色好，富含的营养成分多，牛羊喜欢吃。那个时候村子里所有的人都会背着背篼、拿着镰刀出发，三个人一群，五个人一伙，陆陆续续进山割草。

一把刃尖上闪着青光的镰刀，大而结实的背篼，娴熟的割草技巧和迅速上山下坡的沉稳步子，是每一个割草人所必须具备的基本要求。而我，就在这一切条件都不具备的情况下进山了。

第一次进山割草的经历使我羞于面对玩伴和家人。把子都快要坏掉的镰刀，底子差不多磨破的背篼和没摸过镰刀的手，让我没割到二两草，却弄了个皮开肉绽，满手的血泡，这让我对之前下定的决心有了动摇。"刀刃泛青，才是好刀。"割草，其实是从磨镰刀开始的，一个连镰刀都不会磨或者磨不动的人是无论如何也割不回来好草的。看着首次"出征"的我，叔父们安慰我，也指导我，割草应该从磨好镰刀，抓好刀把入手。

那年的八月，我记不得上山下坡多少回，也记不得那些青草被奶奶晒干后喂了几只羊，只是那次手上、肩上和脚上被磨破血泡之后变成的死肉到现在还一直留在我的身体上，它们没有随着时间而褪去，一直在手、肩、脚的部位留存着，像某种历史的遗存一样，让我在随后的日子中，没有惧怕过挑水、劈柴、割庄稼、捡牛粪这些农村人眼中很平常的农活，也没有惧怕过学习工作中被人误解、成绩徘徊、金钱诱惑等许多难以克服的心理压力。如果说乡村生活给了我一点什么的话，那我觉得是一种磨砺过后的内敛，一种朴素唯物的价值观和一种无畏无惧的精神。

打　牌

如果说上一部分是我对学生时代乡村生活的怀念，那么这一段我将对我乡村工作的经历做一点回忆。

我待过几个乡村，有汉族聚居的，也有藏族聚居的。这些乡村工作的经历，让我对黄土高原边缘这块养育我的土地充满了深情。"为什么我的眼里常含泪水？因为我对这片土地爱得深沉。"我没有艾青伟大、丰硕的思想，也没有艾青深邃、博爱的笔调，但是当我真正接触乡村工作，和村里人一起说生计、谈致富的时候，我也真的被他们感动过。

农村人都比较穷，但是不笨。他们有自己淳朴的思想，有自己诙谐的语言，也有自己看待事物的方式。和他们在一起你的思想每天都是活跃的，都是全新的。比如说你有一个新的工作要实施，他们都很快能结合实际给你出许多主意，让你对究竟怎么干这个工作充满构想。不过他们也是尖刻的，如果你很笨又不愿意研究新情况的话，他们的嘴下可是饶不得你的，会让你吃足了哑巴亏，而你也会干不下去的。

虽然忙的时候工作压力大，但其实休闲的时候也还是很不错的。我们可以采蘑菇，可以钓鱼，可以酌几杯小酒，也可以躺在那个如同画中的鸡冠树下，半人高的蒿草中，仰望云起云落。那时的我，心底里绝对充满着平静和安详，没有功利，就只是那么娴静地躺在草丛中，感受自然的气息。

我们所在的地方很偏远，没有银行，没有可以挑选的饭馆和商店，甚至班车都只有一辆。所以我们身上都不带钱，因为在那里，钱没有实际的意义，就同一张纸一样，你花不出去，也赚不回来。印象最深刻的一次是我拿了五角钱"花"了一个月。和同事们一起打牌，或许是最开心的时刻之一。大家都不带钱，所以一角、两角、一元是我们打牌的战利品，有时候玩个半天，还能赢两元钱，这个时候的兴奋比实际拿到了二百元钱还高兴。我们因此体验到了娱乐的快乐，而不是拥有战利品的快乐。

没有经历过农村生活的人是不快乐的，因为你不懂得村里人最起码的真诚，固然大家都是有礼貌的人；没有经历过农村生活的人是不完美的，因为你不懂得这个世界还有比成功更加令人艳羡的东西，固然大家都是活在功利时代的人；没有经历过农村生活的人是不幸福的，因为你不懂得这个世界除了金钱、竞争，还有童真、劳动是更加令人怀念渴求的，固然我们都向往幸福、渴望成功。

（原载 2012 年 9 月 12 日《甘南日报》第 3 版）

农事记忆

◎ 薛　贞

从小生长在农村的我，免不了要跟着父母亲做些农活。脑海里深刻的农事记忆，就是割田和碾场了。

秋季开学的时候，青稞黄了。母亲又重复着那句话：要割田了，你们就开学了，你们命大，不用做活。父亲打趣说，就是，谁让我是公家的人呢，吃了公家的饭，围上公家转啊！我和弟弟互相做了个鬼脸，偷偷笑了。父亲又说，我要去学校，两个娃要念书，我们星期天帮你割田。星期六后晌，父亲从学校回来了，第二天早上天微微亮，我就听见父亲在院子里磨镰刀，母亲咚咚咚地剁猪食，我想再睡一会儿，可是就听见母亲喊我们起床。

母亲给我们一人一把镰刀，母亲拿的是最好的一把，因为全家就数她割田最厉害了，多的一天能割八十个束子（庄稼捆子），父亲最多也只能割六十个束子。来到青稞地里，放眼望去，只见漫山遍野五彩斑斓：粉红色的豌豆花已接近了尾声，胡麻紫色的碎花铺满一地；青稞是金黄色的，燕麦是碧绿色的，麦子正在由绿转黄。几乎每一块青稞地里都有人，或一两个，或两三个。我心想，大多数日子里，母亲都是一个人来割田，不要说帮忙，连个说话的人都没有。我和弟弟以前也跟母亲割过一两次，不过她还是强调了一下动作要领：屁股抬高，腰放低……

看着一眼望不到头的青稞地，我心里直犯怵：啥时候割完呢！我们一家四人一字排开，开始割田，不一会儿就拉开了距离，母亲在最前面，其次是父亲，我和弟弟殿后。当然，就数母亲身后的束子最多了。每割好一捆，我就放在地上，等母亲捆扎。弟弟则自己捆扎束子，动作笨拙，但很认真。母亲微笑着说，像在剥牛呢。我不会捆，割了一堆又一堆，全放在母亲身后，母亲每割一会儿就回过头来捆我割的青稞，并不止一次地说，我尽给你捆上束子了。即使这样，母亲也是微笑着的。

虽已过了立秋，天气依然炎热，真有白居易笔下那句"足蒸暑土气，背灼炎天光"所描写的感觉。偶尔飘过一片云彩，感到一丝凉意，可很快又飘过去了。终于熬到吃晌午（方言：午饭）的时候了，我们赶紧放下镰刀，去拿放在地头的干粮。这时候我看见，只剩下半块儿地的青稞了，心里稍稍轻松了些。母亲说，割田最吃力的是头一两天，要不怎么说"头天胳膊第二天腿，三天过去尽顾嘴"呢！割上一两天，胳膊腿子就不疼了，光想着吃呢。好不容易到了吃晌午的时候，我扔下锄头，一屁股坐在地头，感觉比坐在炕上还舒服。真想躺下去，再也不愿起来。吃着馍馍，喝着水，母亲看着我们两个微笑着说：乏（累）啦？我就叫唤：腰疼。母亲笑了，娃娃儿家哪有腰呢！父亲连喝了几口茶，就给我们拌糌粑。母亲还拿出两个苹果，用镰刀割成了四份，这不是一个星期前父亲从县城买来的吗？不是吃完了吗？母亲看出了我们的疑惑，说专门给你们两个留的。父亲说，就你会做人。我们大家都笑了，引得旁边地里的人们往我们这边瞅。

割完田，搬完场，到碾场的时候，已是农历九月了。如果天气不好，拖上几天，就到九月末了。星期天的早上，天还没亮，母亲叫醒我和弟弟，让我们帮着去摊场（把割好的庄稼扯散，均匀地摊在场里）。外面黑咕隆咚的，风吹来，冷得我直打战。父亲在高高的庄稼垛子上往下扔束子，我们往边上拖，从场边上摊起，逐渐向中间，最后全场都让庄稼铺满，厚厚的一层。天一亮，父亲就驾上一对牛（另一头牛是邻居家的黑色大犏牛，我们两家互相借用），拴上大碌碡转着圈碾起来。我和弟弟赶紧跑进屋子里，一摔鞋就上炕了。炕热乎乎的，小妹正睡得香甜，我和弟弟不由得羡慕起小妹来。嗨，这个小家伙多舒坦啊！迷迷糊糊地睡了一会儿，听见父亲叫弟弟去赶碌碡（赶牛碾场，我们叫赶碌碡）。就这样，一早上，父亲赶会儿碌碡，弟弟赶一会儿，我赶一会儿。我赶的次数较少，主要是帮母亲翻场。

碾罢一天场，草堆得像小山包。我想象着有一双大手，一下子把草全抓到草房里该有多好！可是哪有这样的好事呢。这么多草还得我和弟弟一背篓一背篓地往草房里背。揽完草，又揽麦衣，麦衣钻进袜子缝里，痒死人呢。父亲和母亲一人戴个草帽，脖子上围条围巾在扬场。一木锨扬上去，如果有顺风，麦衣刮到一边，麦粒落到一边。一锨接一锨，扬起的麦衣刮得父亲和母亲满头满脸都是，像两个土人。天快黑的时候，父亲和母亲将一袋袋粮食背进院子里，我也将我擀的旗花儿面下到了锅里。看着堆满院子的粮食袋子，满面灰尘的母亲欣慰地微笑着。唉，庄稼活太苦了，如果我将来也这样，我能吃这个苦吗？父亲仿佛看穿了我和弟弟的心事，吃饭的时候，他说，怕当庄稼汉，就好好念书，书念成了就不用做这些活了！母亲疼爱地看着我和弟弟，说，娃们这两天也帮忙了，要不然我们两个也吃力。

碾完场，家里的农活总算告一段落了。我和弟弟也得以安心读书，父亲仍然去六十里外的乡上学校教书（农活紧张的时候父亲要请几天假的），母亲仍然继续忙碌着一些零碎农活。

最近七八年，家里不再种那么多庄稼了。父亲和母亲已经年逾花甲，操劳了一辈子，也该享享清福了！可是母亲种惯了庄稼，还是闲不住。这不，门外场里还种了些大豆，近处地里种了半亩洋芋，还有多半亩大芥（音 gai，类似油籽的作物，比油籽产油多，油肥）。前一两年，我二叔家割田紧张的时候，母亲还去帮忙，一天能割四五十个束子呢，一般稍弱点的年轻媳妇儿们都赶不上。

一晃二十余年过去了，母亲劳作的身影依旧深深地烙在我的心底，父亲在学校与家之间来回奔波的脚步声总回响在我的耳边……

（原载 2013 年 1 月 11 日《甘南日报》第 3 版）

花 线 客

◎李彩江

　　在舟曲县城的乡下，一年四季都有一些走乡串户游走的花线客，有
的花线客挑着挑担，担上扎着彩色的气球，手里"嘣咚——嘣咚——嘣
咚——嘣咚"摇着货郎鼓，嘴里喊着："换——头——发，卖——花——
线"，有的花线客背个有四方角的竹子箩筐，肩上斜挎着个包袱，胳膊上
松松垮垮地缠绕着一圈一圈五颜六色的绣花线，也是一边走一边喊：
"换——头——发，卖——花——线"。

　　这些人之所以叫花线客，是因为他们主要都是以换花线和卖花线为
主。农村的妇女都有传统的刺绣手艺，闲暇时间常绣花。花线客们就抓住
这个商机，常常拎着各种色泽鲜明的花线，来用女人们脱剪的乱头发交换
花线或用钱买花线。除了花线，他们还会附带些大到床单衣服，小到扎头
发的橡皮筋、发卡、别针、塑料鞋底、花花绿绿的耳环和袜子之类的东
西，也用来卖或者换。

　　花线客到农闲的时候来得特别勤，他们大多数也是沿河一带的乡下
人，庄稼收割完了，就批发这些针头线脑的小玩意，到更远的山村里来赚

一些零花钱。花线客每每人还未进村，拖着长长的音调，字正腔圆一字一板的喊声就到了。他们到村子里人密集的地方喊上一阵子后，见把换花线的小媳妇和姑娘以及小孩们吸引来了，就拣一个宽敞阳光暖和的地方，放下自己肩背上的东西，然后拿出准备好的塑料纸，把那些五颜六色的花线和琳琅满目的小食品、小玩具一一摆在上面，任大家按自己所需挑选。

花线客就站在自己的小摊后面，一边和大家做生意讨价还价，一边和人聊天说东道西。遇到年轻熟识的媳妇和姑娘了，还会打情骂俏着调笑一番，或开玩笑笼络一下人心，多给她们一些花线针头。碰到一些老顾客的孩子了，还让叫自己叔叔或伯伯，然后摸着孩子的头夸几句，发几粒糖果、给个小玩具。花线客一般都是巧舌如簧，对每一位光顾自己生意的面熟或陌生人，都会像故交似的热情有加，表情谦卑地微笑问好，推荐自己的商品。因为，他们视所有人为自己赚小钱的衣食父母。

花线客只要他们能赚钱，拿什么东西都可以兑换他们的物品。我的一个姨就曾用清朝时祖上留下的银耳环和几个银饭勺在花线客那里兑换了两条裤子，可那裤子没穿多久，缝线就全开了。还有一些不懂事的小孩，在那些没有职业道德的花线客的怂恿操纵下，常偷拿家里的一些贵重物品换糖果和小玩具。

乡下的村子，就是一个息息相通的网络。一个花线客如果信誉好，待人诚恳大方，那这个村子里的人和别的村子里的人就都知道，他们也会用一个顶针或者一个发夹给花线客换碗热饭吃。需要什么东西了，如果花线客这次恰巧那样东西卖完了，也会专等着他下次来了再买。家里有什么好的要兑换的东西，也会特意留给他。如果遇到那些奸诈抬价、欺骗小孩取不义之财的花线客，他有可能在这个村子里只能做一回生意，而其他村子里他也可能再没有做的生意了。

冬天是花线客销售货物的旺季，也是花线客来得最多的时间。那时候，乡下没有做的农活了，媳妇姑娘们就开始做鞋纳鞋垫，花线客的针呀线的就卖得快了。还有一个原因是年关近了，乡下的人开始宰猪准备过年。猪鬃和猪毛也是花线客的抢手货，一些熟识常来村子里的花线客，谁家的猪鬃好猪毛长，他们都知道。在猪没宰杀之前，他们就会提前给人家打招呼：猪杀了把你家里的猪鬃和猪毛给我留着，我给你多换些花线。这一家人猪杀了，真的会把猪鬃和猪毛留给这个花线客，如花线客来家里正碰上他们吃猪肉，还会让花线客也大吃一顿。

在乡下，花线客走到村子里的哪儿，哪儿就充满了生机和欢声笑语，哪儿就是他的天空和孩子们快乐的乐园，哪儿就是乡村一道诱人的风景。花线客不但唤醒了乡村的沉寂，同时也把自己融入乡村人群中和暖暖的阳光里了。因为有了花线客，农家平淡的生活中便多了一分简单的向往，多了一分被浓浓的乡情所感染的质朴人生。

日子被一页一页地翻了过去，随着时间的飞逝，改革开放的深入，人民生活水平不断提高，花线客就像消失在乡村田野上的风，在那个特定的岁月深处吹过后，一晃就不见了。但花线客带来的色彩，却一直不能忘怀。一如岁月越老，记忆越弥足珍贵！

（原载 2013 年 6 月 19 日《甘南日报》第 3 版）

舟曲的大山

◎燕　子

　　来过舟曲的人，大概都知道舟曲是个山大沟深的地方。除了那光秃秃的石头山挺拔地矗立在你眼前，能让你记住的还有那川流不息的白龙江水。一方水土养一方人，尽管舟曲四面环山，但生活在大山脚下的乡亲们还是眷恋着这片热土，过着看似简朴却幸福安宁的日子。一天又一天，随着时光流转，山还是这山，水还是这水，但围着这山这水转的乡亲们已经一批又一批地更换着不同的面孔，老了的是人心，永远不老的可能就是这里的青山和绿水。

　　面对地震，面对泥石流的席卷，连舟曲的石头都变得伤痕累累。无常的人生，让人感觉生命是那么脆弱，而人和人的相处也就没有必要那么多猜疑和攻击，再也没有必要有那么多嘲讽和伤害。而更多的应该是相互包容和理解、支持和关心。大灾之后变得千疮百孔的心再也经不起任何打击和折磨，不管是人和人相处，还是人和大自然的万物相处，都要有一分和谐，有一分敬畏，有一分慈悲。

　　面对舟曲的这些大山，面对大山上的这些石头，我常想幸好有这大山阻挡，幸好有这些石头不离不弃地护着大山，才让舟曲的乡亲们过上清静安逸的日子，他们的精神世界才不会那么喧嚣和荒芜。外面的世界就算是如何精彩，也似乎和这里生活着的人无关，面对眼前痴爱着的这一座又一座大山，他们的心灵也不会生起羡慕和攀比，知足就会常乐，感恩就会慈悲。难怪舟曲的山越来越壮美了，难怪舟曲的水越来越清澈了，就是因为舟曲的男人和女人越来越慈悲了。不信你听，那树林里的鸟鸣也是欢快的，那山坡上的羊群也是自由肥壮的，那大街上流浪的乞丐，脸上也洋溢着一种让我们羡慕的表情。

山不转水转，水不转人转。无论是舟曲的大山，还是舟曲的绿水，我都深深地喜欢。生命在轮回中不息，这里的一草一木，都见证着我们曾经来过的痕迹。让爱长上翅膀去飞，让心在舟曲的山水草木之间穿行，心会变得更加澄澈和干净、博大和阳光。而舟曲的大山会永恒地张开自己的怀抱，来拥抱所有的过客和归人。

当我去展翅高飞的时候，我就是大地的过客；当我倦鸟归巢，重新栖息在这里的时候，我就是这大山的归人，我就是落在这山尖上的一粒尘埃。

（原载 2014 年 1 月 3 日《甘南日报》第 3 版）

三代人的火车票

◎韦良秀

春节，吹响了归家的号角。无数游子星夜兼程、挈妇将雏，风尘仆仆奔向远方的家，为的就是享受那短暂而难得的团圆时刻。一张小小的火车票，牵动着无数中国人的神经，方寸之间，填满了一代又一代人的记忆。

做了一辈子铁路工人的爷爷，对火车票有着极特殊的感情。爷爷告诉我，新中国成立后火车票是用硬纸做的。为了节约纸张，它的长仅为五十八毫米，宽为二十六毫米，票面上还印有盲文。当初只有快、慢两种车，慢车的车票票面印有一条红线，快车的车票票面印有两条红线。座位也有软、硬之分，为了区别不同的位置，不同座位的火车票底纹采用了不同的颜色：软座车票为浅蓝色，硬座车票为浅红色。票上还印有车次、发车时间、发车地点和目的地等信息。

那时候的售票员很辛苦。每名售票员桌子上有两个全是小格子的盒子，一个装的是车票，一个装的是车次印章。乘客买票时，说明自己的目的地，售票员就从该目的地的那个格子里面拿出事先印好的到站、价格等信息的车票，盖上当天的日期和车次，乘客就可以拿着车票乘车了。

爷爷还意味深长地说，那时候没有"春运"之说，人也没这么挤。那时候的火车票没有什么防伪手段，但也没听说有假火车票出现。

在父亲的书房里，一直保存着一张由山东兖州开往北京的粉红色硬座火车票。票价是十二元五角。相比爷爷那个时代的车票，父亲那时候的车票已经变成了软纸。面积也扩大成了长为一百一十毫米，宽为七十毫米。父亲告诉我，那时候的"绿皮车"是中国一道独特的风景。不过绿皮车也有绿皮车的好处，窗户是推拉的，挤不进去的人就从窗户上往里爬。但是，绿皮车封闭不好，夏天如闷罐，冬天似冰箱。尤其是"春运"，像"逃荒"，像"打仗"，但一回到家里，所有的疲惫都烟消云散了。

父亲充满深情地说，现在已经很少见到这样的绿皮车了。那天，电视上出现了曾经熟悉的颜色，看到之后，整个人瞬间回到了几十年以前。

对于火车票，我这个八零后当然也有自己的一分理解。科技迅猛发展，时代日新月异，现在的火车种类繁多，有空调快客，有动车，有高铁，不仅速度快捷，而且安全舒适。火车票也发生了很多变化。甚至，我们都不需要拿着实物车票去乘车，仅凭一张身份证便可以解决。然而，在春运期间，火车票实在太难买了，很多时候靠的是运气。不过从这个角度来看，回家，是每个中华儿女的心愿，虽然会经历不少周折，但为了那一张通往家乡的火车票，我们累并快乐着。

一代又一代车票，一个又一个春节，一次又一次春运。无论火车票怎样地变化，永远变不了的，是我们对它的一分情感，是我们对故乡亲人的牵挂与眷恋。

（原载 2014 年 1 月 29 日《甘南日报》第 3 版）

森林卫士

◎陕启帆

两年前，我参加了全省公务员考试，通过一系列严格测试，被甘肃省森林公安局尕海则岔分局录取。我飞奔着将喜讯告诉爷爷，并骄傲地说："您孙子我要成为一名森林公安了，戴大檐帽，穿公安制服，全副武装，在大街上巡逻。"爷爷忙问我，森林公安具体是干啥的。"主要是办理一些林区的治安、刑事案件，保护林区动、植物资源。"因为我那时还没去单位正式上班，对森林公安这份工作自然也不是很了解，就按照自己的理解给爷爷大概介绍了一下。没想到爷爷听完后，沉静下来，若有所思地说了句"噢，不就是我们那时候的护林员嘛"！当时我就傻眼了，一时语塞。

过了一段时间，我便正式报到上班了。刚开始干工作，样样都觉得新鲜、刺激。跟着领导和战友进村入户搞宣传，协同地方公安部门维护治安，穿山越岭设置路障，盘查过往车辆等，乐此不疲。可是时间一长，我慢慢发现，其实这份工作并不像我最初想象的那样整天戴着大檐帽，穿着帅气的制服，全副武装地在大街上巡逻、执勤，我们更多的是身着便服，在林区的村落里、在村道上设卡盘查，检查过往的车辆，在荆棘丛生的密林里，寻找偷伐盗伐者的蛛丝马迹……

道高一尺魔高一丈，犯罪分子为了掩人耳目，往往是深更半夜才上山偷伐木材，因此我们常常是日落而作，在山里一蹲就是一整夜，有时候为了抓犯罪分子，在山里一猫就是好几天，出了山，一个个蓬头垢面，狼狈不堪，这种生活曾一度让我产生了动摇的念头。但发生在去年隆冬季节的一起盗伐案件却改变了我的看法。

时值高原的隆冬，冰天雪地，寒风凛冽，夜里十一点多，我正蜷缩在被窝里准备睡觉时，一条"盗伐者正在盗伐林木"的消息把我从被窝里拽出来，我跟同事们出发去了事发地。我们兵分两路，一路赶往盗伐现场，一路前去盗伐者运输必须经过的交通要道。我被派往盗伐现场这一路，等我们到达盗伐现场时，盗伐者已闻讯逃跑，留下了一大片被砍伐后的根茬，白森森的，在惨淡月光的映照下显得格外瘆人，仿佛在向我们控诉它们的凄惨遭遇和盗伐者的残暴行径。白森森的根茬扎得我的心隐隐作痛。我们的呼吸和命运早已和这里一草一木结下了深厚的感情，我们的职责就是要保护这片森林，干警们都在心里暗暗憋着一口气，誓要把这伙可恶的盗伐者逮捕归案。

月色愈发清冷，我们顺着车辙追了下去，最后在几公里外与前去堵截的另一支队伍会合了。拉运盗伐木材的车辆被扣在路边，两个人正在求情，只是按照程序将他们和他们的车辆、木材扣押，带回局里等候依法处理。就在那一刻，除了有将犯案者绳之以法的喜悦之外，同时也感觉到我们肩上担子愈发沉重了。自改革开放以来，我国经济快速发展，创造了举世瞩目的辉煌成就，但以资源为代价的发展产生了很多生态问题，全国雾霾天气范围的持续扩大，土地沙漠化、地下水污染等一系列生态问题已经日益凸显，而守护一方绿色的森林公安，更是有力地打击各类破坏森林和野生动植物资源的违法犯罪活动的中坚力量，守护森林，刻不容缓！

没有很多机会穿着帅气的警服，在繁华的大街上巡逻，受人瞩目；也没有规律的作息时间；更没有很高的收入，除了享受每次巡山归来的疲惫和战果、深夜里蹲点的孤寂之外，那便是在一个阳光温暖的午后，沏一杯茶，慵懒地晒晒太阳，在鸟语花香中梦回老家……

保护生态环境，注定困难重重，任重道远，但那又怎样？既然选择了森林公安，哪怕再苦再累，也永不言悔。青山苍翠是我们的荣誉，生态文明是我们的骄傲，社会和谐是我们的幸福。

我是森林公安，我为自己代言。

（原载 2014 年 7 月 7 日《甘南日报》第 3 版）

中国梦·藏家桥

◎刘文彤

古桥上的红色梦

我的家乡甘南——陇上小西藏。这里亘古至今是藏族人民的聚居地，世世代代的藏族同胞在这里生息繁衍，不断发展。这里山雄、石奇、水丽、林秀，山间河旁五颜六色的经幡猎猎飘扬。小时候听爷爷讲故事，当年红军长征千辛万苦，克服各种困难，到达甘南草原。正逢甘南秋雨时节，天气阴沉，多日连降大雨，地面泥泞难行，在当时人困马乏、粮草短缺的情况下，卓尼藏族土司杨积庆开仓放粮，还组织百姓抢修了按照国民党政府的命令已经拆除的木桥和栈道，为红军通过迭部峡谷、翻越腊子口提供了极大的方便。在当时艰苦的条件下，为了报答藏民的恩情，红军战士和藏族群众齐心协力搭建了那座横穿达拉沟连同腊子口的木桥，这就是今天这座桥的雏形，也是军民鱼水情的真实写照。爷爷说，他还清晰地记得年轻的红军战士在饥寒交迫之时，还不忘迈着整齐的小碎步从对岸走过达拉桥，突破重围走进了卓尼县城，为家乡人民带来了福音。爷爷眼中含着泪花，饱经沧桑的浑浊的眼睛望着远方那座桥，我耳边似乎隐隐约约传来当年那支红军部队路过甘南草原时喊出的响亮口号，似乎看到了衣衫褴褛却昂首阔步的红军战士、硝烟滚滚却依然迎风招展的鲜艳红旗……

藏家儿女的幸福梦

春去秋来，经过不断地重建和翻修，卓尼县城里终于有了一座钢筋水泥、柏油路面的古雅川大桥。横跨洮河两岸，密切了洮河两岸人民的联系。母亲说，当年她一身红装，披着哈达、骑着骏马，身后的马队驮着嫁妆，红着脸庞羞羞答答地跟着父亲从桥南走到了桥北，离开了娘家，嫁给父亲，过上了属于自己的幸福生活。这座桥，是有故事的桥。金乌西下，玉兔东升，它在第一缕金色的阳光、第一声清脆的鸡鸣中醒来，在漆黑夜幕落下之时与家乡人民一同沉沉睡去……见证了多少藏家儿女纯洁的爱情故事呢？那些故事应该被刻在结实的桥墩上，还是该随着洮河水一起缓缓流向远方？我想，那座桥会永远矗立在洮河之上，而那座桥上的爱情故事，也将日复一日地重复着……

莘莘学子的金榜梦

光阴似箭，日月如梭，积一时之跬步，臻千里之遥程。熬过了黑色的六月，我也迎来了我人生中一份大礼——西北师范大学录取通知书。邮递员越过了那座大桥将通知书从桥南送到了桥北，那张录取通知书被我捧在手心里时，沉甸甸、金灿灿，我知道我的汗水换来了成功，我也知道自己的故事连同录取通知书将会在记忆深处与这座桥隽永如初！

光阴似箭，日月如梭。还是在这座桥上，从满头青丝到双鬓斑白，逐渐老去的父母站在桥头送别和迎接那些在外求学、工作的游子们，时光苍老了我们，但那座桥仍然坚固地矗立在这里。桥头上经常会出现这样的身影：现在啊，乡愁是一座古老的大桥，父母亲在桥的那头，我在桥的这头……但是我知道，不久的将来，我学有所成的那天，我一定会回到雪域深处的家乡，回到那座记忆深处的桥头，迈着无比坚定的步伐走过那座桥，搀扶起在桥头张望的父亲母亲，从桥南走到桥北，一起回家，然后跟这座桥一样扎根在这里，为家乡的建设和发展贡献出我自己的力量。

踏过当年那座简陋的木板桥，红军战士艰苦奋斗，实现了解放中国的伟大梦想；穿过那座横跨洮河的古雅川大桥，母亲骑着骏马羞羞答答出嫁，父亲壮志满怀成家，实现了心中编织的梦想；我脚踏实地埋头苦读，家乡大桥传来捷报，迎来了金榜题名的梦想；年迈的父母在桥头守望着离家的游子，盼望着子女平平安安……

人的一生会遇到无数座各种各样的桥，只要信念坚定，一步步走过去，人生便会迎来新的希望！无数人怀揣着自己的心事走过生命中的那一座座桥，有的人踌躇满志，有的人小心翼翼，有的人昂首挺胸，有的人回头张望……

未来的路还很长，不会总是鲜花簇拥的宽阔大道，但我一定会披荆斩棘，翻山越岭，顺着这座桥，怀揣着我的中国梦，走向属于我的远方……

（原载 2014 年 9 月 1 日《甘南日报》第 3 版）

鲁日玛的秋天

◎张存学

　　早晨起来，满眼是白的霜色。村庄的房顶上是霜色，墙头上是霜色，村庄外的草地上是霜色，再往远处，没有收割的燕麦青稞和草山也被浓重的霜色染成微白。这是凝重的时刻，也是好天气的征兆。太阳还没有从东面的山上升起，而天空蓝得惊人。霜色中，村庄的小河哗哗流淌，听着那流淌声，能感觉出那条小河的清凉和纯净。这样一条小河，只有在这早晨的静穆中显现它欢快的声音。一条小河的声音，是活着的声音，是大地赠予旷野的声音。随后而起的声音是牛羊的声音、牧人的声音。太阳刚刚升起时，牛羊出栏，它们奔走在村庄通往山野的路上。这条路，是它们踏出的。在没有雨水的日子里，它们踏出一片尘灰，在下雨的日子里，它们踏出蜿蜒的泥蹄印。这条路一直延伸到小河的那边，然后，它被分解，被漫漫的绿草接纳并湮没。

　　十八岁的扎西走在羊群后吼着、叫着，他显然跟村庄里其他的牧人不一样，别的牧人都是一副安详的样子，羊和牛对他们来说就像那生长的青稞，青稞长在地里不需要过分地操心，春天将种子撒上，然后让它们自己去长，自己去与那些无用的草争高低，秋天等它们成熟了，将它们割掉，捆成捆晒在地里。牛羊也是如此，早上赶出去，走向山野，牛羊们自己会找到可以吃的草，晚上再将它们收回来。十八岁的扎西或许已经放了好几年牛羊，但他却是一副急吼吼的样子，他吼着、叫着，一会儿跑到这边，一会儿跑到那边。他的狗也跟着他忙碌，他跑到哪里，他的狗就跑到哪里。在这样的早晨，整个村庄的声音除了小羊的声音就是扎西和他的狗的声音了。小河流淌的声音早就被遮盖了，只要村庄里的牛羊，特别是十八岁的扎西走出他家的大门，小河欢快的流淌声就消失了。

在鲁日玛，我每天早晨都能听到扎西的声音。有时，我在霜色中看扎西那急吼吼的样子，我不明白扎西为什么总要那样。后来，有一次，我坐着扎西的马拉车去运地里的青稞，扎西问我跟姑娘好过没有。我说：没有。扎西就喷喷着说我可怜。扎西这么说的时候一脸的坏笑。我说：我才十五岁。扎西又喷喷起来说十五岁早就该和姑娘好了。我问扎西好过没有。扎西嘿嘿笑着抽了一下拉车的马，马奔跑起来。扎西说，他早就和姑娘好了。我问那姑娘在哪里。扎西朝远处的山野指了一下。我朝他所指的山野望去。我想，扎西之所以每天早晨急吼吼地赶他的牛羊可能要去见他的好姑娘。我接着想，那姑娘是山那边的，她说不定每天早晨也急吼吼地赶她的牛羊走向山野，走向与扎西可以会面的地方。

我还注意村庄里的另一个孩子。在这个秋天，这个叫道道的孩子还不到上学的年龄，他成天跟在我身后，他看我笨拙地骑马，看我从马上摔下来。我从马上摔下来的时候，坐在地上动弹不得，因为我的屁股疼，腿也疼。我龇牙咧嘴地看道道，因为是他让我骑上这匹无鞍的马。这匹无鞍的马看似老实，但骑上它，它却专捡下坡的路走，它的用意很明显——它在下坡的时候将我从它身上颠下来。我看着道道，我觉得我摔下来是道道和这匹马共同策划的一个阴谋。道道看不懂我眼中的含意，他抓住颠我下来的马，然后在我面前翻身上去。小小的道道，他上马时简单极了，他将马牵到一个坎楞前，他站在坎楞上便嗖地一下飞到了马背上。然后，他让这匹老实的马飞奔起来。高大的马驮着小小的道道一溜烟便不见了。

道道每天依然旋绕在我周围。道道不大会说汉话，所以跟我说话很少。沉默的道道不再教我骑马，而他自己总在我面前展示他骑马的技术，他骑着无鞍的马飞奔，骑着马将小河的水踏出一片惊心动魄的声音。

鲁日玛是一个不大的村庄，只有九户人家。我和我的几个同学住在道道家。我们来鲁日玛是收割青稞的。鲁日玛有大片大片的青稞，还有大片大片的油菜。有一天，我翻过一道山梁，我被眼前的景象惊呆了，眼前是彩色的灌木，这些灌木有的是红色的，有的是黄色的，这是秋天的灌木，它们的叶子在这个季节里显出了斑斓的色彩。我从来没有想到仅仅隔一道山梁会有这样的世界。这样的灌木伸向远方，伸向远方一个又一个山梁。在更加远的地方，是墨绿色的松林。站在山梁上，我望着远方想，在我看不到的地方，又会是什么样子。

鲁日玛的东面，是草山间的一片开阔地。在远处，这片开阔地被起伏的草山收拢去。村庄里的一位老人每天都走向那里。他在上午走向那里，然后，在下午时他又一个人返回。我无法想象出他一个人走向那里去干什么。有一天，我走进他的家，他的家里飘着浓浓的奶茶味，他倒给我一碗奶茶。他笑着——非常慈祥地笑，他这样笑着看我将奶茶喝下去。在这样的奶茶、在这样慈祥的笑面前，我无法开口问他为什么每天要独自一个人走向那山野深处。

但我最终还是知道了他是一个还了俗的阿克。他一个人生活，安详而平静。他每天走向山野深处是继续他还俗前所做的事情。他这样的人，没有人说什么。

霜色越来越重，天地的色彩愈加分明。在夜晚，河水哗哗而响。这个时候的鲁日玛仿佛成了世界的中心——整个世界因为鲁日玛的存在而平静，整个世界也因为鲁日玛的存在而进入梦乡。也就是说，在鲁日玛的夜晚，鲁日玛以外的世界再不应该有喧嚣了，鲁日玛的平静湮没了世界上所有的噪叫和喧嚣。

一个早晨，我醒来时看到白茫茫的雪覆盖了大地，一切都成为白色的。这一天的第二天，我和我的同学们告别了鲁日玛的乡亲，告别了扎西，告别了小小的道道，还告别了那个老阿克。

（原载 2015 年 1 月 26 日《甘南日报》第 3 版）

高原上的日出

◎王银成

　　生活在青藏高原东部边缘的我喜欢看日出，看蓝天，看白云，仍看不够每天新生的日出。因为，高原上的日出不像平原的从天边升起，也不像大海的从地平线升起，它是从起伏的山梁上升起，不同的天气，有不同的景色，不同的角度，有不同的奇观。

　　习惯了早起，就站在窗前，我望着腊月十五的月亮，谢幕在十六日的早晨，太阳与月亮交班的天空还没有大亮。不远处，东山山梁跟天相接的地方，浮云像一片片褪色不匀的灰纱布，淡淡浓浓，静静地在高山顶上浮动，遮住了太阳升起的地方。

　　过了一阵，天空渐渐泛亮，我望着日出的地方，天色由灰而白，山梁上出现了亮光，由弱而强，逐渐扩大它的范围，慢慢地在增强它的亮光。不一会儿，那些不堪一击的灰色浮云，又逐渐化成纯白的强光。这时，太阳从山梁上露出了脸，像透亮的圆轮，射出极白极亮的光，使人不敢抬眼。

　　我望着太阳跳跃在山峰，慢慢地升向浅蓝的天空，洒下炽热的阳光，大地山河感受到了春天般的温暖，仿佛回到了母亲的怀里。高原人虽处于高山峡谷、草原荒漠中，但高原人离天最近，拥有着勤劳、勇敢、智慧、豁达的胸怀。高原人虽生息在气候寒冷的岁月里，但高原人离太阳最近，释放着纯朴、善良、温馨、世间的万丈柔情。高原人虽离平原很远，离大海很远，但高原人离梦想最近，追求和平、宁静、幸福的脚步却从未迟疑。高原怀抱着大自然赐予的草原、蓝天、白云、花湖，千百年来，对大自然的馈赠感恩戴德，他们用自己的实际行动佐证着那句民谚："如果心是近的，再遥远的路也是短的。"纯净古朴的民族有着最为虔诚的信仰！

高原上的日出，这永恒的光明，这不就是人们期待的新一天的梦想吗？不就是延续生命的起点吗？

（原载 2015 年 3 月 23 日《甘南日报》第 3 版）

麦客，麦浪里的候鸟

◎李格珂

　　有一类鸟为了生存和繁衍，会随季节有方向、有规律地远距离迁徙，并准时返回栖息地，这类鸟叫候鸟。过去甘肃、宁夏一带的青壮年也像候鸟一样，每年辗转迁徙，收割麦子，他们叫麦客。

　　麦客，是一群汉子们。是中国古老大地上的打工者（在一些明清地方县志中有记载）。

　　麦客每年麦黄时节，准时出现在我的家乡——陕西关中平原。这里，南依巍巍秦岭，北临滔滔渭河，西至宝鸡，东至潼关，一马平川，盛产小麦。慈禧钦赐"天下粮仓"。

　　麦客来自西北最贫穷的地方。他们一路扒火车，成群结队，同村、同族结伴相随。先到达产麦区最边缘，因为麦子成熟期有差异，一般从东往西逐渐成熟。麦客就沿着这个方向，像候鸟一样迁徙游走，帮人割麦，赚取微薄的收入，贴补家用。返回家门口，最后收割的是自家的麦子。

　　麦客们有特殊的身份标记。长相粗犷，面颊黑红，久经风沙侵袭，留下特有的两个红脸蛋，叫高原红。关中人戏谑为"红二团"。走到哪里都带镰刀、草帽、被褥。说话带着浓郁的西部口音，语调生硬拗口。补丁的衣裳，陈旧的污渍，汗水连日浸透，散发着汗腥味。路人投以厌恶的一瞥。走过时躲得丈八远，生怕传染上瘟疫似的。他们毛发凌乱，"毛葫芦"或者"麦虎呆"是人们对他们的贱称。路人吓唬自家小孩常说，再不听话，让"毛葫芦"把你带走。麦客很守规矩，每晚露宿街头、道沿、别人的屋檐下、麦草堆，如同难民，一个个黑黝黝地蜷腿弓腰，东倒西卧。等待第二天的活计。

麦客们羡慕关中的好年景，不像自己老家的戈壁滩，荒凉，一望无际，十年九旱。种下的麦子，每一粒要压上小石块，满地都是石头疙瘩，否则只需一夜，麦芽就被风刮得无影无踪。广种薄收，日子苦焦。麦客出门，指望挣一点钱给孩子买好吃的，给老婆买好衣服，或者还账。麦客把别人的收获当成自己的收获，怀着火一般的热情，一心一意地帮助抢收。

天微亮时，雇主在街头出现。人群涌动，单干或者合伙，双方谈好价钱，跟着就走。乘着清晨的微凉，走向金色的麦田。麦浪滚滚，赤日炎炎，不是浪漫的风景，而是麦客的战场。弯腰挥镰，双手并用，膝盖和小腿有节奏地挪移。"嚓、嚓、嚓"三五镰就是一捆，快速打结，拦腰捆好。无数条小溪从额头、脸颊、脖颈、脊背蜿蜒而下，汗湿的衣衫湿了干，干了湿，全然不顾。整齐的麦捆像吃饱了吐丝结茧的蚕，一个个肥胖地竖在身后。身后的麦茬地，像一只只困倦的黄毛狮子，静静躺着休息。

关中地肥麦厚，割起来慢。麦客脊背像扛着火球，火烧火燎，那汗渍的衫子失了原有的白色，与麦浪融为一体。埋头一晌午，累了直一下腰，撒泡尿的工夫都省了，尿都变成了汗，从每一个毛孔出去了。吃苦换来工钱，这就是麦客的幸福。像麦粒，实实在在。

麦客一般话少，干活不惜力，懂得虎口夺食。饭在地里吃，省去路上奔波。麦茬地里，一棵大树也没有，一丝微风也不起。席地而坐，狼吞虎咽。他们不喜欢米饭和搅团，那虚头巴脑的东西，不抗饿。爱吃馒头和扯面。吃饱喝足，磨刀刃，磨完在大拇指上试一试刀口，又走向麦田。

几天下来，大地变得裸露。主家过来丈量亩数，他的脚就是尺子，叫挑叉，一叉两步，二百四十步一亩。主家猴精，背着手，弓着腰，步子跨得很大。麦客原以为一天平均能割一亩二，这样的步子衡量，真是打错了算盘，缩了水。

这家的活干完，如果还没有找到下家，他们往往吃最后一顿饭的时候，心有担忧，担忧下一顿饭的着落。到手的血汗钱是舍不得花的。饭间偷偷将馒头顺领口塞进衣服。刻薄的主家会让孩子盯着麦客吃饭。麦客一看被识破了，就拼命吃到肚子里。算完账，接了钱，腆着肚皮，打着嗝儿，踏着暮色，走向街头，寻找自己的伙伴。

这是大地上最苦难的一群人。他们晚上又回到街头、道沿、屋檐下，睡在一堆破烂里，浑身散架了一般，每一块肌肉都火辣辣地疼。前后左右都是自己的伙伴，没有力气说话，睡得死猪一般深沉。蚊子的叮咬，毫无知觉。鼾声此起彼伏，安睡到天明。如果说世上有一种人永远不会失眠，那就是麦客一般的重体力劳动者。无比沉重的劳动，让他们活得充实、坦荡而理直气壮。

活少人多，半晌午了没有揽到活的情况也有。如果突然走来一个压低价钱的主顾。三十块一亩，去不去？立即抢着应和，去。权当今天把自己贱卖了。好歹这一天有活干，有钱挣。麦客就欢喜。

也有意想不到的故事发生。只因人群里彼此多看了一眼，就互相惦记上了。长相俊朗、吃苦能干的年轻麦客与当地女子发生恋情，私奔是最丢人的丑事，被传扬出去，坏了名声。

候鸟的迁徙源自环境的压力，迁徙是鸟类生命周期中最艰苦卓绝的生存模式。生活在大地上的麦客，何尝不是这样呢？他们用最平凡的劳动，改善着自己的生存境况。

当联合收割机呼啸而来，麦客们万分失落！这个铁家伙生生断了自己的活路。

如今，再也看不到麦客的身影，麦客，如那远去的候鸟，消失在记忆深处。

（原载 2015 年 7 月 27 日《甘南日报》第 3 版）

迢迢欧拉路

◎瘦　水

　　那时我要去一个叫欧拉的草原下乡，那时世界正发生着某些微妙的变化，草和花蹿出地面，清脆而又响亮，在高原空旷的深谷回荡着，只要在没有牧群和更加庞大的事物降临。鸟类的飞翔似乎对高原无关紧要，飞在天上不想落下来。我多想做一只小鸟，飞出青藏。但我一生却没能飞出青藏。我是最好的骑手，我的白马高大而又英俊。我要骑着它去亚洲、非洲、南美，我甩坏了一根根马鞭，然而我却永远地留在了这片草原。一阵倦意涌上心头，索性我让马儿顺着自己走，低下头打开一本书看起来。

　　在草原，看书是最好的消遣。许多到过草原的人都成了大作家。比如王洛宾、张承志、周涛、马丽华。读他们往往使我有一种干净和清冽的感觉，觉得灵魂在微微春风中荡漾，也知道了生命是脆弱的，它不堪一击，便常常出门在外或把自己关在小屋里听任雪花无声地飘落。

　　猛然间，一幅名叫《西风烈》的图画闯入了眼帘：两位红军女战士在呼啸的大风中正在点燃一盏马灯。这些来自湘西或者鄂北的女红军，为了一个神圣的信仰，从鸟语花香的鱼米之乡来到了寸草难以生长的西北山地，那个手执火柴的女红军是那样地小心翼翼，仿佛在用整个生命的重量点燃马灯。也许只有一根火柴了。历史前进的步伐有时候是那样地悲壮，然而就是这个弱小和无助的女人，却向强权进行了坚决反击，对压迫进行悲壮反抗，对邪恶进行了无情挑战。西路军的历史是中国历史上最伟大而又圣洁的心灵史。每个中国人都应该知道，那段除了鲜血还是鲜血的战斗历程，珍惜今天来之不易的和平，忘记了这些，便是这个时代的罪人。

我曾去过一个名叫若尔盖的草原，在绵绵的细雨中，我腼腆而又羞怯，因为我知道这是红军走过的地方。在我所接受的教育中，红军给我的影响最深。我喜欢八角帽和红五星，喜欢朱德的扁担和毛委员和我们一起喝南瓜汤。红军是穷人的队伍，给老百姓饭吃、给衣服穿，让劳苦大众深深地知道，还有一种新的生活，一种真正的人的生活。我从小最爱听的一句话，就是"红军叔叔"。若尔盖的空气透明而又晶莹，高贵而又神圣，无时不有，无处不在，渗透到了革命的史册中，散发着永恒的光芒。我仿佛看见红军队伍艰难地穿越这片草原，我想起了一位哲人说过的话："历史总是很有耐心地等待着被侮辱者的胜利。"

就是在我生活的玛曲也有三名流落的红军战士。他们在一个叫齐哈玛的草原上生活了五十多年，生儿育女，同这片土地上的人民同患难，共生死。其中一个叫高青年的红军战士于一九八四年最后一个离开人们。他们都是四川人，却取了藏族名字。每当到了他们离开红军队伍的那个日子，三位老头便要抬头仰望北方，手捧红五星，热泪盈眶，泣不成声。

我的马儿在吃草，欧拉还远在苍茫的云雾之间。我的灵魂却奔跑在历史壮美的走廊里，体会人类的苦难和坚忍。红军的英雄精神，是任何一个国度和民族不能鸟瞰而只能仰望的高度。我也深深地懂得了一句再也简单不过的真理：只要拥有一个伟大的信仰，人就可以接受精神和肉体的极限挑战。

（原载 2015 年 9 月 7 日《甘南日报》第 3 版）

面对草原

◎夜　帝

终于，看到桑科草原了。

在甘南的版图上，它缄默地面对着自己的瘦小和孤单，它已经不会再用那一花一草来传递什么，或者表达什么。因为在甘南花花绿绿的彩色地图上，它的确占据不了太多的颜色和涂料来测定它的位置。

可我，还是搭乘百里客车走进了它。我只想触摸它的纹理，感受它不被人理解的体温，体味它千年来的沉默不语包含着的那股摄人心魄的力量。

茫茫天地之间，桑科草原上仍是那样低矮、柔软的小草在微风中不住地颤抖，不住地晃动着小脑袋、小身子。它们不会在乎一个小文人的感慨和赞叹，只会把那样一抹淡淡的绿色供奉桑科，供奉来到桑科的每一位游客。

只身卧在桑科的胸膛上，我像一位醉倒在沙场的战士，一个人倾壶而醉。

游人的目光中充满了挑衅和疑问。我太熟悉这种目光了。他们是桑科的养子，承载了桑科本来的品性，那里有战马一般的野性，武士一般的强悍凝固而成的东西。与他们的目光相比，我显得不堪一击。

可我愿意就这样与桑科对话，就这样与桑科交流。

桑科，草原！应当是千百年泱泱古国的遗子，在今天这个普遍遗忘了历史病痛的时代，它正用自己静止、深沉的生态，向青天流云倾诉着现实刻在自己身上的寂寞和孤独。

那是巨人的寂寞，那是英雄的孤独！

一伙伙五颜六色的小男女，把臂笑谈进入了桑科，他们的笑容牡丹一样美丽，他们的服饰山花一样灿烂，但他们的精神似雨露一样轻软，他们怎堪承受桑科的重量？他们岂能配享桑科的孤独，桑科的寂寞？

面对桑科，面对草原，一抹远古的记忆，也许会被桑科真正的知己无意间触及：那是关于铁骑阵阵、马鸣声声、硝烟滚滚、箭石纷纷的记忆。

躺在桑科的胸膛上，躺在历史发黄的纸页上，那来自遥远的历史深处的嘶鸣、轰响、震颤与激昂，那关于血火纷飞的记忆，不正是桑科作为一种草原的奇迹，仍然留到当代给我们最好的启迪吗？

然而，那记忆正在削损，正在被四方玻璃窗局迫与隔离的当代人，用他们只为物质与利益劳动着的双手狠狠地敲碎与揉断。

在一片廉价的缠绵悱恻声、嬉笑逗趣声、把臂谈笑声仍然绕梁不绝的时候，人心开始变得纤细与娇弱，那一根根承受过生活之重、生命之轻的神经，似乎再也无力弹响任何一节关于意义和价值的旋律，他们正在萎缩和退化。

桑科厌弃他们，草原轻蔑他们！

走进桑科，亲近草原吧！

放下油盐酱醋的顾虑，放下升迁除废的惊恐，放下进退荣辱，放下显隐达困，放下赢弱不堪的追逐，放下俗世愁肠，大胆地走近草原，走进桑科吧！

请相信，草原不仅仅是一处杯酒饮宴的寓所，桑科不仅仅是一处附庸风雅的景观！

草原是一种精神，桑科是这种精神的一个例证！它大气，因为它承负着历史传说的厚重；它宁静，因为它的存在抵御着芸芸世间的种种喧嚣；它安详，因为它沉淀了岁月与现实的悲欢；它深沉，因为它潜藏了文化的博大精深。

勇敢地告诉自己吧，琐碎的家务烦劳，消磨了热情；复杂的利益纠纷，异化了人性。那么，让桑科成为你升华自我的催化剂，让草原引渡你的男性意志步步回归，让空旷、野性的自然启迪你思考人心的本真状态吧！

面对草原，神凝形释，心与万化冥合；走进桑科，气定神闲，从此与咿咿呀呀的小家子气式的生存绝缘！

（原载 2015 年 9 月 28 日《甘南日报》第 3 版）

唐卡上的幸福

◎胡小卫

幸福，看不见，只能感受得到。可是，你见过唐卡上的幸福吗？我就见过。

事情得从我父亲说起。

父亲退休前在市画院工作，对唐卡极有研究，也很喜欢去藏族居住区收藏唐卡。而他最喜欢的唐卡，则是一幅少女唐卡。

这很少见。因为在唐卡所绘人物中，大多是佛教人物。以普通人物为主人公的，不是没有，但很少见。这幅唐卡上，一个年轻的藏族少女，大约二十出头，身着传统藏族服装，青春美丽。不过，她的脸上却似乎充满了忧愁，眼神无光。她的身后是阴沉的雪山，还有天空，也是灰蒙蒙的。父亲说，这幅唐卡画家水平不低，不过，似乎气氛不对，充满了阴郁感。总而言之，不阳光。

据父亲说，这幅唐卡，是他购自一个藏族青年画家之手。十多年前，他来到甘南玛曲县一个偏僻山村写生，那青年拦住了他，向他推荐这幅少女唐卡。

当时，父亲很诧异，因为在他印象中，藏族人很高傲，不齿于谈论名利。藏族人，就像那一座座高高的雪山，纯洁高贵，神秘而充满了诱惑力。他们崇拜雪山，崇拜大自然，对天地充满了敬畏。而唐卡，则是他们生活中的最爱。

父亲说，唐卡是藏族人民的一种绘画艺术形式。它起源于唐朝，始作俑者是松赞干布，他创作了第一幅唐卡《白拉姆》，而替他装饰的则是文成公主。唐卡，也成了爱情的合唱。

唐卡采用的颜料，传统上是金、银、珍珠、玛瑙、珊瑚、松石、孔雀石、朱砂等珍贵的矿物宝石和藏红花、大黄、蓝靛等植物，以示其神圣。这些天然原料所绘制的唐卡，色泽鲜艳，璀璨夺目，虽经几百年的岁月，仍是色泽艳丽明亮，极具收藏价值。

唐卡中所绘内容，主要为佛教人物。

但当时那个藏族青年的话语，让父亲震撼："我是为了去救这唐卡上的少女，才卖这唐卡的。"

原来，藏族青年名叫多吉才让，是附近一个村庄的居民。他自幼就喜欢画唐卡，大学毕业后回到家乡画起了唐卡。虽然艺术水平跟前辈相比还有距离，但他一直在努力。这唐卡上的少女，是他青梅竹马的恋人，名叫白玛。白玛的父亲在印度经商，家境富裕。白玛的父母反对两个人的恋情，要求白玛回印度继承家族生意。但白玛深爱着多吉，跟他私奔到此。可是，多吉才让还不出名，没人买他的作品。俩人的生活越发窘迫。最近，白玛得了病，而他，却没有钱替她治病。他呢，又不肯向白玛的父母低头，思来想去，就决定卖掉这幅唐卡。

这幅唐卡，是他偷偷替白玛画的。本来，想作为两个人的定情之物送给白玛的，但白玛现在病重，他无意保存了。

当时，我的父亲本不想购买这幅唐卡的。因为这幅唐卡太阴沉了。另外，笔触还稍显稚嫩，火候不到。可父亲看到多吉才让充满希望的脸，不忍打消一个年轻人的请求；再说，为了替白玛治病，自己也该做做贡献。

于是，父亲花三千元钱买下了这幅唐卡。价有点高，但父亲义无反顾。

回到内地后，父亲还对多吉才让与白玛的命运念念不忘。

去年十月，我与朋友要去玛曲旅游，父亲叮嘱我，一定要找到多吉才让，看看他现在生活得怎么样了。

我按照父亲给的地址，找到了多吉才让所在的村。可是，这里的景象让我大吃一惊。这里与其说是村庄，不如说是旅游胜地。这儿，家家户户都建起了漂亮的别墅，里面装修得也很漂亮。更让我震撼的是，全村人男女老少都会来几句英语，看来，他们早就与国际接轨了。

多吉才让，还在村里住着。当然，现在他已经是三十多岁的人了，他认出了我，因为我跟父亲长得极其相像。

多吉才让还在画唐卡。他当年治好白玛的病，通过自己的努力，成为远近闻名的大画家了。白玛的父母也理解了俩人的爱情，卖掉在印度的产业回到国内定居。

多吉才让现在的一幅唐卡，轻轻松松就能标上几万元，还十分抢手，在国外都是拍卖会上的宠儿。我仔细端详他的画作，发现与原来父亲所购的少女唐卡相比，技艺成熟了许多，意境也深远了许多。

于是，我向多吉提出，要再购买他几幅唐卡以作收藏。

可是，多吉听了却摇了摇头："不，我不会卖给你的，在你答应我一个条件之前。"

"什么条件？"

"你得先把我卖给你父亲的那幅唐卡再卖给我。"

"什么？"

"你把那幅白玛的唐卡卖给我，我才能再卖给你别的唐卡。"

我起初不解，后来听多吉才让解释才明白是怎么回事。原来，多吉才让当初卖这幅唐卡是为了替白玛治病。当时他画的时候，心中充满了忧虑，所以画上的人物也显得阴沉压抑。卖出后，他一直很内疚。再说，当初他的技艺还不成熟，我父亲却给了三千元，他觉得自己"欺骗"了买家。现在有机会见到我，就寻思把当初的唐卡收回来，再画一幅给我。

而新画的这幅唐卡，主人公同样是白玛。只不过，现在白玛已是他的夫人了，还生了个大胖小子。为人妻的白玛，还是那样地漂亮，丝毫看不到岁月的流痕。多吉才让重新创作了一幅唐卡，唐卡上的白玛脸上有了笑容，衣袂飘飘，身后的雪山也显得雪白光亮，蓝天也有白云在飞。整个画面布局严谨，线条生动，画面鲜活，充满了积极向上的力量。

我同意了，打电话叫父亲通过快递，将原来那幅少女唐卡寄过来。

多吉才让呢，将它献给了自己的爱妻白玛，成为爱的信物。

唐卡无言，却有大爱。

（原载 2016 年 5 月 9 日《甘南日报》第 3 版）

山路的变迁

◎后志良

　　我出生在卓尼县一个偏僻的小山坳里，记得小时候村里不通油路也没有电，家家户户都拿煤油灯照明。我家的煤油灯要算村里用得比较费的了，晚上兄弟姐妹五个人要学习，一盏灯不够用，而且一学就到深夜。每天吃完晚饭，我们兄妹几个一个个从暖融融的炕桌底下拿出自己的作业本抢占炕桌，生怕母亲使唤着去刷碗洗锅。

　　由于山里不通班车，信息十分闭塞，后来村里有人买了一个小发电机和一套放映设备，从此，电影便成了庄稼汉们了解世外的唯一媒介。我最喜欢看枪战片，尤其喜欢看打小日本的片子。记得有部片子叫《上甘岭》，演的是中国人民解放军某部八连在连长张忠发的率领下，与敌人浴血奋战，打退了敌人二十多次疯狂进攻的感人故事。看完电影，村里的小孩们个个用柳条把黄帽子撑得像锅盖，人手一根树杈，模仿着解放军叔叔，嘴里还不住地"嘟嘟嘟嘟，冲啊"！那模样现在想起来还觉得特别好笑。父亲笑着对我说："人家解放军叔叔是有文化的，你要好好学习长大后才能当上解放军。"从那后，我在班里的学习一直都是拔尖的。

公路不通，干啥都吃力。最让我难忘的是帮助家里干农活。由于山大沟深，坡陡弯急，任何农业机械在这里似乎根本用不上，连牛车拉粪都很困难。上山运肥料全靠人背马驮，上坡时，背篼系子勒得双肩发麻，眼冒金星，下山时，双腿打战，腰酸背痛，真想躺在路边的石头堆里美美地睡上一会。一整天下来背三四回已经累得骨头散架，躺在热炕上只想喝一碗菠菜面叶。那时的我，每逢春耕季节，天天都盼着学校快点开学。开学后，手捧散发着浓浓墨香的新书，闻了又闻，心中便暗暗下决心要好好读书，和大哥一样，考上大学走出这穷山沟。

我的初中是在距离家乡九十五公里外的县城读完的，记得当时村子里已经通了沙砾公路，但还没有正常通班车，到县城要走着去。父亲花了五十元钱雇了一辆三轮车，拉着我的行李和一个学期的面、洋芋、腊肉，鸡叫头遍就从炕上爬起来赶往县城，日落时才赶到县城。那时感觉县城是这个世界上最大、最遥远的城市。看着县城里宽敞平坦的柏油马路和一栋栋高楼大厦，我简直不敢相信，大山之外居然有如此美丽、如此绚烂多姿的世界。我真希望那些大山沟里已经辍学的同伴们，来到县城看看外面的世界。

沙砾公路改建通车后，村里正式通班车了。记得那天一大早，我兴奋地告诉每一个同学我的家乡要通班车了！大家疑惑地看着我，似乎不明白我在喊什么，我想他们大概不知道我在说什么，也不理解我此刻的心情。

二〇〇九年开始，我们村儿通往县城的公路被省交通厅列为全省村村通公路项目，开始铺筑沥青路面。去年八月七日，我从兰州汽车南站坐班车专程回家探亲。那是一条我从来没有走过的路，一条穿越九甸峡库区的柏油马路，从兰州到家乡少说也有二百公里，但是只用了三个小时便到达村里了。一到家，我不停地感叹公路通、百姓富。母亲告诉我，自打这条平坦的柏油马路通到村里后，庄稼汉的日子好过多了，药材贩子开着车到田间地头收购当归，连泥带水每公斤要给两元还不卖。收洋芋、大豆的小贩，还帮你从地里挖洋芋、割豆子，从地里就把洋芋给卖了，价钱很好。自从国家封山育林工程实施后，高山上的地也不种了，政府还给些补助。庄稼汉们辛苦一年，仅当归就能卖万把元呢，现在是烧火的煤、做饭的米、下锅的菜、各式各样的百货统统有人给你送到家门口，实在是太方便了。去年村里那一批大、中专毕业生全部考进机关事业单位了，现在村里几乎每两户人就有一位上班的干部。一开春，村里的闲人一个都见不到，年轻力壮的全部到新疆、广州、兰州去打工赚钱了。一到过年的时节，个个钱袋子鼓囊囊地回家过年，没有娶媳妇的，还领来了城里的漂亮姑娘做媳妇。

油路通了，我的故乡也变了，昔日那令人生畏、唯恐逃之不脱的穷山坳变了。真是公路通，百业兴，是那条一直通向省城兰州的乡村公路，改写了故乡的历史。

（原载 2016 年 6 月 20 日《甘南日报》第 3 版）

小 山 村

◎刚杰·索木东

　　"若干年后的今天，当我干完了一周的工作，在周末闲暇的时候，我还是徒步上了山，在余晖里，在那棵松柏和那棵白桦下，像母亲当年那样，静静地坐在树桩上，坐着自己的忧伤，坐成一截少言寡语的流泪的树桩。"这是甘南诗人扎西才让散文诗《母亲坐在树桩上休息》中的结句。子欲养而亲不待！读来不禁唏嘘……

　　然而，又为生活在家乡青山绿水间的兄弟感到莫大地荣欣和羡慕！毕竟，在周末的闲暇里，他还可以夹一本书，披一身朝霞或者夕晖，沿着高原小镇那条幽静的小路上到山顶，或者就坐在山腰那些零星的树桩上，读书或者思考，甚至什么都不做。而在水泥铸就的城里，远离草地和泥土、蚁族一样生活着的我，周末的闲暇里，又能到哪里去呢……

　　突然十分想念联系着自己血脉和记忆的那个山村，想念在山村里度过的贫穷而丰满的童年。离开村庄二十三年了，时过境迁，物是人非。很多时候，当我幡然醒悟准备回到从前的时候，却发现甚至已经失去了追忆的机会和能力！

藏语名叫"觉乃普"（意为卓尼上面）的小山村，位于安多藏区卓尼县城北面的梁上，曾经是觉乃嘉波的官衙属地，现隶属卓尼县柳林镇。自山梁而下，逶迤四余里地，陡峭的公路两旁分布着的沟沟岔岔，构成了一个"丰"字形的村落。如今，"觉乃普"这个村名一如自己的记忆，也只是躺在历史的风烟和史料的记载里了！更多的人，只知道它的译名"上卓"。

斯古鲁瓦、卡谢鲁瓦，村庄周围那些尚保留着传统名字的沟沟岔岔里，靠近马路边是零散分布的土屋。穿过一条条或深或浅的巷陌，顺着山路向山顶蔓延，便是成片成片的梯田了。就是在这一块块靠天吃饭、赖以生存的贫瘠土地上，年幼的我跟着辛劳的父母学会了耕作和放牧。也就是在那一个个贫穷的日子里，年幼的我饱尝生活艰辛和劳作辛苦，萌生了发奋读书、彻底逃离的念头。而今，如愿以偿，在远离那个略显破败的村庄二十余年后，那些点缀在土屋和梯田间苍劲挺拔的白杨和曲折虬结的曲柳，却在炊烟袅袅、鸟鸣虫啼的记忆里，为我一遍遍勾勒梦中永恒的田园！

村庄的西南面背靠觉乃阿乃贡布（卓尼大山神）的小山梁上，一簇形如盖顶的松柏林，在林木日渐稀少的村庄边上，迄今依然保持着仅有的郁郁葱葱——因为那是山神的护林，尚没有人敢胆大妄为肆意砍伐。

山神林的脚下，不同于家乡"外不见房、内不见墙"传统民居的几幢砖瓦建筑，便是我儿时的母校——卓尼县柳林镇中心小学了。二十世纪八十年代，在那所略显破败的乡村学校里，怀揣抱负和梦想，就着糠粱和快乐，我贫穷而充实地度过了自己的小学时代。

学校对面的山坡上通往沟深处，满坡红色的山崖突兀乍现、千奇百怪，是典型的丹霞地貌。一到夏日，在漫山青黛、遍野油菜的映照下，愈发显得狰狞而霸道。儿时的我们就在那些幽暗的岩洞里藏猫猫、做游戏、捕野鸽、逮山鸡，在每一个走出山村或者留守家乡的人的心里，永远留下了稚嫩的惊悸和快乐。而如果扫上一簸箕红崖下风化的咸土，拿回家炒蚕豆吃，便是童年最脆香的记忆了！

清晰地记得，在沟口一座形如佛头的红崖下，一米见方的平整崖面上，凿刻着几行梵文密宗咒语。据老人传授，那些咒语是石崖天生的，即便凿掉，仍会清晰地再生出来。当然，基于信仰和敬畏，大概也没有人真正敢去印证传说的真实！至今，仍有一些远道而来的朝拜者，或者偶尔途经的旅人，会去崖下虔诚地顶礼膜拜。

沟口的马路边被叫作玛尼台的一方平地上，现在是一户乡亲新修的瓦房。曾经矗立在那里的白塔和玛尼房，也仅仅成了老一辈人口里偶尔提及的传说。从玛尼台向里望去，几幢民居的头里正对马路的高台上，尚保存着一座小小的寺庙。寺庙里供奉着班代拉姆（吉祥天母，俗称骡子天王）和几尊菩萨的唐卡。和学校比邻的这座偶尔香烟缭绕的小小寺庙，仍旧为县城边的村落，日夜守护着残存的信仰和兴旺。

后来，我离开山村去县城读书，考上了北方的一所大学，并在那里找到了自己谋生的职位，娶妻生子、成家立业，实现了童年的梦想。自以为也逃离了苦累的农村，成了一个彻底的城市人。

多年来，因为父母家人的缘故，我还是会抽空回到家乡。但是，那所客客气气的村庄已经不是命定的归宿了。而我更不可能成为一个过客的形象！在城乡之间尴尬奔走的日日夜夜，没有带给我旅途的一丝浪漫，反而将原以为潇洒无比的游子形象，彻底解构得支离破碎、伤痕累累……

而在浸淫这座城市长达十六年之久的今天，突然发现，自己仍旧离这座城市很远很远。而那所村庄的印记依旧深深地镌刻在灵魂的深处，挥之不去，并且日渐清晰！

远离熟悉的故土，在异乡的城市里，那些先入为主、旁若无人的居住者，他们傲慢四顾、自由漫步的姿态，让我在汗颜自卑中望而生畏！在主流文化为中心的大学校园里，那些怀揣母语、恪守信仰的同胞们，他们抱臂独立、艰难虔行的姿势，更让我在汗颜自卑中望而生畏！

那么，我和我的村庄，该如何在夹缝中选择和坚持自己尴尬奔跑的姿势呢？

（原载 2016 年 9 月 14 日《甘南日报》第 3 版）

难忘甘南的藏族老皮匠

◎倪贤秀

　　我曾经在甘南旅游采风，当时所居住的社区大门靠街角处有位藏族的老皮匠，支起个小摊做些补鞋、修拉链的小营生，这种修鞋摊到处都是，最平凡不过。因此，我来来往往无数次，却从未留意过。

　　那些日子，脚下一双为我"服役"年余的皮鞋鞋底磨穿了个小洞，雨天有点渗水。我准备扔掉，但又想不妨修修。我拎着那双鞋来到老人的摊前，这里凌乱芜杂，地上扔满了破旧不堪的皮鞋，如果不是为了修鞋，我会忽略这个平凡的小摊，忽略这个平凡的老人。他是一位头发略带花白的老人，坐在一张旧帆布椅子上，戴着一副老花镜，正聚精会神地用缝线机为一只开裂的鞋上线。他膝上蒙着一块肮脏的破布，脚边尽是些盛着铁钉、胶水、鞋帮的坛坛罐罐。老人身后的墙边，赫然斜倚着一双拐杖，原来他不仅是一个平凡的老皮匠，竟然是位残疾人。

　　上前说明来意，老人停下手里的活计，接过鞋仔细察看。"您看还能修吗？""没问题，比这破得厉害的也修得多了。搁下吧，明天可以来取。"老人咧开嘴笑了，满脸皱纹虽然写着岁月的沧桑，一个很平凡的藏族老人，但那一瞬却显示出快活与得意。我点点头，正准备离开，一位时尚靓丽的女士"一脚高一脚低"地走过来，原来她的高跟鞋出了"状况"——三寸高跟令人尴尬地掉下来了。老皮匠赶紧"救急"，他娴熟地取出断裂在鞋跟里的钉子，重新对齐，用强力胶水固定，然后紧密地钉上鞋钉，使之严丝合缝地咬合在一起。不一会儿，女士又可以穿上鞋"潇洒走一回"了，代价却只是微不足道的几元钱。她感激地一再致以谢意，老人只是微微笑，挥一挥手。

翌日，我又来到老人的摊前，他瞄了我一眼，随即顺手从鞋柜里取出鞋递给我。接过来一看，鞋底换了新的，有些崩了线的地方重新缝合了，而且鞋面擦得油光锃亮。想不到我打算抛弃的"敝履"竟面目一新，大可以继续为我服务。当我穿着它上班或上街，还是很配衣服，一点也不显寒酸呢！"鞋底都换了，所以价钱要贵些。""多少钱？""十元！""不贵，不贵，我本来打算扔了的。"我干脆蹲下身来与老人攀谈起来，原来他自小有足疾，行走全靠双拐，幸亏跟一位汉族的皮匠师傅学了手艺，全赖此维生。收入尽管微薄，但不怨天，不怪地，流自己的汗，吃自己的饭，日子过得艰难却心安理得。尤其是每当花很小的代价将一双双破鞋修复，变无用为有用，既获得正当报酬，又博得皮鞋主人的感谢，心里便感到特别满足与欣慰——不是世界上所有平凡的行动都是没有价值、毫无意义的。

从此开始留意起这位平凡但自尊自强的藏族老人，看他戴着老花镜孤独地偏居一隅，全神贯注地缝缝补补；看他拄着双拐，艰难地拖着小推车出摊或回家；看他劳累后短暂地休憩、疲乏中常常绽放的笑容……每一回，心里都会莫名地生发出忧伤与感动。还记得那一首《真心英雄》吗？灿烂星空，谁是真心英雄？甘南的藏族老皮匠用他的行动证明，他平凡的人生因为帮助别人，因为自立自强而变得不再平凡；也让我再一次深信，生活中那么多平凡的人，却因为他们彰显民族团结进步的精神，常常会给我们带来最多感动！

台湾著名女作家罗兰说过，一个能化腐朽为神奇的劳动者，是最美丽的人！甘南的这位藏族老皮匠就是这样的典范，也是民族团结一家亲的见证，更是各族人民同心共筑中国梦的精神动力所在。也许，他的梦想只是做一个对社会、对甘南州有用的人，而正是像他这样朴实而伟大的劳动者，近年来把家乡建设得如此美丽和富饶，从而构成了伟大的甘南梦和中国梦的一部分，就让我们与他们在实现梦想的征程中继续一路同行、共同成长吧！

（原载 2016 年 11 月 7 日《甘南日报》第 3 版）

与野菜相伴的日子

◎花　盛

　　春分节气一到，阴山林里的积雪还没有融化，阳坡上背风的山坳处便露出浅浅的绿色，像在荒芜了整整一个冬天的土地上打开了希望的窗口。大人们也开始忙着背粪、开地、播种，我们一放学回到家，将书包从破窗户里扔到土炕上，便挎上竹篮、扛着小锄头向阳坡山上奔去……

　　那时候，生活困难，粮食不够吃，就靠野菜充饥。从春分开始，野菜便陪伴着我们走过每一个季节。苋麻是最常见的野菜，房前屋后，地埂路旁，到处都有苋麻。苋麻是不能直接用手接触的，它是一种多年生草本植物，茎叶上有毛茸茸的小刺，有毒性，皮肤一旦接触到小刺，立即会瘙痒、疼痛，继而红肿。有一次，和伙伴们去喇嘛洞采苋麻，不小心摔倒，脸一下子蹭到了苋麻上，顿时满脸火辣辣地痛痒，痛得几乎忘记了哭，伙伴们见状赶紧撇下竹篮围过来，一把一把将各自的鼻涕往我脸上抹，不知道抹了多少鼻涕，也不知道脸红肿成什么样子，只听见伙伴们围着我拉长声嗓喊唱——苋麻苋麻吃鼻来，老哇老哇（乌鸦）喝血来……一遍又一遍的喊唱声，在喇嘛洞回荡着，回荡在故乡的上空，脸上的红肿像空中的乌云也渐渐散去，大家又开始采苋麻。有时候被苋麻咬到了，伙伴们没有鼻涕，就摘点野茼蒿叶子，揉出绿色的茼蒿汁，连同揉碎的叶子涂抹在红肿处，驱散苋麻的毒性。

尽管在采苋麻的时候被咬是常事，疼痛也是在所难免的，但痛并快乐着。每次发现一片苋麻时，心激动得似乎要跳出来了。望着一簇簇的苋麻在春风中摇头的样子，像在乞求我放过它们似的，心一软，就放下竹篮，蹲在旁边静静地端详起苋麻来。鸡爪样的叶子下面，爬着许多蚂蚁和叫不上名的小虫子，有的苋麻秆甚至被密密麻麻的小虫子包得密不透风，看不到毛茸茸的刺。苋麻摇头，不是怕被我们采摘，而是怕被虫子咬，肯定是。这样想的时候，我便赶紧捡起小木棍，小心翼翼地抖掉苋麻秆和叶上的虫子，抖完一棵又抖另一棵，生怕它们咬疼咬瘦了苋麻。直到将视野内所有苋麻上的虫子抖完，才长出一口气，躺在苋麻旁的空地上，望着湛蓝的天空，心像白云一样轻轻地飘荡……

苋麻长出地面两三寸的时候最嫩，从根部一棵一棵剪下，轻轻夹着放到竹篮里，剪满了，就提到泉水边去洗。伙伴们每人用石头和树枝堵住一小段泉水，将苋麻倒进水里泡一会儿后，用木棍搅动各自的苋麻，顿时，泉水一下子也绿了起来，泛着绿色的浪花。伙伴们故意将泉水溅到彼此身上，大家都变成了一滴滴绿色的浪花，互相追逐着、嬉戏着、欢笑着……累了，就围坐在一起唱儿歌。"猫儿，猫儿，打浆子，打不过了翻浆子，翻几个？翻两个。"那边女生刚唱罢，这边男生就接上了："得儿，得儿，弹棉花，李子树上吊尔巴，尔巴戴的尖尖帽，你看热闹不热闹。"泡在泉水中的苋麻也迫不及待地钻出水面，就连调皮的泉水，此刻也停下脚步，静静地听着——"泉水泉水咚咚，后头有个窟窿，窟窿里面净蛤蟆，卧着一帮尕娃娃……"

待我回到家，母亲早已烧好了开水，和好了面。母亲接过竹篮，将洗好的苋麻倒进滚烫的开水里烫，以祛除苋麻的毒性。水变凉后，我从水里捞出苋麻，放在面板上。母亲将苋麻一根根捋整齐，切碎，放进瓷盆，撒上葱花、盐和花椒粉，交给我。切碎的苋麻在盆里流出浓浓的绿汁儿，用食指沾一点儿放舌头上舔舔，有点苦涩和咸味。待我拌好馅儿时，母亲已擀好了面饼，像一片片圆形的叶子，摆满面板。母亲轻轻地拿起一片叶子放在左手心，手半弯着，像鸟巢。我用木勺舀出拌好的苋麻馅儿，倒在巢里，母亲便用右手麻利地将巢封严实，似乎怕里面的苋麻像鸟儿一样飞走似的。母亲见我一会儿舀得少，一会儿舀得多，用面手点一下我的额头说，馅儿不能多也不能少，就像往饭里调盐，调多了太咸，调少了又没味道，刚好就行，做人也一样。我似懂非懂地点点头。

等包好了苋麻饼，母亲在每个饼上抹上清油，一下子，面板上叶子全变成了金灿灿的果实，油亮饱满。火苗舔着锅底，像我的舌头舔着嘴唇，馋得直咽口水，盯着锅里吱吱地冒着香气的苋麻饼，忘记了添柴火。母亲用铲子敲敲锅沿说，专心添火，火不能太大，大了就烙焦了，也不能太小，小了轻易烙不熟，要料好火候。母亲说这话的时候，目光有点严厉。但每次烙好第一个饼时，母亲就先给我吃，饿坏了吧？趁热吃，晾冷了，就不好吃了。那一刻，心里暖暖的，眼泪像不听话的孩子，在眼眶里捣乱。刚出锅的苋麻饼烫手，但舍不得放下。我双手握着饼一边"噗噗"地吹着，一边先放在鼻子前闻一闻，一股香气瞬间直奔五脏六腑。闻上一小会儿，再放到唇边，轻咬一小口焦黄色的皮儿，脆脆的，有油焦味儿。咬到第二口时，冒着香气的苋麻汁溢出来，顺着舌尖直往嘴里涌，也顾不上苋麻饼烫嘴了。母亲看着我狼吞虎咽的吃样，微笑着说，慢点吃，别噎着，锅里还多着呢！淡蓝色的柴火烟和浓浓的香气，在灶房里、在屋顶上空萦绕着，像春天的阳光，暖暖的。

赶上春耕农忙时节，母亲没有时间烙苋麻饼，苋麻菜汤就成为那个季节的一种家常饭。做法比较简单，直接将烫好的苋麻稍切一下，放进刚做熟的旗花面里，搅动几下，和旗花面一起煮一两分钟就可以食用，我们时常为能喝上一两碗母亲做的苋麻汤而倍感满足。时常打着饱嗝儿，去找小伙伴儿们玩。玩累了，回家一头倒在暖暖的土炕上就睡。梦里，我一会儿变成了一棵棵会行走的苋麻，学着大人的模样，背着双手，在田间地头走来走去；一会儿变成淘气的小蚂蚁，爬上苋麻的叶子，懒洋洋地晒太阳……

进入夏天后，苋麻的毒性增强，不再当野菜食用，只能退出"野菜舞台"，此时，其他野菜便开始"粉墨登场"：苦苦菜、黄花菜、灰灰菜、白茨秆、蕨菜、荠荠菜、萱草花、野韭菜、鹿角菜、柳花菜等，每天都有不同的野菜，可以换着吃。夏天采的野菜数量和种类最多，吃不完的可以煮一下，晾干后装入麻袋，存放在阴凉的地方，等到冬天的时候再拿出来吃，一直吃到翌年春天来临。常听村里人说"春夏储菜冬当粮，娃娃饿了不慌张"，要是谁家储备的野菜多，就说明谁家是个勤劳的家庭，大人们常以此来教育孩子们春夏多采野菜，冬天就不怕挨饿了。村里的孩子们也很懂事，一有空就争先恐后地采山野菜，漫山遍野都是孩子们采野菜的身影，生怕自己比别的伙伴儿采得少而被笑话。暑假放牛放羊的时候，采满一背篓就倒在草地上晒，接着又继续去采。等采回来，才发现刚才晒的野菜早被牛羊吃光了。一生气，就追着牛羊打，追着追着不小心被树枝绊倒，一头栽倒在草丛里，索性不起来，就躺在草地上，闭上眼睛，任暖风裹着青草的气息漫过脸颊。不想躺了，坐起来一睁眼，身旁的草丛里全是一棵棵胖嘟嘟的蕨菜，齐刷刷地举着拳头，吓得我一骨碌站起来就跑，生怕被它们揍扁似的。

　　那时候，经常在山里遇见挖草药的大人，见着我们后，一挥手喊道，过来，我闻闻你们今天吃的啥。我们凑近大人身旁，他们挨个闻一遍，慢条斯理地说道，嗯，你小子吃的是苦苦菜，这丫头吃的是蕨菜……我们一个个惊奇地瞪大眼睛，大人似乎看出了我们的疑虑。但他们什么也不说，继续挖着草药，边挖边唱——"折蕨菜么擀菜汤，寻（xíng）了三天两后晌，没寻（xíng）哈个好地方，今儿才把你遇上……"像是唱给我们听，又像不是。

　　回到家，父亲说，野菜全身都是宝，我们山里人从小就跟野菜打交道，经常采野菜、晒野菜、吃野菜，身上全是野菜味儿。后来，我们一群孩子无论谁碰见谁，都要先闻闻对方身上味道，以此来判断谁吃的是什么野菜。当然，也有闻不着或闻错的时候，但这已经不重要了，重要的是，野菜早已融在我们的血脉里和生活中了。

　　老人们常说："五谷杂粮养胃，野菜养人。"或许是因为长年吃野菜的原因，村里很少有人得病，尤其是像现在的各种怪病，在那时是从来没见过和听过的。村里的人们也都很淳朴善良，像一棵棵野菜，在贫瘠的土地上坚忍地活着，热爱着属于自己的那片土地，不离不弃。而我们却与野菜越来越远，越来越生疏了。只有野菜，依旧在原地生生不息，依旧在枯荣间默默地守望着、等待着……

　　很多时候，野菜就在身边，就在眼前，而我们却视而不见，忽略了它的存在，甚至忘记了那些窘迫的年月。没有野菜相伴的日子，心像鸟雀飞走后留在树杈间的巢，空荡荡的，四处漏风。

（原载 2017 年 6 月 5 日《甘南日报》第 3 版）

漫话巴藏擀汤面

◎杨曙明

透过历史的烟尘，岁月总是不经意间把古老而又神往的传说播撒在滔滔的白龙江畔。让时代前进的步伐见证古老文明在这片肥沃土地上创造的奇迹，远古的先民，披荆斩棘，播火传薪，挟裹着一江三河动人的吟唱，把勤劳、勇敢、智慧留存给赖以生存的这块土壤，庞大的农业往往映照在父辈们古铜色的脸庞，胜于一切语言，禁不住让我们热泪盈眶而又心驰神往。

沿白龙江溯流而上，距舟曲县城约莫四十多分钟的车程，便来到了巴藏乡下巴藏村。小村山环水绕，钟灵毓秀，得天独厚的地理优势，孕育着藏汉民族淳朴的民风。不管是香飘十里的青稞美酒，还是韵味十足的农家特色小吃，无不体现出巴藏百姓热情好客的质朴本性。生于斯、长于斯的巴藏人，继承父辈们优良的道德品质，在这块属于他们的热土之上，在新时期的富民方针的指引下，吹响了齐奔小康的奋进号角。时代前进的步伐犹如阵阵春潮奔涌而来，龙江两岸辛勤耕作的人们，正在用智慧的双手描绘着未来美好的蓝图。春天，一个崭新的春天，在小村的柳枝上荡起秋千，在桃花红破的笑脸上，留下最最深情的一吻。穿过漫天飞舞的梨花，布谷鸟清脆的鸣叫声催醒瓦蓝瓦蓝的天空，我依稀看见祖母孱弱的肩膀，正扛起一捆一捆的荞麦；一堆一堆发亮的黄豆，在阳光下混含着灼灼其华的汗滴，步履蹒跚地走在乡间的小道上，多情的晚风不时送来远处青草的香味，蝉声四起，晚归的牧童，悠扬的笛声，古老而幽静的村庄，炊烟袅袅。丰收的景象挂满孩子们漾起的笑脸上，忙碌了一整天的村庄正在睡熟的梦乡中，仿佛平静、安详地讲述着那一段段悠然神往的故事。

记忆的长河舒展开美丽的画卷，故乡巴藏的擀汤面承载历史厚重的积淀，悄悄地从岁月深处走来。它融入了一个家族的时代变迁，见证了一个村庄日新月异的发展；它更多地透过苍茫的人世叙说着先辈们田园牧歌式的生活。清楚地记得，当夏夜降临，明月半墙，风生竹院。我们围坐在祖父身旁，听他讲述一个个生动有趣的故事，而这其中就有擀汤面的来历。从祖父口中得知，民国时期，有位来自宕昌的商贾从舟曲县城沿白龙江而上，取道下巴藏村前往若尔盖草原去贩卖丝绸，不巧行至下巴藏村已是薄暮时分，形单影只的他碰巧遇见了正好放学回家的祖父。祖父半生虽未博取任何功名，但其以深厚的国学底蕴，却成了村里唯一有学问的人，他自发在村里设帐教学，启蒙心智，成了村里人人敬仰的人物。祖父懂得一个外乡人的不便和为难，只好让他借住一宿。然而，这一次的邂逅却成就了擀汤面在巴藏的磨制和推广，最终成为县域皆知的面食特产。

八月季节天气已渐渐转凉，洗漱罢的客人坐在葡萄架下给祖父谈起走南闯北的新鲜趣事，宾主之间，推杯换盏，相谈甚欢。院落里堆放着高高的荞麦垛子；架杆上挂满了丰收之后的黄豆，轻风过处，在那个有月亮的晚上显得格外地香甜。客人望着这些收割而来的农作物，若有所思地对祖父说道，如果用一定比例的荞麦和黄豆混合，磨制成面粉，此面食应是上等佳肴。好客且善学的祖父听到之后非常惊奇，决意让来客再住两三天，为他传授磨面配方，就这样客人留了下来。在宕昌商人的亲自指导下，面磨成了。祖父和客人成了第一次试吃此面的人，面吃在嘴里，清爽可口，滑而不腻，余味悠长，禁不住啧啧称赞。两个人望着桌上碗里热腾腾的面条，不约而同地脱口说道，就叫作"擀汤面"吧！谁能想到，一个文弱、一无是处且家业殷实的书生和一个行走江湖的落魄商贩不期而遇，竟能擦起如此耀眼的火花。历史总是惊人地巧合，茫茫尘世，熙熙攘攘的人群，似乎这是前世注定好的一次相遇，一次最为普通不过的人世相逢。

这之后，擀汤面的磨制落在了祖母的肩膀上，她熟练地掌握了擀汤面磨制的方法，并毫不保留地把磨制的技术传授给邻里乡间，一时间上至曲瓦村，下至立节乡，人人争相磨制擀汤面已成风气。说来还真奇怪，同样的配方，同样的磨制工序，但经祖母之手做成的面条、汤料就是比其他人做的吃起来别有一番香味。就这样擀汤面伴随着我懵懂的童年，一路走来，直到我把那时点点滴滴的回忆连缀成一串串美丽的音符……流年似水，光华依旧。慈祥的祖母总是牵起我的小手，迈着碎步，走在乡间野地的田埂上，精心照料着这些磨制面粉的荞麦和黄豆。蓝天碧野，流云沃土。祖母在烈日下挥汗如雨，我在草丛间采摘野葫芦，身后的狗儿追逐着彩蝶，一幅惬意的田园画卷定格在青山绿水之间，和农人丰收的笑脸相映成趣。

盛夏时节，擀汤面被端上来时，我和哥姊围坐一团，心灵手巧的祖母总是变着花样调制着汤料。油泼的红辣椒，佐之以油泼的苦根咸菜，拌一两碟小菜，吃起擀汤面来，嗬！别提有多香醇，有多上心。顷刻间，一桌的面食早被我们一扫而空。然而，吃擀汤面也要赶上好季节呀，擀汤面的功效在于消暑解渴，它是盛夏祛火排毒的一剂良方。尤其现代医学证明，吃擀汤面能有效地平衡血糖，降低血压，控制肥胖症的发生。因此，擀汤面具有美食和养生的双重作用，这恐怕是舟曲人喜欢它的主要原因。

"落日青山都好在，桑间荞麦满芳洲。"如今，放眼舟曲大地，时代前进的脚步，即将迈向一个崭新的世纪。在舟曲县委、县政府文化撑县、旅游兴县战略方针的总体引领下，擀汤面不再是承载一代人记忆的心路历程，它作为舟曲美食文化的组成部分，必将为省内外人士展示舌尖上的舟曲。花开舟曲，正阔步走向康庄大道。

（原载 2017 年 8 月 2 日《甘南日报》第 3 版）

青稞简史

◎李　城

一

青稞是通人性的作物。刚出穗时看上去有点锋芒毕露，灌浆后穗子会一天天低垂下去，将光滑的茎秆坠成一个谦卑的弧度。

它放射状的麦芒只是为了大把大把摄取阳光，并捕获那些会随风而逝的氧分子，尽可能多地把养分供给嗷嗷待哺的籽粒。每一株挺立在高原疾风中的青稞，都是一位含辛茹苦的母亲。

它的另一个名字是裸大麦。青色的纺锤形颗粒在颖壳中赤裸着，如同光身子套着夹袄的淳朴农民。在青藏高原，青稞和它的种植者具有这样的可比性：经受着同样的紫外线，沉淀着同样的色素，秉持着同样沉默和坚忍的个性。在海拔三千米以上的农区青稞是主要的粮食作物，而在海拔四千米以上的山地，它是唯一的粮食作物。是青稞选择了它的种植者，还是种植者选择了青稞？应该是相互的选择和约定。青稞和它的种植者相依为命，从苍茫的风雪中踽踽走来——它们和他们，都是无与伦比的。

青稞地总是与草地牧场毗邻。每年秋收过后，牧人们就赶着一队队驮牛，抡着抛石索打着呼哨，走向风毛菊和火绒草簇拥的村寨。牧人和农民说着同样的语言，开着同样的玩笑，卸下酥油和奶渣，带走青稞。

在过去漫长的岁月里，青稞是在石头上磨细的。如今还能在偏远牧场看到那样的情景：将炒熟的青稞放在大而平的石块上，磨青稞的人双膝着地跪在后面，双手握一块长而圆的石头前后摩擦，洁白的面粉雪花般撒落，堆积在垫子上。由于青稞的"裸"，磨出的面没有一丝麸皮。

地势越高气压越低，海拔三千米以上，水的沸点只在九十摄氏度以下，不足以煮熟食物。因而炒青稞成为日常事务。青稞是极为实在的粮食，为避免外焦内生，需要掺在沙子里炒：先将半锅沙子猛火加热，再投入少量的青稞。掀动铁锅，滚烫的沙子如海浪翻卷，青稞粒随之蹦跳，噼噼啪啪，瞬间增加两三倍体量。炒熟的青稞筛去沙子，盛开成白玉兰似的青稞花。原本青色的、褐色的或紫色的表皮变成金黄，炸裂处洁白如雪，粮食的芳香释放出来，充满人间气息。

在食物紧缺的年代，人们往往舍不得将青稞完全炒熟，半熟的糌粑更抵得住饥。有时也会掺几把豌豆，豌豆食重。度过那些自然或人为的难关，又会将纯青稞炒得开花，勤快人家甚至每天现炒现磨，以保持青稞的纯与鲜。因而一台小巧的手摇石磨，是每个家庭房檐下的必备之物。拌糌粑是需要耐心和技巧的：在奶茶里放入酥油片，酥油化开，再加入炒面和干奶渣。面对喜马拉雅雪峰般的一碗炒面，性躁手拙之人可能一筹莫展。揉好的糌粑被捏出可以入口的小攮攮，带着指关节和掌心的纹路。吃的时候顺势用拇指在上面摁一个坑，灌一勺调好的肉末辣子汤。出门在外的人则简便得多，将酥油块和炒面一并装入羊皮小袋，临时双手揉捏一阵，糌粑就拌好了。

二

人们惊叹于青稞的古朴与纯粹，却不曾为它填写一份完备的档案。在古今中外一些论述作物的皇皇典籍中，我只能搜寻到关于它的只言片语：

> 青稞似大麦，天生皮肉相离，秦、陇以西种之。
>
> ——［唐］陈藏器《本草拾遗》

> 远在新石器时代中期，距今五千年的古羌族已在黄河上游种植大麦。
>
> ——1979 年台湾版《中正科技大辞典》

> 裸粒和无芒的本地大麦类群起源于中国的中部和西部山区及其毗邻的低地。
>
> ——［苏］瓦维洛夫《作物中心起源学说》

若要探究青稞的起源，这些似乎可作"本土论"的依据，而且如今已得到了证实。二〇一五年新华社发布消息称，全球首个青稞基因组图谱由我国科学家成功绘制。研究人员将青稞基因组和其他禾本作物的基因组进行比对，发现青稞约于一千七百万年前从粗山羊草、乌拉尔图小麦以及冬小麦中分离出来。他们得出的结论是：经过青藏高原各族人民长达三千五百至四千年的驯化栽培，青稞完全适应了极端的高原气候，成为当地人的主食。同时考古工作者也有了自己的发现，他们在海拔四千米以上的西藏日喀则廓雄遗址找到了距今三千二百年的古青稞碳化物，那是新石器时代晚期的农作物遗存。

野草被驯化为农作物的过程，也是人类漫长而艰辛的文明演进过程。雀舌般的秕仁渐次演化为光洁饱满的粮食，文明的光芒也渐次照亮了苍莽的青藏高原。中科院西北高原生物研究所的科学家发现，以青稞驯化起源地为中心，青稞的栽培向东向南向北扩散，覆盖了唐蕃古道、茶马古道和丝绸之路。

我常常端详手心里的一粒青稞：它修长的腹沟宛若嘴唇，却总是固执地抿着，仿佛一开口就会道出天机。在青藏高原，青稞是最初也可能是最后的农作物。我不知道这样说是否妥当。可以肯定的是，它至今没有受到污染，每一粒都坚硬、实在，保持了弥足珍贵的纯净。这缘于它独具的环境：当整个世界卷入时代潮流飞旋起来的时候，这片雄浑高地依然日升月落寒暑分明，时钟也跟人们的脚步一样沉稳笃定。

三

在西藏的一些村寨，至今保留着开犁播种和开镰收割时的庄重仪式。是的，那仪式是庄重的，倾注了真挚的情感和殷切祈盼。开播那天人们像过节一样穿戴一新，聚集在地头以青稞酒和桑烟祭祀天地诸神，并在牛角和犁把扎上红花，由德高望重的老人下达开犁的号令。抛出的青稞种子在阳光下划出一道道弧线，刚刚解冻的油黑土壤在犁头哗哗翻涌，老人们肃立地头，手摇经轮祈求天道平安。而在大片大片的青稞地金浪翻滚的时节，人们又在地边搭建帐篷，烹牛宰羊，欢庆祝福。包着头巾的女人们背着厚重的《金刚经》，成群结队穿行于地块之间，她们高唱祈祷的歌谣，飘逸的裙裾在青稞穗间唰唰作响。如果天上、地下和水里真有神灵，人与庄稼性命攸关的依存会使诸神大为感动，从而倍加护佑，让所有的不幸远离人间。

在长冬无夏、春秋相连的高原，青稞种子在零至一摄氏度的低温下萌发，嫩绿的幼苗几乎是从冰碴中冒出来的。它在纷纷扬扬的"布谷雪"中噌噌拔节，而雨雪交加的五月，柔韧的旗叶已迎风招展。当幼穗在叶鞘里鼓胀起来的时候，它全力进行光合作用的叶片会出现触目惊心的"妊娠纹"，仿佛被毫无遮拦的阳光所灼伤。没有任何一种作物会如此"玩命"，为了颗粒饱满不惜自我戕害。它还要跟高出一头的黑燕麦争夺阳光雨露，跟昼夜悬殊的温差抗衡角力。季节无情的鞭子抽打着它，需要在一百多天的生命期限里，完成母子相续的整个轮回。

耐寒、耐旱、耐碱、耐瘠薄、早熟，这就是青稞的特性。为了跟短暂的无霜期赛跑，青稞甚至演化出一个生育期大大缩短的特异品种，被人们命名为"肚里黄"。它的植株来不及充分长高，穗子就在叶鞘中发育并抢先成熟，即便遭受突如其来的冰雹，包裹在柔韧叶鞘中的颗粒也不会散失。

藏族人家都供奉着一个象征吉祥的粮食斗，里面盛着一半生、一半炒熟的青稞粒，并插满了涂成彩色的青稞穗。在他们眼里，青稞不只是果腹的粮食。它是神圣的。而它神性的获得，源于对世界屋脊之上人类族群的眷顾与悲悯。

人们为此也更懂得分享，将这分悲悯惠及其他生灵。在秋天的田野，人们唱着欢快的歌谣开镰收割。他们将青稞束举过头顶甩上几圈，不少穗子甩了出去，散落在秸秆纵横的茬地里。外人看到如此的情景，误以为他们的劳作过于粗放，糟蹋了不少艰辛得来的粮食。实际上他们知道自己在做什么。他们特意留下一部分青稞穗，作为鸟雀越冬的粮食。

四

提到青稞，我清楚该述说什么：土地、底肥、犁铧、耱耙、锄头、镰刀、连枷、碌碡、簸箕、毛褐口袋、石磨，甚至阳光和雨水……几乎会涉及所有古老的农耕传统。

它与耕牛有关。

在我的家乡甘南，"二牛抬杠"是延续了至少三千年的耕作方式，因而每年除夕之夜，人们要给劳苦功高的耕牛拜年。一家之主五更起来煨桑点灯，然后用簸箕端着油馃儿拜见他们的忠实伙伴。他会拍拍耕牛的头，抚摸那弯弓似的大角，耕牛也会用带刺的舌头舔舔主人的手，或是用头蹭一下主人的身体。百衲衣般的青稞地遍布群山，无论运送农家肥，还是播种、搬运都离不开耕牛，它们有时累倒在松软的犁沟，缓一会儿还是爬起来继续干。它们的食物只是青稞草——好在经过碌碡碾压或连枷拍打的青稞草变得绵软，不会影响咀嚼和反刍。为了感激，主人将年馍馍——喂到它们的口中。五更拜父母，初一拜舅舅，初二拜丈人，是不少地方约定俗成的次序。给牛拜年，而且排在父母之前，可见耕牛与耕作者难以言表的深情。

在牛吃草料的当儿，还要在牛头上摸取粮食——摸到哪种粮食，确信来年这种作物就获丰收。人们希望摸到的是因不易成熟而格外稀缺的小麦，实际上摸到的只是青稞。牛拉碌碡碾场时，青稞粒更有机会落在它们的脑门。摸出一颗是青稞，再摸，再摸，还是青稞。但是满心欢喜。

青稞、耕牛、种植青稞的人。在青藏高原，这是另一种秉性相近、情感相契的组合。

五

青稞也跟亲情有关，与岁月有关。

我是农民的儿子。大约六百年前的明代洪武年间，我的祖先响应朝廷号令从南京应天府迁往青藏高原，从此与青稞为伴，也接受雪域严酷环境对人的"驯化"。在我年纪尚小的时候，身为农民的父亲已显龙钟之态，他扶惯犁把的胳膊弯成镰刀的形状，从此不再伸直。有一年初春他驾着两头犏牛去山湾耕地，下午我去接他——他总会体贴耕牛而将它们早早放归山野，自己扛着沉重的木犁和牛轭回家。我知道他如何佝偻着腰身，脚下磕磕绊绊行走在陡峭的山道上。那天，当我在山下平坦处遇见他时，他已将木犁和牛轭放置一边，倒在草色泛青的路边睡着了。我帮他磕掉布鞋里堆积瓷实的土块，然后拉他起身的时候，他弯曲的胳膊发出咔咔的声响。

我是吃着青稞面贴锅巴长大的。将青稞面发酵，加干面和碱搅拌揉和，然后稀稀软软团在手上，贴在锅底烧开了一圈水的大铁锅里，压成一个个满月般的饼子。口径二尺四的大锅一次可贴十二个。将锅盖用毛褐单子围好，大火烧开，文火焖蒸，水干开锅，底黄面软的青稞面锅巴就可以铲出来了。虽然口感粗粝，却给人以铮铮筋骨。

春耕为稼，秋收为穑。后来我上学跳出了农门，但农业国度的稼穑二字铭刻在心，不时写满纸张，以笔耕耘。秋收大忙季节我也会回到村里，行走在田间地块，让青稞的叶片沙沙沙拂过裤脚。我会顺手折一根野燕麦，用那中空的秸秆做成笛子，吹奏出无名伤感的小曲。割青稞是最累的农活，但我偏好那种劳累：用镰刀揽过一大片枝秆杏黄的青稞，左手接住，右手的镰刀一旋，嚓，地面就空出一大片，而扑腾着醇香气息的青稞穗已拥入怀中。我磨的镰刀飞快，揪一根头发在刃口噗地一吹，半截头发就不见了。因而当我的指尖磨破流血，或累得直不起腰的时候就帮大家磨镰刀。坐在茬地上吃午饭的时候，茶碗里漂浮着许多飞虫，我会跟大家一样顾不得吹吹就一饮而尽。真是酣畅淋漓。干活累，吃饭香，睡觉也香，劳累并快乐着，那是庄稼汉及其后代的本分。

眼前总有一个面容清癯的老头蹲在地边，跟沙沙作响的青稞对话。那是我保留在记忆深处的父亲。他经历过动荡和饥馑，懂得节俭，珍视每一粒粮食。他谨小慎微，维护着自身并不重要的名誉，就如他每天擦拭一只没多大用处的祖传陶罐。后来，一个同样容貌的人也会蹲在地头，侧耳倾听青稞的絮语，那是偶尔回到村子的我。青稞粒在某些宗教仪式里被用作法器，用来击打恣意张扬的邪灵，也用来祝福心境平和的虔敬者。蹲在地头的时候，我仿佛也是个被青稞粒击中的人，不知不觉间完成洗礼与净化，变得跟父辈一样谦卑而随和。

我们已经跟青稞达成这样的默契：世世代代相互轮回。青稞变成我们身上的血肉、筋骨，以及情感；而青稞的根须和叶片，也会从泥土和风中摄取我们即将飘散的磷和钙。

六

金秋时节，各个村寨会出现一排排青稞架，那是耕作者粗糙之手弹奏的"竖琴"。人们将青稞束一层层码上高耸入云的架杆，金黄的青稞穗羽毛般披垂着。秋日的晴空下，丰厚的青稞架林立起来，几乎将房舍湮没了。

然后是假以时日的打碌。两头牛拉着砂岩凿成的碌碡，在摊开了青稞束的场地里慢悠悠转圈儿，赶牛人喊着的号子，碌碡的木架吱吱呀呀响着。没有足够场地的人家，会在屋顶或院子里用连枷拍打青稞。人们面对面站成两排，连枷此起彼落，草屑和青稞粒飞溅着，鸡、麻雀和鸽子都围在四周，唧唧咕咕，分享着丰收的喜悦。踏实、温暖、祥和，这是青稞带给众生的福报。

在与青稞为伴的漫长时光里，炊烟弥漫，鸡鸣犬吠，造就了无数米拉日巴一样目光沉静的行吟诗人，我的藏族兄弟扎西才让就是其一。

甘南一带的青稞熟了，有人从远方揣着怀念回来，有人在道路截住九月，卸下骨灰和泪水。

甘南一带的青稞熟了，我的亲人散布田野，听到简单的生活落籽的声音。

听到秋天的咳嗽被霜覆盖，秋天的孩子，从葬过祖父的水里，捞出被苦难浸泡的种子。

甘南一带的青稞熟了。谁一进门就溘然而逝，谁将一个婴儿，托生在青稞的梦里。

——扎西才让《甘南一带的青稞熟了》

七

"青稞在跑马。"

这是描绘青稞生长的一种状态：六月的田野，青稞齐刷刷抽穗，微风过处，黄绿色的青稞穗波涛般涌动起来，以深绿的田野为背景，仿佛一群接一群毛色闪亮的骏马奔驰而过。

在人们的俗语里，青稞还代表着一些不可变易的法度。

"青稞的价格定好后，麦子和豌豆自会有价。"

青稞价格作为其他粮食的基础和参照，这在青藏高原是由来已久的传统。听懂言外之意的人会知道，他们讨论的其实不仅仅是粮价——比如人，也可以分出青稞以及小麦和豌豆的类型。

"阿舅是阿舅，青稞还是三斤半。"

这是另一句俗语，并且常常挂在人们嘴边。卖给别人的青稞是一元钱三斤半，即便是娘舅也不可能多加一两——在原则问题上，不会因亲属或长辈而徇私情。这句话听上去有点生硬，因而往往会以玩笑的方式说出来，同时可能还会附加一句：人情一匹马，买卖争分毫，可别见怪哦。

几粒青稞，有时也会救人性命。相传中国工农红军长征进入川北草地，人困马乏行军艰难，尤其缺衣少食，人人面如菜色。在一个叫党坝的地方，几名红军战士留宿在村民的马厩里，一夜饿得东刨西找，发现马粪里夹带着青稞粒。直肠子的马边吃边排，尤其青稞是不易消化的。他们如获至宝，淘洗马粪捡出里面的青稞粒，比捧着金子还要激动。

青稞被载入中国革命史册，并非马粪里刨出来的那几粒，而是一个储存了数百石粮食的仓库，是为红军队伍雪里送炭的救命粮。一九三五年九月，大批红军北上抗日进入甘南藏区，统领着洮河、白龙江流域的土司杨积庆出于对红军的同情和敬意，下令打开了他的迭部沟崔古仓，使红军战士衣袋里装满了炒青稞，才翻过天险腊子口，顺利抵达陕北延安。周恩来总理后来亲自写信给杨土司，对他的义举深表感谢。

人情一匹马，买卖争分毫。这句话常常也会倒过来说：

"买卖争分毫，人情一匹马。"

杨土司向红军开仓济粮，其实已超越了"人情"的范畴。国难当头，地方藏族首领体现的是民族大义。

大道无言，青稞有情。

八

你是谁？你从何而来，又往何处去？不少人为此苦思冥想，而在青稞种植者那里，答案却是现成的。他们一代代口耳相传：人最初是来自天界的。当初他们头上罩着光圈，鸟儿一般轻盈飞翔，用意念交流，以喜悦为食，不知烦恼为何物。降落地面后，有人误食了一种叫麻麦的草籽，身子就突然粗重起来，生出种种烦恼欲望，头顶的光环也熄灭了。而一旦清除了世俗的熏染，使自己清净如初，就可能再度轻盈飞翔，重返天界。

天人误食的麻麦，就是最初的青稞。

"人皆天子"，这是青稞赋予人们的自信。青稞降低了姿态，面朝黄土的人们就抬起头来，甚至可以凌空高蹈了。

实际的情形就是这样。为了寻求那种奇妙的感觉，人们将青稞酿成了酒浆。这是青稞的另一个特性：它的胚芽萌发之时会产生淀粉酶，迅速将淀粉分解成糖；糖遇酵母，旋即转化为酒精。青稞由此成为最适于酿酒的原料，其他谷物酿酒往往也需要青稞作引。人们啜饮着从发酵青稞中沥出的精髓，恍惚间忘却了劳累和烦恼，感受天人的愉悦和超脱。

在青藏雪域，见面敬三碗青稞酒被视为不可或缺的礼仪。右手无名指蘸一蘸酒，屈指向空中弹洒三下。祝词里说是在敬这敬那，瞬间被陶醉的，其实还是捧着酒碗的人。

【补记】

为保护和修复生态，青藏高原与其他农区一样，二十五度以上坡耕地已陆续退耕，由国家无偿供给粮食和现金补助。曾经的青稞地重新长出了茂盛的牧草，散落其间的青稞再次退化为山羊草和其他无名的禾本植物。河川地带的青稞地得以保留，却也迎来了高效的农业机械，伴之以不计后果的化肥和农药。这就是青稞的宿命。此刻，我只能双手合十为之祈祷，希望它朴素纯真的品质保持得略微长久。

（原载 2017 年 8 月 14 日《甘南日报》第 3 版）

前行的甘南

◎张大勇

八月二十二日，阴雨连绵，草原迅速入秋，似乎就只一天时间。八月二十三日天阴，没有下雨，我们进一步精简了拍摄队伍，由原来的二十人减到十五人，往佐盖多玛、曼玛去拍摄自行车比赛队伍在公路、山路上竞速的镜头，我们的无人机出现了一些状况，未能起飞。报社在新媒体发展方面投入了大量资金，航拍风行起来之后，全媒体中心也适时添置了航拍设备，随后的几年，无人机像风筝一样飞满了稍有风景的天空，以至于大疆官方和各类活动的组织方不得不通过各种方式一再加强对无人机的管控。信息时代发展的各种征候也迅速地出现在甘南草原上，这片古老神奇的土地已经确然无疑地融入中华民族伟大复兴的时代浪潮，这也更使我坚信，我们拍摄《风马的天空》所表现的这个文明、发展、和谐、稳定的甘南和我们所表现的奋发上进、时尚流行的甘南青年是如此地接近民族地区的真实、甘南的真实。一方面，我们能够看到像《纳尼亚传奇》《荒野猎人》中那样雄壮草莽、辽阔苍凉的河谷山泽和草原；一方面，我们从神鹰起飞的夏河机场前往这样的牧场只需要半小时车程，无论草原青草中埋藏着多少雄浑激荡的遥远历史，无论牧人的心里埋藏着怎样古老的图腾和关于草原的最质朴的感情，都并不能与他们可以随时就便享受到的现代生活相悖。

我们在合作市那吾乡拍摄的时候，对这一点已经深有感悟，村民的家院里既保留着过去楼上住人楼下圈牛羊的房屋结构，又十分讲究地添置有抽烟灶、热水器、空调等现代生活的一应设施。牧人游走在草原的各处，是一种生产方式，是一种放养的、优良的畜牧业生产的方式，牦牛的产奶量一天超不过十斤，黑白花奶牛的产奶量可以达到五六十斤，但牦牛奶在品质上远超奶牛乳，就在这同一个八月，在合作市举行的"2017 中国牦牛乳产业发展论坛"上，中国乳制品工业协会授予甘南州"中国牦牛乳都"称号。牧人生产在草原深处，但完全可享受到舒适便利的现代文明生活，甘南的牧民定居点建设已有多年，从最初的解决生活居住、提高生活质量、便于城镇化发展和社会管理到如今讲求人文特色，论证开建富有民族、地域特色，不但便于群众生活还能与休闲旅游业发展相关联的特色小镇，草原上城乡面貌的改变已经不只是眼睛能看到那么简单，而是深入人们思维习惯、思想方式、日常行为等看不见的深处。我们曾经备选的外景地——尕秀村原来只是碌曲草原上一个典型的草原牧村，三百六十五户人拥有草场六十多万亩，是一个畜牧业为主的纯牧业村，而今却已是一个乡村旅游业高速发展的样板示范村，电子商务服务中心、村级博物馆、文化休闲广场、旅游帐篷城等一应俱全，牧人生产的奶酪、酥油、糌粑可以通过电商网络销往全国各地——这就是真实的甘南，而且已成潮流趋势。

我们当初想要找到一座古朴的院落和屋子，为此大费周章而没结果，因为最近几年草原发展步伐很快，通过牧民定居点、异地搬迁、扶贫攻坚、小康村建设、环境卫生综合整治，草原牧人的生活条件发生了根本改变，原来的破旧屋舍都无例外地经历了改造和改建。偶有保留下来的老院老屋但已经不住人，不是无力修葺，而是另在别处建有新屋，无心收拾料理、没人居住的村落与家屋会迅速地荒废、消失在草原上。

故事片不是宣传片，也不是纪录片，无法流水账式地表现甘南大地所经历的时代变迁，但电影也有表现广阔草原上人们真实生活的责任，尤其是一部本土制作，更应该真实准确地反映这个"眼前当下"，即便是在特定的时空设定下，也要符合基本的历史真实，一九四九年前什么样，一九五三年建州时"大草滩"什么样，一九七八年改革开放时又什么样，进入二十一世纪是什么样，如今又是什么样，我们表现的是如今，那么不能错乱了时空，把猎奇炫博当作探索，把一个特定的人由于病患和灾难所造成的生存挣扎当作表现普遍人性的唯一方式，我们不能做这样的"工作"和"创造"，我们要表现一个真实的、当下的甘南，如果过去有过苦难与流离，那么我们更要表现眼下的稳定与安宁，我们都要有跟阿奶拉毛草一样的觉悟和认识。我们在讨论剧情中阿奶年轻时磕长头去拉卜楞寺朝拜，以及现在的信众可以远从甘南磕头去拉萨朝拜，在现代生活和交通条件下，这并不鲜见，但旧时代身在甘南的普通人是既无法磕着长头去拉萨，也无法骑马坐轿去拉萨，拉萨之远远在天边，这不仅是一个八十多岁老人的经历和感受，这一点可以从许多史料以及一些时代并不久远的一些中外旅行家对甘南和其他涉藏地区的记述中找到答案。

一些普通人以及一些文化人的眼里，越是原始古老越显得肃穆神奇，越落后加苦难，便越能体现生生不息、顽强向上的民族精神。无论是文学、绘画还是别的艺术形式，在这一种思路指导下难免要走偏。冷峻与温暖、肃穆和轻灿，以及神圣与庄严和信仰与信念并不和现代的、文明的、和谐稳定的"大美甘南"产生矛盾，相反地，应是相得益彰，甘南的草原与城市在地理环境上有一种奇妙和谐的位置关系，我们没有失去草原，我们仍旧拥有父亲奔腾的血脉和母亲难舍难断的乡愁，但我们也在跟随着时代的潮流在飞速地发展。

"当母亲河蜿蜒飘过草原的天际，当山脊的脊线隆起青藏高原的脊梁，当醺醉的晚霞送眠暮色笼罩的帐篷，当丹彩的流云搅拌馥郁的奶香。"甘南并没有丝毫停步于和祖国同频共振的复兴征途，甘南永远在前行。

这一天，佐盖草原上的浓雾把我们从草原的那一头赶到了这一头，然后像风中的千军万马一般贴地滚过，消散了……我们拍摄彭措扎西撒风马和闹日昂杰骑车冲进风马阵中的戏，我们一遍遍撒下风马，祈祷和观察着风的方向，我们一遍遍地呐喊着"拉结罗"，扎西顿珠骑车冲入风马阵，他的眼里蓄满了真实的泪水。

（原载 2017 年 9 月 6 日《甘南日报》第 3 版）

黑措小城

◎王朝霞

久居小城多年，我却越来越清晰地感受到我们彼此间的陌生和隔阂来。似乎我和它之间，谁都不愿意放下姿态去走近对方、了解对方。或者说，虽朝夕相处，我们却无法融为一体。

小城的名字很喜气，叫合作。乍一听，容易让人联想到"合作愉快""谢谢合作"等一些热情滚烫的词组来。其实"合作"是由藏语音译而来的，最早叫"黑措"，意为羚羊出没的地方。翻阅史料时，我一下子就喜欢上了"黑措"这个名字，仿佛眼前有千百万只藏羚羊正浩浩荡荡地从青藏屋脊迁徙而来。虽然路途遥远，可它们依然扶老携幼秩序井然，其场面之壮观让人热血沸腾。而辽阔的黑措大草原上，一碧万顷的花海和牧草正摇曳着无限蓬勃的未来。

小城很小，总人口还不到十万。倘若不是过于漫长的冬季，这座四面被山峦环绕的小城应该足够盛放一个文艺女青年的雄心与壮志。可是，这么多年过去了，文艺青年已经熬成了文艺中年，曾经汹涌燃烧在她心底的那些梦想之火，也在小城拖拉冗长的冬季里一点一点地燃尽、熄灭，徒留一地的灰烬和叹息。很多次夜里做梦，梦到被我虚掷掉的那些光阴白花花地亮成一片，在我面前闪啊闪，刺得我睁不开双眼也刺得我心惊肉跳。我开始羡慕那些胸里真的不存大志的悠闲之徒，羡慕黑措上空飘得失去方向的白云。我也因此陷入深深自责与愧疚并且继续虚度的恶性循环当中。我无数次地想逃，逃出地理上的黑措。我觉得，只有那些草木葱郁小溪悠长的镇子更适合我释放梦想，因为有恰到好处的清静。我以为，是黑措的小，年复一年地束缚了我想飞的翅膀。

小城盛产风、阳光，以及口味醇正的酸奶。但只有无处不在的风，算得上是小城发展史的唯一见证者和目击者。无论哪个季节，不管阴晴雨雪，风一直在吹。这些任性的风，应该也是从青藏高原一路流浪而来吧？它的生硬和粗暴里有着雪域高原特有的脾性。我曾吹过南国的风，那完全是肌肤被丝绸轻轻覆盖的感觉，柔软、妥帖、小心翼翼，每一缕贴近的风里都满含着安慰的意味。只有青藏高原上的风，才会吹得这样大大咧咧毫无节制。要是小城谁家院儿里栽的瓜秧子折了，或晾在外面的衣服不见了，肯定都是风干的。风大概以为，反正闲着也是闲着，时不时地妖魔一下也未尝不可。据说小城没有柏油路的时候人们出门很苦：晴天一身土，雨天两腿泥。这里面自然少不了风的功劳。后来，楼房慢慢多了，挡住了一部分进城乱窜的风。到了冬天的时候，倍感安慰的人们袖着手感叹：比起原来的合作，现在真是暖和多了，看来高楼盖得越多越好啊！其实能有多高的楼呢，最高的也不过是六层到八层。说是有明文规定，海拔原因黑措不能盖太高的楼。但这些六层八层的楼房，确实让黑措的居民们感受到了避风港般的温暖。只是那些被楼层挡在城外的风，性情愈发暴虐和喜怒无常，动不动就打着尖厉的口哨搅得四野天昏地暗一片。我曾在城外遭遇过几次这样的大风，不止头发和衣服要被风带走，似乎人身上的每一根血管都要被风抽干、身体要被彻底掏空那样。无论顺风逆风，整个人都有随时要飘起来的惶恐。正是由于那些瞬间的惶恐，一次次加剧了我对风的憎恨和仇视。我甚至觉得相关部门应该在城外马路牙子上多栽一些电线杆，以备不时之需。即使在很多次夏日的午睡中，我也被窗外呼啸呜咽的风声给吵醒过。每次醒来，都会莫名想起被风吹得空荡荡的河西走廊，想到

"愁云惨淡万里凝"的沉重，整个人的心情被风搅得瞬间低落无比。

某一年的初夏，我突然迷上了晒太阳。小城的冬天过于漫长拖拉，以至春天和夏天总被强行合并。节气中的立春雨水只能是一个概念而已，并不见得就有春风乍起春雨微湿。要等到真正意义上的暖，一定是夏季到来以后。夏至过后的那段日子，我每天上午或下午都会去广场晒太阳。彼时，广场花坛里的牡丹荷包苏鲁花终于都开了，坐在晒得发烫的椅子上，冻僵的身子和思维开始在阳光下一点一点清醒复苏。十多分钟过去后，发梢及衣襟的纹路里开始渗透了阳光和草木的味道，弥漫着好闻的味道。低落的心情也在阳光下逐渐明朗起来。我终于相信，日光的慈悲是治疗抑郁症的最佳手段，而非只是香蕉和跑步。在黑措小城，阳光所散发出的那些清澈光芒，足以对抗并消灭你体内的抑郁因子，让它们无所遁形。当我把自己放置于阳光下时，还能借机清除停留于灵魂深处的一些雾霾，顺便听听我的骨骼会发出怎样的声音。我甚至觉得，每天只有在广场晒太阳的那段时间里，我才是真正意义上的我，而不是那副装模作样一边读着木心先生一边又对生活奴颜婢膝为五斗米折腰的躯壳。也唯有在明亮的阳光下，才会有世间的一切罪恶都可原谅的豁达感。后来连续几天阴雨，躲在云层背后的阳光让我一下子失去存在感。我再度陷入焦虑和不安当中，觉得生活又失去了意义。遂又想起木心先生，果然如他所言：凡是认定一物，赋之、咏之、铭之、讽之、颂之，便逐渐自愚，卒致愚不可及。

作为藏文化的主要组成部分，藏语在黑措小城占据了沟通交流的半壁江山。同事朋友在一起聊天时，藏族人之间只习惯说藏语，他们并不觉得这样会让眼前听不懂的人难堪。他们说"好的"这个意思时，会说"哦呀"，或是"呀"。倘若你跟一个藏族人聊天，听他回应"哦呀"时，就表示他已答应或认可了你的要求或看法。涉藏地区的孩子们从进校门开始就接受双语或三语教学，他们一边念着"嘎卡嘎那"和"ɑ、o、e"，一边要学"A、B、C、D"，所以，小城工作的藏族人都能说一口流利的汉语。我曾参加过一个全程藏语的会议采访，除了主持人是汉族外，参会人员都是藏族，他们发言交流全用藏语，我只能从主持人的口中听出个大概。这是我从事记者工作最懵圈儿的一次经历，我发誓要学一点藏语，也兴师动众地专门找了相关教材。可惜那些词连起来以后总是很不屑于连贯地待在我的舌头上，简直比英语还难。一向喜欢知难而退的我，顺理成章地不了了之。时到今日，我也只是听得懂"你好""谢谢"这样简单的词汇。

小城的建筑基本都以藏式为主，一色的绛红，寺院僧人的袈裟那样。有时拐入某条街道会有恍惚感，以为是在哪座寺院里穿行。这些年小城一直在变，越来越多的酒吧、歌吧、火锅店、健身房、瑜伽馆、小茶屋，或者今天还是蛋糕房，一夜之间就换了门面成为理发店或藏餐吧。也是这些鳞次栉比的店铺，营造出小城愈来愈多的繁华与喧嚣。后来街上又相继冒出两三家西餐店，装修考究，名字也起得洋气，初读会让人以为真的到了大洋彼岸。但一看菜单价格，会让人瞬间想起相声演员曹云金咬牙切齿的样子来：忒贵了！当然，还是会有小资或土豪们去偶尔光临的，在靠窗的位置喝一杯天价咖啡，或要一份半生不熟的牛排，一个下午的时光就打发过去了。出门时，心里虽有点小疼，仍要装出一副潇洒淡定的样子。似乎那杯咖啡一份牛排过后，自己真就是这座小城鹤立鸡群的精英了。我也曾带孩子光顾过一次，起初还觉得自己有品位选对了地方，待结完账，心跳快得差点要服速效救心丸了。我知道，包括西餐店和那些文艺气息浓厚的茶屋酒吧，无非是照抄了外地城市的文化因素和经营方式而已，与店主个人的情怀并无多少关系。这么多年，我一直想开间不指望谋生的书店。除了满屋子的书以外，还有茶水和咖啡供应。店里的装修要完全是简单质朴的乡村风格，读书免费、音乐免费、茶水免费。只有咖啡和带走的书收钱。可惜，梦想一直都只是梦想。

小城有一条河，叫格河。早些年还有一点水，后来不知道怎么就干涸了，只剩裸露在风里的河床。每次路过，总能看见麻雀和蕨麻猪在河滩里觅食、逍遥优哉的样子。一条没了水的河，在我眼里已然失去它存在的价值，只是留下一个符号而已。心灰意冷的我，甚至懒得在河岸上多作一分钟的逗留。再后来，政府筹资实施了引洮入合工程，将洮河水成功引入格河，使得格河重新成了一条名副其实的河。清晨或傍晚时，格河水会将两岸的风景统统揽入怀中，引无数路人驻足拍照，在微信朋友圈里晒出各种格河秀。一些上了年纪的老人不会用微信，但会站在堤岸边心无旁骛地跟河水对话。在他们看来，水是一座城市的灵魂，有了水，城市才会具有生命力。

小城做水果生意的大多都是河南人。他们拖家带口起早贪黑地在黑措小城谋生，吹着高原的风、淋着高原的雨。每天和我一样路过同一个十字路口，耐心地等待绿灯亮起。他们的眼神疲惫而始终警惕，并没有路人甲乙丙的那种迷茫。我常常把他们看成是远道而来的羚羊，对他们长久以来的陪伴充满了难言的感激，觉得正是因为有了他们这些方言各异饮食习惯不同的异地羚羊，黑措小城才有了一点生机与活力。我经常在下班途中光顾他们的店铺，带走几只苹果或几根香蕉，偶尔也会尝试一下价格惊人的热带水果。他们的身上有着中原人的吃苦耐劳，也有生意人惯有的小心机。所以，对他们缺斤少两或以次充好的小伎俩，我愿意假装无视不予计较。他们和我一起经历着小城的四季，和我一样承受着高原稀薄的氧气，这一点，就足够我心怀敬重和感激了。

还有一些耐寒耐孤独的植物和昆虫，和我一起生活在这座小城。它们和我一样相信，郊区山坡上呼啦啦作响的经幡声里，有众神的存在。阳光普照的大地上，我们都可以在青藏的屋檐下晒太阳、晒梦想。

小城还有一群更具悲悯情怀的羚羊。他们不为常人所知，却自带光芒地活在我的身边。他们习惯以文字为衣，取暖、抵御风寒；以文字为剑，劈开前进道路中的荆棘丛生；以文字为酒，抚慰灵魂深处的孤独沧桑；以文字为药，医治岁月赐予的一切疼痛和创伤。外地的文友远道而来时，都会说：想见见写诗的阿信、桑子。还想见见李城、扎西才让……很多时候，我觉得他们也是黑措小城另一个温暖的符号，或者是我的一部分亲人。只要他们在电话里说："有空吗？晚上一起坐坐……"我就觉得自己不用再去惧怕高原那些漫长寂冷的冬日黄昏了。

（原载 2017 年 12 月 25 日《甘南日报》第 3 版）

拾 麦 穗

◎刘明礼

　　二十世纪六七十年代，粮食产量低，农村生活过得很艰难。大部分人家的餐桌上，以玉米、高粱、红薯为主，即使精打细算，有时候也会青黄不接。为了多弄些口粮，麦秋之后，人们多会到地里捡拾遗落。小时候拾麦穗的情形，时常会像放电影一样，在我脑海里呈现。

　　那时候，学校放麦假，尽管是小学生，也要参加生产队劳动。当然，拔麦、割麦、打场这样的活干不了，主要任务就是拾麦穗。大人们在前面收，小孩们在后面，把遗落的麦穗一棵棵捡起，颗粒归仓。

　　麦收季节，烈日炎炎，空气干热，晒得浑身冒油却充满欢乐。大人们一边干活一边调侃说笑，我们这帮孩子则边拾麦穗边打闹，还会去逮蜻蜓、追蝴蝶。田间休息，大人们凑在一堆甩扑克，小孩们便在机耕道上画上格子，玩"龙方""茅屎窖""三声大炮"之类的游戏。中午饭家家送到地头来吃，在树荫下，烙饼卷小葱、臭鸡蛋，就着井拔凉水，那是儿时最美好的舌尖记忆。

　　麦地清了茬，生产队才允许个人捡拾麦穗。人们自是不会放过一年中这唯一能补充家里细粮的机会，一早一晚和歇麦晌的工夫，大人小孩全跑到地里，背筐挎篮，瞪大眼睛四处寻找。男的无论大人小孩，一般都光背赤足。正晌的烈日如火、麦茬似钉，晒得脊背火辣辣的，不小心踩到麦茬上，钻心地疼。然而哪顾得这些，人人心里只想着麦穗，眼里只盯着麦穗。出来一趟，能捡得三斤五斤便很知足。聚沙成塔，一个麦季下来，也能拾到几十斤。今天看起来，这似乎微不足道，可在那个年代，能解决很大问题。晚上，后背开始针刺般地疼。小孩子肉皮嫩，第二天便脱掉一层皮，但是全然不顾，照样会赤膊上阵。

学校也来"趁麦打劫"，布置的作业中会有一项是拾麦穗，开学时上交，每人至少三斤，超额有奖。这是一场不是比赛的比赛，为了完成任务，争取好名次，上进的孩子会起早贪黑，去田间地头，顺拉麦车辙，到麦场旁边，翻麦根堆垛，只恨没有"麦穗探测仪"，不放过任何角落，把遗失的麦穗一株株捡起，将散落的麦粒一颗颗捏起。前三名的同学，能得到一张奖状和笔、本之类的奖励。记得有一年，我为了得到奖励，开学时从家里的粮柜里偷偷挖了一升麦子。奖是得到了，但却被父母惩罚，连吃了三天的红薯面窝窝头。

转眼几十年过去，如今的乡村已几乎见不到拾麦人。童年拾麦穗的往事，永远封存在时光的隧道里。然而，"一粥一饭，当思来之不易""谁知盘中餐，粒粒皆辛苦"的古训，却不应如沉甸甸的麦穗，遗落在人生的旷野里。

（原载 2019 年 6 月 24 日《甘南日报》第 3 版）

甘南的青稞熟了

◎陈　拓

从青黛色的南部，一路攀缘向北。一棵一棵，一片一片，次第金黄。被一浪一浪金黄的秋风簇拥着，簇拥着，前赴后继、义无反顾地涌向收割的镰口。

那是八百万亩青稞呀！也是近四十万甘南农牧民的主要口粮啊！古谚说："湖广熟，天下足。"但在那遥远而陌生、寒冷而高海拔的甘南，却是"青稞熟，农牧足"呀！家有青稞，腹中有粮，心中不慌啊！

甘南的青稞熟了。新产的酥油和新磨的青稞粉像青春的饮食男女，一见钟情，如漆似胶，相拥缠绕在精美的龙碗中，蜕化成一种牧人不可或缺的食物——糌粑，再加上一碗"喝矿泉水，食冬虫夏草"牦牛所产的鲜乳和松潘茶熬制的奶茶，草原上的牧人，纵使给个神仙也绝不会交换。"日食糌粑七八碗，只愿长作甘南人。"

甘南的青稞熟了。从此，一个接着一个的传统节日充斥在一种青稞营造的浓郁的神性氛围中。比如，每逢农历初一、十五；比如，燃灯节、祭山祭湖节；比如，香浪节、雪顿节；青稞独有的味道，弥漫在空气中，隐匿在精神、信仰的皱褶和表里，渗透人们的血液、血脉……它们的魂魄，在清香的柏树枝上，一次一次地与燃烧的火焰共舞；它们不惜舍弃自我，无私地帮助酥油，在青藏高原寒冷的冬季，实现开花的梦想。它们虽九死而无怨，虽粉身碎骨而无悔。它们不仅仅是外人眼中的青稞粉，牧人心里梦中牵念的糌粑；它们有时是一种运载工具。它们有时还是一种吉祥如意的象征，春风化雨，常常会化作一场吉祥幸福的青稞雨或者青稞粉雨，突如其来，喜庆吉祥。

当年，藏族英雄史诗的主人公——格萨尔在六岁时被暗藏野心的叔叔晁通设计，无情地将格萨尔和他母亲从岭国的土地上驱逐出去，并且经过的地方，每家每户都要用驱鬼驱魔方式，即用锅底青灰打送他们母子离境。驱逐的那天早晨，朝霞满天，朗月高悬，善良的族人们纷纷改用洁白的青稞粉代替炉灶中的青灰，不断地撒向他们母子，向他们下起了青藏高原上有史以来第一场吉祥而幸福的青稞粉雨。这在缺衣少食的那个部落时代，是多么地难能可贵啊！从此，白云悠悠、白雨迷蒙，在拉萨、在康藏、在安多，包括在甘南的每个盛大而庄严、吉祥又幸福的时空，都会有一场纷纷扬扬的白雨吉祥地落下来，落在一个个面露红光、满足、幸福的人们头顶，落在四面八方的雪山足底。

你看，那不是玛曲草原格萨尔赛马大会的现场吗？你看，他们正在举行格萨尔赛马大会前的安神仪式；你看，绿草茵茵的万里草原上，一洗如碧的蓝天下，即将参加赛马大会的牧人跟在身后，也将一把一把祝福的青稞粉抛向天空、抛向草原，抛向一种青稞涅槃的瞬间。

甘南，青稞的灵魂，青稞的精神，青稞的信仰，飘荡在一草一木、一山一水之间；飘荡在一个个匍匐在地、以各自身躯千里万里丈量虔诚和信仰的牧人心里；飘荡在"三江一河"（即甘南四大河流——白龙江、洮河、大夏河及母亲河黄河的简称）福地；飘荡在世界藏学府的上空。

甘南的青稞熟了，阿妈密封多日的罐罐酒飘溢着新产青稞别样的清香。曾经匆匆的太阳和月亮，三步一回头地露出小儿女的姿态；还有匆匆而浓烈的乡愁，还有"三江一河"两岸忙忙碌碌的村庄，也停下匆匆的脚步，转过头；还有生长在甘南大地上的青稞们，比如：去年成熟但早已化作牧人气血的青稞，今年刚刚成熟令所有人心花怒放的青稞，以及明年期望着早早成熟丰产的青稞们……都不由自主转过它们沉甸甸的头，缅怀一种久违的酣畅与迷离，一种青稞赋予的相思！

甘南的青稞熟了。准备为阿爸生第二胎的母羊们，一个个骄傲地挺着渐渐鼓起来的肚子，等待着每天傍晚那顿加餐的青稞……

（原载 2019 年 9 月 2 日《甘南日报》第 3 版）

洮河琐记

◎张润德

　　说起洮河，就不得不提洮州八景之一的"石门金锁"。当地略有文墨的人都会吟诵"谁劈石门踞上游，边陲万古作襟喉。任他纵有千金锁，难禁洮河日夜流"。诗人陈钟秀在这首诗中用一个"劈"字，给我们点开了一个典故。相传，大禹从西倾山麓出发，用禹王鞭日夜赶着洮水奔流。来到洮州地界，忽然一座高大的石山挡住了洮水的去路。眼看暴涨的河水就要淹没农田和村庄，大禹急中生智一跃而起，跳到了山顶，抽出神斧，用力向胯下的石山劈去。顿时，地动山摇，电闪雷鸣，"轰"的一声巨响，一道石门大开，滔滔的洮河水如怒狮般咆哮，人们惊恐不已，大禹向翻滚咆哮的洮河水连抽三鞭，河水一下子静了下来。如果你去过石门峡，是否记得，水流湍急、阴森可怖的石门峡谷确实没有多大水声。有好事者，据说在石门峡顶找到了大禹劈山时留下的脚印。我从小生活在石门沟，听着爷爷奶奶的故事长大。也去过石门峡顶，由于路险林密，半途而返。崖顶有没有石脚印，至今也未能印证。但在求学的必经之路后山坡，确实有一个硕大的石脚窝。我们曾把脚放在石脚窝里，惊讶于它的神奇，但也实在想不出这个脚印为什么就深陷在石头上呢？有人说是禹王爷踩的，有人说是鲁班爷踩的，也许只有像他们那样的神人，才会有那样的神力吧！

话说回来，人间奇景，自古都有带神话色彩。石门的来历听起来有点玄乎，但关于"石门金锁"的得名，说法却是十分靠谱。其一，相传很早以前，靠近石门峡的河滩上有一半岛形台地，建有一座龙王庙，供着"三海龙王"。通过看《西游记》，我们知道神话中有四海龙王，也不知这三海龙王是什么来头，也更无从考证。据说龙王庙从远处看，庙宇正好处在峡口，好似一把金锁，正好锁住了石门。另一种说法是，每当月圆之夜，月亮悬于峡口，好似一把金色的大锁挂在石门。岁月蹉跎，时过境迁。从记事起，我就不曾见到过龙王庙，但是明月如镜悬于峡口的景象也是见过的。只是沿河而居的人家已搬迁，搬迁到一个遥远的叫瓜州的地方。当地政府的工作人员为了引洮工程移民搬迁的事，磨破了嘴，跑断了腿。其实，不管哪个地方的人，都有故土难离的这种恋乡情结。听说瓜州风大，头一两年，人们还是不大习惯。也有人偷偷回来，在半山腰搭起窝棚。现在的瓜州好了，种的树也长大了，减缓了风速，改变了当地的小气候，种的棉花和枸杞也是年年丰收。老家这边的人也会去瓜州拾棉花、摘枸杞挣钱。乡亲们在异乡靠勤劳的双手，靠国家的好政策，过上了好日子。俗话说，树挪死，人挪活。移民，是一件利国利民的好事情。我看过一篇叫《麻水泉》的文章，写的就是黄土塬上一个严重缺水的地方，几代人"渴望"水的梦，因为引洮工程的成功，终于梦想成真。我看后十分感动，因为他在文中说洮河的水是甜的。是啊！洮河母亲，就是用她那甘甜的乳汁，哺育了一代又一代洮州人。

如果你要寻觅"石门金锁"的胜迹，需等月圆之夜，独自或约两三好友，选一绝佳之地赏之。但今之景非古之景也，由于九甸峡水库蓄水，洮河已非河，湖也。那么现在的"石门金锁"将会是什么景象呢？"高峡出平湖，湖上升明月。月明两岸阔，阔舟有渔歌。"这就是今天"石门金锁"的真实写照。每次看到石门峡，我从内心都会发出由衷赞叹。在赞叹之余，想起蓄水的洮河，在大量供水后，水位下降变不回原来的样子，就有点心疼。

由此，我想起石门口小学那段难忘的岁月。走出校门，便能听到水声，便能看到石峰如刀削般的峡口。隔着一条洮河，可以看到对岸的农田、集市、学校，以及远处高耸的山峰和星罗棋布的村庄。那时，我和同事卢老师都是临时代课教师，虽然报酬低，但是我们都能安贫乐道，坚持认真教书。闲暇的时候，我们也喝点小酒。卢老师酒量不大，但划的拳极好，当把我灌得醉醺醺的时候，他就"嘿嘿"地笑，不住地摸油光发亮的"寿星头"。

一到冬天，河道里异常寒冷。冬至前后，当洮河的河面上有结成块的冰珠漂流，人们就开始杀猪。我们可以几个星期不用做饭，东家请，西家请，顿顿请吃年猪肉。洮河里的冰珠越结越多，最后结成了厚厚的冰桥。等冰桥冻结实了，可供人们当捷径走。这洮河上漂着的结块的冰珠，当地人叫它"麻浮"，传说就是仙女撒落在洮河上的玄珠，被文人墨客美其名曰："洮水流珠。"有诗云："万斛明珠涌浪头，晶莹争赴水东流。珍奇难入俗人眼，抛向洪波不肯收。"据说每当此时，有人会打捞一些"流珠"，拌上苞谷面，做成苞谷面"泡泡"吃。我也曾想象过，用冰珠做的苞谷面"泡泡"的样子，圆溜溜，黄澄澄，金珠一般。我家住在离洮河十里多远的山村，只听说过这种做法，也没条件打捞一筐半筐"流珠"做苞谷面"泡泡"吃，很是遗憾。一直对住在洮河岸边的人家存在一种羡慕心理，是因为我们平时只做苞谷面疙瘩，里面是实的，吃时咬开面皮，里面会喷出干面来，呛得人掉眼泪。顿顿离不开苞谷面的日子，人们为了不厌食，就把苞谷面做出许多花样来。"泡泡"和"疙瘩"，就是人们吃苞谷面的创意。在石门口任教，已是零零年代，想要打捞一筐"流珠"也很是便利。但苞谷面，尤其是从水磨的磨石里磨出来的苞谷面，从细丝箩儿的箩儿筐中筛箩出来的苞谷面，已是一撮难求。在洮河边上长大的卢老师，会给我讲用"流珠"做苞谷面"泡泡"的事。在他极具夸张的描述中，我仿佛看到一碗热气腾腾的面球，肤色金黄，内藏谷香，向我款款走来。那些逝去的童年时光，一一浮上心头。后来，卢老师随家人搬迁去了瓜州，离开了心爱的教育事业，像一粒小小的"流珠"，漂泊在异乡的河流。

俗语"石门金锁，锁不住洮水流珠"。但凡世间美好的事物，不会刻意为谁而造化，也不会刻意为谁而永驻。譬如这鬼斧神工的"石门金锁"，譬如这瑰丽神奇的"洮水流珠"。这些胜景，在不同的时代，都会赋予不同的文化内涵，打上深深的时代印记。从五六十年代的引洮工程的遗迹我们不难看出，"引水济世"的大情怀远胜一诗一文的赞美。静立洮水边，故乡的容颜已深藏水底。千里之外的"世界风口"增添了一片新绿。"黄土塬"上万亩良田，正得到有效灌溉。绿水青山，就是金山银山。洮水，走出石门，奔向更为广阔的天地。

（原载 2020 年 9 月 28 日《甘南日报》第 3 版）

我在甘南等你来

◎杨瑞琴

在甘南这片深情的土地上，沐浴着黄河首曲的朝阳，策马于甘南草原的牧场，我坚守着你的到来，愿你青春依旧，带着一颗不老的心，畅游在甘南的怀抱。

甘南草原

初夏的清风吹拂过我的面颊，脚下的嫩绿柔柔地铺开着，给甘南的世界涂上一层充满生命的底色。我等你寻觅一段自由的时光，在这绿茵中漫步，策马奔腾，将浮躁的心灵沉淀，用灵魂触摸这草原的柔嫩，伸出手掌，绿色在掌心翻滚。

在这样的时刻，举目远眺，草原在起伏的微曲线中伸向远方，云朵如棉花糖般飘在蓝色的底片上，几只鹰在头顶盘旋，缩短了人间与天堂的距离，牛羊似闲庭漫步，这里是它们的天堂，有的慢条斯理地嚼着嫩草，有的则躺在草地上眺望着远方，看着这草原的精灵，时间慢了下来，都市的喧嚣与繁杂渐渐远去，心灵在溢满草香的空气中净化成晴空。

草原的边缘，油菜花被仲夏的热情催开，鲜花点亮万物的眼睛，我怀着希望，带着美好的祝愿与诗意，在这成片的油菜花中等你的到来。

黄河首曲

静静的长河，日夜诉说着谁的故事，陪伴着四海八荒的流年。枣红色的骏马，狂奔在这片深情的土地上，欢舞着春阳、秋雨、夏风、冬雪。我寻觅着时光的脚步，在黄河首曲等你，站在"天下黄河第一弯"石碑旁，等你骑着河曲神驹向我奔来。在这里，我陪你看遍黄河首曲如画风景，聆听格萨尔王的感人故事。

党的十八大以来，以习近平同志为核心的党中央明确了"节水优先，空间均衡，系统治理，两手发展"的治水思路，黄河首曲经过科学治理，发生很大变化。现今，黄河首曲的水如柔情的女子，清澈恬静地流淌在平坦的草原上，它奔涌而出于巴颜喀拉山谷，在玛曲的深情回望，造就了美轮美奂的"天下黄河第一弯"景观。那波光粼粼的河面上，阳光如跳动的音符，唱着古老的歌谣。河曲马在悠闲地饮着，黄河用它的血液滋润着万物心灵的干渴，几千年来，奔流不息。

我用黄河的清水，荡涤你一路的风尘。吹着清爽的风，消除你旅途的苦闷。天空偶尔有鸟儿飞过，轻羽被娇艳的晚霞染红。我们驻足河畔，聆听河水倾诉格萨尔的故事，目光随着清澈的河水波动，一起流入英雄的时代，仿佛看到格萨尔王骑着河曲神驹、驾着祥云、翩翩而来，让罪恶与黑暗得以惩罚，善良与光明得以永生。

腊 子 口

在皑皑的雪山下，在巍峨的峻岭中，在淳朴的山寨里，在浸染了晚霞的山林，在蔓延着云雾的垭口，在圣洁的仙女湖畔，在"神明摁下手指的地方"我在等着你的到来，诉说衷肠。所有的幸福随风起舞，所有相思的花朵争相绽放。

晨光铺满天空，光影下的云彩，色彩绚丽，慢慢被光褪去面纱的山谷，将缤纷呈现。搂一缕清香，在花影里浅吟，在晚霞如烟、暮色渐浓之时，我们虔诚地祈祷，愿岁月静好，平安喜乐，祈祷大地风调雨顺，祈祷世间所有善良、勤奋努力、纯朴都不被生活所辜负。

在湍急流水的腊子河畔，在悬崖峭壁、峻险山势"一线天"，在"天堑已变通途"的"天险门户"中，在这"一夫当关万夫莫开"的甘川"咽喉"之地，我怀着崇敬的心情等你来，等着与你重温那段辉煌岁月，凭吊先烈，感受鼓舞人心的长征精神，让它激励我们砥砺前行。

清澈的腊子河水诉说着当年战事的惨烈。河水已将鲜血染红的土地冲出本色。参天的古树见证了那段硝烟弥漫的历史，为了和平，战士们将热血抛洒。悬崖峭壁上的弹痕，依旧在守望着祥和的世界。它明白战争的残酷，更珍爱宁静和平的幸福。

穿过天险，登临高台，依然可以感受到当年红军的浴血奋战，马鸣炮响的悲烈，青山绿水间埋了多少忠魂烈骨。

战争的硝烟已被岁月的风吹散，狭窄的一线天已变通途，葱郁的古树依然在山谷里坚守脚下这片战马嘶鸣、鲜血浸湿的土地。我愿与你一同聆听这里的故事，怀着真诚与崇敬默默站立在纪念碑前，感受今天的生活来之不易，用哀悼的方式告慰那些为了和平付出生命的英灵。

甘南的天，澄静湛蓝，甘南的水，碧波微扬。听，草原的风在召唤，黄河首曲在呢喃，小桥流水在低吟，红色赞歌在吹响。仙女湖的秀丽、亲昵沟的坚守、石林的俊秀、草原的宽广、腊子口的险峻，黄河首曲的悠长。这里刚烈与温柔相济，粗犷与婉约并存。

（原载 2021 年 10 月 11 日《甘南日报》第 3 版）

冬日里的罐罐茶

◎ 曲桑卓玛

　　煮茶，喝茶，在茶气氤氲里晒太阳，是非常惬意而幸福的。古代的文人称晒太阳为"负暄"，也算是很风雅的一桩事。从前总觉得野人献曝太可笑了，那个农夫只知道光着脊背无拘无束地晒太阳很幸福，可他哪里知道国王穿着貂皮大衣住在富丽堂皇的宫殿，取暖根本就不需要晒太阳。可随着慢慢成长，尝到了人世间的诸多辛酸，才明白了农夫永远也体会不到国王的悲喜苦乐，同样，晒太阳这样卑微的幸福也只有农夫自己最懂。其实，雪峤和尚的"青山个个伸头看，看我庵中吃苦茶"，是一种恬淡平和的心态，他也揭示了一个活着的真相：生活中，不论贫富、贵贱、雅俗，适合你自己的就是幸福甜蜜，不要跟人去比较什么，因为别人的幸福也不一定适合你。

　　小时候，偷喝奶奶的罐罐茶，那红褐色的茶汤实在苦涩不堪，倒是觉得茶气败下去、滋味寡淡之后才好喝了。爱吃蜂蜜爱吃糖的小孩子，吃不得半点苦头，哪里能懂喝茶的乐趣？我也是人到中年，才体会到了罐罐茶的质朴美。

舟曲山后的罐罐茶，可以只放茶叶，也可以往茶罐里放一小块腊肉，或者切成薄片的猪板油，喝的时候茶碗里需要放一小撮食盐，净喝或者拌糌粑都可以。如果拌糌粑，就能吃到茶水里煮过的腊肉或者油渣儿，非常美味。小时候，大冬天上学是小孩子最不情愿的，可是我们大院儿的孩子却能起得很早，几乎从不迟到。那时候没有钟表，鸡叫三遍，外公就起床把火塘烧得旺旺的，给住店的客人烧开水，也给我们姐妹和小姨家的孩子们拌好糌粑，让娃娃们吃上糌粑团儿，再给每个孩子人手一个木炭火炉，叮咛孩子们注意安全不能把炭火撒出来。我们吃饱了就踩着咯吱咯吱响的大雪，把小火炉抡起一圈又一圈，让炭火烧得红彤彤的，觉得上学非常有趣。其实，给六个孩子捏的糌粑团是有区别的，我吃到的肉和油渣儿往往最多，外公宠我大家都是知道的。六年前，外公去世了，这个世界上最宠我爱我的人再也不见了。

好久没有喝到大姨煮的茴香面茶，算算大约有十年了吧。那时候心浮气躁，姨妈跟我详细讲述她煮茶的程序和步骤，可我总是懒得去实践，想喝茶了就直接跑到她家去喝，也顺便把生活里的一地鸡毛都倾诉给她。大姨戴着老花镜，坐在藤椅里，认认真真地缝着百纳褥子面儿。各种花色的边角碎布，三角形、四方形、长条形，她一边听我诉说，一边把碎布一一拼接缝合。等我喝饱面茶起身要走的时候，往往是一身轻松，什么烦恼都没有了。其实大姨只是静静地听我说，并不评论谁是谁非，而我也只想把烦恼说出来，她煮的茴香面茶很香，总觉得那个茶具有某种神奇的疗愈功效。

后来，大姨送了我一个色彩鲜艳、做工精美的手工百纳褥子面，她说上年纪了眼睛越来越不行，趁自己还能看得清针脚，给孙女和外孙女们一人做了一个，女儿这一辈人里就只送给我。

大姨年轻的时候长得俊俏水灵，是曲告纳十里八乡出了名的美人。当时姨父在县城里当干部，她独自带着孩子在山里生活吃过很多苦，九十年代初表姐都参加工作了，大姨才进城做了家属。后来我也在县城上班，所以经常在大姨家蹭饭，也陪大姨逛街购物。这些年，姨父去世了，大姨跟着儿子搬家去了陇南，所以我也很少有机会喝到她煮的茶了。

冬至过后，舟曲人开始宰杀年猪、熏制腊肉，因为非遗文化助力乡村振兴工作的需要，我们去南峪下乡搞舟曲腊肉系列的拍摄。一进农户的大门，一股茴香面茶的香气就扑鼻而来。原来，我们的拍摄对象是摄影师小奂的姑妈，老人家一大早就蒸了花卷馍馍，还煮了一罐香喷喷的罐罐茶在等着我们。老人一边给大家倒茶，一边说："现在的娃们晚上看电视、玩手机都熬夜，早上又起不来，我思谋着你们都还没吃早点呢！赶紧喝点面茶，吃口馍馍，尝尝我的手艺。"

面茶煮得果然喷香，花卷也是冒着热气吃起来麦香味十足。我跟老人说，她煮的面茶和我大姨做的味道一模一样，只是现在不能常常喝到这么香的茶了。于是，老人又细细地跟我讲了一遍煮茴香面茶的诀窍：油茶面要提前炒好备用，最好炒些核桃仁，去皮、剁碎了掺进油茶面；炒俩鸡蛋装碗备用；先把陶土茶罐搁在炉子上加热，然后注入一底子清油，等油熟了就把葱花、茶叶放进去爆出香味，加水熬煮的过程中还要加入茴香籽、生姜片、花椒粒，有藿香了也可以放一点进去，等煮沸之后再把油茶面放进去，煮到茶香四溢，把茶倒进鸡蛋碗里，连吃带喝的，一顿早饭就解决了。

临走时，这个酷似大姨的慈祥老人还给我装了点茴香，叫我不要偷懒，每天早早起来给自己煮点茴香面茶喝，还一遍遍地叮咛一定要按时吃早点。于是，我专门让老公去武都的西关城楼下买回来一个大大的陶罐，双休日自己烙饼子、炒油茶面、剥核桃、切姜片、剁葱花、煎鸡蛋，按照南峪的做法给家人煮了一罐茴香面茶。赶巧，吃早点的时候侄女和她的男朋友也来了，也许是因为人多热闹、吃东西香，也许是我果然得到了煮茴香面茶的真传，大家都觉得那一顿早餐太好吃了。窃以为，有这个煮茶的手艺，将来等我老了，孩子们也会非常依恋的。

有一天晚上，无意间看到中央电视台纪录片频道播出纪录片《跟着唐诗去旅行》，著名诗人西川循着诗圣杜甫晚年的足迹，来到了陇南徽县大山里一个叫作小地坝的村子里。这个村庄坐落在由甘入蜀的古道上，村民热情地煮罐罐茶给西川老师喝。茶罐里先放油，炒茶叶、核桃面、油茶面，然后放上新鲜的藿香叶子一起熬煮，喝的时候再加一点食盐，做法和舟曲的茴香茶差不多相似。当地的文史学者告诉记者，当时杜甫还曾在这个村子里住宿过一夜，写下了《夜宿地坝村》这首诗。

于是，大家十分感慨，推测一千三百多年前的杜甫，一定也喝过这里的罐罐茶。很多人，年轻的时候都喜欢李白，可是中年以后才慢慢地体会到了杜甫对人的悲悯，对天下苍生的深深忧思，尤其是他的"三吏"和"三别"，是对战争和离乱深深的血泪控诉。"安史之乱"爆发后，战乱中的杜甫拖家带口，一路颠沛流离从长安逃难到秦州（今甘肃天水一带），后又从徽县转南翻青泥岭至白水江，再越老爷岭至陕西略阳，经略阳陈平道至大安驿接金牛道入蜀，在成都安顿了下来。"青泥何盘盘，百步九折萦岩峦"，徽县青泥古道也因李白的《蜀道难》而闻名于世。古道上的罐罐茶，你喝过、我喝过，也许诗仙太白也曾喝过呢！

罐罐茶，是充满烟火和尘埃味道的。陇中罐罐茶却与陇南山区的有很大差别，陇南罐罐茶是油炒的面茶，佐以炒鸡蛋和肉臊子等料，其实是早餐的一部分，重点是吃茶；陇中罐罐茶是祖祖辈辈沿袭下来的一种饮茶方式，在农村家家户户都有熬茶的小火炉和小砂罐，俗称蛐蛐罐，煮茶时将茶叶置于砂罐后注入清水，置于火炉之上，熬成色浓味香的茶汁，讲究用"一条线"的方式倾入茶盅，开始小口啜饮。为了防止茶水沸腾过程中外溢，用特制的小竹棍或木片不时搅动，遂叫"捣捣罐"，它的重点是喝茶。其实，配上油饼、点心，罐罐茶也是陇中人家最好的待客之道。

二〇一五年十月底，陇南火车站还未运营通行。因为出差，我们一行人去陇西火车站坐火车。到陇西时间尚早，吃过午饭，大家觉得也没有什么地方可去，一番讨论之后决定到火车站附近的茶楼去喝茶。一个当地中年汉子告诉我们某个地方有个茶楼特别好，于是欣然前往。七拐八拐终于找到了那个地方，很普通的门店，一进去才知道这不是我们想象中那种装潢考究、音乐轻柔、茶具精美、古典优雅的茶楼，而是专门喝罐罐茶的小茶馆。一群老爷子，乌泱泱挤了一屋子，人人面前摆着炭火和小茶炉，罐罐茶煮得屋里一片氤氲热闹。我们这些闯入者一时错愕，面面相觑不语，然后笑着退了出来。

真没想到，在一座陌生的城里，还能看到这样一群人，在茶馆里煮着廉价的罐罐茶，然后在日渐寒冷的陇西城里，沉浸在各自的幸福中。也许这样的幸福，对别人而言微不足道，而对一辈子生活在苦寒之地的人们来说，罐罐茶带给他的幸福体验，与伟大的哲学家苏格拉底在墙角晒太阳是一样的。吹着空调，用精美的茶具斯文饮茶者，怎么可能体会罐罐茶的那种质朴与甘醇？

（原载 2022 年 2 月 28 日《甘南日报》第 3 版）

缪斯和她的歌者

——丹真贡布组诗《缪斯之谜》述评

◎张学虎

　　诗是源于灵魂深处的冥冥之声，是实现生命的一种方式，是在生命裂变过程中释放出的回应与反响，是诗人生命历程中最精彩也最值得反刍的印记。著名藏族诗人丹真贡布的组诗《缪斯之谜》（载《飞天》1993年第8期）是他近期创作的重头之作。读这些诗句："他的话那么沉我不再吭声／幼小的心成了他的驮牛／给驮上了好重好重的风月之盐。""千年之后还那么鲜活／要摘取它是犯罪。"我感觉时时被一种强大的生命质感所冲击，仿佛在聆听独行在大草原体验生命的孤独者的喃喃自语，情感是那样丰厚且随意，生命的光点显得炽热且凝重，这真是实实在在的生命状态。

　　任何诗人都是心灵世界孤独的探索者，一个时代有一个时代的诗人，而每个时代的诗人无论从整体或具体，无一不是抒发自己的生命体验和感悟，它将人类最深沉的部分——梦想、感情、美和自由和谐地自然联系起来，深植于人类对永恒的期待之中，"他的皈依已穿越了'本生'／剩下的是向着沙数／向着一千六百年的空旷顶礼"。（《忍冬草》）在这里，丹真贡布获得了摆脱羁绊人类的理性和非理性的重围，灵魂得到了轻松与宁静，思想自如地沉醉在自己用生命体验的表象。《流沙河的背景》这首诗他用一种朴素自然的语言，通过对著名诗人流沙河生命际遇的领悟，表达出自己对生命的感受，这里诗成为对生命自由的一种追求，又不把个人情绪放任，随意为诗，因而，他的诗是感受和经验的集合，经过一番精心选择和提炼，将个人情绪锻炼和升华为具有代表意义的物象上，点燃人性和生命的火把，写出他对生命的恒久感觉，这个感觉包含在一种疼痛感之中，而这种疼痛感也是同代人普遍所具有的感觉。

在我们读高品格抒情诗的时候，常常会得到一种心灵世界的享受和灵魂力量的凝聚，读丹真贡布的作品，其艺术体验正是如此。长诗《缪斯之谜》不仅仅展现属于丹真贡布更是属于人类的某种精神，是错落闪动、交相叠映在诗人生命中那些无法忘怀的帧帧情感的剪影。"诗人自在端坐蒲团／颈筋暴起现身说法／给我传授一种冶炼／黄昏之中／怎样地／销熔乌鸦的翅膀"。这里表达了诗人在现实中所期望的最高的精神情感，这是一种外松内紧的生命状态，这种态度是在通达了人情世事的生命风霜中形成的，这种满面风霜而一刹那间的内心澄明，表明了诗人此时已建立的心灵的强硬与阔大，它将外在的锋芒内敛成心灵的炽热，这种心灵的炽热与坚硬，却在潜心于生命内核的专注中，呈示精神生殖源源不断的活力。"等着迎接一个戴眼镜的岑参／却等来了一道奇光划过天空／啊 竟是那样地那样地／整个一个黄昏我在战栗"。这里丹真贡布的性格和生命品质得以塑造成形，那种洞悉一切之后默然于心，这种变了形的外松内紧的思想方式，也形成了一种宽厚的品格，这是一种用于处世的社会性格，其中不可撼动的心灵的坚硬和炽热，作用于文学艺术，这种源自诗人生命本质的东西，不但能承受时间，并能穿越时间。"哦 众神 引我走出这魔圈／听着她唱我的船会撞了白崖／哦 众神 还是别管我／我甘为俘虏"。这种境界，是生命的终极境界，是一种精神的理想和幻想，这种辽阔辉煌幻觉的具体内容，将仍然是人类已有生命体验中的世俗的愉悦，只是，它呈示一种精神性的纯净，诗人满怀激情描述的众神，便是这种纯净的精神愉悦的象征，她释放于一片辽阔辉煌之境，达于生命精神的终极。

生命依附于自然而存在，而繁衍生殖，诗人时时感到人与自然息息相通，相互感应。"四月十二日好日子我们去种树／我们去种希望 再浇灌恳求／但，不要想到板斧"。（《绿荫衷曲》）"从此记不清多少遍地默诵着／那井底龟关于海的不配论述／却不意噩耗传来只需三十年／我诅咒这猛雷的击殛"。（《我的蓝湖》）这里诗人面对日益枯竭干涸的青海湖和人为破坏而消减的森林，在感受大自然伟大的创造力和破坏力的同时，也感受生命自身的存在，同时，诗人还感受到生命在大自然面前的渺小、脆弱。人类对自然盲目地索取、征服和占有，人类又重新沦落到贫困的边缘，作品中表达人类的探求和人类对自身的发现及对理性的渴望，却蕴含了独特的哲理意识。历史永远与自然、生命同在，历史并不抽象，不艰涩，它有意，有情，可感受，可触摸，它燃烧在一九四〇年寒冷的冬夜，"在我的追问下他说那些兵叫作红军／说毕忙塞给我一方盐晶／我吱吱地吮嗦黎明中的盐好甜"。（《一九四〇年的故事》）这里诗人并非为寄托怀古之幽情，而是寻求人在历史中的地位，以及生命怎样才能得以永恒的真理，它告诉我们，一个个体的生命如果与人类、民族、历史联结在一起，一个人就可能成为一部历史，一瞬间即可能成为永恒。

作为藏族人民忠诚优秀而深情的歌手，丹真贡布每每充盈着藏族人民在现实生活中所具有的那种令人赞叹的自尊与自爱，诗人在剖析自己的同时，对民族前行的滞涩的脚步表现出一种深深忧虑，对坚强的民族特质有一种真切的渴望，他知道那滞涩前行的脚步和羸弱的民族特质，并不只是影响着民族的昨天与今天，还有未来。丹真贡布作为一个藏族诗人，完全把个人狂奔在自己的民族与民族文化之中，把自己塑造为藏民族的歌声，视为天赋的血脉所决定，他对持续和重振本民族文化，表现出了坦荡磊落、九死不悔的精神。《飞天》卷首语这样评价："《缪斯之谜》蕴藏着诗人对生活对人生深切而独特的体验和感受，闪耀着悟性的光华和灵性的魅力，读起来会使人陷入一种深远的美的遐思。"这无疑是恰当而确切的判断。

（原载 1993 年 10 月 30 日《甘南日报》第 3 版）

杜娟诗歌的冷与热

◎马步升

初冬。兰州。周末。昨夜的一场西北风，气温骤降，但，凌厉的朔风带来了寒冷，也吹走了笼罩于天空的废气和尘埃。曙光初照，天空高远而冷寂，穿城而过的黄河一派凄迷，南北两山荒草离离，一阵阵鸽哨划破长空，隐隐的回音飘洒在错落的楼宇间。在这样一个周末，我打开一个名叫"苏鲁梅朵"的博客，读完了发布在上面的所有诗歌作品和所有的回帖。网站的主人叫杜娟，一个普通的女性名字，一个安身立命于甘南藏族自治州的女诗人，她写下了一首首不普通的诗歌作品，一首首以甘南为抒发对象的诗歌作品。

在阅读过程中，我一直在想，作为一名当下的甘肃诗人，究竟应该感到幸运，还是理当感到惶恐？当下的甘肃是被当作全国的诗歌大省对待的，这一点儿也没有自夸或自我感觉良好的嫌疑（好在我不写诗），这个头衔，一者并非甘肃诗人或甘肃人的自我任命；再者，打开国内每一期的诗歌刊物或别的诗歌媒介，都少不了甘肃诗人的诗作，而且往往占据着重要的位置。于是，在进入当下中国诗歌的评价系统中，甘肃诗人的被看好，是名正言顺的事情。不用说，这是甘肃诗人以他们创作的诗歌作品为自己赢得的诗歌地位。事实也正是如此，甘肃诗人不仅队伍庞大，且代际阵容齐备，这一茬刚闪亮登上全国诗坛，新的一茬已经以相当成熟的姿态整装待发，而更新的一茬又在跃跃欲试了。稍加梳理，能够在全国诗坛排上号的甘肃诗人，数量是相当可观的。而只要在甘肃诗坛露头，拿到全国诗坛去衡量，肯定是不弱的。我想，这便是作为当下甘肃诗人的幸运。那么，又会因为什么而感到惶恐呢？还是因为甘肃诗人的整体实力较强。任何一个形成气候的诗歌群体，可以凭借业已产生的影响力，随手携带一些什么。比如，后起者可以搭车借势，多少省略一些创业者、先行者那样艰难的破土过程。这是有利于成长的一面。而另一面，一个已经形成影响力的群体对后来者也会产生不小的遮蔽作用，如同大树下的小苗，小苗下的小草。又因为，同处在大体相似的地理环境、历史文化传承下，"眼前有景道不得，崔颢题诗在上头"的这种惶恐，便绝非一时一地之惶恐。

我不写诗，我只是喜欢诗，我对国内诗坛的一些诗歌现象和许多诗人的诗作发表过个人的意见，对甘肃声名显赫或还不怎么显赫的诗人的诗作，都曾或集中，或零散地发表过自己的看法。但，杜娟除外。这并不是我对她个人或诗有什么偏见，我想，一者，这与甘肃诗歌阵容的强大有关；再者，也是最主要的，我不是专业诗歌研究者，我有自己的事情可做，对诗歌，我只是"抽空儿"，全面地关注自然是做不到的，关注到了，发表意见与否，完全视当时的忙闲或心情而定。今年深秋的某个黄昏，我与一位诗人兼诗歌研究者饭后在黄河边散步，我突然想起了刚读过杜娟的几首诗，我说：杜娟的诗相当不错。他说，当然不错啦，别说搁在甘南，搁在整个甘肃诗坛，都是优秀诗人。

这给了我信心。接着，我去河西走廊石羊河流域采风二十天，但，对于杜娟的诗树立的信心，并没有随石羊河的水消失于沙漠深处。有关资讯表明，杜娟出生于临夏回族自治州，后长期定居于甘南藏族自治州，位于兰州以南的这两个少数民族自治州，大的地理概念是青藏高原与黄土高原的接壤带，群山耸立，草原广阔，黄河九曲，农牧相间，民族成分极为复杂，历史文化传承丰富多样。也许，正是这样的人文环境启迪和锻造了杜娟的诗歌意识。她的诗歌所涉及的内容大都集中在甘南，天空大地、草原牧群、险关名胜、寺院喇嘛、人文百态。我们不是一个环境决定论者，但，我们不可否认环境对人的影响。生活在诞生了格萨尔王的甘南，又是一个以诗的形式与世界对话的女性，杜娟的诗弥散着一种挥之不去、召之即来的神性色彩。她拒绝用生活的眼光看待生活，拒绝用生活的律条去衡量生活，并且，拒绝用日常话语去表述生活，甚至，她用诗歌的方式拒绝他人轻易地进入她的诗歌领地。也许，这正是她的诗歌难以进入更多受众视野的一个因素。

杜娟的诗是剥离了能指的外壳而直达所指的，而且，能指与所指之间不但不构成一一对应的逻辑关系，相反，其距离遥远而又遥远。这种不对应、不对等，使得客体在经过主体的过滤后，体现出了巨大的差异性。而这个差异性，正是被充分主体化了的客体，是距离真实愈远而愈接近真实的客体。现代诗歌的精髓正好在这里。比如，同样是写甘南的某一具体风物，在传统诗歌那里，我们可以奉诗句为向导，像诗人那样去感受，像诗人那样去认知这个特定的对象。但在杜娟的诗中，她所调动的符号和符号所承载的意义之间并不具备视觉上和知觉上的同一性。甘南只是一个人的甘南，甘南的天空只是一个人的天空，甘南的牧群只是一个人的牧群，甘南的格桑花只是一个人的格桑花，甘南的佛号只是为一个人奏响的。也因此，杜娟以诗歌的方式在甘南之外构造了另一个甘南：精神的甘南。从数量上来说，一个甘南变成两个，或多个甘南了。当代几位有影响的甘南诗人，比如已故的藏族诗人旦真贡布，比如阿信，便是以他们的诗作，构造出了属于他们的甘南。他们的诗歌拥有无所不在的排他性。排他性从来都是诗歌必不可少的优秀品质，可以这样说，排他性是诗歌获得独立价值的基本前提，谁在这方面具有清醒的意识，并且能够模范地体现于诗歌文本中，谁便有可能在诗歌之林中赢得自己的位置。

也许，杜娟的诗更适合在炎热的夏天去读。今年的国庆节前，在甘南合作举办的诗歌节上，我与杜娟有过一面之缘，我印象中的她是一个热情、达观的现代职业女性，但她的诗歌温度却一直保持在零度以下。一首首短小的诗，一句句节奏短促的而且跳跃感极强的诗行，如同寒冬挂在瀑布上的冰柱，枝枝节节都散发着彻骨的寒意，一经碰撞，叮叮当当，便是一地碎落的冰冷。她的诗，有的如同她与一个未知的对象之间极端私密的谈话记录，有的如同她与冥冥之物之间在签订攻守同盟，有的诗，则是敬神者的祝祷，或巫祝的咒语。为什么会这样？在诗中，我看到，杜娟是一个以诗歌的形式追寻生活本质的诗人，冰冷的诗行中隐藏的是巨大的热情。

今天正好有了一点空闲，便详细阅读了杜娟所有公开面世的诗作，形成了以上粗浅的看法。当与不当，只是个人的一点看法，也仅仅是个人的一点看法。我想说的是，对杜娟的诗，是应该有多种看法的。因为，在她的诗中，表达了一种生活的多种可能性。

（原载 2008 年 2 月 29 日《甘南日报》第 3 版）

爱的浓郁而芬芳的呼吸

——读唐亚琼诗歌有感

◎扎西才让

"随心所欲地想念你／像虎头山上的雪／慢慢堆积起来／／……我想好了，就这样把你放下／一遍遍默无声息／悄悄爱着恨着。"

这是甘南州青年诗人唐亚琼的短诗《想好了》。诗中的主人公随心所欲地想一个人，伤心而哀怨，只好把他放下，然此情此爱，却无法割舍，其中奇妙的情感体验令人想起南宋词人李清照《一剪梅》中的句子："花自飘零水自流，一种相思，两处闲愁。此情无计可消除，才下眉头，却上心头。"

一般来说，女性诗人大多善写爱情，从唐亚琼的诸多爱情诗篇来看，似乎可以作为例证。且看她的短诗《红茶》："泛上来的淡淡的甜／就像我爱上你之后／第一个夜晚的梦／细碎的叶片／像爱你的千万个细胞／从心口往上冲溢／拥挤在我们相爱的路口／我细细地咽下／你煮沸的浓浓深情／这个下午／被你泡制成一杯柔情的红茶。"这首诗虽然短，但其中的内涵却非常丰富：先说"茶是茶"，又说"茶如情"，再说"情如茶"，最后点明"这个下午"也被他"泡制成一杯柔情的红茶"，可谓处处胜景，步步玄机。与其说是作者在品茶，不如说是在品情、品人，品一种恋爱中的人所处的氛围。

再看《等了三个小时的电话》："有许多理由让我继续等下去／天还没有完全黑／五十米以外／我一定能认出那个人的身影／／三个小时，经过寒流，远走高飞／三个小时，沉重如屋檐上的青砖黑瓦／寂静和沉默的是屋檐下／不断眺望的人的心情。"这首诗中，诗人把相爱者在热恋时的心态，通过对其中一方等电话的过程的描写，折射得清清楚楚。"三个小时，沉重如屋檐上的青砖黑瓦"，类比手法用得非常好，奇特而到位，读来也觉别致新颖。

唐亚琼很喜欢一种自问自答式的叙事抒情方式："我在想，你在我身边时／流下那么多眼泪／是爱多还是恨多／／这个中午的安静／就像我离开你之后／思念再次流下来的滋味。"在对情与事的不断追问不断感知的过程中，对所爱者的依恋与牵挂被表达得淋漓尽致。这是诗人对爱的浓郁而芬芳的呼吸。

除了对诗歌的情感与主题的精心把握之外，唐亚琼也十分注重对诗艺的研究。请看她的小诗《心愿》："我要种下一粒种子／看它像我和你手牵手／身体里有一万个春天／喊叫着跑出来／／我要像一粒种子／慢慢和你开花、结果／比脚步更低／比心愿更小／点点浓荫铺伏大地。"

这首小诗，最见唐亚琼的诗歌才气。"身体里有一万个春天／喊叫着跑出来"，夸张手法的大胆运用，写出心中强烈的无法抑制的渴念。首节的这种"张"的方式与第二节的"抑"形成鲜明对比，"张"则"张"得痛快淋漓，"抑"则"抑"得令人沉迷，"比脚步更低／比心愿更小／点点浓荫铺伏大地"，千啭低回，情深义重，恰似英国诗人叶芝对爱尔兰女革命家毛特·岗无法释怀的爱情："多少人爱你青春欢畅的时辰／爱慕你的美丽，假意或真心／只有一个人爱你那朝圣者的灵魂／爱你衰老了的脸上痛苦的皱纹。"

这种对爱的深层次释解，借诗歌的"爱情"（意）与"种子"（象）得到了准确而形象地表现。同时，我们可以看出，唐亚琼很讲求诗歌结构上的完整性和建筑美，使得所表现的主题一唱三叹，也使诗歌这种文体本身所固有的无限魅力得到充分展示。

唐亚琼的诗歌创作，使我想起甘南州著名诗人完玛央金。完玛央金也喜欢在诗中以第一人称"我"和第二人称"你"直接叙事抒情："在那人声喧嚣的世上／你划给我一块和平安宁的地方／让我能大胆地走进自己。"（《深入》）但两者不同的是，完玛央金诗中的"你"，有着泛指性，在她的不同的诗歌里，可指神山、圣水，可指草原、夕阳，可指风雨、四季，更可指亲人、朋友。所以完玛央金的诗歌能给读者留出许多可供想象的空间，有多种理解，在技法上给人以踏雪无痕之感，以金庸笔下的侠客而喻，已达杨过使剑举重若轻的境界。而唐亚琼诗中的"你"，大多情况下指向情爱的另一方，追求的是一个主题，一个解。但这个解也能给读者以情感上的强烈冲击和阅读上的美感，已达水笙使剑轻灵飘逸的境界。

那么，究竟是什么原因，使唐亚琼对情爱题材如此感兴趣，且要借助于诗歌予以表达呢？或许，我们在她的诗句中，能够找到隐约的痕迹："大地上升起的烟雾四处飘散／渐渐远去／无法阻止那不断涌现心头的／和那些离我而去的……"

（原载 2008 年 4 月 25 日《甘南日报》第 3 版）

大地涌现出的甘南

——读李城《行走在天堂边缘》

◎张存学

　　甘南的诗人和作家们不善于言说。我在这里说的言说是指超出语言道说边界的言说，也就是夸大自己、卖弄自己的言说。甘南的诗人和作家们可以豪迈地喝酒，喝醉酒以后可以胡言乱语，可以目空一切，可以做出惊世骇俗的事来，但在创作面前，他们一概谦卑和沉默。他们之所以这样，是因为他们都知道在他们作为道说的创作之后有一个天高地阔、诸神存在的甘南，在这样的背景下，他们知道持守道说的庄严感和作为道说与渊始的相切性。甘南的诗人阿信是这样，桑子、完玛央金、陈拓、瘦水（索南昂杰）、扎西才让、杜娟是这样，还有李城也是这样。更早的诗人丹真贡布更像一座沉默的大山。

　　在读过李城的散文集《行走在天堂边缘》后，我能想象出李城行走在草原上的样子，他孤身一人，头顶是蓝天，脚下是大地，还有神性显现的可能。事实上，出生和生活在甘南的李城一直这样行走。这种行走让我感到亲切，我也出生在那里，并在那里成长过，生活过。

不管出生在那里还是走入那里，一旦在那块土地上将自己的脚扎得踏实就已经身在其中了。这种身在其中一旦产生就是命运性的，身在其中者在这种命运中将会把自己交付给踏勘人的真实边界的思虑中。

身处甘南，也许会不断地在现成的观念世界中走来走去，以惯常的思维面对人和事，并以语言作为工具叙说人间的是是非非。但有一天会在静默之中突然倾听到另外的声音，它们是一棵树的声音，一缕风的声音，一条没有名字的河的声音。这种倾听是置身于被召唤中的倾听，在这种倾听中，大地、天空和诸神聚集而来。这种状态或许只是在一瞬间存在过，随后被遗忘。随后仍在价值性的世界中摸爬滚打，仍在把外面的种种言说当作高深莫测的东西加以赞叹。

在这个时代，身处甘南的写作者是无法不接受价值体系的浸泡的，这种浸泡在一定程度上是深入性的，它深入头脑，深入骨头。价值体系是背离了物的纯然性而在概念、观念的区分演绎中形成世界的，这样的世界一旦形成，天空、大地、人、诸神共融的景象便悄然隐遁了。在价值体系的世界里，不管是逻辑证明体系层面上的，还是伦理秩序体系层面上的，人都是价值意义上的人。在这种状况下，近代性知性层面上人的主体性确立将人更进一步地从大地上拔起，处于无根状态的人再也返回不了大地，人被技术摆置而被抛向了虚茫中。这是人的最大困境，也是人的主要状态。在这种困境中，人牢牢被控制在价值观的言说中。在这种言说中，大地成为对象化的、知性的大地，天空成为对象化的、知性的天空，诸神成为宗教意义上、人类学意义上的诸神。也就是说，在价值观的言说中，在价值观的世界中，天、地、人、神共融的情形并不存在。

尽管如此，尽管甘南的写作者存在着与主流世界共遭遇的境况，但甘南别有一番天地。生活在甘南，行走在甘南大地上，一缕桑烟会让人凝神，一道飘动的经幡会让人注目。这个时候，人会回想起在这片土地上曾经被一棵树、一缕风、一条河所带入的瞬间感觉中。

煨桑的青烟遥遥上升，飘动的经幡从春到秋。这些情形之中是大地上的人，是他们在点燃桑烟，是他们将经幡飞扬在风所到达的地方。通过桑烟和经幡，大地、天空和诸神向他们显现并向他们聚集，他们由此身在其中。也就是说，他们身在其中的存在才使大地、天空和诸神显现，并相互照亮。陈春文先生曾说过："甘南草原上的人是通神的。"没有通神的人，大地就不是涌现而收拢的大地，天空就不是聚集而来的天空。海德格尔说："唯有作为终有一死者的人才栖居着通达作为世界的世界。唯从世界中结合自身者，终成一物。"（海德格尔《物》）这里所说的"世界"是天、地、人、神共融的世界。

在以上的思索中，已经将价值观世界中所言说的神摒弃开来。这里所说的神已经不是作为最高理念统有者的神，不是一元化的神，更不是人类学意义上的巫神。我所说的神是诸神意义上的神。海德格尔说："诸神是神性之暗示的使者，从神性的隐而不显的运作中，神显现而成为其本质。神由此与在场者同伍。"（海德格尔《物》）

神性隐而不显，诸神或许能使我们回溯到希腊诸神，或许能回溯到青藏大地上的诸神。如今，在金顶和经幡的存在中，诸神以另外的方式显现在场。金顶和经幡是藏传佛教的表征，同时它们又是作为澄明之神性的显现者。不仅仅如此，神性还因为人的在场而隐于万物中。

身在甘南，作为价值意义上的人不得不处于争执的状态中，神性的大地与价值体系相悖，这种相悖体现在被价值观浸泡过的人身上就成为一种争执，这种争执漫长而不过分显露。在将脚踏实地扎入甘南的大地上时，这种争执就随形而至。然后，作为一个写作者，在他不断地思索中，他倾听，他被召唤。他倾听到的声音是来自那渊始的声音，他被召唤的也是那渊始的力量。在这个过程中，他慢慢从价值观的世界中有了对神性的期待。这个时候，他才能感到大地的壮阔、天空的高远和诸神飘动的衣袂。也是在这样的状态下，他才能感到道说的边界，才能感到我们通常说的语言其实是渊始力量的显现，这样的语言要求着与物不多也不少地相切。语言在这里是庄严的，神圣的。甘南的写作者们知道这种庄严和神圣，所以他们面对创作保持着朴素的沉默。

甘南诗人阿信的一首诗中写道："我担心会让那些神灵感到不安。它们就藏在每一个词的后面。"（阿信《速度》）

　　《行走在天堂边缘》收集的都是李城散文中重要的篇章。散文中的李城在甘南大地上行走，在倾听，在触摸。这种行走、倾听、触摸甚至超出了地域意义上的甘南，他以甘南为出发点，走向更远，走向阿尼玛卿山，走向果洛高原。在这种漫游式的行走中，写作者李城并不是出于某种观念性的动机。相反，他是从观念性中，或者说，从价值统领的世界中挣脱出来听从大地、天空和诸神的召唤。这种召唤对李城来说是迫切的，在迫切中他隐约感到他原来赖以说话的世界已经失效，或者，他感到他原来赖以说话的世界已经在萎缩，在僵硬，在死去。在此刻，他聚集起了他对应大地、天空、诸神召唤的能力，也就是说，在他从价值观的世界挣脱的过程中，对甘南大地亘古存在的澄明有了期待。这种期待或许是朦胧的，不明的，但不管怎么样，李城在这种期待中已经开始行走。行走是行走自身，它只对行走者本人承担行走的远方感，它不归纳和标识某种价值观，也就是说，行走本身不是趋向一个价值观的世界，它与价值观的世界无关。

　　行走的过程是倾听和被召唤的过程。在这个过程中，行走者是在进入天地神共有的情景中，大地和天空在这种情景中涌现而出。身处在这种涌现中，行走者的道说成了对天地人神共融世界的一种显现。这种道说与描绘无关，与体验无关，与赞颂更无关。这种行走是切入性的，融入性的，与天地神共同在场性的。读李城的这类散文，能感受到他的这种切入，这种在场感。《越过一百零八条河流》《穿越阿尼玛卿》是这类散文的精品。这两篇散文具有纯净感和宏阔感。这两篇散文还有这样一种独特感，也就是说，它们是甘南大地涌现的道说，是甘南大地涌出的诗。这种道说与我们所有熟悉的散文都不同，它们只会在青藏大地上产生。

　　行走同时也是与价值观世界争执的过程。行走者行走在甘南大地上，他身卜依然持存着价值言说的东西，而且，不管怎么样，他本来就是这种价值观所造就的。要从被造就者的状态中挣脱出来是一件艰难的事情，对于李城来说，这种艰难也体现在他的散文中。他的早期散文明显地具有受制于某种创作观念的特性，但好在他能从这种境况中走出。从《小镇上的爱情》这样的篇章开始，李城便有了抛却被控制的挣脱感，他使他的创作迈向了青藏的腹地。这也是甘南大多数写作者的选择，他们向内转向神性的大地。这种神性的大地对他们来说，是需要一生进行进入的。他们懂得这种选择的重要性，而且，他们知道早已将自己的脚踏在了这片大地上，因此，他们能在这个喧嚣的时代里转过身，转向辽阔的神性大地。读阿信的诗，读完玛央金的诗和散文，读陈拓的散文，读瘦水的散文和诗都有这种感觉，他们一律朝向了沉默的青藏大地。

甘南在这样的写作中从大地中涌现而出。

在李城的散文中，他显现出他的行走正在进行。在这行走的过程中，他还要抖落许多骨头里和脑子里的东西，他还要储备更多的自由感，还要思索很多，还要在更远的地方贴近天空、大地和神。

行走中的李城还要行走下去。

（原载 2008 年 9 月 5 日《甘南日报》第 3 版）

良知的绝响

——敏彦文思想随笔集《生命的夜露》序

◎徐兆寿

大学时，有一件事至今难忘。那是文学的时代，更是诗歌的时代。西北师范大学诗歌学会要选一名新的会长，这件事在当时无疑是重大的，与武侠电影中选武林盟主一样。历届会长不但在当时的诗坛有一定的名望，而且都是中文系的。中文系的人不想把这一盟主让位给别的系的诗友，但在我上学的时候，外系写诗的人要远远超过中文系。最后，我们在学生会的办公室里进行了选举。这场武林大会的角逐者是我和彦文兄。结果是我仅多彦文兄一票，坐上了会长的位子。彦文兄和其他系的诗友似乎很不服，于是他们以彦文兄为首领的西北师大边缘诗社为阵地，出版《晨昕》诗刊，与《我们》对峙，一度在西北许多高校引起反响。若干年之后的一个傍晚，彦文兄到兰州来办事，打电话说要见我一面，我五内感动。虽然那次因为路途遥远没能见面，但我谋求着下一次的会面。大学时对诗歌的执着和"胡闹"以及"义气"使我们反而有些惺惺相惜。

后来在很多次的诗歌论坛上，我们俩也常常"同台演出"，交往更为亲密。我常常上他的博客，"偷偷"读他的文字，越发地珍爱这个朋友。

彦文兄上大学时学的是政治专业，所以哲学的功底扎实。这种修养在《生命的夜露》中表现得淋漓尽致，彻头彻尾。说是一本散文集，倒不如说是一条思想的河流。哪里来的那种勾勒山水的闲情？他没有。他的心思全在"拯救"世俗无常的生活中，他的声音全是正义的呐喊，是良知的绝响。甚至是无助的呼号。他强调人格的高尚，强调书生的意气，强调诗人的尊严，这在这个解构一切传统的后现代社会有些格外，有些"书生意气"。我读得泪花儿硬渗，默默为其击掌。

彦文兄生活在甘南，一个诗人聚集的高地，可以说是一个远离文化中心的小文化中心。在网络世界尚未接通世界之时，那里是世外桃源。生活在那里的诗人简直是圣人，至少是一个自由的诗意的智者。宗教、诗歌和神秘的高原使那里自成一体。我曾经用三天的时间漫游过甘南大地，体悟到那里的神性存在。这种神性的存在在他的诗集《相知的鸟》中叶脉饱满，深深地感动过我。但是，在网络世界将那世外桃源点击之后，甘南诗人们的世界有些纷乱了。大家都有了自己的博客，通过博客在西北一隅不断地与荒诞的世界对话、博弈。他和桑子的博客最能体现这一点。在《生命的夜露》中，彦文兄也把他的博文收录了一部分进来。这些博文凌厉地表达了他的文化立场。

他显然是喜欢网络和博客的，他不仅爱上了博客，还从理论上分析了博客的现在和未来，使人颇受启发。在博客的海滩，他对自己是这样定位的：

一、由于自己的地域所限，处在文化的边缘地带，没有对网络所要求的主体软资源的接近权、制控权和发布权，也没有对之炒作的优先权及优势，先天不足，后天滞后……；二、我只是一个普通的文学写作者，只不过在文学的某一地域和人群圈子里有点名气而已，在名家如林、大腕如云的文化娱乐界和网络界，我只不过是一名小卒、一棵小草而已，甚至只是小草的根而已，没有被网络大力推介的资本和价值，所以我的博客热不起来也是情理之中的事……尽管如此，我对博客还是一往情深的……开博一年，对我的影响是巨大的，付出的同时，也有许多可喜的收获，比如广交了朋友，增长了见识，开阔了大脑，活络了思维，培育了智商，娱乐了心情，陶冶了情操，考验了心灵，产生了佳作……

读着读着，辛酸之感由弱渐强，似要冲破了心胸。真是同病相怜。

岁月匆匆，壮志难酬。这是我读彦文兄《生命的夜露》最后的感受。他让我也满怀悲伤与愤懑之感。

（原载 2009 年 3 月 13 日《甘南日报》第 3 版）

与《兰亭诗稿》交谈

◎桑　子

二〇〇七年十一月二十日，王如芝先生七十三岁寿诞。周日，无课，得以前往相贺。同时这一天也是如芝先生《兰亭诗稿》的首发式。

此前的一些日子，央金、扎西几次在不同的场合跟我谈到先生，并力荐如芝先生的为人。作为晚学后辈，心存敬意。心中不时地有这样的念头闪现出来，自己如果到了七十三岁会怎么样？那天，在大家为先生祝寿时，自己朗读了先生的《送孙上学》，突然有了这样的答案：或者自己活不到这个年龄的，已然就是一堆枯骨了。或者自己即使到了这个年龄，有幸不为枯骨，也可能只是个活死人而已。见到先生矍铄如壮年，感慨不已。这一天先生的家人都来了，我从先生的眼睛里读到了谦卑、智慧和爱意。这样的品性在每一颗于尘嚣中修养的心都是相通的。也就是在这一天，我知道了先生的简单经历。王如芝，河南杞县人，一九三四年十一月二十日出生。在甘南草原工作三十多年后退休。说来也凑巧，这次小聚，我见到了来毅、书民、马旭等人，都是几个我心仪已久而未能谋面的。所以高兴，尽管我平日拘谨，嗓子如狼嚎驴鸣，但还是唱了几首老歌。一则为先生的寿诞，一则也是释放心情。诗歌在生活里的应用已经非常少了，特别是在今天，但诗人的无拘无束总是不被世俗埋怨的，所以大家自然地就谝开了。我虽然苦乏胸智，但所喜甘南文坛矛戈不兴，不似外界文士兵争不断。大家平日虽不能尽弃爱奇、浮慧、迂疏之心，但都能温厚克己。三冬之际，其乐融融，好行好德留滞在草原。面对美食佳篇，即使太白新来，也是会感到欣然的。

我平时接触古体诗词不多，然而篇无格套，语切人情总是不会错的。如芝先生和我一样，都是在世俗生活中修持的，所以也就不揣浅陋。他说李白"千金尽，把酒怀月，又返天庭"。说杜甫"心惊，官多小难认，两肘破衣见朝廷"。都非常形象。李白是仙人，虽也曾颠簸，但千载之下，也只一人而已。至于杜甫，却是个实实在在的人，平生留意经国之理不敢少歇。李杜之分，固然是气质所定，但韩愈一语"李杜文章在，光焰万丈长"就已经说明了他们二人是没有高下之分的。如芝先生诗风坦荡真率，似太白。性情平易淡定，却又像工部。然而性情毕竟决定着如芝先生的一生。所以虽然先生一生游历颇多，所到之处，皆有所得。但即使是登临之际，先生之作也极少霸王之气、苏秦之论。他站在凉州白塔寺上："幻缘能化三千亩，悟性无边地有边。祁连依旧废墟寒，议还原。"面对历史沉寂，如芝先生知道的十三世纪中叶的藏人的依附中原，其心的根基仍然是百姓的生计。他也言及开封、洛阳等故地到如今"香摇红杏，露凝碧麦，远望烟村铺户"。"白马驮经，汉传佛释，盘根桑梓"。文字里弥漫着的都是平民情怀。扎西说先生喜爱李白的《将进酒》，并说老人在朗诵这个歌子时情绪亢奋。我想这是实情。因为李白的歌子里有我们这个民族飘逸扬眉的气象，这是一个盛世造就的结果，即使可以写出一些豪放感激句子的杜甫，也是不能时常为之的。所以，人们读到的杜甫更多的句子也就是"沉郁顿挫"的缘故。但他们两个的歌子都足以激荡胸怀，因为他们的歌子都是纯正的。李白的句子里是盛境，杜甫的句子里却深藏着增长的光景。他们都是中国的诗根。如芝先生这样的情怀在他的《万年欢》里得到了验证，这个歌子写的是他和几个窗友欢聚兰州的情景："把酒兰山楼外，醉作神仙。试问诸君可妒？似你这，子孝妻贤。"子孝妻贤谁人不妒？就算是神仙，恐怕也会既妒且羡吧？这其实就是人间美丽善良增长的空间了，我是个晚辈，却也是羡煞"小秃翁"桑子了。

先生是个饮食男儿，自然在歌子里写了许多日常生活的场景。"金色苞谷面，大锅开水和成饭。持碗迎风排队等，灶房临河岸。"这是他写吃"搅团"的几个句子，可以明白无误地看出吃这样的时代。没错，人的一生所经营的目的，都只是为了把自己的肉体减到最低最轻而将心灵的幸福和感激在自己的身体里放大显大的过程。如芝先生就是这样的一个人，所以他才"陪孙起早上学堂，数九高寒月亮"。"迎风傲雪站门旁，寄托朦胧希望"。孩子们在慈恩中增长着智慧和感激，而这样的慈恩其实是一代代相传的。"豪饮不醉性文雅，常以软语慰高堂。"这是他应王海生之邀写的句子，但我想慈恩必然会有福报的，如芝先生这样的句子，深深地扎痛了我的心。而草原民族的性情豪迈，这里又是个草原民族生息的地方，自然就有了斗酒的天地。扎西兄弟乔迁，如芝先生有一首贺律，"老汉虽无千杯量，班门弄斧莫轻饶。"把一个酒浅心热的如芝写活了。这里的生活似乎永远与酒有关，酒浅如芝和桑子，在草原上讨光阴肯定是受罪不少的。但人生百年，急急流年，如芝先生的豪情和诗人本性却依然是生命本色中难以割舍的一部分，所以他说出了"今日得意须纵酒，转眼飞灰向黄昏"这样的炽热跳脱的句子。平民生活里的这种豪迈，恰恰正是一个国家和民族骨子里的豪迈。如芝先生在社会的底层生活着，但没有叹息，有的只是在生活里充满了的经验与荣耀。"江源万里繁华处，几度偏安帝王州。自从诗圣卜居后，世人爱到浣花游。"这是他写杜甫草堂的，我宁愿看成是如芝先生的自况。先生来甘南草原数十年了，他为什么来这里？他来这里做了些什么？他为什么要做这些？他做了这些又有什么意思？或者，如芝先生是不会考虑这些问题的，在这里生活和工作的人都不会问这些问题的。事实上，人们一生中侍奉的就是自己的这颗心。而要侍奉自己的心，问这些问题岂不是自己犯了傻气吗？或者，侍奉的秘诀就是平静地做好自己的事情吧。

《兰亭诗稿》中还有许多缅怀革命先烈的歌子。也有许多描述祖国山河的佳句。他写毛泽东"千古一睿圣，全屋几英魂"。他写左权"喊新兵，躲飞艇，忘我为仁，身化太行鹰"。他写冶海冰图"浑圆，疑用气功叠金柱，飞凝太液排玉盘"。他写江河源："任雅峰留蜜，各峰滚玉，乱海星宿集。千沟万壑冰融滴。"微辞妙意，多为直抒胸臆之句，绝少腐儒陈言。集子里也有从古人句子里化出的，但自然贴切，不见滞塞，读来也可闻古人神骨返魂之香。扎西以"儒雅至诚"评价如芝先生，我也深以为然。

　　我学历史，对格律涉猎无多。至于先生歌子里的句法、诗律，甚至什么变格、创体以及几平几仄等，我却说不出个所以然来。算起来也是个外行在谈如芝先生的歌子。但"风雅"二字，是任何格律所无法限制的。似我性情，也不喜欢什么俗流恒格的，但格律的低回婉转、激情张扬却使我能够从格律中读出如芝先生心灵内在的自由。这里的草原天偏地远，民众生活简单淳朴，如芝先生得以在这里生活数十年，最后又得以成就这样一部容纳近五百首歌子的集子。先生也可以坦然地微笑了。

（原载 2009 年 9 月 4 日《甘南日报》第 3 版）

陈拓和他的青藏

◎完玛央金

　　陈拓总是给人以惊喜。刚踏入二十一世纪，就出版了甘南文坛第一本个人散文集《游牧青藏》，二〇〇三年轻松地捧回甘肃省敦煌文艺奖。二〇〇九年又结集出版了篇目不菲的诗集《鞍马格桑》，这是他二十岁去九曲黄河第一弯的玛曲工作，历时二十五年后取得精神和物质上的重大收获，同时也带给了我们美好的享受。

　　草原、蓝天、白云、羊群、帐篷、牧歌，给了人们无限的遐想，然而，那里一闪而过的春季、千里无人烟的时空、一日三季的气候变化和缺氧的高海拔，以及文化生活的贫乏和地处偏僻的寂寥苦闷……说实在的，是不吸引人在那里长期生活下去的，因而很多生活在那里或者曾经生活在那里的人，绝大多数选择了千方百计地调离，做一名匆匆的过客。但陈拓却坚守了下来，而且坚守得自信、洒脱、快乐和满足。这些自信、洒脱、快乐和满足甚至陶醉，通过他的诗歌与散文一览无余地表现了出来。

　　陈拓开始创作是在二十世纪八十年代初期，先是写诗，后来写起散文。对于文学的热爱，他是身体力行的。中专毕业刚分配到玛曲最偏远的、与青海果洛州久治县隔河相望的木西合乡时，他与几个甘南州民族学校毕业的文学青年组织成立了新时期甘南州第一家文学社团"嫩绿文学社"（后改名"雪光文学社"），创办油印社刊《嫩绿》，并不断壮大，发展到了县城，影响和吸引了全州相当部分的文学爱好者。之后的十几年中，他们出版刊物《雪光报》，举办全州大型文学笔会——"雪光笔会"及"雪光杯"全州诗歌、散文大赛等，在甘南州文联主办的刊物《格桑花》《甘南报》小草版、甘肃省文联机关报《文艺之窗》、嘉峪关市文联主办刊物《嘉峪关》和《飞天》杂志等出版"雪光专辑"，使雪光成员走出了玛曲，走出了甘南，走向省内外。同时，他寂寞书案，隐忍清贫，呕心沥血，用十三个春秋岁月主持并亲自编撰了《玛曲县志》（第一部），出手便获得"甘肃省优秀志书一等奖"。这些成绩不说不知道，罗列出来是令人刮目相看的，这充分表明了在玛曲他的精神追求和严格的自我更新。

　　生活在玛曲，陈拓说他："只为游牧一种生命与文化的延续／一种独特而自由浪漫的马背梦想／一种汹涌澎湃的诗情。"（《游牧》）他常与格萨尔、仓央嘉措、宣侠父、肋巴佛以及陶渊明、李白、杜甫、杜牧这样一些传说中的英雄和历史文化人物对话，以他们的精神激励、启迪自己，这就使得他的诗不沉溺于小情小调，透出了一种高远、开放和乐观的意境。他的笔下，草原辽阔但不空旷，草原安静但不寂寞，草原偏僻却魅力十足，是含有丰富和实际可感内容的草原："头顶是蓝天白云／身旁是黄河牧群／面前是雪山草地／心中是记忆往事／我们就与雪山草地融为一体／默坐成一些新的雪山草地"（《绿草地之上》）；他写甘南、阿坝、果洛、玉树、黄南，把自己融入一种草原特有的灵性和神性："穿上一双令草原少年嫉妒的马靴／骑上一匹让所有骑手眼红的骏马／沿着背水少女卓玛的足迹／追踪一只，蹑在她之后的狼。"因此，"纷纷的雪。纷纷的鸟／都不能将我们打扰"（《玛曲》）；果洛"马蹄踏碎的七月。在诗之间／飞落的鹰群／被一条暴涨的河水冲散／淋漓的羽毛／发出动人的哀鸣／做着最后一次／打动我爱人的努力"（《果洛》）；红原"无边无际地铺展在我的面前"，"无边无际的赤红色火焰／一波一波地向我逼来／我感觉彻底地燃烧起来／衣服、头发、肌体、心脏、信仰／还有一种弥漫不褪的理想／遍天连地的燃烧绵延／我默默无言"（《红原：2005之秋》）。与所有人一样，陈拓也是经历了从青春年少到步入中年，由单纯到成熟理性，从最初写身边事到感悟、观照一个民族的历史、现在和未来，以及人生的价值、意义和自身所担负的责任、义务，最终归于一种特有的感恩。长诗《阿尼玛卿雪山之祭》正是体现了他长久的思想。

陈拓的诗集《鞍马格桑》共收诗七十九首，分六辑，从那些命名"玛域草原是故乡""雪山那边野茫茫""约约在心灵的什么地方""大风扬起的甘南""总有属于洮山洮水的记忆""阿尼玛卿雪山之祭"，明显地看出他对这片草原是怀着怎样地深情，怎样地依恋和怎样地崇敬、向往，他笔下的高原是凝重、苍然的，同时又是轻盈、靓丽的：《遥远的部落》中"道路被荒芜封锁之后"，"一个骄傲的／女子，矜持而立在五月"，"遥远的部落"又是"产生史诗和勇士的部落"，他们"要高贵的尊严"。这，就是高原上生活了几千年的游牧民族——藏族，辉煌而尊贵，自由而执着，鲜活而真实，那一道被喻为是"神秘"的面纱，让人们知道不过是外来人欲述无力的堂皇自慰罢了。陈拓的诗含有一种开阔胸臆和坚定执着的气势，读来让人感到振奋。

《鞍马格桑》中"总有属于洮山洮水的记忆"一辑是特别的。这部分诗显得单纯、朴实、恬静，它们是陈拓童年、少年时代甜美的记忆，也为我们勾绘出了一幅他的故乡洮州农村的田园风情画。

爱情诗在《鞍马格桑》中占有一定的篇幅，陈拓追求人类这一特有情感的伟大、美好，他对爱情的态度是真诚、坚贞和超脱的，这样做的结果，使自己得到了心灵的洗涤，更加自信，步子迈得更加坚实："站在你面前的那一瞬"，我"也许会傲岸如山／也许会温柔似水"，"傲岸如山"是为了"任柔弱的你紧紧有个依靠"，"温柔似水"是为了"停泊你疲惫的心灵"，"我知道""山是水之源，水是山之韵"，（《给黑河》）"我期望就此拉着你的手／与你一起自由游牧／与你一起驰过玛域所有的草原／与你一起穿过所有的黄昏黎明"，"我会毫不疲倦地停泊在你温柔的胸前／似孤鹤鸣乱你满头青丝／或者我们相约长成一簇高原的苏鲁树／一起发芽、抽丝、开花""我知道我们爱过、拥有过、快乐过。"（《致九曲黄河第一弯》）热情豪放中细腻又温婉的情意，如无语细雨融化于人的心灵。

通读《鞍马格桑》，我们明白了陈拓的心思，明白了他随遇而安、踏实本分和豪情始终的缘由之所在。那就是在玛曲他有过痛苦，有过奉献，有过收获，最最重要的是他从不放弃追求，正如他在自序中所说的："深藏在生命和心灵深处的那盏诗歌之灯从来就没有熄灭过。"诗歌无论精细或粗放，隐晦或明朗，不是盲目的，带给人以新感受、新启发和新感动，它就是好的诗歌，陈拓这样努力着，并且做到了。另外有一点需要指出的是，今后的诗歌创作中，陈拓能够在诗句上多做一些锤炼。鞍马格桑，诗人的岁月与理想，对我们每个人也是缺一不可，关键是是否成就得如陈拓这般独特？思绪很多，不一而足，粗枝大叶，好在各人有各人的见解，权且当作引玉之砖，期望获得意想不到的反响。

是为序。

（原载 2010 年 3 月 12 日《甘南日报》第 3 版）

安静的书写者

——完玛央金散文印象

◎曾维群

　　离开甘南州文联编辑岗位已经二十多年了，但我的心却始终挂念着那里熟悉的同事和朋友们，挂念着作为那个地域精神风貌表征的文学创作。读了完玛央金的散文集《触摸紫色的草穗》（甘肃文化出版社，2008 年 12 月第 1 版），自有一番话要说。

　　完玛央金女士是以青年诗人的姿态走上文坛的，近些年，她又以诗人的灵敏观察力涉猎散文创作。她的散文，绝少宏大主题以及鸿篇巨制，但却集中反映着作者生活以及心灵的原貌，而且呈现外在的收敛与内在的凝聚。二者有机结合，互为表里。避虚就实，且思且吟。读完全书，安静是最大的印象。所谓安静，蕴涵着冷静、平淡、细致、真实、简约等诸多元素，还有一丝忧郁。她的忧郁是明净的，浓郁的诗意跳跃在字里行间，尤其跳跃在细节描写和情感抒发的枝枝叶叶里。就像初秋的草原上一片一片盛开的幽蓝小花，于细碎中集合成壮丽，于平淡中演绎出绚烂。完玛央金身处甘南大地，雪山草原孕育了她丰富细腻的诗人情怀，奇花异卉催开了她心灵中创造的花朵；生活的磨难苦痛催生了她思考的深窦和情感的深沉。以文学为伍，背负着诗歌与散文创作的精神行囊，行走的目标遥远，探索的前路有始无终。

完玛央金是把诗歌作为释放情感的载体，把散文作为生活写实的载体。二者都运用得收放自如，左右逢源。她的散文尤以人物见长，哪怕记事写景状物，其中总活跃着各种人物灵动而鲜明的形象。她以女性诗人的敏感，在散文中让细节更加细致起来，灵动起来，飘逸起来，飞扬起来。

《唐先生》记叙了作者对恩师的感念和追忆。其中许多细节是令人过目不忘的。诸如对唐祈先生的博学、对学生的细心体贴和关心爱护、对女弟子学诗的寄予厚望，以及唐先生对诗歌艺术的毕生追求。并且教导她一句经典名言："要用生命写诗。"唐祈教授也是我所敬仰的我国三十年代起就很有影响的"九叶派"老诗人，他的新格律体抒情诗在中国"五四"以后的诗坛上独具魅力，占有一席之地。但我却始终无缘结交并聆听先生教诲，读了这篇散文，一个老知识分子高大、儒雅、亲切、渊博的形象自然地挺立在眼前，伫立在心中。

作为一个女性作家，由于自身工作和生活条件的限制，对宏大社会事件的参与度肯定是有限的。作为体制中的人，对当今错综复杂的生存矛盾的体验和揭示肯定也是有限的。完玛央金缺少像塞壬在《转身》《在镇里飞》《匿名者》等作品中揭示生活真相的勇气和实践，但她对周围环境、人物的观察和体验却特别细腻，特别敏感。完玛央金善于在诗歌中抒发性灵，在散文中抓住几个小镜头刻画人物。

丹真贡布先生是自二十世纪五十年代以来在甘肃诗坛独树一帜、在国内诗坛颇有影响的藏族老诗人。他也是我长期以来无比敬仰的老前辈。至今我仍保存着诗人在一九八九年九月亲笔题赠由艾青作序、湖南文艺出版社出版的诗选集《羚之街》。诗集虽薄，分量很重。丹真先生的早期作品《海的印象》《牧笛远飞声》和根据藏族民间说唱故事创作的长诗《拉伊勒与隆木措》，以及新时期以来的作品《羚之街》《亚热带的字母树》等，都在中国诗坛产生了深远的影响。也在我的文学道路上给予了启迪和追踪的勇气与力量。由于老诗人中年以后长期从政,担任文化局和州人大领导职务,所以作品较少。但他的每一首诗都是力作,都是心血的凝聚,哲理的考辨。后来我离开了甘南,但丹真贡布先生在笔会上发自肺腑的演讲,以及家庭拜访时边吃手抓羊肉边喝酒边谈诗论文的激动场景至今难以淡忘。老诗人的人格魅力集中体现在他的风度、谦和、热情、诚恳等诸多方面。他是我们文学晚辈永远的典范。

完玛央金在《时光——驾着诗歌还在飞扬》中,让我们重温了丹真先生高大纯真而完美的形象。通过她与老诗人交往的几个生动细节描写,比如在一次诗歌研讨会上,连作者自己都记忆模糊的诗歌作品,丹真贡布却一字不差地背诵了出来。诚如完玛央金所说:"丹真老师无论为人做诗,都讲的是一种虚心、真诚和责任。在一千两百年前张继到过的寒山寺,诗人说'钟——早已不是唐钟了 / 声——驾着诗还在飞扬'。""老诗人……在一种社会文明,真、善、美与生活共存的永恒上与张继心灵相通,胸怀是何等地深远与阔大。""我相信,在一代又一代文学人心中,丹真老师那特有的、如谦虚的人格一般低沉却极富感召和哲思魅力的声音,会时时回荡。"谢谢完玛央金,用真诚而简练的笔触写出了我们心中共同拥有的真实形象,写出了我们心中共同拥有的对老诗人的敬意和爱戴。

我总认为,无论何种文学体裁,细节描写是写作成功的关键。只有对细节的深刻描画与深度真实,才能生动地再现我们生活的真实面貌与我们生命的真实处境,以及精神的真实刻度。我们很多作者,当然也包括我自己,往往局限于对细枝末节的过多交代。似乎面面俱到,但又缺少些什么。这就是叙述过多描写太少的缘故。好的细节描写,往往能使作品中的人物和场景活起来立得住,让阅读者印象深刻,记忆鲜明。要写出真实的细节,就需要作者有直面真实的勇气和洞察力。

《窗花》里,一位朴实而命运坎坷的民间艺术家的形象呼之欲出。那位"尕婆婆"其实是一个中年男人。为什么叫他"尕婆婆"呢?作者没有交代。也许是因为他心灵手巧,窗花剪得好;也许是他的长相所致。但他给贫穷的村庄带来了五彩缤纷的窗花世界,留给人间民间艺术的魅力。在靠工分吃饭的年代,每年过年的繁荣通过尕婆婆的手送到每家每户,带给人们对未来的希望和憧憬，"人们在心中暗暗说：这才是日子"。

《那个大院》是对生存环境的逼真素描。看似平平淡淡的情景，一些花开了，一些花谢了；一些鸟飞来了，一些鸟飞走了。而身处大院的人们同样如此，一些人来了，一些人去了。带来的是新鲜与希望，带走的是回忆与向往。诚如作者所言，"大院里的几十年，一些事情结束了，一些事情又刚刚开头，而在这新旧交替中我们老了"。作品因此散漫着完玛央金诗歌中常有的淡淡忧伤、明净的忧伤。作为曾经在那个大院里充当过匆匆过客的我，读到这里平添几多怅惘。诚如作品所言，"我的一些道不白的思绪却被往日里的一些事缠绕，任凭付出多少努力，梳理不清"。这些年在异乡何尝不是这样。办公楼换了一幢又一幢，居住地换了一处又一处，应该说是丰衣足食、安居乐业了吧，但匆匆忙忙中回首往事，爱恨缘由，却也不由得发出一声长叹，只是一片朦胧，一片茫然。

这部散文集的分辑，似乎不是按题材内容，也不是按写作年代，而是沿着作者的生活轨迹分类的。每辑都有人物故事、心灵抒发、世俗风物，是作者对不同生活时代的回忆和感怀。

完玛央金的散文，让我们感受到生活的明净和温暖。她很少描写生存的矛盾、艰涩，以及情感的纠葛。一些散文短章，和她的诗歌风格一样，达到了格律化的效果。如《窗花》《水井印象》《相约五十年》《纯情》《蘑菇云》《温暖舟曲》《位置》《珍惜一次共同》，等等，篇幅都在千字左右，评议质朴，细节生动，形象鲜明，诗性闪光。比如《纯情》："真正纯情的年龄却不觉得自己的纯情，纯情是给别人看的。然后渐渐躲进年岁，在爬过灾难之山，度过痛苦之河后，悄悄敲击你的心壁，呼唤你，让你去羡慕，去一遍遍回味，去一次次感叹。尽管此时你与它拉开了距离。"文章一开头，作者似乎按照常理，慨叹随着年龄的增长，少女阶段纯真的情愫已悄然远去。然而在岁月的磨炼中，生活还闪耀着很多动人的斑斓。作者认为，只要心心相印，这就是纯情。文末，"纯情闯开年龄的障碍，带给幸福的人以更幸福，带给不幸的人以坚强和热忱。""纯情，让人人富有同情心而忘记伤害，使人圣洁而不容侵犯。我没法说自己成熟还是不成熟，因为总保留着那份纯情。"读到这里，只觉得作者浪漫依旧，爱心盎然。

综观全书，这一篇篇短章，细碎绵密，清纯明亮。像一颗颗珍珠，串连起一个纯真而多情的世界，完玛央金的世界。

我记得曾经读过完玛央金九十年代发表于《飞天》的一组散文诗《栅栏与原野》，不知为何没有收入本书。那是一组让我记忆很深的诗性化的散文，精短、浓郁、朴实，很有个性。其特点是把叙述与抒情结合得严丝合缝，既是感性的，又是理性的，是作者很成功的散文佳篇。缺失了这一组散文，我觉得多少是个遗憾。

读完全书，在喜悦之余，感觉还应该提醒点什么。首先，要警惕媚俗化的倾向。尽量避免陷入通讯体散文的窠臼。应该更深化的细节描写还没有到位，该隐省的表面化的东西却没有删削。有些人和事写得过于拘泥。细节的真实只应撷取那些饱含诗性与灵性的光点。这些年提倡的所谓原生态散文，强调的只是作者的在场精神。在生活真实性的反映上，还是需要几分含蓄的，就像诗歌里的模糊和朦胧，否则将陷入平铺直叙的泥滩。在细节的描写上，还要调动合理的虚构，合乎生活与情感发展逻辑的虚构。应该连续不断地调动作为诗人的丰富想象力，去填充那些生活中细节平面的平庸和琐屑。只有这样，才能达到力透纸背的铺叙与抒情效果。其次，要继续突破自己的写作惯性。拓宽题材，手法更丰富，抒情再深化，目标更高远。不要满足于现有的成就，宁肯"两间余一卒，荷戟独彷徨"。文学是辛苦的、孤独的事业，在文学遭遇尴尬备受冷落的今天，我们更应充满勇气，鼓起胆量。在茫茫天地间，有响动，有风采，有只属于自己的声音，建立更鲜明的创作风格，夺取自己的文学制高点。

这两点仅是我阅读时的模糊感觉，对与不对，仅供三思。

（原载 2011 年 7 月 22 日《甘南日报》第 3 版）

"我只能用一种方式守望甘南"

——记刚杰·索木东和他的诗

◎严英秀

二〇一三年春节，吉祥水蛇藏历新年，诗人刚杰·索木东携着年轻的妻子和一天天淘气起来的稚子回到了他的家乡——藏王故里、洮砚之乡卓尼。当他暂别生活了近二十年的繁华城市，一路向南向遥远的甘南之南驶去，当甘南在车窗外渐次绽开，刚杰·索木东的脸上心上该是怎样的表情？衣锦还乡的世俗自豪，是否使他格外地关注到了那些在寒冷的天气里捧着书本憧憬着远方的少年？他们多么像他遗留在这片土地上的十六岁。或者，轻薄的成就感转瞬就被另一种更有力的情感消融？那是巨大的幸福和悲怆，它们横亘在故土的每一缕空气中，只要他走来，每次他走来，它们便倾巢出动，候在他必经的回乡路上："一条悠长的路通向甘南，亘古的风雪塞满我的温暖／故乡啊，甘南／一堆篝火燃起一匹马的寂寞／贴紧热身子是你痛心的贫穷……"

这一切，都在我的想象之外。一直以来，关于刚杰·索木东和他的诗和他的甘南，我基本处于失语状态。他和它们离我太近，亲缘缠杂的生活使我无法退居到一定的距离外，保持一个恰如其分的审美姿态。但终究，在重复了无数次的阅读之后，我必然地要面对自己的混沌和错杂，如同刚杰·索木东说，"我只能用一种方式守望草原"。

二十年前，刚杰·索木东在跨进大学校门的同时，就开始了他的汉语诗歌创作。虽然他读的是数学专业，虽然数学被称为"最迷人的艺术"，但显然，奥妙无穷的演算和推理却并不能有效安妥一个离乡少年的狂躁郁悒，心灵的出口无可选择地指向了诗歌。这被当时的老师同学所讶异的专业错位，或者说不务正业，其实究其细里是再自然平常不过的事，藏民族有发达的抒情传统，民间生活中充斥着古老的谚语歌赋，许多人开口即诵，藏族作家的文学创作也大多从诗歌起步。刚杰·索木东开始以诗歌的方式述说时，身前身后已堆集了太多的同族诗人。他和他们并无异样，在一天天变着模样的城市里，浪迹于意念中的故乡，那离别半步即成天涯的草原。从那个时候开始，刚杰·索木东一路写到了今天。今天，那些青春做伴的身影已渐次相忘于江湖，诗人和诗歌共同告别了曾葱茏无比曾辉煌无比的好年华——但诗歌，依然是眉头的结胸口的疼，但歌咏故乡依然还是需要用剩下的日子慢慢去面对的事。诗人刚杰·索木东在经历了生活中的太多之后，比以往更加确信，没有什么途径比诗歌更能抵达故乡，没有什么词语比故乡更适合安眠在诗歌中。

"草原尽头我两手空空，悲痛时握不住一颗泪滴"，这是生活在草原之外的另一个世界的诗人海子偶尔路经草原时留下的诗句，但这分明是刚杰·索木东的切肤之痛。广袤的甘南草原，美丽如画的藏家山水，在现下铺天盖地的旅游宣传里，它是美轮美奂的图景，是关于各种奇异浪漫的风情、优美淳朴的民俗演示，是许多个"最后一片净土"中的其中之一。但在生于斯长于斯的儿女眼里心里，它其实是立在村口地头悄悄抹泪的白发亲娘，她的胸口不再是你恬然安居的地方，她注定要看着你远去，但你注定永难割舍，"远去的脚步 / 在那条老路的尽头 / 踩响整整一生的思念……"是的，刚杰·索木东所有的诗章只是在轻轻诉说：故乡是甘南。而他，在远离它的地方，"坚持用一种方式"，"坚持用一种心情"，"坚持用一种姿势"，"完成着一生的眷恋"。

故乡是甘南，刚杰·索木东的故乡，我的故乡。甘南从梦中走过，月光诗一样铺满金子般的草原。但即便是在梦中，我们也忘不了，甘南并非乐土，它有多么美丽博大，就有多么荒凉贫瘠；它有多么温暖悠扬，就有多么忧伤局促。它在夏日里捧出世间最美的海子，它在初秋的第一场风雪里就让羊群和草地在凛冽的肆虐中褪尽了颜色，它诞生了传奇和史诗的那些英雄部落，如今在城镇化的潦草和慌乱中，呈现着尴尬苍白的命运。这样的故乡，刚杰·索木东在他乡的忙碌奔波中，从来没有停止过回望，他叩问自己："走出故里我就能摆脱困苦吗 / 甘南，遥望经年的故乡 / 贫穷苦难夜夜撕裂我流血的心愿……"，多风雪的甘南，"羊皮袄焐不热的甘南"，总是不经意间就错乱了诗人的天气，"秋末，对一场大雪的虚构 / 其实是对故土和乡愁的虚构 / 那些在秋雨中 / 缺少狗吠和鸟鸣的村落 / 那些在秋雨中 / 散去炊烟和歌声的寨子 / 此刻，向乡而望的眸子里 / 过冬的念想 / 还会是回归故里的匆匆脚步吗？"

"故乡是甘南"，是刚杰·索木东的创作母题，这使得他的诗歌自然地被划归到了乡愁诗的谱系。这可是一个无比强大久远的谱系。从最初的《诗经》中"我徂东山，慆慆不归。我来自东，零雨其濛。我东曰归，我心西悲"的乐句开始，乡愁便成了再无断绝、历久弥新的诗歌主题，屈原说："陟陞皇之赫兮，忽临睨夫旧乡。仆夫悲余马怀兮，蜷局顾而不行。"李白说："举头望明月，低头思故乡。"杜甫说："万里悲秋常作客，百年多病独登台。"贺知章说："少小离乡老大回，乡音无改鬓毛衰。"马致远说："夕阳西下，断肠人在天涯。"在当代诗歌中，郭沫若有《黄浦江口》、闻一多有《太阳吟》、戴望舒有《游子谣》、余光中的乡愁诗更是以浓得化不开的中国情结，震撼了海峡两岸共同的心弦。乡愁诗一路走来，风情万种，"悲凉之雾，遍被华林"。虽然如今的乡愁，其产生的背景时势已大不同，但古典的传统的影响还是明显地表现在刚杰·索木东的诗歌中：对民族的认同、归依，对故乡的思念、眷恋，对文化的挚爱、追寻。深沉的悲患情怀、强烈的民族意识和鲜明的文化精神，使刚杰·索木东拥有了属于自己的诗美建构。而惯常的主题在他的诗中因其独特的藏族文化和甘南地理而显得更加深邃、斑斓，他以他清新流丽的诗篇为源远流长的中国乡愁诗画上了一笔别样的色彩。

其实，关于刚杰·索木东的诗，我并不想作如此理性而愚蠢的分类和概括。在我看来，他之所以"用四季的四种方式怀念甘南"，之所以绵绵不绝地写着草原，写着草原的星空、神鹰、格桑花的绽放和马莲的忧郁，写"大金瓦寺的桑烟刚刚升起"，写"黝黑的屋檐下畏寒的麻雀"，写"长夜漏风的黑帐篷"里"以泪洗面的新娘"，写"阿妈刚把最后一粒种子／连同秋天一起收起／一场大雪／已经迫不及待地落满草原"——是的，他之所以刻骨铭心于这一切，只是因为这就是曾属于他自己的过往岁月，这就是他自己的青春记忆。所有的追怀都让人"想起十八年前的那个少年"。正是在这一点上，刚杰·索木东的诗歌从根本上区别于那些在东部期待视野下的所谓西部诗歌，那种邀宠炫美式的"民族写作"，更区别于那些观光客冷漠时髦的漫笔纪事。无关痛痒的浮尘，从不会缭绕在刚杰·索木东的诗笔之下。对于他，所有的地理人情风土民谣，都是成长的印迹，都是心灵的故事。他以自然的笔调记录它们，他以神圣的情感追怀它们，那些正在草原上一点点消逝的事物，那些渐行渐远面容模糊的古老文明，他愿意以自己的方式定格在挽留中，如同老家的木楼早已在时间中倒塌了，但他的灵魂始终流浪在它的旧尘缭绕中。是的，刚杰·索木东轻声吟唱的只是一支旧调子：并不是什么东西都是可以拆除，可以重建，可以从头再来的。关于故乡甘南，关于甘南大地上的一切，它们本来就是他，他与它们融为一体，而如今，"游牧在一座城市"，他不过是找到了可以回望、追怀它们的适宜地点，找到了弥合那种身心撕裂的无奈方式。他让自己深信不疑，诗歌的力量正在于此，它以微弱之光持久地照耀着我们黯淡紧窄的人生里那些柔软的缝隙，那些存放在记忆深处的眷恋和热爱、放弃和疼痛。

正因如此，刚杰·索木东的诗自然、本色、真挚、热烈，是纯粹意义上的抒情诗。在当下的语境中，"感动"是一个极其被滥用的词汇，但我仍然想说，刚杰·索木东的诗会感动很多人的心。也许，他的忧伤，他的悲愁，他对故乡甘南多年如一地执着守望和呼唤，显得太简单绵软了一点，太"正常"公共了一点，但诗歌最重要的最不可或缺的是诗人心灵的力量，刚杰·索木东从不缺乏。真情的重量，远胜于一切旗帜潮流的标示，胜于任何先锋后现代的诗歌技艺。

二〇一〇年，对诗人刚杰·索木东是一个有重大意义的年度。这一年，他喜得贵子，完成了一个男人生命中至关重要的阶段。在《2009，最后的絮语》中，他写道："不知道春暖花开／在今年会是什么样子／不知道初为人父／在今年会是什么样子／向上，再向上一点／似乎2010年／我会这样提醒自己。"事实上，他正如自己所期许的那样，向上，再向上了一点。除了生活和公务上的成就，二〇一〇年，他开始涉足小说创作，二〇一〇年后，在诗歌创作上他有了长足进步，诗风趋于更加深沉、内敛、丰富，更值得关注的是，他的目光在眺望故乡甘南的同时，终于也落到了他所处的城市环境中更广大的艰辛奔波的人群中，他开始切入更凡俗更真实的日常中，去面对现代人共同遭遇着的漂泊无根的心灵现实，由此，他的乡愁和抒情有了另一种况味："那十个来自高原的蝈蝈／在水泥铸就的窗台边／叫了整整一夜／那十个远离潮湿的泥土／和阴凉洞穴的蝈蝈／那十个远离嫩绿草芽／和甘甜露滴的蝈蝈／在尾气和闷热充溢的笼子里／在自来水和温棚菜的饲料里／叫了整整一夜……／曾伴随麦浪曼舞的十个自由的蝈蝈啊／我知道，此刻／在这座临水干涸的城市／你们和我一样／无法做到优美地高歌／当生灵被视为玩物／有谁还愿意／仔细聆听／羸弱的我们，卑微的我们／嘶哑的诉说，咳血的音阶。"（《十个蝈蝈，或远离的高原》）

《残缺的世界》是一组简洁有力的好诗，刚杰·索木东作为一个诗人的独到观察和表现力，在这组诗中得到了充分发掘。多年城市生活的忧心焦虑结晶出了思想之果，草原少年的柔弱心灵开始以悲悯之手抚摸匆匆人流视而不见的"残缺的世界"，那些在高楼大厦的角落被我们擦肩而过的伤患疼痛："谁能对一只断手熟视无睹？……／藏我于衣袖吧／藏我于，永远／无人可见的黑暗／我将于一缕血痕间／独自珍藏／有关扼腕的／所有秘密。"（《残缺的世界》之《断手》）"你真能给我一个支点吗／哪怕只是／给我，用一截木头／触摸大地的／甜美谎言。"（《残缺的世界》之

《断腿》)"如果剜心之后／尚能存活／那我必将选择／永远地沉默／这个世界已经残缺／如此，即使拥有／一颗七窍玲珑的心／我又怎能／把深处的创伤／向人类诉说"。(《残缺的世界》之·空心》)

长冬无雪，但春节之后是情人节，是元宵节，热闹总是找得到一茬又一茬的理由。在被烟火璀璨装扮着的城市天空下，你会觉得一个人不融入盛世的欢娱是可耻的，所以，当刚杰·索木东颠簸在回乡又离乡的路上时，我正疲累于远离故乡远离藏历的节庆里。这样的时刻，我知道我不是找不着星空，找不着那曾照亮了我少年梦想的另一片星空，而是今天的我，找不到可以瞭望星空的窗口。这样的时刻，想起海德格尔说"归乡是诗人的天职"，想起另一个优秀的甘南诗人阿信说"回得去的叫老家，回不去的才叫故乡"，想起刚杰·索木东"在古老的屋檐下，醉卧成游子的模样"，他是否看清了炊烟升起的方向，感受到了血脉奔流的那分通畅？或者，"失去母语的那个村庄"已然成为他此生无法回转的故乡？或者，他正在贴近着的甘南，我正在遥望着的甘南，注定要成为我们共同的甘南记忆？还要经历多少次的归去和离别，我们终将淬心沥骨地懂得，"自己既非过客，也不是归人"？

好在，还有诗歌。因着诗歌，那一场遥远的风雪再一次温暖地落到了我迷茫干瘪的思念里："年关的那一场大雪／已经不再那么可怕／所以，我有大把的时间／和大把的心情／给在城里出生的儿子／堆一个憨厚的雪人／这样，在他的尖叫声里／就会找到回家的路／偶尔也会／在宿醉的夜半／偷偷醒来，偶尔／也会在静谧的院落／数数童年的星星／温暖的炉火里／已经很难听到／亲人太多的叮咛了／因为自己，也在／慢慢地老去。"

老去的，只是年纪。因为我们依然愿意相信，不老的是青春，是无论何时何地都以心的温度焐着的故乡，是故乡之脉盘根错节生生不息的诗歌。

（原载 2013 年 7 月 12 日《甘南日报》第 3 版）

从描摹到建构

——天歌长篇小说《阿让山》印象

◎李　城

　　《阿让山》取材于舟曲巴藏沟的民间传说，由此生发开去，连通十方三界、人魔仙鬼，营造出一个玄幻绮丽的大世界，关乎巴藏黎民福祉也关乎正义与邪恶的战争随即在阿让山上空展开。此可谓现实与浪漫的完美结合，也堪称为旅游注入文化因素的有益尝试。

　　而我要说的，是这部玄幻小说给我们的另一个惊喜：它实现了文学创作从描摹到建构的跨越。在甘南为数不多的长篇小说创作中，《阿让山》因此而独具文本价值。

　　我们的生存之地是如此特别：蓝天白云草地诗意盎然，虽然高寒缺氧使我们的思维受阻，想象力大受局限，但无法削减我们对这片土地的热爱。这是一片令诗人纵情放歌的高地，也是让胸怀大志的作家潜心耕耘、虽然收效甚微却不会选择放弃的宽厚沃土。然而地域的特殊性有时也会带给他们身份的尴尬，使自己无端陷入"边缘化"境地——无论相对于内地汉文化，还是相对于青藏高原藏文化，觉得自己在两方面都不易得到认可，滋生无所适从之感。这种奇怪感觉在诗人那里也许容易得到化解：诗歌无国界，何谈民族地域？而对以描写和叙述为基础的作家来说，这种纠结总是潜藏于心，难以释怀。

困扰于此，我们的描摹总是站在他者的立场，虽然确信已经将自己全身心融入，实际上很难彻底消除二元审视的痕迹。格桑盛开，奶茶飘香，剽悍的骑手打马而过，牧羊女歌喉可比百灵，神奇的香巴拉，最后的人间净土。惊叹、尖叫、感慨，陶醉、洗涤、净化。如此这般，虽然不乏草地特有的元素，但感情依然是自我的感情，触摸不到被描摹者内心的温热，就如来自内地的某些画家，逼真地画出了藏族女性袍子的褶皱和珊瑚的幽光，眉目气质依然是江南女子的婉约风韵。天歌的作品以前我读过不少，他写散文，偶尔也做小说，题材和手法是独具的，似乎早就超越了我们勉为其难的"民族化"套路。就他的语言来说，无论在散文还是小说里都做到了细腻、简约、贴切，既品得出文字渊源的深厚与醇美，也不乏当代人的机智与诙谐。尤其他为数不多却堪称精品的散文，就像生长于原始丛林的蕨类植物，叶片对称，脉络清晰，造型精致，古朴而又充满勃勃生机。从这方面来说，天歌无疑具有诗人的禀赋，虽然满目风雪依旧，耳畔经幡猎猎，在他的作品中却能品味出达尔宗湖般的平静和幽深。他也似乎具有酿酒师的神奇魔力，将西部草地风情和人类共同的价值信念纳入他的秘密容器，然后添加上他秘不示人的酒曲，于是世界浑然一体，酿出了口味醇正、老少咸宜的美酒。

及至读到由长江文艺出版社出版发行的《阿让山》，更让我窥见了他这方面的才能。

读到第一部甘南本土的奇幻小说，这对我们来说真有点奢侈，但有一点不容忽视：成功往往归于有所准备者，具备了特殊"根器"的人总是心有灵犀。《阿让山》的创作灵感也许源于数年前我们一起参与的巴藏朝水节，活动主办者郭路先生为大家介绍了家乡的一个民间传说，故事主角是天宫司药仙女佐瑞姑娘，她钟情于巴寨沟秀美的风光和淳朴的人情，私自逃离天宫，下凡来到阿让山下的巴藏沟。其时巴藏一带瘟疫流行，黎民百姓深受其苦，佐瑞姑娘于是遍尝百草熬制汤药，为民众解除病苦——如今朝水节期间当地群众前往沐浴的曲纱瀑布，据说是由佐瑞姑娘添加了汤药的圣水。佐瑞姑娘的善举遭到邪恶势力阻挠，她在与占山为王的妖魔搏斗中不幸受伤，英俊健壮的巴寨小伙巴卡挺身而出奋勇相救，于是二人互生爱慕之情，海誓山盟，相守终生。民间传说如此简要，聆听者之一的天歌无疑听出了更多更丰富的东西。于是在他的小说中，大胆将故事加以扩展和延伸：佐瑞姑娘的举动和她与巴卡的爱情为天庭不容，众神为之震怒，将佐瑞姑娘镇封于阿让山下。一石激起千层浪，此事引起十方三界各路神佛仙魔的关注，随即形成正义与邪恶的终极对决。那个隐藏于白龙江畔万山丛中且名不见经传的弹丸之地，在小说中吸引了各方神圣的目光，形形色色的神佛仙魔趋之若鹜，故事中粉墨登场者上自玉帝王母、如来观音、托塔天王李靖和哪吒三太子、太上老君、二郎神杨戬、四大天王、天龙八部、唐三藏、孙大圣、八仙龙王、后羿刑天、麻婆麻姑，下至凡间众生巴藏黎民，此外更是云集了数十万天兵天将，为维护三界正义、护佑黎民百姓而展开了旷日持久的鏖战。

　　天歌无疑是讲故事的高手，为避免故事单调，他加入了各方势力争夺"上古三神器"的悬念：枯骨刀、金箍棒、佛手，还有那不知为何物的"血玲珑"，让喜欢玄幻小说的读者欲罢不能；而坚贞的爱情故事更是切中人性，除了巴藏民间传说中佐瑞姑娘和英俊小伙子巴卡，更着力渲染了青桐姑娘与哪吒三太子千年不渝的爱情，另外还有一对巴藏青年男女江白和瑙如的淳朴感情；另外一条看不见硝烟的隐蔽战线，则是王母跟玉帝间的最高权力之争，其间自然少不了阴谋阳谋、众神被迫站队效忠的勾当。

　　在《阿让山》中，作者天歌可谓心游万仞，精骛八极，四大部洲、十方三界的任何一隅皆是他安排故事的场所，手法纵横开阖，洒脱无羁，天神、仙子、凡人个个生动鲜活，或卿卿我我，为爱献身，或光明磊落，快意恩仇。作者所具有的中华传统文化的深厚底蕴，融汇古典诗词和近现代传奇文学的优美文笔，氤氲其中的书卷气，简约雅致的文字，使他丰富的内心世界映照其中，在我们庸常的生活之外开辟了一片清净通透的天地，荒诞离奇，豁亮新颖，以解我们现实生活之困乏，借阅读做一个温馨愉悦的美梦。这样的故事值得写，也不枉秉烛捧读，换句话说，这样的创作是一种美妙的享受，阅读亦是。

长期以来，我们执着于对地域特色的描摹，在感慨赞叹的同时也能得出些许感悟，并试图以此来证明什么，肯定什么，讴歌什么。当然这并没有什么不好，因为这是现实的需要，也是我们能够做到的。《阿让山》庞大奇幻的立体建构却令人称奇，也让从事小说创作的人倍感羡慕——作者天歌是怎么做到的？虽然那天界凡间、天宫地府、龙宫魔窟是先民早由一片混沌里开拓出来的天地，十方三界、四大部洲的概念也由西天佛经夹带而来，但如何将我们的故事置于如此广阔空间，并使当地民间传说与古老神话对接，让我们耳熟能详的各路神圣复活起来，积极行动起来，为小说故事情节的展开效忠效力，实属作者想象力的突破和创造性的跨越。

创造世界的权利不只在上帝手中，跟被物质主义驯化的我们相比，藏族人似乎更擅长形而上思维，他们举头仰望之际，可能会看到骑着三只眼骡子的吉祥天女巡游在云端，而随着滚滚桑烟升起，也许会听到晴空里格萨尔的马蹄声哒哒哒疾驰而过。有人说只有开了天眼的人才能看到不同维度的神秘事物，藏族人的天眼却是开在心中，心有多大，他们的世界就有多大。在青藏高原的偏远牧场有不少这样的传闻：某个大字不识的牧人在山洞里睡了一夜，醒来后突然口若悬河说唱起《格萨尔王传》来，当年格萨尔征战杀伐的战场犹在眼前，号角声声，鼙鼓动地，他只管做个观赏者和解说员，能滔滔不绝一连说唱几大本。我们有幸在这样的天地里耳濡目染，既渴望拥有藏族人的先天禀赋，也希望在不亵渎神灵的前提下，分享上帝造物的神奇法力。

建构即是创造。对作家来说，学识体系的形成只是基础，世界观、价值体系的建构乃是立身之本，由此而形成他独具的思想体系，统领着他所有的语言文字。每一部小说中的世界结构也许各有不同，但总有一个稳定的世界观体系隐藏于他的内心，赋予他独具的洞察力和价值取向。天歌的《阿让山》说明了这一点，他虽然未曾在山洞里睡过，心里似乎同样开了天眼，为我们打开了一扇通往无限可能的天窗。

天歌即如今在甘南日报社任职的张大勇，他比我年轻得多，但不妨碍我们成为忘年的文友。他坐在办公桌后面可能是人们希望的角色，一丝不苟履行着他的职责和义务，八小时之外便自然还原为一个朴实而真诚的人，也不乏与生俱来的风趣幽默。也许他始终不愿放弃为人做事的低调风格，但无法否认他是一个感情丰沛和卓尔不群的人。他未曾被时下流行的世俗观念改变，对文学创作心怀敬畏却不乏真知灼见，就如他行走在大街上，颀长挺拔的身材几乎鹤立鸡群，他的智商和才情也往往高出一头。

阿让山顶天雷滚滚，那不是下雨的征兆，而可能是天龙八部正在云端鏖战——这样的意境，已经让尝试小说创作的我们"脑洞大开"。在甘南的小说创作中，天歌堪称一个舞者，舞姿优雅洒脱，翩然飞扬的衣袖上闪动着传统文化的绚烂光彩。

（原载 2015 年 10 月 28 日《甘南日报》第 3 版）

疼痛的诗意书写

——读彭世华的诗

◎花　盛

　　著名诗人朱零在首届武汉诗歌节上说，当一个事件发生后，诗人要学会沉淀，等待伤口结痂，再把疤给撕开，这才叫写诗。读彭世华的诗，就是撕开伤疤的过程，一种疼痛感油然而生。认识彭世华多年了，也读了他的许多诗歌作品，以我个人浅陋地理解，我觉得他的疼痛的诗意书写来自他的责任与担当意识、人性良知的悲悯情怀和对生活及命运的多重思考。

　　他几年前写了一首短诗，题目叫《无题》，当时，我读了一遍后就能背诵了，至今难忘。他在诗中写道："大人们吃 / 大人们喝 / 大人们玩 / 大人们乐 / 孩子们一年四季 / 写作业。"只有短短的五行，但表达手法出人意料，简短有力。他以非常通俗和真诚、朴素和准确的语言揭露了社会的一种现象，一下子击穿我们日渐萎缩的灵魂和麻木的良知，一针见血。他的诗歌大都来自日常生活中琐碎的、甚至平淡无奇的事物，但却能赋予它们生命，赋予深刻的诗意和独特的感受，让时常被我们忽略了的语言重现诗意的活力和魅力。比如他的诗《重荷》："书包很沉重／孩子的童年很沉重／希望比未来还沉重／谁能举起／谁能放下"；《现实》："一个人上台了／千万人举手／一个人下台了／千万人脚踩"；《强调》："打牢／夯实／靠实／抓实／抓手∥手一抓／一把豆腐渣"……我们都看到了，感受到了，但我们大多数人却视而不见，缄口不语。聂鲁达说，他总是在内心感受到不能不动笔的情况下才写诗的。我猜想，彭世华一定是实在看不下去了，才冷静地撕开某些现实社会的伤疤，替我们说出了那些在心灵深处压抑许久的话，他让这些话站立成白纸上的一个个鲜活的生命和疼痛的呐喊，这是对现实的一种抗衡和质疑，充分体现了作为诗人的一种责任与担当意识。比如他在的诗歌《一个人睡在大街上》："一个乞丐睡在大街旁的台阶上／他的身后是高大的中国农业银行／他的身前是炫目的霓虹灯光／千家万户欢度春节的礼花满天绽放／一个乞丐试图用身子温暖身下的冰凉"，读后令人心酸，是啊，一个乞丐试图用身子温暖身下的冰凉，可谁又能去温暖一个乞丐冰凉的身子和心灵呢？一个不热爱社会和生活的人如同行尸走肉，他们对美好生活没有追求和向往，不在乎社会的健康与否，相反，彭世华的诗所触及的社会现象具有普遍性，与我们的生活息息相关。他对某些社会不良现象深刻地揭露和冷峻地批判，更体现出了他对社会和生活的热爱，尽管这种揭露和批判是揪心的、疼痛的，但这种诗歌精神却能引领人心向上，唤醒我们睁着眼睛呼呼大睡的灵魂。真如他在《后果》里写的那样："一个老师／唯利是图了／一群孩子就会遭殃∥一个医生／唯利是图了／一些病人就会遭殃∥一个官员／唯利是图了／党政形象就会遭殃∥如果，我们／都唯利是图了／后果就只剩下一个／自己把自己吃了"，再比如《放大镜》："一个人说谎不可怕／怕的是一万个人说谎∥一个人没诚信不可怕／怕的是一万个人没诚信∥一个人拜金不可怕／怕的是一万个人拜金∥一个人媚俗不可怕／怕的是一万个人媚俗∥一个人自私不可怕／怕的是一万个人自私"，他的语言是平民的，口语的，非常通俗易懂，而这正是诗歌平民化的一个体现。较之于当下不知所云、云雾缭绕的诗歌而言，我想，彭世华的诗歌更容易进入大众的内心，在看似简单的"日常语"的句子背后，使语言更加接近诗的本质，体现汉语诗歌的语言魅力。

　　而彭世华正是以此低下身躯，在疼痛的诗意书写中将自己的目光投向那些在低处的人群，体现着他的悲悯情怀。他在《哑巴老人》一诗中这样写道："兄弟不在的时候／哑巴老人是房子的主人／第一次见面的记忆／是哑巴弓着腰在劈一个大树根／深陷在柴中不能自拔／后来我们给哑巴拉了电／哑巴就不再点清油灯／他每天给我们细心地清扫台阶／扫我们进村时沾的泥巴／他最得意的是当过民兵／常稍息立正加敬礼给我们展示／弓腰这时会变得直了点／听说他是个好铁匠／还会造枪／大家指手画脚让他弄一把／他就做个反剪模样／有时我们拿电视上的男女跟他取乐／他连忙用手捂住红红的脸夺路而逃／大雪封山的日子山里什么都缺／但是不缺土豆／哑巴老人就给我们炊土豆／剩下的时间他或者抽烟／或者劈那个斜躺在门口的树根／他对移民一无所知／只是见了我们比谁都高兴。"这首诗是彭世华在下乡做移民搬迁工作时所写，一位农村老人的形象跃然纸上，陪伴他的只有一盏煤油灯、一张破旧的床、一个简易的柴火炉，但他却不以为苦，而是快乐地去劳动，去努力和他人交流，他的身上彰显着人性最美的光辉——真诚、纯朴、善良、乐观和坚强，而这，正是我们渐渐缺失的。通过阅读彭世华的诗，我们不难看出他具有独特的诗歌触觉和敏感度，他总能在平淡的事物中发现独到的一面，总能在单调的生活中抓住触动人心的细节和闪烁着人性光芒的亮点。比如《一块砖的温暖》："一块砖藏着多少克温暖／／一块砖顶着一块砖／一块砖护着一块砖／一块砖抱着一块砖／／一块砖就这样把温暖传递给另一块砖／不分高低，不论贵贱"，他用一块普普通通的砖比喻生活在低处的人，他们互相顶着风雨和压力，互相呵护着彼此的生命，互相抱在一起，传递着人间的温暖和爱，这样的比喻无疑是睿智的，有着隐隐的痛感，反映出了作者真实的感悟与思考。记得有人说过，一首优秀的诗歌必需要有所承担，承担起现代人精神世界的广阔，承担起现实精神的高度与深度。

在彭世华的很多诗歌里体现了这一点，比如《流浪艺人》反映了一个流浪艺人对矢志不渝的爱情的向往和追求，《天祭》体现了人对逝去的亲人的永恒追念，《看鱼的人》体现了人类对大自然的呵护……而这些诗都蕴含着作者的一种大爱，一种悲悯。"我就是风／我要把你吹走／吹到河西去／吹到西出阳关无故人的地方去／我扯你拉你劝你缠你／像你扯我拉我骂我恨我／可我在明处／你在暗处／你必须带走麦子、柴火和亲人／带走回忆和眼泪／那些干旱的地方已挖好了水窖／那雄伟的电站即将上马运转／就等着清凌凌的洮河水／涨起来／涨起来"。这首诗同样是彭世华下乡做移民搬迁工作时所写的，题目叫《我以风的方式靠近你》。我曾读过他在做移民工作期间所写的大量类似的诗歌，比如《与九甸峡连在一起的日子》《如果能复制》《唐旗》《我可以忽略后山坡》等等，诗中深刻体现了当时移民离别故土时那种难以割舍的悲痛。他选择以风的方式靠近，也将以风的方式离开，在这靠近与离开之间，更多的是他心系苍生、心系民间，表现移民迁徙家园时难以掩饰的无奈、迷茫和愁思。而《快》一诗则是作者另一种痛感表达，他写道"妈妈，我不说迅疾／我说快，很快的快，春夏秋冬转圈儿快的快／山湾里的雪消得多快／亲人们土堆的坟头下降得多快／白杨树上的毛毛长得多快／看报纸的人翻动的速度多快／还有点钞机上的钱、官场的脸、商场门口的车变得多快／这一刻我打字的速度多快／妈妈妈妈妈妈／尘世上的火车跑得多快／我在时光里的疼痛多快"，他以一个孩子的视觉和心灵感受，写出了时光流逝之痛感，渗透着作者对生活、时光和命运的深度思考。尽管在这个时代，诗歌的功能微乎其微，但他却依旧以一个诗人的身份承载着历史的责任，以诗歌唤醒我们，带给我们一种启迪，让我们"用诗歌为迷茫的心灵找到了回家的道路"。

彭世华诗歌题材涉及面广，内容丰富，表达技法多样，这里列举的仅仅是他众多诗歌中的一小部分。我一直认为有痛感的诗歌是有灵魂和生命的，这样的诗歌使细碎的、平淡的、冷冰冰的事物有了呼吸、心跳和力量。法国著名雕塑家奥古斯特·罗丹（Augeuste Rodin）曾说："世界上并不缺少美，只是缺少发现美的眼睛。"就诗歌创作而言，其实，很多时候，我们发现并呈现出美的时候，总感觉不尽人意。我想，缺少撕裂伤疤的勇气和疼痛的诗意书写是其原因之一。只有真正深入事物和心灵的内核，发掘和揭示事物与人性的本质，并诗意地呈现，才能体现其存在的价值和意义，在这一点上，彭世华的理解应该比我们更深刻，更透彻。

（原载 2015 年 11 月 4 日《甘南日报》第 3 版）

"桑多"的诗歌地理学意义

——扎西才让诗集《大夏河畔》简评

◎安少龙

　　藏族青年诗人扎西才让的诗集《大夏河畔》（作家出版社 2016 年 9 月出版）是他的代表性诗集之一，收录了他近年来的大部分重要作品。《大夏河畔》的出版，是二〇一六年甘南诗坛的一个标志性事件，也是近年来甘肃诗歌的重要收获之一。它作为安多藏地汉语诗歌的一个新的标高，不仅是扎西才让诗歌个性风格的集中呈现，也是甘南诗歌整体走向成熟的一个标志。

　　从甘南诗歌的意义上，我们有理由把《大夏河畔》看作是一个地域性写作的典型文本。扎西才让的写作既深植于甘南本土文化土壤之中，又对地域元素进行了个性化重构与再造，因此他的诗歌又可以看作是地域诗人在本土文化内部超越"地域性"局限的一个成功个例。

　　诗集中的五辑作品，有着主题的一致性，依次突出了"河""山""镇""人""魂"五大主体意象，每个意象以"大夏河"为依托，其精神坐标均指向一个被建构的地域符号"桑多"。"桑多"不只是标明了诗人书写的地理空间方位,而且是一种"地域性"的诗歌地理学建构。在这一诗学建构中,"桑多"这个抽象的地名被赋予了丰富的文化和精神内涵,其中的物质与精神层面水乳交融、循环往复,构成了一个地方的生命史。因而,从文学人类学的角度来看,这部诗集就具有了类似民族志的意义和价值。

"桑多"与"河"

诗集中有大量的诗篇如《大夏河的四季》《改变》《在大夏河源头》《隔世的等候》等都歌咏了甘南境内的一条河流——大夏河,在诗人笔下,大夏河既是沿河而居的多民族人群生活的穿越者,又是悠久岁月的见证者。大夏河水喜怒哀乐的表情变化与河畔人群的悲欢离合早已息息相通。"大夏河"作为一个人类存在的背景意象,更多时候,它只是"时间"的一个巨大隐喻。例如,诗人进一步写到了这条河与人的生息繁衍的内在关联:"大夏河畔,每出生一个人 / 河水就会漫上沙滩,风就会把野草吹低 / 桑多镇的历史就被生者改变那么一点点。""大夏河畔,每死去一个人 / 河水就会漫上沙滩,风就会把野草吹低 / 桑多镇的历史就被死者改变那么一点点。""大夏河畔,每出走一个人 / 河水就会长久地叹息,风就会花四个季节 / 把千种不安,吹进桑多镇人的心里。"(《改变》)在这里,隐喻的所指被进一步强化了:如果历史是河流的话,"大夏河"直接就成了"历史""岁月"意象的转喻。这一点,正如"第四届中国红高粱诗歌奖"的授奖词中指出的:"诗人扎西才让在诗中为我们呈现了祖先发现并生活了多年的桑多镇。桑多河四季流淌,如同人们历经的岁月与生活。"

在扎西才让笔下,还有一条经常出现的河流——"桑多河"。有人说这条河是指自治州首府合作市内的某条小河,关于这条小河,人们所熟知的只是它经常因干涸而断流,往往无法完成穿城而过的使命。但从扎西才让诗中不断涌现的关于这条河流的大量意象的所指来看,"桑多河"的地理空间和精神坐标显然要比那条同名的实际河流广阔得多。由此可以理解为扎西才让笔下的"桑多河"并不特指哪一条具体的河流，它在甘南大地上无处不在，又无迹可寻。这种情形，正如"格桑花"作为草原繁花之壮美的一个标志性符号，但它又从不代称某一种具体的花一样。从具象的"大夏河"到抽象的"桑多河"，扎西才让完成了从地域性到超地域性的一种转换。因为河水的滔滔不绝，与时间的绵延性有某种惊人的一致，因此"在岁月的长河里"就成了这方土地上人类存在的最好背景。

"桑多"与"山"

同样，扎西才让笔下的"桑多山"也不是指哪座具体的山，它既可以指代甘南大地上的任何一座山，又可以是一座抽象的想象之山。例如在《起源》一诗中，既有佛界的普陀山，又有神学家隐居的山谷，还有养育雪域万物的万千大山。这样山就与雪域高原的历史、精神有了某种关联。

在他的许多诗篇中，"山"往往被神格化，或者被人格化。神格化的时候它与藏民族的神山崇拜观念有内在关联，神性的山是需要仰视、膜拜的，寄托着信仰；人格化的时候，山有时是父性的，有时是母性的，人性的山是用来沟通的，寄托着情思。在诗人笔下，一方面，山是自然存在物；另一方面，山又是一种精神载体，山对应着高原民族的性格、禀赋，成为高原精神的象征符号。

"桑多"与"镇"

同样，在"超地域性"的意义上，我们可以把诗人笔下的"桑多镇"理解为是一座建立在某个具体城镇之上的抽象之城。尽管诗集中有不少直接以"桑多镇"为题的诗篇，但扎西才让并无意于讲述这个叫"桑多"的甘南小镇的"镇史"，他也不引经据典，而是让历史片段呈现为自己想象的一些场景。在《新的小镇》《落户》《桑多镇秘史》《起源》《桑多镇：神秘的翁城》《桑多镇酒歌》《这个高原上的中国小镇》等诗中，扎西才让简略地勾勒出了这座想象中的小镇的历史轮廓：它有过罗刹女行走、猛兽出没的雪域的蛮荒时代，也经历了史书中属于马帮、土司制度的漫长时代，它穿过传说中羚羊成群、水草丰茂的近代，吸引那些拓荒者、定居者接踵而来使他们亲历了小镇兴起的现代。在岁月沧桑中，小镇经历了人口迁徙、民族融合、生活方式变迁的无数变化。诗人让历史的云烟幻化成一些巨大的带有时间隐喻色彩的意象，成为小镇抒情的一种时空背景。而诗人真正感兴趣的是小镇上的人间烟火，小镇上的男人、女人以及他们的爱恨情仇。在他笔下，桑多镇并不是一个闲置在历史中仅供想象的天地，而是一块被生生死死、欢乐和忧伤所纠缠的热土。所以，他更多地描写了小镇的日常生活。

在扎西才让笔下，桑多这一方土地上的人血液里流淌着远古人类充沛的生命能量和旺盛的情欲，男人往往有野兽一样的体魄和性情，女人大多面容姣好、身躯健硕、臀部浑圆、生机蓬勃。他们欢爱着、繁衍着、信仰着、劳碌着、仇恨着、忏悔着、歌舞着，生着死着，将生命的激情挥发到极致。但他们高贵、纯洁、健康，远离现代文明的污染和诸多恶疾。至少，他们在精神上与先祖是息息相通的。扎西才让在许多诗篇中歌咏了"桑多镇"人民光荣的、有道德、有尊严的生活和高尚的人格，不少诗篇中出现了质朴、天然的桑多生活与都市文明的二元对立，其中寄寓着扎西才让对理想"人类"和理想生活的理念。不仅如此，扎西才让也对那些逸出生活的共性、常态以及日常秩序之外的生活有着强烈关注，似乎它们才构成小镇生活真正的日常意味，因此他饶有兴趣地描摹了不少生活中的边缘人，似乎在这些人物的身上更能体现出生活的复杂性和人生的戏剧性。也正是这些内容的存在，使得"桑多"的地域意义更加独特鲜明。

"桑多"与"远方"

在扎西才让的故乡抒情中，对"桑多"这片故土而言，还有另一个故乡——"远方"，它对诗人的精神有着永远的召唤。它们形成诗中的又一对二元冲突："那个在远方闪光的土地 / 在频频召唤着我 / 我也是一条漫游的河 / 终要抵达那里，抵达那里。"（《告别大夏河》）因此扎西才让诗歌的一个潜在主题呈现为一对"离去"和"回归"的二元行动，其中包含有一个"追求"——"失去"——"离去"——"回归"的循环模式。这个模式中，人总是处在不断的失落之中：岁月、爱情、亲情……而惟其如此，"失去之物"就变得异常清晰，其意义就变得异常重要，人对存在的感知就变得无比地尖锐。

这是文学中的"追求"主题在扎西才让诗歌中以"桑多生活"形态的一种特殊呈现。而在超越文学的、更普遍的意义上，在宁静的、永恒的雪域甘南，其实每个人脚下都在跋涉，每个人内心都在追求，人类迁徙、跋涉的脚步永不停息。

"桑多"与"神圣"

在许多藏族诗人笔下，雪域高原天然地笼罩着一种神圣氛围，扎西才让的诗歌也不例外。这一点，已被诗歌界广泛关注并肯定："置身于甘南这片充满宗教文化色彩与诗意元素的神奇土地上，扎西才让的诗歌写作拥有一种厚重的精神背景，他的诗歌文本既通向神性境界，又向人性探索敞开，既引人仰望神秘浩渺的苍穹，又让人将目光投注于广袤结实的大地。他的诗，将人类形而上的宏观探求与日常人性的微观发展水乳交融在一起，给人以灵魂层面深刻悠长的审美感动。"（"第四届海子诗歌奖"授奖词）

但扎西才让的"神圣"观念更多的是建构于文化人类学意义上的，而非宗教学意义上的。"神圣"在他笔下呈现为一种氤氲的氛围，一种和谐场景："山上，神一指点，就长出各种奇异的花朵 / 河里，晚风鼓荡，会游来各种古怪的生物 / 它们也睡眠，也发声，也喧嚣 / 看上去，让人忐忑不安，又心怀感恩。酒香里飞出蝴蝶，扑进花丛 / 山梁上走来曾经到处游荡的山神 / 他们也坐着，也说话，也发怒 / 看上去，让人无可奈何，又心怀担忧。那么多的人，疲倦了，那么多的神，睡着了／就有一头牛，在草地上慢慢地走／却始终走不出它的月下的阴影。"（《香浪节》）在这样的诗句中，日常生活与神秘事项、存在之物与超验之物、秩序之内与秩序之外相生相伴，构成一个浑然一体的美好的桑多世界。

从人类实践的层面，"神圣"可以理解为是对那些神秘事物的一种感知，以及持有敬畏之心的一种基本态度。面对浩渺的宇宙，人类必须承认"知识"所能及的范围是有限的，只有这样才会与万物和谐相处，才会有所进步。而在当代工业社会的世俗生活潮流中，神圣的观念在不断衰减，人对神圣的感受能力也在不断丧失，因此当代人的生活不可避免地呈现某种病态和残缺。而当代诗歌中的某种解构与亵渎"神圣"的倾向，更是加剧了这种病象。一些诗人们把自己当作了神，当作了造物主，他们在诗歌中刻意呈现某种修辞学意义上的"神奇"，但是"神圣"始终是缺席的。

扎西才让的诗歌中世界是多维的，现实和时间也是多维的，但这是一种天然的神圣氛围，是事物自然而然的"显圣"属性。扎西才让知道该在什么地方止步，对存在之物有足够的保留与"让位"，有时出于对那不可言说之物的敬畏，对事物背后的事物保持了必要沉默。相对于那些过度解构的诗歌而言，扎西才让的这种节制是一种建构，是给自己的诗歌"让出"更大的空间。而他的诗中呈现的人对神圣之物的天然感受，则是对残缺的"人"的世界的一种修补。而这一切，或许只有在"桑多"才是可能的。

"桑多"与"世界"

扎西才让的每首诗里的意象生发于"桑多"这个地域，却不完全依附于地域。这些意象集合起来，形成了扎西才让个人化的意象群。扎西才让自觉地消隐了过于强大的抒情"自我"，他的诗中的抒情主体是分散的，因为这样，他的抒情主体超越了一己的个人而具备了群体属性。他在诗中咏叹的不只是自己的往事，而是一群人的往事。他讲述的不只是身边的男人、女人的故事，也讲述远古的故事、亡灵的故事、虫鱼鸟兽的故事。由此，扎西才让就完成了由个体抒情、叙事到群体抒情、叙事的转换。也因此，他的诗歌世界中的族群抒写、历史抒写、生态抒写，构成了扎西才让多元的书写世界。由此，我们在文化多样性的意义上才感受到什么是诗歌中真正的地域性。

不仅形式上如此，在内容方面，扎西才让的不少诗篇里还有着对地域性的独特"发现"，他在诗歌中营造的"地域性"是一个独特的时空，当我们按照相应的地域常识去按图索骥的时候，发现自己不知不觉中进入了一座迷宫，在那里，所有的事物既是熟悉的，又是陌生的。我们仿佛在一个多维世界里穿梭，事物从各个角度、各个方向在跟我们打招呼、和我们对话。他所发现的往往是我们所熟视无睹的独特的美，是一个地域或一类人群的经验对他者而言的特殊价值。更主要的是，那些被日常现实所遮蔽的可以称之为"意味"的东西。

再进一步地说，那些民族性、地域性的表层生活事项，以及显在经验，经过诗人卓越地表现，可以上升到与"人类"经验相通，与生命的终极意义相通，因而成为具有世界性的东西。我们可以把这种写作称之为地域性的再造。在这个意义上来看，作为诗人的扎西才让从"地域性"出发，正走在这条通往"世界性"的路上。扎西才让的诗歌一方面体现了对"地域性"诗歌意义上的担当，另一方面也彰显了诗人地域性再造的自觉追求，这是一种使命性的文化自觉。由此，我们有充分的理由相信，扎西才让是一个可以让我们充满期待走向更广阔的世界的诗人。

（原载 2018 年 1 月 24 日《甘南日报》第 3 版）

北乔：在高原上诞生的诗人

◎花　盛

　　高原的冬天来得特别早，每年十月初，天空就开始飘着雪花，寒冷无处不在。在这座陌生的小城，外部的寒冷使我一度倍感迷茫，甚至无助，唯有借助一行行文字陪伴我度过一个又一个漫长的冬天，也以此表达我内心难以掩饰的孤独。

　　后来，中国作家协会派干部朱钢来临潭县挂职，我便前去拜访。朱钢，笔名北乔，他很平易近人，没有架子，很随和开朗，人缘也极好。我们的交流也渐渐多了起来，有时候一聊就聊到凌晨，似乎永远有聊不完的话题。我是从小山村来到这里，他是从外面的世界来到这里，相对而言，我们对这里的一切都是陌生的，尤其是北乔，对临潭比我更陌生，这种陌生感让我们有着各自的孤独。但这种孤独是可以彼此温暖的，我找他聊文学，他找我聊临潭的自然人文，当这两种不同的孤独在一起的时候，恰恰是文学成了我们的交会点，成为两种孤独间的纽带和桥梁。用北乔的话说："人生之路上，有太多的未知，遇见了，就是缘。"

　　是的，遇见了就是缘。北乔虽然从北京来，但实际上他的家乡在江苏，与临潭有着颇深的渊源。临潭（古称洮州），据史料记载，六百多年前，这里曾上演了悲壮的南北大移民，数万随军家属从江淮南京、凤阳一带迁移至此，驻守着这片土地，繁衍生息至今。这就是北乔与临潭的缘，与高原的缘，也是与我的缘。地处青藏高原东北边缘的临潭，是一个汉、藏、回等多民族聚居地，既有藏汉文化的融合，游牧生活和农耕文化相映成趣，也有江淮遗风和古丝绸之路茶马互市的交会……千百年来，这片古老土地所散发出的独特光芒，照耀着每一个生活在这片高原上的人们，也深深地触动了北乔的心灵。

来到高原临潭的北乔，几乎每天都奔波在下乡途中。由于临潭山大，交通相对滞后，他的大部分时间都花在了路上，但他却将碎片化的时间充分利用起来，阅读、思考和写作。他时常在下乡途中，一边用手机记录着见到的一切，加深自己的体验，一边也以此安抚山路坡陡弯急带来的内心恐惧。在高原生活，高海拔的因素常常使人难以入眠。尤其当夜深人静、一个人辗转反侧的时候，白天所见所闻便不断地在脑海里浮现，在内心沉淀，再浮现，再沉淀，就像一行行诗歌流淌在夜晚，像一曲曲牧歌萦绕在无眠里。在这种情况下，他写出了人生第一首诗歌《你的名字叫相遇》，从此一发不可收拾。尽管擅长写小说、散文和评论的他告诉我说："真没想到！这对于我，确实是个奇迹。"而且他一再强调自己是"写诗的新手"，也是国内写诗起步较晚的一个。但我相信，这绝不是偶然，而是一种必然。

高原的一切都以强势的姿态进入他的生活，无时无刻不在影响着他的感受和视角，触动着他的灵魂。北乔对高原是完全陌生的，空旷、孤独、荒野。但对他来说，这只是外在的陌生。隐约之中，他又在呼吸着故乡的味道，即江淮遗风。某种程度上来说，他又回到了自己的另一个故乡，尽管物是人非，所有的都变化了，是个陌生化的故乡，但内在的江淮风情跟他的灵魂是相通的，这也是他跟其他过客或本土作家最本质的区别。白石山、庙花山，洮河、冶木河、冶海、干戈河，牛羊、格桑花、鸟儿、云朵、阳光、风、雪，藏族姑娘、老人、孩子、乞丐，村庄、寺院、牧场、商铺、毡房，青稞、油菜，洮州卫城、牛头城，青稞酒、酥油茶，经幡、浪山、拔河……

从自然风光到人文景观，从城市到乡村，从陌生到熟悉，这一切渐渐走进他的视野和心灵，构成了他的诗歌创作元素，这一过程既有孤独，也有思考。他在孤独中抒写和思考，也在思考中重现另一个自己和故乡。

我是他诗歌创作的见证者，每次谈到这片神性的高原时，他的热爱溢于言表。他在《一个人的高原》中写道："是高原为我提供了写诗的内在动力和外在叙述语言。"但我更相信，是孤独激发了他内心深处的创作热情，也是孤独为他打开了一扇诗意的窗口，真如纪伯伦所说的，孤独，是忧愁的伴侣，也是精神活动的密友。如果群山是波浪，那么高原就是大海，而他是漂泊在波浪间的一叶扁舟。他的孤独是个体的，也是群体的，代表了很多人的内心世界，这其中就包括我自己，在某种程度上，他的孤独也是我的孤独。十年前，我的老家迁移至一千二百多公里外的大漠深处一个叫广至藏族乡后，妻儿又生活在二百公里外的碌曲玛艾镇，留下我在这片熟悉而又陌生的高原上孤独地生活，那种无依无靠的漂泊感和孤独感是疼痛的，甚至是迷茫和绝望的。每当这样的时候，我便以分行文字记录着自己的孤独和思考，甚至连记录的过程都是忧伤的，而这样的生活仍在继续着，这样孤独还将持续下去。

当北乔把诗集《临潭的潭》书稿发给我，我一口气读完后，那种内心深处的激动和震撼是无以言表的。之前，每次读北乔的诗歌都是比较零散的，那时候，他每写出一两首诗就会发给我，与我交流，但我没有集中起来阅读过。《临潭的潭》分上下两部，上部是"高原诗经"，有着鲜明的高原特征；下部是"隐喻或辽阔"，主要是内心的一种思考，较之于上部没有明显的高原元素，但却是在高原上引发的诸多思考和浓浓的乡愁。他的诗歌有温度，有亲度，有高度，有美度，有深度。毫不夸张地说，这部诗集堪称是临潭的一部史诗性著作。

看到这个书名，我第一个想到的是梭罗的《瓦尔登湖》。如果按字面意思，临潭是临近水潭。那么临潭的潭，则是一个人站在水潭边的一种体验和思考，无论这潭水是流动还是静止的，都是生命的存在形式。与很多靠想象来抒写临潭的作者不同，北乔是作为一名作家"深入生活、扎根人民"的两年，是为临潭脱贫攻坚工作尽心尽力的两年，也是孤独的两年，对高原临潭的一切有着独特的经历和体验。在临潭生活期间，他用大量诗歌和照片的形式大力宣传临潭、诠释临潭。尤其是他写的组诗《临潭地理》，为临潭十六个乡镇都写下了一首诗，这在我的阅读视野里，还没有哪个县受到诗人如此礼遇的。他以对临潭的爱，以自己的诗心和多方面的专长，让更多的人了解临潭、感知临潭，这既是对临潭甚至甘南的"免费"宣传，也是一种"免费"的形象代言。在他的鼓励和指导下，一大批本土文学爱好者拿起了搁置许久的笔，开始抒写和讴歌这片土地和生活在这片土地上的人事物。在他的努力争取和推荐下，二〇一八年六月二十日的《文艺报》用整整两个版面推出"临潭文学，从高原走来"的专题，十四名作者的散文、诗歌、摄影等作品集体亮相。不仅首次提出"临潭文学"这个概念，而且作为一个行政县的文学队伍和作品如此大篇幅地在《文艺报》整体呈现，在全国还是第一次。

我在这片高原生活多年，很多东西因太过于熟悉反而视而不见，甚至有意识地回避和忽略某些东西，很多时候，我的身体在生活里，但文学之心却不在现场。但北乔却不同，他既深入生活，接触、体验、想象之后又随时抽离出来，从生活跳开，尤其在写作的时候，跟生活保持着一定的距离，让具象的东西在内心形成某种沉淀。这是我与北乔在诗歌写作上的最大区别，也是《临潭的潭》带给我的一种启迪。是的，好的诗歌，一定是内心沉淀的东西，是有意识的创作，而不是走马观花。我们不缺美景，缺少的是发现灵魂的眼睛；我们不缺诗意，缺少的是一种文字背后的思考。

在短短十四个月的时间里，北乔竟然创作出了四百多首诗歌，这是一个多么令人瞠目结舌的数字啊！但我始终觉得，也始终相信，诗集《临潭的潭》仅仅是他诗歌创作之路上的一个崭新起点。

在此，我想用北乔《高原来客》中的诗句结束这篇浅陋的文字——

　　那遥远的地平线灯火通明

　　天穹下，明天的身影

　　伸手可触

（原载 2018 年 8 月 6 日《甘南日报》第 3 版）

在旷野的孤独中辽阔诗意

——序花盛诗集《那些云朵》

◎北　乔

　　花盛在西部，在高原，是位藏族诗人，其诗歌如一朵格桑花盛开。对从小生活在高原的人而言，特殊的自然状态，是他们习以为常的。但我们知道，身体里有高原和没有高原的人注定是不一样的。高原，终将参与他们的性情和人生。作为诗人，花盛已经将心灵的成长、文学的行走与地域文化精神有机结合在一起。诗人与诗歌相互搀扶，一同前行，身后的足迹闪烁诗歌精神的光芒。这样的诗人以及由此而来的诗歌精神，在当下诗坛，是值得我们关注的。

　　临潭所在的高原，绝大多数地方群山簇拥，但都不太高。当然，这些山已经站在高原这个巨人的肩膀上，绝对高度还是很厉害的。不高的这些山敦实、仁慈，几乎没有树木，像一个秃顶、富态的中年男人。身处其中，旷野之感扑面而来，在身体里鼓荡。高原以一种温和的表情，让你自发地生出渺小的感觉。一个人来到这里，你就是高原的主人。高原上只有你，又是怎样地孤独与无助？看似热闹的县城和那些小镇，其实都在狭小的山谷中，真如一朵格桑花一样，安静且微细。空旷的高原，给予我无限的自由。而这样的辽阔，又在挤压我的内心。这就如同我们坐在繁华城市的路边，陌生的人潮涌动，反而会让我们倍感寂寞与惆怅。

孤独，是盛产诗人的沃土。无论是环境给予心灵的孤独，还是人生态势衍生的孤独感。比如苦难、激愤，最终都会在灵魂上刻下孤独的印痕。诗歌，是情绪最直接也是最快捷的表达路径。写诗是一种释放，诗歌又可以是取暖的烛光。如若是这样，就比较好理解为什么西部诗人众多，抵近诗歌精神的作品灿若繁星。甘肃如此，甘南如此，临潭也是如此。

"我不想就此写下一个人的孤独／不想说出飘满雪花的高原上／难以抵抗的严寒和无边的荒芜"。花盛在山村长大，后来到县城的县级机关工作，本职工作干得很出色。他的诗龄远超过工龄，属于年轻的老诗人，写出了很多有力度的诗作，在诗坛上有较好的影响。读他的诗，能体悟到人与高原的相处。走出小山村，他是幸运而幸福的。小山村外的世界，确实精彩。但一想到父母还在深山之中，自己那无忧的童年还在小山村，乡愁的忧伤如一条河在花盛心中流淌，时常似潺潺小溪，时常浪花飞溅。身在小山村，心可以飞过群山。而来到更广阔的世界，方知自己的羸弱。从乡村自足、单向度的生活走出，花盛其实是进入了两难的境地。丰富与苍白、希望与无助、快乐与忧愁，似一杯混合果汁，五味杂陈。他喝着这样的人生饮料，在清醒与迷失中行走。这是人类共有的一种生存状态。花盛只是更深切地品察到其中的滋味。走在高原的山间，一年四季都有苍凉纠缠。山谷的幽静，使自己的脚步声更加寂寞。一切都被山路所掌控，那弯弯的山路，如同一根绳子套在脖子上，挣脱吧！甩开山路，登上山顶，脚下是沉默的群山，鸟儿在脚下飞翔，头顶是无尽的苍穹。短暂的兴奋之后，世界还在，我消失了。登高望远，一下子化作有力无气的叹息。"前不见古人，后不见来者。念天地之悠悠，独怆然而涕下。"这一刻，这首诗与他拥有同一个灵魂。

这不是探险，不是旅行，而是日复一日的生活。再美丽的风光，再神奇的景观，也经不住日常化地消融。高原热烈的阳光，可灼伤皮肤，但常常不能温暖心灵。花盛写诗，倾诉，并不是他最需要的。他用诗歌燃起篝火，暖暖身体，暖暖灵魂。以诗歌的方式，把遥远的星光拉到自己跟前，照亮孤独的影子。

"草原""山""雪"，是花盛诗歌中出现频率最高的词语，也可称为其诗歌写作的关键词。这三个词语，有着鲜明的象征意味，带有强烈的延展性。而花盛又将中国文化的意境与西方诗歌的现代意识做了交融，把藏地高原的神秘风情与大众化的人文艺术性地互通，形成了自己的诗歌个性和品质，生成了富有特色的诗歌情感与精神。

在花盛的诗歌里，草原是旺盛生命力的代言。这里格桑花绽放，绿草遍地，诗意流淌，具实的画面感中极富想象力的元素。广阔的草原，可以尽情放飞美好与愉悦，但也能让人产生渺小之感，顿生孤寂之意。这里的草原，又是高原上的草原。有一个世界在草原的尽头，无边的草原，让视线无限延伸，但又困住了远行的脚步。是的，花盛站在草原上，被这两种完全相反的情绪所包围，真的是"痛并快乐着"。这也正是他的诗性力量所在。他以审美抵达哲学性的回味与呈现。

山，是花盛仰望和倾诉的对象。事实上，他总认为山是孤独的，无助的。所以，许多时候，他既被山的雄健、冷峻所折服，又心甘情愿地视山为亲密朋友。他赋予了山与他相通的情感，在内心与诗行中，某种神性的语言一直存在。我们可以感觉到，他不在意山的形态，不着墨于山的面目，只把山呈现为一个巨大的背影。这本身就隐含巨大的隐喻。

至于雪，更是花盛所偏爱的，更为准确地说，他偏爱雪花。他所在的甘南，降雪量很大，积雪随处可见。然而，他似乎对满地的大雪和高高的雪山视而不见，只在意那纷飞的雪花。"片片雪花隐藏了整个草原广袤的心事"，晶莹的雪，却有满腹的心事，这是他的想象，也是他对雪花的另一种解读。透明至极，便是大隐之士，无限轻盈，但又极其沉重。"每个冬天我都会像雪花一样漂泊"，自在飞翔，或无奈坠落，都不是他所感受到的，只有漂泊，才是他对雪花的感悟。由此，他的诗歌具备了雪花的性情，明亮、纯美，又有淡淡的伤感。某些无助的背后，又有坚挺地支撑。

花盛与高原有着某种内在的关联，诗意与他的心灵一同成长，一起行走于高原之上。"草原""山"和"雪"，是他生命的外在环境，又是他灵魂的内循环。他把"万物皆有灵"化于血液，放牧于字里行间。在生命体验和文化感染中，以诗歌的方式拓展古典的意象，扩容现代的意识。

辽阔的高原，静若处子。群山无言，神情憨厚。它让你孤独中有感动，渺小中有坚忍，静寂中有温暖。花盛真的已经把写诗当作了生命行走的方式，诗歌与他一起生活，一起品味人生。他的诗在笔下，更在他的灵魂里、血液里。他属于真正为自己写诗的诗人。与高原一样，他不趾高气扬，不卷入汹涌的喧哗，让自己的诗歌静静地流在心中，和高原风一起与群山默默相守。

至于诗人花盛和花盛的诗歌，都是纯净的，真诚的。这不是每个诗人都能做到的，或者说，能如此的诗人，其实并不多。

为此，我得向花盛致敬，并希望他可以初心永在，以纯粹的诗歌精神立于诗歌的高原。

（原载 2018 年 12 月 3 日《甘南日报》第 3 版）

尘世间的温暖

——王朝霞散文集阅读印象

◎李　城

王朝霞散文集《因为风的缘故》，用纯净的文字表达了她的怀旧情思以及经历和感悟。新闻工作者训练有素的敏锐感觉和捕捉能力是显而易见的，泥土气息和人间烟火味也会让读者倍感亲切。

这是她散文写作的一个阶段性展示。从一棵树的成长壮大，我们也可以看到甘南文学之林群体的茁壮。

朝霞的散文可圈点处较多，第一个印象是"原味"。曾有一首歌打动过我，那是《故乡的原风景》，而朝霞的文字让我品味到了乡村生活的原味。"小时候的村庄，是被大片大片的庄稼地包围着的。""农村人吃葱不会连根拔起，只挑肥嫩的葱叶掐下来即可。挖葱要等到秋末冬初，挑长了两年的那种老葱，挖出来晾干水分，扎成小把后藏在洋芋窖里，供冬天食用。留在园子里过冬的，只剩春天里会最早冒出来的小葱，也叫羊羔葱。""小时生活贫困，生长于山野的地碗儿便成了母亲为我们改善伙食的首选……赶在二月二前拾够蒸一顿包子的地碗儿，差不多是村里每个小孩或老人要做的活。"这些同龄人熟知的事物已被时光湮没，若不是读到这些如数家珍的文字，今日怕是无处寻觅了。

其次是亲情。她写到最多的是外婆和母亲——当然也有父亲和其他人，但她的笔触似乎更乐于亲近女性。"外婆常去挑水的泉叫满泉。几处泉眼一字排开，使清澈的泉水汇成了一条像样的小溪。拨开石头时，偶尔会见到惊慌四逃的小虾米和娃娃鱼。有一次我闹着要去挑水，好性子的外婆寻来两个空瓶，一根半粗的木棍，再用细绳一拴，我便成了挑水人。""就着一盆炭火围坐炕头，母亲专心地纳着鞋底儿，外婆吧嗒吧嗒地抽着她的水烟。我和弟弟特别喜欢听她的烟锅发出的咕噜声。那样的时光，现在想来很是温馨：火盆里，炭火正旺；小砂罐里，炖着外婆喜欢喝的大茶。"如此温情的生活场景，以及老辈人口中的故事和童谣，无疑是乡村孩子们除简陋食物之外的另一种营养。那是留给乡村孩子们最好的纪念，维系着他们生命的根蒂。

第三是细节。我们常说上帝在细节里微笑，强调的是细节的艺术魅力。她称呼自己的母亲为"老陈"，感觉有点冒犯，实际上却能感觉到母女间毫无顾忌的感情，自然而率真。"老陈只上到小学二年级，荒到现在，也只能勉强写出自己的名字。但她每次都会将陈字的耳朵旁挪到右边，纠正多次都不管用。""有次我陪老陈去戏园听秦腔，旁边一大妈和老陈聊台上的剧情，聊着聊着对方突然问：'您是退休老师吧？一看就是从讲台上走下来的……'老陈忙跟人家解释：'没有没有，我不识字……'回家后老陈又一阵长吁短叹：'我们不识字的人多可怜啊，只能算是活了半个人，因为有半个世界我们进不去……'世界是黑的，但我一直觉得老陈心里是亮堂堂的。"细节呈现的是生活的真和情感的真，相反，华丽的辞藻却难以给人留下如此深刻的印象。

也不乏诗意。童心里洋溢着诗意，而一些美好的事物同样是自带诗意的。"大约是八九岁时的事情吧，也是雨雪交融、春暖花开的季节，我和妹妹一放学便跑去田埂边捡石头，为的是解救那些被石头压歪了身子的小草……我们奔忙于一条条春意染绿的田埂乐此不疲地捡石头、挪石头、搬石头，然后将一棵棵压歪挤倒的小草扶起来，给它们道歉并叮嘱它们快快长大。当时心里汹涌的那个成就感啊，都快要淹没整个人。但后来的事却让我们笑不出来了，因为被我们解救过的小草竟有大部分枯萎而死。母亲说：你不要看石头硬邦邦的，它会自动给小草让路。"石头会给小草让路，无疑是一曲诗意加哲理的生命之歌。张大探寻的眼睛，即便在闹市也会捕捉到令她动容的情景，虽然那样的机会并不是很多。在一家餐馆里，她看到一位正在埋头读书的男子："就像周围的世界根本不存在似的。身旁人来人往的喧嚣，和门外车水马龙的噪音，于他都是空白……更令我动容的，是他翻书时的轻柔与缓慢——读完最后一行，他轻轻掀起书角，缓缓地翻过去，用手按一下，才接着看。就像对待一个怕疼的孩子。这样惜书爱书的男子，会有怎样的内心世界？……我更相信，每一个平凡寡淡的日子里，都会被他过出精致的样子来。"

朝霞也努力让自己的文字趋向升华。职业背景使她的文字恪守客观真实的本分，但对散文写作来说，那似乎又成为某种制约。在两种身份和两种文字之间，如何做到不留痕迹地转换？那样的转换也许发生在白天和夜晚，也许就在日常工作的间隙。纠结乃至痛苦是难免的，因为我也有过同样的经历，而且至今未能完成"华丽转身"。好在朝霞早已有了那样的自觉，她不断扩展着自己的天地，冀图找到足以供她效法的作家和作品。于是她喜欢上了木心。那几乎是一种对神明的崇拜，只可惜斯人已去，留给她的只有去乌镇"看一眼"木心故居的冲动。"三月底开始读先生的《文学回忆录》，读得非常慢。因大部分时间都不属于我自己，只能临睡前读两页。有时读到喜欢处，还要忍住放下，第二天再复读。其间终于懂得，他为什么能写出那么多温暖得令人流泪的文字了。""我得承认，我中了先生的毒并爱上了他的文字。五月去乌镇，当真就是奔着他去的。"

在四处奔忙的工作之余，朝霞见缝插针写着她的散文，只因为"喜欢"。那是她生活的重要内容，是她为自己选择的一种生活方式。人邻兄在书的序言中提到，朝霞不是刻意去写，没有机巧，她的文字是随性的；力度、深度、结构，都不甚去管。对此，我想朝霞自有辩解的理由，因为她在文章里曾经说过："就这样做一个胸无大志的人，幻想、做梦、发呆，也是很幸福的事。""自由表达比发表或名气更为重要。我非常认同这个观点并决定继续做一个能够自由表达的人，说出想要说的话，其余的都交给时间好了。"

可贵的就是这样的恬淡之心，随性之文。这样真的很不错了，因为这就是她想要的。她已经做到了。她在《琐碎》一文中写道：尘世间有了这样的温暖，就可以不计其余了。

朝霞是甘南涉足已深的散文作家，我想她的话虽然那么说，心底里毕竟还是不想继续重复自己，不满足于自然主义倾向的且行且歌，而愿意去尝试有难度的写作。这样的迹象已看得出来，那就是她对"温暖得令人流泪的文字"难以自拔地喜欢。可木心的文字大多是不及物的，那是语言艺术创造的另一种境界，也许只属于他自己。我想说的是，大作家的套路不一定适合我们，甚至有时会觉得大而无当，因为他们有他们的学识、阅历和思考，而我们有自己的土壤和立足点。我们从中可以得到的启发是：解除习惯的束缚方可羽化成蝶，完成从"必然王国"到"自由王国"地转化。散文中的怀旧、感触以及抒发胸臆自然是好的，但文字的背后还需氤氲着空气一样无处不在的东西。那是言外之物，语言只是指向它的手指，而不是它本身。那强大而无形的东西无法言表，从那些优秀作家的文字里，我们却能真切感受得到。

毫无疑问，朝霞已经努力地走在抵达的路上。

（原载 2019 年 1 月 7 日《甘南日报》第 3 版）

穿越阿尼玛卿，那样的山与水，那样的人心

——读李城《穿越阿尼玛卿》

◎张大勇

　　读李城的《穿越阿尼玛卿》，我感觉就像一只飞鸟来临，活泼可爱地在眼前将飞不飞，我惊喜心跳，终于想要捉它在怀了。我想到的一些东西，不能称为评论。我没有写评论的思维和词汇，这里只是我的一些心得与联想、感发与共鸣，而实际上也唯有如此，才能契合李城这一本"非虚构著作"的文心。

一

　　李城的文字是自然的文字，表现的也是自然而已。"文之为德也大矣，与天地而并生……"天文、地文，钟灵毓秀于"人文"，穿梭岁月，少经修饰的原生态的人文景象仍为"自然"。李城写自然人文风物，写独特风物之下的诗性的精神和明亮的人心。

　　他写山川草原、河流溪涧，写空气和阳光，但我们总是能从那些缥缈的云气和太阳浮散的光尘里窥见一些"形而上"的东西，窥见一些我们能够感受而无法概括，更不能指认的某种心灵之光。

　　他的文字把自然、自性与自我结合起来，熔炼成一种有枝蔓有嚼劲，能够逗引出人的"诗性"思维的个性文风。

　　李城笔下的"自然"，总叫人感觉山海相隔，旷远弗及。

　　每一种地理上不会改变的自然空间，在他的笔下好像是"活"的，就像他在行走途中遇到的那些男人、女人，那些僧人、俗人，那些孩子们，相见相别之后即是永远地相离，不再重逢。

　　他独特的感知和表达，总让我也产生跟随着他的那种相见之喜与相别之憾。

　　看过的风景除了记在心中，你是无法第二次看到的；见过的人、听过的话语，你是无法第二次听到的。就像他所遇见的春罗，当她和你贴胸相偎的时候，她就是活生生的春罗，但如果你走开了返身再找，一定连名字都找不到，李城找不到，别人也找不到。

　　面对自然，他有时候低低地叹息，有时候胸中难抑感动，流下泪水，看似莫名而来，难以索解，其实那皆因他在面对自然时，感觉到自然可以做到的我们做不到，自然留给我们的我们看不见，自然告诉我们的我们听懂了，可是我们无法再告诉别人。

　　我们需要自然，需要那些尊者、圣人。我们无法从自然中得到的真理，尊者和圣人得到了，而尊者和圣人又复变成了自然，让我们只可仰望，而无法与他们交流，无法听他们一句面对面的教诲，或者只是温暖地看一眼，然后转身化入群山。

　　李城面对着太阳跪下来时，跟那许许多多心中有着崇高信仰的人一样，想着把自己的所有都奉献了，交付了，哪怕被伟大的自然只垂怜地看了一眼，或者一眼也没有看。

　　"把灵魂交给风，把肢体托付给自然，让自己总是在路上，把尘世的泥泞踏遍。"

　　在崇高浩瀚的自然当中，泥泞岂不是也有万物的芬芳！

就像他在舟曲陡峭的山崖悬壁上看见的那些鲜艳的女孩子和同样鲜艳的桃花，万物为一，万物与我同住尘世，都鲜艳。

李城爱行走，爱独行，他身体上的孤独是为了找寻那些人心之间的温暖，如果没有一个又一个温暖的遇见，如果没有那些或苍老慈祥或年轻鲜润的面靥，他身体上的孤独可能就只是一种孤独而已。

那样，他可能只会独自躺在如海的梅朵合塘金莲花里，也像一朵花，也许有安宁与欢喜，但永远不会写下来。

就像我们看着那些热烈奔放或沉静如谜的花朵本身一样，李城不会告诉我们什么，花朵也不会告诉我们什么。

二

李城用细细的笔触剔抉出漫长自然和人类历史中的那些螺纹遍布的小海螺，静静地将它放在耳边，听那古老大海的涛声。

甘南大地青藏之原上的高山大脊曾经是一片深深的古海，亿万年的进化造就了今天我们所能看到的自然奇迹，但人如果不是能够思考的苇草，那么他就不会明白历史和文化、传统和精神对于我们的意义。

当我们面对喜马拉雅或者阿尼玛卿的时候，我们就不会有激越跌宕的崇高情感，我们也不会有大道无极的深沉浩叹。

他笔下的自然里，包含着我们人类所不能改变的"物理"，那些淳朴可爱的人性是依附于这伟大自然的微不足道的暖光，然而却能照亮我们不能见的那些漫长的历史。

《穿越阿尼玛卿》里写到他遇到的一些有趣的人、有趣的事，他讲给了我一个故事，而我却无法给你转述，我只能给你讲我听了他讲的故事之后的感受。李城的故事是自然之心和自然之笔，不读就无法领略其中的妙处，就像人心之中那些忽然生出的喜意，以及像春罗一样忽然而来的"生气"。

我常会被他笔下那些打动人心的风景和物事所感，莫名地生出一种难言的情绪，忽然会觉得世上美好之物太多、深刻值得沉思之物太多，向人言而未可与言，想与人分享而未能分享，我心里会有一种欣慰与遗憾相杂的情绪悠然泛起，要么化作两行热泪，要么化作一声叹息。

人们不会珍惜那些能够失而复得的东西，李城的文字会让你觉得那些温暖可爱的风物、那些人我们已无法遇见，我们会感觉到温暖，但却总有已经失去的遗憾。

李城也遗憾于羚城的街头少一尊丹真贡布雕像，其实，那羚羊已足够了，就像亚日村的老传统，人们埋葬的祖先长成了树，摇曳着风，我们会珍惜那些已经看不见的东西。

自然的忧思萦绕在李城的心头，传说当中的那些金马驹一定时常在他的梦中出现，那些象征着自然生态的金马驹岂不是跟温泉边上的小蚂蚁一样吗，经过了多少万年，他们仍然会出现在这里，或者是那里。

三

李城的文字充满着纯真天然的童趣，他自己有一颗童心。

与其说"由此我将变得自信而踏实，将一应虚言应酬的事务抛置脑后，甚至不惜对那个由物质主宰的世界决然地背过脸去"，不如说他甚至不太会有"决然地背过脸去"的刻意，只是物质世界难以吸引他的注意，使他凝眸相向。

他总是像一个孩童一样去观察和感悟自然，以及自然中的男人和女人。

他在自然面前是个孩子，他在自然的男人面前是个孩子，他在自然的女人面前也是个羞赧的孩子。

他会耐心地看着蚂蚁修造"宫殿"，他可以看着温泉池水泡开了毛孔，毛孔里冒出水珠来，排成行……

"只要我们愿意停留片刻，并且用心倾听，就会发现小草也是会唱歌的，就会发现河流中的每一滴水，都会发出自己欢快的歌声。还有蚊虫的吟唱，松塔跌落的声音，荚果摇响它的铃儿，露水掉落，呲的一声渗入土壤；还有清风掠过树梢，汩汩的清泉从地底涌出；也许还有一只水獭，蹼手蹑脚从小溪边走过……"

他的心里有一帧自然的图画。

李城文字的厚度和温度是从他的心灵来的，他不会有意作宏大的安排和书写，但我们能感觉到《穿越阿尼玛卿》的历史厚度和哲学深度，这需要读它的人用心去体会，自然而然得之于心。

他书写了这块地域上的自然、历史和人文，但它们不是排列的，他的文字也没有整齐划一的结构，他自由地叙写，记录下内心的点点滴滴，这些点点滴滴自然地穿越了历史和人心。

他写山，写草原，写江河，写各种各样的深山和草原的花朵，他写那些简朴的生活和不变的信条，那些现实与历史，那些物质与精神。

如果我们惮于对物质世界作科学的没有生命的解释，那么就反诸人心，反诸我们身边那些温暖可亲的事物，他的笔下岩石上的化石就成了外婆的脚印，饶是如此，他还是被更加"自然"的牧人戏谑。

对于见识过太多神奇之事的牧人来说，一个脚印不足为奇，如房子大的磐石上满布的脚印也不过是小仙童们跳舞的台子，就像一个人说自家的外婆和自家的孩子一样，有些骄傲地谦卑，还有谦卑地骄傲。

他似乎可以向人展示什么神迹，撮指间在芬芳的桑烟和云雾中就可以现出辉煌的天堂的一角。

当你捏着某种像"无影草"一样的仙草时，你的眼前什么都有，那是繁花乱坠的彼岸世界，当你放开它，一切就又消失不见了，只有脚印还在，风还在，自己……还在。

四

李城在《穿越阿尼玛卿》中写古老恒久的自然，写人们把看得见的和看不见的神奇都放在心灵的殿堂上。

人们敬畏一座山、一条河、一眼泉、一桩老根，人们把身心放在自然当中，也把灵魂交给自然，那些曾经彼此深爱的灵魂依然游荡在花草繁茂的神鹰谷，随着那起伏不定的光线，随着阴晴变化的光明与黑暗的跃动，活着，爱着。

李城笔下的青藏，是自然万物相依共存的众生家园，是裙裾飘飘的女人们用"虫子苏醒歌"唤醒的温蔼的家园，是人在其中，可以和山泽原野中与天地的大气流衍以及自然界的奇禽异兽的活泼的生命相接触的浪漫的家园。原始古朴的自然将赋予每一个人超越理性的想象和情感，以及那仿佛稚嫩却不失神秘而鬼魅的神性，还有那最简单的童心。

李城的"自我"全身匍匐于那被明丽阳光照耀着的雪峰峻岭之下，那些松涛阵阵的高山峡谷之中，那些古老的殿宇和圣者之前，他静静地走过一个又一个陌生的地方，在看似孤独的心理空间里寻找扶疏的桃花下女孩子腕底那轮擀开的明月。

他书写自然时亦化入自然，我在他那些神秘而清明的文字中爬梳，我在他理性的哲思与人间烟火的感情的意象和文句的丛林里捕捉他本身。

我可幸身边有这样的诗人，可幸身边有这样的自然之子，可幸他履迹所至，走过那些很高的山，蹚过那些很清的水，走过那些不知道会与谁相遇的路，见过那些丰腴美丽但不知道还能不能再见的女人。

我也可幸他"决然"背离于物质世界，用强烈的一个超越"李城"个人的"自我"，留给了我们这样一个也许人人向往，但却并非人人可得的文学青藏、心灵甘南。

（原载 2020 年 4 月 15 日《甘南日报》第 3 版）

时光漫吟者

——牧风散文诗新著《青藏旧时光》简评

◎刚杰·索木东

　　牧风是一位执着而勤奋的作家，他的创作主要以散文诗和新诗为主，鲜见涉猎其他文体。自二十世纪九十年代始，已先后在《诗刊》《星星》《青年文学》《散文诗》《散文诗世界》等刊物发表作品五十余万字，获得了各类文学奖励。从他的第一部诗集《记忆深处的甘南》到今天的《青藏旧时光》，细读牧风的作品，就能看到一个茕茕孑立于青藏高原的诗人，以不变的"大抒情"深情吟唱三十余年的高大身影。

　　纵观当代藏族作家作品，有两个比较明显的特征：一是大多以诗歌起步，且几乎都有"大抒情"成分的存在，我个人定义其为"青藏咏叹调"；二是藏族作家的作品，主题上大多趋善、向上，鲜见对情欲的肆意书写和对丑恶的过度渲染，个人把它定义为"雪域洁净的文学创作"。此二者，都和藏族传统文化有关。在古老的藏文化传统里，天文历算、哲学医科……等学科门类比较齐全的典籍，均是以韵文形式传世的。换言之，藏学史上的传统著作，都是一部辞藻优美的文学作品。博学睿智的大德们，也都是一位位修辞严谨的文学大师，开创和延续着丰富多彩的各流派藏族文学。个人理解，这应该和古老的高原上口耳相传的文化传播方式有很大的关系——朗朗上口的韵文，更有利于人们的记忆和传诵。基于这样一个深厚的传统，大百科全书般的世界最长史诗《格萨尔》诞生在这片绛色土地上，就是历史的必然。窃以为，这就是青藏作家诗歌作品中"大抒情"基因的根。而受藏汉二元文化长期熏陶和浸润的牧风，无疑也继承了这一优良传统，并在自己的作品中表达得淋漓尽致。

在此，从一个读者的角度出发，用"故园""河山""家国"三个关键词来解读《青藏旧时光》的四章诗篇：甘南时光、青藏书札、古风苍茫和域外行吟。

牧风出生在甘南藏族自治州一个叫"古尔占"的老村落，那里有东晋时期吐谷浑所筑的牛头城遗址。从戎羌部落到吐谷浑领地到吐蕃王朝到唃厮啰政权到明代屯军再到现代的多民族和谐共处，历史上诸多民族信马由缰的这片土地，注定是一处多元文化浸润的宝贵家园。作为一个在外求学并客居他乡的游子，和千千万万的行吟诗人一样，面向故园的回望，就是我们写作的永恒主题。

牧风，生在甘南、长在甘南，后来又工作在甘南，故园于他而言，背井离乡的守望就显得相对薄弱。因此，他把更多的目光放置在了历史纵横和当下巨变、传统恪守和创新发展、大美山川和深厚人文之中，赋予了自己作品更多的历史回溯和未来展望，完成了由"个人小情绪"向"时代大视野"的飞跃："吐谷浑垒土为城，饮血踏歌身居高地，屯兵大野。"（《雪中裸露的古城》）诚如他所言："一个村庄的成长史都汇聚在这个草原博物馆里。""一切与村史有关的文字和画面都在那边墙上，透过发黄的照片活灵活现，一些赋予浓浓乡愁的记忆瞬间已无法复制，它就是这个村庄最古老而真实的历史见证。"（《印象尕秀》）

自然，作为一个诗人，在作品中光有抒情是不够的。牧风借助散文诗的特殊体例，让叙事的情节性和抒情的壮美感相得益彰，给文字插上了或粗犷凌厉，或细腻真切的翅膀，完成了美丽的蜕变和飞跃。作为对故园的回望，人近中年的诗人，也在童年和成长、亲人和众生、失去和获得之间诠释这片土地对万物有灵的悲悯和赞叹，解读这片土地上的人民对生死轮回的释然和超脱。牧风的故园情怀，就在《焚稿祭祖父》《最后的冬天》《母亲的眼神》《我的命根子》等诗篇中一一呈现，把赤子般的拳拳之情表现得尽善尽美。

相较难以割舍的故园情怀、壮丽山河，更是历代诗人吟诵的亘古话题。在甘南，有一个奇特的文学现象，那就是很多知识分子乃至行政官员，有很多都是一个诗情饱满的漫吟者。他们因了这片地域与生俱来的诗意和神性，秉承藏文化的优秀传统，在主政一方造福于民的工作间隙，也在用手中的笔端悉心描写自己深爱的这片土地。也许是多了对这方母性大地了如指掌地深入和纵横捭阖地观察，他们的书写在立意和全局上更胜一筹。曾经做过教师、从政多年的牧风笔下的河山，除了壮丽旖旎的美不胜收，更有生态发展的忧思展望。他吟诵的笔触，从被誉为"人间香巴拉"的甘南大地延伸出去，抵达了足迹所到的方方面面。他在甘南大地上《探寻吐谷浑》，也在《洞庭湖畔沉吟》；他在《禅定寺蕴藏的故事》里思索着历史的沧桑巨变，也在《暗香浮动的招堤》上寻觅着未来的美好图景；他任自己的遐思徜徉在《沙目里舞动的神韵》中，也让自己的《灵魂在天池上舞蹈》。细读这些诗篇，除了对壮美山川的澎湃抒情和由衷赞美，更有对贫瘠土地的深深忧思和未来思考："脚手架和焊条的蓝色火苗窒息了鲜活的草根。鸟群张大嘴巴，却呼吸不到维系生命的氧。大地绿色的绸缎，被冰冷的记忆吞噬。还我草原。还我草原。一场噩梦中惊醒的我泪眼蒙眬。"（《羚城行吟》）"这样的夜晚，我把自己囚禁在灵魂暗处的思想深处，考量人生跋涉的轨迹。"（《一个人的夜晚》）如此，当他的足迹走过或熟悉或陌生的土地的时候，他也就在诗篇中完成了从"自我抒怀"向"终极拷问"地转变，完成了从"故乡之子"的"小我"向"华夏儿女"之"大我"地升华。

而这样的升华，也就让牧风的文字逐渐有了"家国情怀"的广阔："一条河流，佛界的祈祷汇成的河流，随处流露着仁爱和慈悲，它回旋着佛的颂辞和鼓乐的鸣动，见证着甘川文明的融合。"（《眼眸里的郎木寺》）"千里河西走廊，自古演绎神话和传奇，车辚辚，马萧萧，狂沙吹动，终掩不住陇上人新世纪创造的风电神话和一册山河的辉煌。"（《河西：风电之梦》）在如此磅礴的家国情怀里，诗人牧风用激情和火焰揭开了成吨的水流和滚烫岩浆的对话。让他在如醉如痴中面对广袤的祖国大地，看到了西域的白桦林是抵御外侵的屏障；让他回望嘉兴南湖一隅的余晖时，在晨钟暮鼓里被雕刻成紫铜色的夕归版画；让他伫立霞光漫射的相湖边时，内心鼓荡着寄情山水的宏愿，完成了一次穿越时空的对话，在大气磅礴里书写着来自高原铮铮男儿的广阔胸怀。

诚如评论家黄恩鹏先生所言："从牧风这些年的散文诗创作看，文本始终没有离开'甘南'这一特殊的民族文化蕴藏之地。"甘南是诗人的故乡，但牧风从这里出发，却不囿于优美风物的描写和神性大地的咏叹："我们绝不能失去自己关爱的土地和不现实的存在歌唱。"诗人牧风就以"甘南"作为自己文本的出发点和落脚点，将创作深植在祖国大地上，把个人的命运融入大时代发展，追问着生命的终极意义，践行着文字所能抵达的人类灵魂深处。

（原载 2020 年 6 月 17 日《甘南日报》第 3 版）

草原儿女的 "第三种生活方式"

——漫谈雷建政《风景甘南》的文学价值和现实意义

◎张大勇

我们在梳理和讨论甘南文学的时候，必然会谈到雷建政和他的创作，雷建政的创作始于二十世纪八十年代，他的作品频频发表于《人民文学》《收获》等大刊，引起了全国文坛关注，也广受读者欢迎。就小说创作的思想和文学价值以及产生的社会影响，即使甘南文艺创作经过了如许多年，小说作家也有不少堪称优秀者，小说创作上的收获亦不少，但能与之比肩者并不多，这为甘南文学界所公认。进入二十一世纪之后，他的创作转向影视文学方向，二〇一一年八月出版了旅游系列电视文学剧本《风景甘南》，开辟了个人创作的新路，而且极大地丰富了甘南文学创作的题材和形式。

《风景甘南》包括四个独立的剧本，《画》《湖》《界》《歌》，以精妙的故事分别从社会、思想、情感、文化四个方面展现了甘南 "古朴纯净的云和风、山和水、人和事、情和义"，作为影视文学剧本，"情" 与 "韵"

始终贯穿其中，萦绕其间。

特别是《歌》采用"洮州花儿"这一民间艺术形式，将影视语言和"花儿"唱词做了完美融合，为艺术电影、音乐电影、歌舞电影提供了绝佳的文本。该片的拍摄已经提上日程，将在甘南州治力关等景区和诸多小康村、旅游标杆村取景摄制，影片暂定名为《花儿哟，两连叶儿》，成熟的剧本、天然的取景地、高端的投入和运作，使它有望成为类似今年上映的《白蛇传·情》一样有独特韵味和艺术价值的佳片。

我和雷建政先生交流时，他说《风景甘南》之《画》《湖》《界》《歌》，通俗点说，总体都讲情，只不过《歌》讲情的方式比较特殊。文学影视作品讲男女之爱、人伦之情一般有几种类型，有仙凡恋，如《天仙配》《牛郎织女》；有人妖恋，如《白蛇传》《聊斋》中之诸多篇什；人鬼恋，如《李慧娘》《聂小倩》，用这种设定来表现爱情的忠诚和坚贞，表现人性的自由和解放，而《歌》讲的却是人歌恋，人和艺术的爱恋和痴缠。

我读《风景甘南》，觉得人歌恋依然是人情之恋，核心还是"情"，作家们笔下的这个"情"不仅是爱情，也不仅是人与人之间的"情"，而是自然之情、人性之情、传统之情等"情"之综合体，牵惹着人心的不光是男女之间的一个"爱"字，还有这方土地千百年来人民的生活际遇、顽强的生命硬度、不屈的斗争精神、纷繁复杂的社会百态与悲欢离合的人生况味。

这部剧本集分别改编自雷建政此前已经发表的几篇小说，但是从小说改为剧本，经过了较长时间打磨，两者之间的区别不光在文学体裁上。相比于小说，剧本做了更多影像化处理，增加了许多"镜头"语言，同时，又综合考量，从甘南这一地域纬度来集中展现这一方水土的地理人文、风俗人情和世道人心，为展示、宣传、推介甘南发挥积极作用。

一个作家某个阶段的创作会有大致集中的题材和较为统一的风格，《风景甘南》之《画》《湖》《界》《歌》这四部曲统一于时代伟大变革的主题之下——人民从旧时代的难生存、不自由、无尊严、常悲愁到进入社会主义新时代之后的幸福生活的对照，表现了时代和社会的深刻变革以及这种变革和人民幸福生活的辩证统一。

《湖》讲的是在旧时代草原上被欺压被迫害的人民生活和爱情的悲剧，与故事里不同时空的现代人的自由美好的爱情和幸福美满的生活形成对比，揭示了"旧社会让英雄变成贼寇，新时代让人民成为英雄"这一深刻含义。

《画》讲述的则是有天赋和才能的底层人民在封建时代受尽歧视和压迫，哪怕胸中有千秋诗画、万般妙相，也没有舞台和机会，无法发挥和施展自己的才能。人民得到解放，改革开放的东风吹绿了草原，民族之花遍地盛开，藏族传统艺术也终于迎来生机勃勃的春天。

《歌》也具有同样的主题，旧时代旧传统旧规矩，以及贫富阶层的门第壁垒隔断了生死与人情，隔断了爱恋与痴心。劳动人民的爱恨情仇、真情实意无法抒发。多姿多彩的民间文艺也被戴上封建枷锁，使"花儿"唱家喉噎舌结，不能放声歌唱。反观新时代，人民有艺者展艺、有歌者献歌，劳动者可以纵情歌唱美好的新生活，追求真挚的爱与幸福，享受着充实向上、幸福和谐的好日子，整部作品呈现健康积极、乐观向上、诙谐幽默的喜剧魅力。

《画》《湖》《界》《歌》"四扇屏"中就上述时代主题表现最深刻的应是《界》。亘古以来，草原上的人们为了生存，为了草地牧场，年年争夺，代代仇杀，冤冤相报，恶性循环，族群与族群、"南部"与"北部"之间绕不开"打冤家"，绕不开因此而起的械斗、伤害、死亡，人间纯真的爱情也因此被扼杀，由于分属"南北"不同的身份和立场，两个真心相爱的人，英武的桑和美丽的拉嘎经历生离死别，拉嘎失去了生命，桑的心也死了。

在《界》这一剧本中，现实与历史、人与自然互文呈现，羯、羝、羱生物种群对生存家园的守护、开拓与争夺与人类社会中南北草地之间生死械斗的"打冤家"相互映照，给人带来一种深邃的宇宙人生感，使得我们能够超越现实思考而通达哲理性的感悟，使读者和观众对"打冤家"带给人们的苦难有了更历史、更直观、更深刻地理解。

在作者早年创作的小说《疆界》中，由于"桑"的自我牺牲和双方善良人心的救赎，南部草地和北部草地暂时停止了械斗，靠一条长长的石墙来防止双方发生摩擦和冲突，却也阻断了南北往来与联系，而"打冤家"

的危险依然存在。"不知哪一年哪一日，一滴雨会浇开一丝间隙，一股风会吹开一道裂痕？不知哪一年哪一日，又一只羝羊从南部草地或是从北部草地走来，抵翻中界草地中心长长一道石墙上的哪块石头？"

文学反映现实，艺术来源于生活，党和政府开创性推动和实现尼江问题成功解决的重大现实，给了作家重要的思想启示，二〇一五年，雷建政对小说《疆界》重新创作和改编，写成了电影剧本，发表在二〇一五年第十二期《中国作家》上，而且他在剧本中直接写入中央电视台二〇一四年十月二十二日《新闻联播》"甘肃甘南：政府运用群众路线解决群众心结"的专题报道和二〇一四年十月三十日中央电视台《焦点访谈》"融雪车巴沟"的专题节目，也写入了党中央对尼江问题的高度重视和特殊关怀。

"打冤家"这一问题的最终解决在剧本中也有了符合现实的理想结果——得天独厚的生态资源、天赐的青山绿水、祖辈创造的草原文化、人民群众的勤劳奋斗，共同推动、共同实现的生态有力支撑、生产转型发展、生活宜居幸福的"第三种生活方式"，让人们告别了披星戴月、顶风冒雨、"逐水草而徙"的游牧生活，解除了人们内心自古以来根深蒂固的群体性精神危机，解开了草原儿女沿袭千年，世世代代为草山械斗、"打冤家"的历史症结，实现了伟大的历史变革。

"尼江"问题的成功解决，和以解决"尼江"问题为标志和引领的时代发展和社会治理的历史性进步，以及今天甘南大地上正在发生的伟大社会实践远比任何作家笔下的描写都更为壮阔和精彩，划时代的变革和全新的生活方式最终成为一种新的"自然"和天伦，人与万物得自然之全、享天伦之乐，从自然环境到社会环境，甘南进入了历史上最稳定、最幸福的时期，成为一方净土。这无疑是一切文艺家激情创作的不竭源泉，反过来说，运用一切文艺手段反映和表现全新中国和全新甘南，这是新时代一切文艺家最重要的使命和任务。

从文学剧本成为影视作品，有一定距离，但雷建政的笔下，极富画面感的精彩蒙太奇式的描写：气象万千的草原风物、独特的民族生活场景、"陌生化"的新鲜语言为影视创作留出了丰富空间，这也必将成为影视版

《风景甘南》鲜明的艺术特色。

《风景甘南》也有不足，比如人物形象的典型和精彩程度有一定的"分化"，对作者所喜爱的吉美、桑吉卡等人物，极尽其笔墨，令人过目难忘，而在历史场景与现代故事交叉叙述中，现代人物形象的塑造不够出彩和饱满。现代人物剧情台词的处理尚有"碎碎念"式的拖沓及说理式的枯燥之处。在剧情展开上，个别情节略欠自然顺畅，与作品精彩抓人的"草原叙事"部分相比，还有一些差距。

不过这并不影响《风景甘南》的艺术价值，结合雷建政的其他作品，我认为他倾力塑造的典型并不是某一个具体的人物形象，而是许多现实可感的、可亲可敬的典型人物的综合体，兼容并蓄、淬炼升华之后的一个整体性艺术形象，这个整体艺术形象就叫"甘南"——无论是吉美的坚忍、桑的勇敢、央姆措的忠诚、老头人的慈悲，都是"甘南"这一艺术形象的性格特质之一。

如果从创拍电影或电视剧来说，《画》《湖》《界》《歌》都是难得的文学剧本。《疆界》有甘南人民群众的伟大实践基础，有生动鲜活、丰富广阔的现实素材。《歌》是对古老艺术传统的一种传承，也是对"花儿"这种非物质文化遗产、独特民间艺术形式的创造性转化和创新性发展，应该会得到观众的认可和欢迎。《湖》对女主角央姆措深情地刻画动人心魄，使人心碎骨酸，男主角桑吉卡的传奇经历跌宕起伏、连环反转，引人入胜。

前一段时间，老电影《牧马人》忽然在网络上火了起来，它跟《湖》在通过回忆和讲述来表现两种人生、两种境遇的方式上有点相似，如果说拍成电影或电视剧，我觉得也可以不采用新旧对比式的交叉表现方式，而纯粹只讲一个时空下、一个完整的打动人的故事，这样的改动，有可能削弱剧本的悲剧力量，但从大众心理考虑，会得到大多数观众的喜爱：央姆措苦苦等待赛马夺魁、身负冤屈、智取宝马的桑吉卡，桑吉卡并不是像剧本里写得那样，像云一样失去了踪迹。

我想象的剧情结尾应该是这样的：时光如水逝去，邮递员罗为民踏遍辽阔草原，为等待了一生、已届暮年的央姆措寻找她深爱的桑吉卡。罗为民穿越四季，穿越白雪与雨雾，穿越峡谷和大草原，向着一个人的背影飞马而去，那个人像一块风雨不动的石头。

留下一个开放的结局，给"甘南"也给有爱的央姆措和桑吉卡们一个恒久的希望！

（原载 2021 年 9 月 1 日《甘南日报》第 3 版）

尕藏才旦：共和国沐浴我成长

——著名作家尕藏才旦教授访谈

◎王 碟

在一个周末的早晨，我有幸来到了尕藏才旦教授的家中，与他畅谈了关于他的成长历程与文学创作生涯。

尕藏才旦（1944—），藏族，青海省同仁县人。共产党员，一九六八年毕业于西北民族大学政治系，历任甘南州委宣传部文化科科长、甘南州文化局副局长、甘南州文联副主席兼秘书，甘南州文联主席及文化局局长、党组书记、副译审。一九九三年调入西北民族大学，先后任藏语系主任、西北民族研究所所长、中国少数民族艺术（影视艺术、宗教艺术）硕士点领衔导师。中国作家协会会员、中国电影家协会会员、中国民间文艺家协会会员、甘肃省文联副主席、甘肃省少数民族作家学会副理事长、甘肃省藏学研究会常务理事。多年来他从事教学与藏学研究工作，特别是在藏传佛教与藏族传统文化方面的研究取得了丰硕的成果，造诣高深。主要著有长篇小说《首席金座活佛》《红色土司》，中短篇小说集《半阴半阳回旋曲》，长诗集《益西卓玛》，中篇小说《给你一块奶酪嚼》《重逢》《圣女湖畔》《三送冬肉》《女王也是弱者》《三月花芳香》，短篇小说《羊粪蛋组长》《哦，我的阿爸》《木匠瓦嘎》《红十字药箱》等二十余篇、电视剧剧本《南来的风》（已录制播出），编著《当代藏族短篇小说选》《甘肃藏区纪行》《藏族民歌集》《藏族情歌选》。出版文学集、专著共十三部，获国家级及省部级奖三十余项。

源于生活实际　不断积累素材

与教授初见面时，他给人的印象便是质朴和蔼、平易近人。家里的布置简洁干净，教授与夫人热情地给我倒茶水。回首往事时，教授说："我出生在一九四四年，基本上与共和国是同龄人，是共和国沐浴我成长。我要感恩共和国，感恩党和人民政府，没有这个国家，像我们这些偏远的少数民族孩子是没有这样好的发展机会的。"在少年时期，尕藏才旦教授便和父亲与姐姐逃难到甘肃省夏河县拉卜楞地区。待到甘南和平解放以后，作为当时西部藏族社会经济和文化中心，拉卜楞地区较为繁华。党和政府在当地扶持少数民族经济文化，尕藏才旦教授便开始接触到京剧演出、电影、图书馆、乐队音乐、新型商品等，看到了新的文化气象，那时他特别喜欢看小人书。这些都是尕藏才旦教授接触到文学最初的契点，也让他从小就对文化艺术产生了浓厚的兴趣。

二十世纪六十年代，在西北民族大学学习时的尕藏才旦教授最喜欢的便是图书馆，所读书籍涉及面十分广泛，而这些书籍为今后的文学创作打下了基础。那时候，边看边记是他的一个习惯，并将所看到的知识分门别类地整理记录下来。后来在参加社会主义教育运动期间接触社会实践，积累了大量的生活素材，更是见到了各种鲜活的例子，此后尕藏才旦教授创作的一部分伤痕文学作品便是基于这一段经历。后来，在甘南任文化局长期间，尕藏才旦教授也不忘搜集各种资料，剪报纸或是记录下人家说的话语。

不忘初心　热爱文学创作

　　尕藏才旦教授共创作各类作品四十余部，其中包括文学、电视剧、电影、电视专题片。在甘南工作期间，他虽负责行政工作，但因为热心于文学创作和民间文艺搜集整理，在全国性刊物上发表了十余个短篇小说，创作了中短篇小说集《半阴半阳回旋曲》（四川民族出版社出版）；整理和发表涉藏地区民间长篇叙事诗，并分别用藏文和汉文翻译出版，公开发表《藏族情歌集》。在图书馆看书的尕藏才旦深深地感到，藏族有如此丰富的民间文学遗产却没有真正出版发表的作品，于是从六十年代中期，他便开始收集藏族民间文学作品。后来与人合作，共同交给出版社出版，填补了藏族文化在书面流传方面的空白。他说道："一个民族是靠文化来传承它的血脉，可以反映出其人生观、价值观，没有文化何以称得上民族！"当时藏族在小说方面十分薄弱，而尕藏才旦教授便是这个领域的开拓者。一九七四年，他开始在甘肃《飞天》杂志上发表小说作品。到西北民族大学工作之后，继续创作了《首席金座活佛》《红色土司》等五部长篇小说。

　　尕藏才旦教授也涉足电视剧方面的创作。一九八五年，单本剧《南来的风》以改革开放为背景，写了本地木匠与外来木匠的故事，在中央电视台播放；电视剧《走进香巴拉》获一九九四年国家"五个一工程奖"、中央电视台一等奖、全国飞天奖二等奖等四项国家级奖；纪录片《中国藏族文化艺术宝库》《布达拉宫》《拉卜楞》等作为文化部对外宣传影视作品输送各国使馆。

满怀感恩　祝福祖国

　　尕藏才旦教授说，在多年坚持不懈的创作过程中，他深刻地感受到，一个人才、一部作品，是离不开孕育其生长的土壤的。而孕育他的土壤便是共和国这片土地，他感恩祖国，是祖国给予了他成长的肥沃土壤和良好的环境氛围，美好的生态环境有利于培养人才。他坦言道："虽然国家这七十年风风雨雨的发展过程有过坎坷，但总体上是和平前进发展的，尤其是国家在关于少数民族发展方面花费了很大精力。因此，我们的国家谁也离不开谁，各个民族要团结一致才能共同繁荣发展。"

他表示，现在的祖国越来越繁荣，人民生活质量大大提高。但是路还很远，国家的发展也还存在一些挑战与困难，但是按照现在的道路走下去，今后国家一定能够更加繁荣富强，社会更加和谐，人民更加幸福！

（原载 2021 年 9 月 15 日《甘南日报》第 3 版）

甘南本土小说中现代意识的开拓者

——道吉坚赞小说论

◎安少龙

二十世纪九十年代，甘南小说的创作进入黄金期，出现了若干位重要作家，既为甘南小说打下了坚实的基础，也把甘肃小说推向了一个高峰。道吉坚赞是其中最为优秀的代表作家之一。

道吉坚赞（1960—2009），曾创作发表了许多优秀的诗歌、散文、小说，出版有小说集《小镇轶事》。曾获五省区藏族文学评奖优秀作品二等奖、甘肃省首届少数民族文学评奖二等奖、甘肃省第二届少数民族文学创作评奖一等奖、甘肃省第三届"敦煌青年文学奖"二等奖、甘肃省第三届少数民族文学创作评奖二等奖。其中中篇小说《金顶的象牙塔》《小镇逸事》《飘逝的彼岸》等在文学界引起较大反响。《小镇轶事》曾被《小说月报》转载，《金顶的象牙塔》改编后拍成数字电影《拉卜楞人家》在中央电视台电影频道播出。

道吉坚赞的短篇小说无疑是具有代表性的。他把所借鉴的西方文学和当代先锋文学资源与个人的生活经验和文化思考相结合，都转化为本土的写作资源。因此，他是用新的手法、新的视角描写甘南的最早、最重要的作家之一。

尽管他的主要作品都创作于二十世纪八九十年代，但他的小说理念是超前的，他敏锐地捕捉到新时代的气息，准确地传达了世纪之交那种激情、理想、天真混杂在一起的浪漫而充满活力的时代氛围。他的短篇小说集《小镇轶事》就是这时期最重要的文本。

《小镇轶事》是集子中的开篇之作。小说的情节很简单，是三个藏族青年男子在茶馆里的一场聊天，主体是桑吉扎西的爱情故事。二十世纪八十年代，社会经济转型还没开始，但社会氛围已经相当宽松。故事里的三个男人在草原上长大，又一起读过书、插过队，结下了深厚的友谊。这篇小说写了三个成长中的男人（大男孩）之间的情义，有一种粗犷、浪漫的西部氛围，还有一种十九世纪俄罗斯文学特有的，特别是屠格涅夫迪康卡夜话般的诗意氛围。小说在很短的篇幅中涉及青春、叛逆、勇气、爱、道义、责任等男性的成长话题，作者显然是用一种跨文化的视角来处理这样一个本土题材，使小说有了特别的意义。而且，我们注意到这部小说是在一九八四年写于玛曲的，在那样的年代那样一种环境里，能突破题材和思想的藩篱，用先锋手法写出这样一部小说来，的确是令人惊讶的事情。

集子中的一部分小说是描写草原的自然与人性之美的，至今读来仍能感受到浓郁的浪漫气息和理想色彩。

其中《西部的河，没有波浪》与其说是一部小说，不如说它是一幅草原风情画，一首优美的抒情诗。小说充满浪漫的抒情气息，但几乎没有什么戏剧冲突。小说主要的叙事部分写了辽阔的草原上，黄河上游一个摆渡的船工格尔玛和一个等待渡河的姑娘在帐篷里度过的两天两夜。故事中的男女主人公因为情感的克制而充满人性的优美和力量。小说中的一段歌词也展示出这篇小说的一个特殊的文化背景："西部的河，没有波浪……"这篇小说写作之际，正是文坛上"西部文学"概念性创作蓬勃兴起的时期，所以作者也有意识地要突出小说中的那种"西部氛围"，无疑，黄河上游的草原，是最具有西部气质的地域。小说把"玛曲"放到"西部"的文化范畴和审美范畴中去审视，使得这篇小说有了超越草原、超越地域的意义。这篇小说的氛围，让人不由自主地想到沈从文的《边城》。那分纯粹，那分悠远，那分诗情画意："空旷的天地，一条河、一只船、一个皮袍脱至腰际的赤裸着上身的男人组成了这片世界的生命……"可以说这是一篇道吉坚赞式的《边城》。

《不见了田园牧歌》由三个微型小说构成，《卡尔旺》写一个少年和一个少女吉姆的故事。所谓故事，并无情节，只是几个片段。小说围绕一个十五岁少年攥着十元钱去集市上"找相好"的情节，勾勒了乡村少年天性的淳朴、懵懂，少女的天真、可爱。小说笔触简洁，线条明快，氛围灵动。在几个令人忍俊不禁的场景的自然转换中，少年美好的窘迫，少女纯净的活泼跃然纸上。小说写出了一种未受现代生活"侵染"的源自天性的纯真人性，和一种天然去雕饰的淳朴生活境界。这篇小说的意境同样有沈从文小说的单纯、美好，是一篇上乘之作。《猎人笔记》则像一则优美的童话，一首单纯的诗，它把自然之美、人性之善水乳交融地结合在一起了。是一首关于人与自然和谐相处的优美诗篇。《不见了田园牧歌》则通过一个有着优美歌喉的少女从牧区到城市的经历，表达了对城市生活中堕落一面的批判。

而小说集中最有分量的是描写现实题材的中短篇小说，这些小说既有对转型时期社会现实的深刻洞察和精微书写，又有厚重的民族文化底蕴，因此无论从时代主题、叙事技巧、美学风格哪个方面来看，都达到了同时代小说的上乘水平。

《隆钦镇的晴晴雨雨》这部中篇小说在道吉坚赞的小说里具有特殊的意义，主要在于题材上的转变。道吉坚赞以往的小说偏爱具有传奇色彩的题材，或有意突出草原风情以及不同寻常的人和事，或者生活中审美意味强烈、诗意浓郁的一面。而在这部小说中，他转向了现实题材，而且流露出少见的冷峻和批判意味。

在这样一部篇幅介于短篇和中篇之间的小说里，他以开阔的视角，几乎是全景式地反映了一个民族地区的小城镇在二十世纪八十年代改革开放初期的一些生活波澜。纵向来看，这部写于一九九二年的小说，对正在发生着巨大变化的时代有一种敏锐、深刻的洞察力和预言性。

其后的中篇小说《金顶的象牙塔》，既是道吉坚赞小说的代表作，也是当代甘南文学中的经典之作。

《金顶的象牙塔》这部小说主要表现的是二十世纪八十年代甘南小镇的一个日常生活剖面，呈现了一组五色杂陈的世相百态。小说没有完整的故事和连贯的情节，只有若干生活片段，只有一个个生活场景。因此，这部小说可以看作是一幅徐徐展开的当代生活的民俗画卷。

小说写了镇上住在一个大杂院里的几个小人物的故事：故事的叙述者"我"是小镇上的一名公务员，也是小镇生活的观察者。"我"又是一个串联故事情节的枢纽人物，通过"我"的活动，把画家贡布、生意人红果儿、巴廓尔草原上的牧人桑尕等几个不同职业、不同角色的主要人物的故事都串联起来了。小说侧重表现的是小镇上人的变化，大杂院里所发生的一切就是时代和社会的一个缩影。

作者给叙事者安排了一个适当的角色："我"是大杂院里的住户，既是知识分子，又是小镇上芸芸众生中的一员。作者让"我"保持了一个与小镇人平行的视角。事实上，这个限制视角是一个恰到好处的葆有理解、宽容、同情的内部视角。虽然这个"我"经常处在惊讶、困惑、失望之中，却能够以发展的心态看问题，对一切变化都持宽容、乐观的态度。他对小镇的态度，是既亲切又陌生，既爱又恨，既迷恋又蔑视。

联系到这部小说的创作年代（一九九一年），可以说它是作家近距离（或置身其中）观察、体验时代的产物。八十年代，社会正处在转型的起步阶段，但转型所带来的变化之快、之迅猛，却是令人措手不及的，草原上的这个小镇正是如此。用作者的一个比喻来说"尽管我的小城还那么粗俗，但她毕竟抹了那么一笔淡淡的轻妆，虽不华贵，也迈进了现代"。作者对裹挟着小城快速变化的态度是困惑的，也是矛盾的："时代确实变了，有时变得令人不可捉摸"，"我的生机勃勃，却隐呈病态的小城"。

作者在叙事中有意识地克制了同时代作家面对现代化这个主题时常见的焦虑心态和忧患意识，尽可能保留了一分乐观和从容。这分自信一方面来自遥远的巴廓尔草原。作者对巴廓尔草原做了富有诗意的描写，那里宁静、辽阔、闲适、自由，人们率性而活，敢爱敢恨，体验着生命本真的快乐。草原上的牧人桑尕是自由不羁的、充满生命强大的本能活力的、无视俗世虚伪道德的一个人物，也是一个带有理想和传奇色彩的人物，是小说中最有魅力的人物之一。小说中对巴廓尔草原与小城生活的描写是平行交替穿插的，喧闹的小城与宁静的巴廓尔草原处处形成了对照。这是草原与城市的对比、现代与传统的对比，也是淳朴人性与物质欲望的对比。当然，巴廓尔草原不过是一个诗化意象，是一个象征符号，作者真正秉持的则是一种强大的文化自信，是源自民族深厚博大文化的一种自信力。

这分文化自信在书写中表现为一种叙事语言的张力和活力，作家的叙事才华在这部小说中得到了汪洋恣肆地展现。场景的鲜活生动、人物的多姿多彩、对话的妙趣横生、动作的轻灵到位、叙事时空的转换自如，使整部小说犹如一部热闹精彩、全景立体呈现的电影。道吉坚赞这种调控所有叙事元素的本领在当时的本土作家中是罕见的。更主要的，是从他的小说语言中洋溢出来的那分幽默、机智、圆润，犹如醇厚浓香的酥油奶茶，散发着魔力。这种魔力究竟来自何方？我们在小说的末尾，在作者情不自禁地流露的一番话中窥见了部分的秘密："我曾经看过一本歌谣集，节奏明快，妙趣横生，纯正而富于人道气息，正像我们居住的大院。……我们不正生活在这许多首妙趣横生的歌谣中吗？唱你的歌谣吧！"

在一九九一年，道吉坚赞就写出了《金顶的象牙塔》这样的小说，实在令人惊讶。惊讶于这篇小说之先锋，因为"先锋"在那个时候还是一个令人仰羡却遥不可及的词。但是这部小说从手法到观念，从形式到内容，都把"先锋"娴熟地琢磨透了，把几乎所有的"先锋"元素都当一盘什锦菜一锅烩了。至少在今天来看，这部小说在不少方面依然是令人望尘莫及的。

不仅是在《金顶的象牙塔》中，还包括在其他许多小说中，道吉坚赞写出了这方土地上人们乐观、幽默的一面。他们随遇而安，心地单纯，好奇心强，喜欢捉弄别人，开别人的玩笑，也常常成为别人捉弄的对象。他们的乐观天性是物质生活和精神生活的调和剂，使平淡的生活也有了亮色和暖色。这也许来自他们独特的生命观、生活观和万物浑然一体的世界观，这使他的小说在审视现实时、在批判的锋芒后面又带着一种宽容、悲悯的意味。这无疑是博大的文化包容力在道吉坚赞小说中的体现。

作为一个本土作家，道吉坚赞能常常跳出本土视角打量一切。因此他的视角有时是内部透视的，有时是外来者的审视的，有时是现代的，有时是古老的，有时是文化的，有时是批判的。这样宽广的视角就使他获得了充分的叙事自由度、广阔的话语空间和驾驭题材时游刃有余的从容。也使他的小说层次厚重，意味深长。

以上这些方面，都是道吉坚赞作为一个优秀的本土作家打通内外部视角来观察、书写民族文化的一个突出特征，也是他留给后来者的一种宝贵启示。

（原载 2021 年 10 月 13 日《甘南日报》第 3 版）

每一株小草都在歌唱

——著名诗人阿信和他的诗歌印象

◎王朝霞

　　让一个很少写诗的人去写一个诗人、且是名气和影响力享誉全国的诗人，心里多少会有点忐忑。我一直在想：要怎样才能用最精练的语言把一个集横溢的才华、脱俗的气质和有趣的灵魂于一身的诗人，三百六十度无死角地呈现给大家？

　　前些日子去治力关参加一个笔会，碰巧跟阿信老师同车而行，我于是说出了心里的忐忑。他非常大度地说：放心去写吧，有趣点儿就行……

　　感谢他的开放和包容。

　　最早记住阿信这个名字，缘于那首《山坡上》的诗歌。记得当时读完这首诗时，我心里没来由地咯噔了一下：怎么会有如此干净到辽阔的表达？

　　　　车子经过

　　　　低头吃草的羊们

一起回头——

那仍在吃草的一只，就显得

异常孤独

寥寥数字，瞬间就铺陈出天地之间棱角分明无限清晰的孤独感来，让人不由分说就陷了进去。以致后来，我每每外出途经草原时，总是情不自禁地把目光投向山坡上低头啃草的那些羊群，猜测哪一只羊，会是心无旁骛于自己世界最孤独的那只……

那时候还没有博客没有微信，要读阿信的诗歌，只能等新出刊的《格桑花》。我很期望再次读到像《山坡上》那么干净独特的诗歌。二〇〇八年五月，阿信出版了第一本个人诗集《阿信的诗》，草地一样绿的封面，很吻合草原即将到来的春天。作为他的"宽粉"，我有幸求得一本拜读学习。至此发现，他的诗以及诗歌语言都是暖意、质感、小众，有着初雪一样的洁净。对于一个有着严重文字洁癖的人来说，这是一件很值得欣慰的事。

二十世纪八九十年代，正逢文学的高光时期，一个人若被冠以"诗人"二字，必定会成为无上荣光的发光体。而当时，阿信、桑子、完玛央金被称为甘南诗坛的"三驾马车"，并驾齐驱在辽阔的甘南草原上。因此当我认识阿信的时候，他已经是被无数粉丝追随的那个发光体了。记得一位外地诗友得知我生活在甘南后，无不羡慕地在博客里留言：生活在甘南好幸福啊，可以随时见到诗人阿信……他哪里知道，虽然我们同居一城，但诗人阿信也不是想见就能见的。倒是我，算得上是个例外：因为新闻记者这个身份，又加之前些年我正好对口甘肃民族师范学院的采访报道工作，所以偶尔能谋他一面。甚至还能偶尔用诗歌给他画像呢！

那次也是去参加师院的一个活动。当时，阿信端坐在主席台上，不苟言笑的样子颇是好玩儿。我一边在纸上乱画一边想：每当这样的时候，诗人阿信去哪了呢？顺着这个思路，我竟给他划拉了一首短诗，写完后还差点笑出声来。时隔多年，我只记得末尾两句：当你正襟危坐时，你和你的诗歌在哪里？你是否听见，窗外的小草一直在歌唱？

当然，当我以记者的身份出现的场合里，阿信也只是以行政领导的身份出现。这样的时候，我们很少打招呼——我一贯缺乏跟领导沟通的能力，阿信似乎也矜持于我的性别——这一点倒是很符合诗人气质：大多数写诗作文的男人，无论多少岁都会依然保持着难得的羞涩和孩子气。在我的眼里，阿信也是。

十年前的秋天，在冶力关的一个笔会上，醉了酒的阿信拉着一众人去他房间聊天。一开始，屋里一派勃勃生机，沙发上床上到处挤满了人。阿信坐在靠窗的位置，就着窗外奔腾不息的冶木河水给大家讲一些遥远的往事。听故事中的人们忽而捧腹大笑忽而集体沉默，只有阿信的眼神一直亮着，有点众人皆醉他独醒的味道。夜深以后，人们开始打着呵欠逐一溜走。至凌晨两点多时，屋里只剩下我和李德全老师还强打着精神在聆听。阿信也不在意大家的离去，仍然专注于自己的回忆当中。让我讶异的是，即使醉酒，阿信的思维依然清晰得惊人，若是一个话题延伸或分叉至另一个话题，绕一大圈儿后他竟能滴水不漏地给接回来，且条理清楚得没有一丁点儿重复。正是他这样认真而专注地倾诉，让睡意蒙眬的我们不忍心离开——大凡优秀的诗人，心里都住着一个羞涩的孩子。只有醉了酒，才愿意把关在心里的那个孩子给放出来。而平时，他只能一首接一首地写诗，一次又一次地完成和自己的对话：

> 在赶往医院的街口，遇见红灯——
> 车辆缓缓驶过，两边长到望不见头。
> 我扯住方寸已乱的妻子，说：
> 不急。初冬的空气中，
> 几枚黄金般的银杏叶，从枝头
> 飘坠地面，落在脚边。我拥着妻子
> 颤抖的肩，看车流无声、缓缓地经过。
> 我一遍遍对妻子，也对自己
> 说：不急。不急。
> 我们不急。
> 我们身在尘世，像两粒相互依靠的尘埃，
> 静静等着和忍着。
>
> ——《在尘世》

二〇一五年深秋的一个黄昏，我拎着相机在师院校园里独自一人晃荡，幻想着能偶遇一两个陌生而新鲜的镜头，能让我创作出"惊世之作"。就在这样漫无目的地行走中，我在夕阳温柔的光影里看到了一条醒目的红色横幅，上面赫然写着：祝贺我校诗人阿信斩获徐志摩诗歌奖！这个由中国诗歌学会、浙江省作家协会和海宁市人民政府联合主办的奖项，在国内诗坛的知名度和影响力自然不言而喻。当我端起相机，把镜头稳稳地对准那条横幅时，我清晰地感觉到心头掠过一丝暖意——和文学有关的任何一分殊荣，都值得我们去仰视。阿信获此大奖，荣耀又岂止属于他本人？甘南草原上的每一棵小草，都应该对他肃然起敬。

有一段时间，我会经常去阿信的新浪博客串门。每次去，都会有更新。仍然是很安静很节制的诗歌气质，仍然是让人读了又读不忍翻页的暖意。至于那些获奖信息、别人的评论，就更不稀奇了。似乎，那些独具慧眼的大刊编辑时刻都在眼巴巴地等着阿信更新。只要一出现新作品，立马就会被他们收入囊中变成一粒粒铅字……

所以，经常会听到外地诗人表达对阿信的仰慕之情。一位东北诗友在微信上跟我唠：你们甘南有个诗人老厉害了，你认识他不？叫阿信……那口气热烈如一团燃烧的火焰，似乎他分分钟就能跨越千山万水来到甘南，见那个厉害的诗人阿信。

文学的力量到底有多强大？四川阿坝州建了一个以作家阿来命名的书屋，一度成为众多文学爱好者慕名前往的精神宇宙。而阿坝州每年一届以阿来命名的诗歌大赛更是受到全国各地甚至海外人士的广泛关注，为推介和宣传阿坝起到了超于预期的作用。所以，外地诗友羡慕阿信生活的甘南，就一点也不足为奇。我自己不也是为了见阿来一面，专门给今年的"阿来诗歌节"大赛寄了稿吗？只可惜疫情原因未能去现场面见阿来，成为心头憾事。好在我已学会自我安慰："没关系，反正咱大美甘南还有阿信，反正可以随时随地读他写给甘南的那些诗……"其实，随着这些年在全国各大赛事上频频亮相，阿信的名字早就走出了甘肃。对于甘南而言，阿信始终是一张不容置疑的诗歌名片。

久居甘南，阿信给脚下的这片土地写了很多诗。在追求天地合一的大美中，他经常以诗歌的形式来完成一种与众不同的人生体验。

比如大美——

有一种独白来自遍布大地的忧伤。
只有伟大的心灵才能聆听其灼热的绝唱。
我是在一次漫游中被这生命的语言紧紧攫住。
先是风，然后是让人突感心悸
四顾茫然地歌吟：
"荣也寂寂
枯也寂寂"

——《小草》

比如友情——

说定了，陪你去玛曲对面的唐克
看亚洲最美的草原，看雨后河曲
壮丽的日出……
我闲居已久，懒于出门，心中长满蘑菇。
我们搭伴去唐克，是第一次。也可能
是最后一次。
雨季如此漫长，草原上的小路泥泞不堪，
我去屋后林中
砍两根顺手的木杖，趁着晨雾未散

——《雨季》

比如孤独——

点燃烛光，静听窗外细致的雨水。
今夜的马，今夜的峭石，今夜消隐的星辰

让我独享一分冷峭的幽寂。
让我独坐高原，以及诗歌中
无限寂寥的黑色毡房。

我于这样的静寂中每每反顾自身。
我对自己的怜悯和珍爱使我自己无法忍受。
我把自己弄得又悲又苦又绝望又高傲。
我常常这样：听着高原的雨水，默坐至天明
——《独享高原》

比如日常——

下雪的时候，我多半
是在家中，读小说，写诗，或者
给远方回信：
雪，扑向灯笼，扑向窗户玻璃
扑向墙角堆放的过冬的煤块、牛粪。

意犹未尽，再补上一句：

雪，扑向郊外
一座年久失修的木桥。
在我身后，炉火上的铝壶
噗噗冒着热气
……
——《那些年，在桑多河边》

阿信曾在一篇创作谈中表示：在高原生活得久了，一个人会变得宁静、虔诚，少几分轻佻。按藏族人的说法，每时每刻，都会有神灵从你头顶经过——你必庄重，你必虔敬。我就是这样对待我写作的文字——因为我所处的高原不仅神秘，而且有灵。我在这里写作，我在这里生活，我在这里爱、在这里歌哭，我在这里慢慢老去。这一切，按我的理解，就是自然，就是诗。

他说，我常常惊奇于高原上那些普通牧人家或僧舍的普通早晨。一个牧人和僧人的早餐一般是由一碗酥油茶、一碗糌粑构成的。这份早餐简单到了极致。但这些最基本的物质不但提供着一个人的全部肌体能量，也支撑着他元气充沛的精神世界，更维系着他内心恒定的信仰维度。更多的时候，我希望自己就是那个牧人，或者僧人。我希望在自己的诗歌里，真正抵达一个那样的早晨……

事实上，诗人阿信早已经抵达了无数个这样的早晨：晨曦清澈，炊烟轻盈，每一株小草都在他的笔底下深情歌唱……

诗人桑子说，八十年代初，他和阿信刚刚大学毕业分配到甘南时，俩人都穿着时兴的喇叭裤，留着又酷又帅的长头发，满怀抱负地想用文字给甘南草原画像。也许，从他们踏入甘南的那一刻开始，诗歌就在他们的心中稳稳地扎下了根。也许命中注定，阿信要成为甘南的阿信，然后，再把甘南以诗歌的形式带向全世界……

（原载 2021 年 12 月 22 日《甘南日报》第 3 版）

洮水染绿了山川，染绿了石头和历史

——记甘南作家李德全先生

◎刚杰·索木东

辛丑年冬天，居身的这座城市，小雪无雪，大雪也将无雪。顺着身边蠕动的这条大河回溯，就可以看到冰雪晶莹的故乡卓尼，看到黄河最大的支流洮水之滨，年逾花甲的恩师李德全先生和诸多文友们依旧恪守着的那一分古老的诗意。

诚如先生在《洮河赋》中所咏："洮水源远，一脉相承。流经千余里，宛转八县市。洮河文化五千年，逐水草，事稼穑，生息戎羌氏；民族纷争大迁徙，吐谷浑，吐蕃族，隶制频变迁。洮州一隅，战略要地，民族融合，风情淳朴。蕴草原民族骁勇耿直之秉性，存江南文脉儒雅清秀之遗风。中华一族，唇齿相依。"地处青藏高原东部边缘的甘南卓尼，是一片神奇的土地。早在新石器时期就有人类居住，秦汉时期是羌戎牧马之地，西晋时期是吐谷浑雄踞之所，唐代是吐蕃远征之域，明代是移民屯军之城，明清至新中国成立前一直是卓尼土司管辖，新中国成立后更是多民族繁荣发展、多元文化交会交融相得益彰的一方宝地。这一分历史的久远和文化的多元，就是卓尼大地英才辈出的文化根脉；这一分文脉的延续和诗意的熏陶，就是历代卓尼儿女文艺创作的精神根源。

客观评价一个熟悉的人是困难的，而遑论自己恩师的文字和成就更不是弟子力所能及的。所以，这些年来，没敢给恩师写过只言片语。下面，遵《甘南日报》编辑之约，谨围绕"诗者""师者""史者"三个关键词，斗胆探索老师诗意盎然精彩人生的一鳞半爪。

在文学的殿堂里，李老师始终在用诗心养育着青春的那株"马尾松"。卓尼，藏语意为"马尾松"，被誉为"洮砚之乡，藏王故里"，也就生动地说明了这片土地上多元文化的源远流长。如此诗意的一个地名里，我们似乎可以看到，诸多文人墨客从这里出发，游历、求学、敏思、精著，留下了许多皇皇巨著和无数精妙诗篇。

李德全老师二十世纪八十年代初毕业于兰州师范专科学校（今兰州城市学院）中文系，系统的专业研修给他的文学创作打下了扎实的基础。一九九二年，他和作家李城一起，在任教的卓尼县第二中学创办了校园文学刊物《桃林》，后又在卓尼县藏族中学创立了"柳林"文学社，并编印了同名油印本刊物。后来，作家唐毅、诗人瘦水等人和诸多文学青年也先后加入，这是改革开放后卓尼大地上文学的再次复苏。之后，在新时代文化大发展大繁荣的背景下，《卓尼文艺》应运而生，年逾花甲的老师更是不辞辛劳，出任卓尼县作家协会主席和刊物主编，继续为家乡的文学事业奉献着一腔热忱。

翻开二〇一〇年由百花文艺出版社出版的诗文集《生命如歌》，这册收录了诗歌四辑、散文和散文诗三辑、评论五篇的集子，更是能看到老师清晰的文学创作脉络。从一九九一年《开镰那天》里"磨刀石被你的手镯敲响／你把时间用水浇湿／然后定在锋利的镰刃"，到二〇一〇年《静思》中"还能把对春天的爱／种植在荒芜已久的土壤／还能把对童年的记忆／灌溉成一泓荡漾的碧波"这些句子里，都能读到他历经半生、醉心诗文、豁然开朗的那分执着与通达："人生的辙痕不断／折射出记忆的旧影／而路愈走愈觉得悠长。"

诚如朱永明博士所述："当代卓尼汉语文学的引领人理应是益希卓玛。新时期以来的汉语文学作家是以完玛央金、李德全、薛贞、卓尕次力、刚杰·索木东、觉乃·云才让、沙冒智化等为代表的作家群，他们笔耕不辍，书写着卓尼这片土地上的人与事，始终以文学传播卓尼的历史文明，但又殊途同归于乡土、新中国的讴歌及其多维文化书写。""李德全以卓尼'水墨乡土'为创作之源，为读书界推送出了他的诗文集《生命如歌》《岁月如诗》等。历史经历、生活经验、教学苦乐等垒叠出了他感悟生活、珍爱生命不断探求文学'蹊径'的精神品格。"

纵观二十世纪八十年代以来的卓尼汉语文学发展和代表作家的成长历程，都浸润着李德全老师辛勤的汗水和执着的身影。

在教育的殿堂里，老师用师者仁心让每一个学生心里都盛开着紫斑牡丹。于我自己而言，如果老学究出身的曾祖父是最初的文学启蒙人的话，那真正引导我步入现代诗歌之门的恩师就是李德全先生。记得九十年代初期的卓尼一中，爱好文学的我们聚集在老师两间平房的小院里，在戴望舒先生《雨巷》的优美意境里，听洮水潺潺东去，听春雨淅沥落地，感悟着浓浓诗意对青春萌动的纯真洗礼。

一九九四年七月，玛曲县"雪光"文学笔会在黄河首曲草原深处盛大举行，李老师想带我去拜会甘南文坛的前辈们。当时，恰逢高考失利后远走他乡求学归来的我刚刚再一次参加完高考，由于多方面的原因未能成行，也就错过了那次诗意盎然的盛会。后来，他在散文《玛曲草原行》中这样记述："通过对全州文学创作全方位的评价和展望，各自寻找到了生命的坐标和自我存在的价值。"那年秋天，我顺洮河而下，抵达黄河边的校园，在心中的神圣殿堂西北师范大学数学系就读，毕业后留校工作，开启了自己新的旅程。就像老师所言："掬一捧温暖的黄河水，洗去惜别时的泪痕；捡两兜闪亮的黄河石子，沉稳我旅程的脚步……"

后来，李老师想加入甘肃省作家协会，他从卓尼老家寄来填写工整的表格，嘱我为他填写入会推荐意见，刚劲隽秀的笔迹中，浮现出老师面庞上敦厚爽朗的笑容。我惶恐之余，更是再次感受到为人师者的豁达和宽广——彼时，甘南大地上有那么多的优秀作家均可作为他的推荐人，可他却偏偏屈尊让自己的学生来填写推荐意见，这是何等谦卑的姿态和广博的胸怀！

记得二〇一〇年我尝试进入小说领域的书写时，曾围绕异地安置和洮砚文化的传承为线索写过一个短篇《广场》。文中涉及一段"洮州花儿"，由于这方面知识的匮乏，造成体例和音律不当，李老师还给我精心修改过那一段文字。这时，我也突然想起，慈爱寡言的师母也曾是一名享誉四乡的民歌歌手。而他们伉俪更是相和、祥和一生陪伴的神仙伴侣："老婆不识字／却会唱民歌／一首又一首／问他会唱多少／她说她有一肚子／两肋巴／屋里还有两抽匣／走进城里／住进楼房／老婆离开了田埂／不种庄稼／我说街道能唱吗／楼房能唱吗／她说她要回家／／"（《老婆与民歌》2009年6月4日）——老师用白描式的诗歌笔法，书写着师母和她的民歌还有青春，书写着他们那一代人的艰难历程和传统文化在当代文明中的渐行渐远，但似乎又都不是……

二〇一六年初夏，父亲突然辞世。老师更是带着诸多已近中年的同窗前来吊唁。他虽然没有给我多少言辞上的慰藉，但我从他凝重的眼神中，能感受到他和钟爱雕刻的父亲"金石为交"的情谊，感受到对弟子们基于信任的所有鼓励和抚慰。

三十年来的几个小故事，都是人间琐碎，似乎不足一提。但却处处透露着先生为师者、为长者、为诗者的虚怀若谷和对后进末学自始至终的关爱与信任。

在史学的殿堂里，老师用诗词歌赋赞叹着祖国的大好河山。近年来，作为中华辞赋社会员、中国辞赋家协会理事，恩师将主要精力转向了对卓尼瑰宝洮砚文化的研究书写和对古典辞赋的全新创作，并先后出版了地方风物传记《话说洮砚》、散文随笔《洮砚散记》和诗赋集《岁月如诗》，开创了甘南作家在文坛上的又一新域。

他胸怀天下、纵横八荒，洋洋洒洒写下了《锦绣中华赋》《汨罗赋》《青藏高原赋》《青藏铁路赋》；他关注苍生、视野清越，挥笔写就了《苍鹰赋》《牦牛赋》《神骏赋》《雄鸡赋》；他归于田园、删繁就简，悠悠然写下了《阳春赋》《秋菊赋》《桃花赋》；他立足本土、不忘桑梓，饱含深情写下了《卓尼赋》《羚城赋》《舟曲泉城灯赋》《古战赋》，他心系教育、钟情桃李，感同身受写下了《甘南中等职业学校赋》《卓尼藏中赋》《柳林小学赋》……

作为中华优秀文化的代表之一，作为古代汉语"骈文"的一种体例，辞赋以其华美的辞藻、对仗的文本、严谨的格律和朗朗上口的歌咏情感"铺采摛文，体物写志"，喻景抒情中考究的不仅仅是作者扎实的古代汉语修养，更需要精深的史学功底。老师的辞赋，因其考究的文本、精湛的索引和饱满的情感、高昂的赞叹，得到了辞赋家和评论家的一致好评，诸多作品先后刊于《中华辞赋》等业内重要刊物。诚如当代辞赋家张秀球先生的评价："妙笔生花，嵌珠镶玉，摘绝熏香，雅见才情！"

近年来，退休后的老师深入挖掘中国三大名砚之一"洮砚"的文化渊源，梳理总结近代以来洮砚文化的传承和特质，在当地文化史上第一次完整描绘出了一幅卓尼洮砚文化的完整"图貌"，并用文学的语言、散文的笔调，书写出版了系列著作《话说洮砚》《洮砚散记》。这两册著作，已经成为当下诸多洮砚文化研究者和洮砚爱好者不可或缺的"蓝本"。窃以为，不论从史学意义上，还是从文化意义上，都会对洮砚和洮砚文化的追溯、延续和传承、弘扬起到不可估量的作用。

老师一生爱诗、半辈喜酒，曾写下《酒歌》现代诗二十阕和《酒神赋》等不同文体的作品，被誉为卓尼文坛的"酒仙"。从教四十多年的老师是平凡的，他在洮水之畔的日常中书写着生活的诗意；写诗半辈有余的老师是热烈的，他在年逾花甲的岁月里继续歌咏着不老的青春。

他的大学同学、甘南作家李城先生在《腹有诗书气自华——简述李德全其人其文》中说"渊博的、超然的、幸福的"他满腹才华，却始终保持低调："品尝过岁月的艰辛，体验过奋斗和成功的快乐，而今的德全不仅桃李满园，也已经儿孙满堂。他是一个乐观豁达的人，似乎已参透了人生三昧，而达到'心旷神怡，宠辱皆忘，把酒临风，其喜洋洋'的境界了。"

（原载 2022 年 1 月 5 日《甘南日报》第 3 版）

家书：来自甘南草原的吟唱

——记甘南著名诗人桑子

◎瘦　水

医院里待着，检查身体的父亲似乎是睡着了。

看了看十七度左右的温度，适合昏睡，尤其是漫长的排队等候，好在医院的走廊上有长椅，符合人生是漫长的等待这一流行说法。

像极了一个人，秃头、稍胖、胡子拉碴，微笑着从身旁走过，他微笑的样子很像桑子，也是这类人对世界的惯常态度。看见这类人，内心似乎温暖了起来，阳光了起来。

桑子，原名张筱兑，又名小兑、笑对等，甘肃民族师范学院教授。因为他那些动人的诗句，我们在甘南草原相识。客观地说，我所喜欢的阅读与创作无不与他有关，这就有些近朱者赤的意味了，当然我是心存感激的。桑子是陇右高原典型的农家子弟，加上西北师范大学历史学专业的出身，更加恪守祖宗的家规与祖训，是一个身在草原却又践行着农耕文化的读书人。他的坚守中更多的是黄土地带农业文明的血脉，这种继承和恪守，使他的生活简单、纯朴、热情、细腻，也就有了后来的诗人桑子在八九十年代的甘肃乃至中国诗坛上的声名鹊起。那时谈论甘南草原的现代诗时，人们谈论更多的是阿信和桑子，他们与草原抒情风格迥异的诗歌特质，也让甘南诗歌慢慢地走向了中国诗坛。

爱情显露出诗人的少年天性，他在合作小镇上摆过书摊，是为了每天能目睹在单位门口进出的姑娘："春雨中花朵绽开了 / 小树开始了生长 / 因为怀念我来到了山冈 / 因为怀念我将要居住在山冈 / 我呼唤着你的名字 / 凝望着光明 / 照在你的脸上 / 凝望着晶莹的绿披挂在你的身上 / 没有贫富如同红艳的酒 / 没有贵贱如同靠岸的船。"

亲情蕴藉着诗人的成人品质，他大半生奔忙于黄土高原和青藏高原的接合部，为的是尽力安顿好陇东乡村的血缘家庭："我要行善，焚香以求你的身心真实 / 恬然领受你的性命 / 咀嚼天意的欢乐 / 身肩血缘的忧苦 / 孩子，我不能予你锦衣之好 / 而你却予我明月在怀 / 清风鼓袖。"

友情增长了诗人的知性与智性，也唤醒了诗人心中诗歌的儿女，草海为床，星星为屋，使他在心底为生命的幸福举起杯盏，为流离的魂魄燃起了柴薪："万物的归宿，在黑夜中进入了更深的思想 / 如果伸出的是慧心之手 / 就有另一只紧持玉壶 / 提前击穿夜的心脏 / 地上的火 / 天上的星 / 没有什么光辉不可以表达 / 没有什么罪恶不被照亮 / 也没有什么美丽 / 不可以想象"，诗人的思想飞得很远很远："焚林的鸟，弃水的鱼 / 黯然胼胝沧桑的人 / 肯将头颅与黄金 / 轻松一掷的高远的心 / 是他们教我将远志托付悬冰 / 素心以待幽独的心结。"

这些优美真挚的诗句，不仅表达了诗人对爱情的渴望、亲情的坚守和对友情的寻觅，更在九十年代的高原学府和草原风靡一时，成为包括我在内的学子们经常朗诵的诗作。因为爱，因为桑子的诗句，那时的我们在甘南草原经常忍不住眺望远方，在格桑花花丛中喝得酩酊大醉，口中呼喊着心上人的名字。

然而生活终究是生活，在家里人的再三催促下，桑子找到了现今的爱人，而他对女儿的爱更是人尽皆知，校园里总有他挽着女儿穿着军大衣走来走去的影子，这是师院里独特而又充满亲情的亮丽风景，有时候讲课的桑子和他的学生都能听见操场上女儿的叫声，桑子也被一位喜欢他诗歌创作的评论家称为"甘南最好的父亲"。

桑子写下了大量充满哲思的诗句以及脍炙人口的爱情诗，前期的风格充满了浪漫情怀，中期开始介入现实主义题材，创作了深具抒情意味的《红缨，1921》《长征》《遵义，1935》《延安》等以历史为主题的诗歌系列，后期则主张诗歌的哲理性与散文化，《迷醉》《游走》等长诗洋溢着东西方文明碰撞后的感受和喟叹，有着波斯文明和中华文明交融后的灿烂之美，而他追求的诗歌散文化，很适合桑子的胸襟和对人生的任意抒发。

桑子的内心是大同的，是典型的儒家"中"的哲学，他的族别意识很模糊，类似人都是人类的想法，而在乡下蹲点调研期间，他与当地的农牧民风雨同归，睡在同一张大炕上，为有时候能吃上一碗加上腊肉的面片而心怀感激，村里人很喜欢这位从不摆架子的大学教授，他也写下了许多关于西部和少数民族地区如何促进经济与教育发展的论文，其中有些纪实性散文不失为经典，他将这些随行笔记编撰成书，定名为《尘嚣：一个中国半农民的故事》。而教学的成果是《宋代文官集团研究》，获得甘肃省高校社科评奖一等奖，成为许多院校研究宋代政治体制的重要文献，而《桑子诗选》为我们贫乏而单调的生活送来诗歌的阵阵馨香，安慰着枯燥的内心，温暖和促发着我们真善美的性情，让我们寄予人间大爱与大美，他也因为平凡岗位上的倾心劳力，被国家人力资源和社会保障部、教育部评选为全国模范教师。

在桑子给妻子过生日的餐桌上，已经有些须发花白的桑子歌声优美，他爽朗的笑声弥漫在屋里，让人感觉到了生活的踏实与生命的美丽。正如他内心的善良一样，一切的人和事在他眼中都是纯朴而多情的，这样的心态让他走到了今天，也感染和熏陶着我们内心最柔软的部分。

"最喜小儿无赖，村头卧剥莲蓬。"这是桑子老师经常吟诵的诗句。愿我们以这样的心态上路，珍惜现在，像桑子一样善待万物，为人世留下美好的歌吟。

最后，让我们再读一遍一九八七年桑子写给母亲的这首《家书》，权当结束了这篇文章吧。

如果我活着

是你的幸福

那么，我活着

好好地过完一生

从此往后

再也不去陌生的街头

眺望迷茫的远方

再也不去喧闹的城市

独自孤独

然而，所有的生命

都会死亡

如果我的死

会成为你的灾难

那么，请告诉我该怎么办

在苍茫的草原

秋天的风

送来了你的声音

在高高的天空

你微笑着凝望我

淡淡的表情

给我温暖

我想告诉世界我的一切

可是涌上心头的

全是泪水

秋天的叶子

纷飞而落

那些小茧们

贴在大树之上

能告诉我这是夏天的哪一只蝴蝶

能告诉我凋落了的

又该是夏天里的

哪一朵鲜花

在苍茫的草原

我活着

可是我不能给你任何帮助

不能帮你们安度冬天

我只能在这里等候

等候明年的第一朵花

悄悄开放

等候明年的第一只蝴蝶

如约飞过

——桑子《家书，No，1》

（原载 2022 年 1 月 19 日《甘南日报》第 3 版）

一个人就构成了一个世界

——关于李志勇的诗

◎王 力

　　有时我看见李志勇走在大街上，像刚从山冈上下来的豹子，早已收敛了内心的风暴，连身上的花纹也似乎变得温顺起来——李志勇更像一个"假象"，当你写下他的名字，他早已不在你的语言中存在。他转身离开，离开你一直使用的这些"破旧的符号"。他"一个人，在幻景中激动地漫游"。

　　我和李志勇同在一座小城生活。客观地说，小城很小很小。可是他的第一本诗集《绿书》却在邮局起步，经过传达室送到了我手里。我相信这种抵达才更像"真实"地抵达。这本诗集一直放在我的手边，我有时拿起来，看上几页，又烦躁不安地放下。但是过不了多久，它又像一个诱惑，吸引着我再一次打开它。对我来说，"这本书像给我戴上了镣铐"。我想挣脱这镣铐，又渴望被它反复缚住。如此这般，纠缠不已。

　　相对于甘南，相对于甘南的诗歌写作者，李志勇在开始的时候，就已经坚决地穿过在自己诗歌地理的皮肤上抚抚摸摸的练习。他并不是抬起双脚，要离开自己置身其中的地方。对李志勇来说，附着在这些词语上面的惯常思维和矫情，已经将其变成废墟，一堆无用的废墟——这不是他想要的，他要进入事物的内部。他其实"没有到事物背后的院子里去散步"，他走到事物的"里面"去了。像一块手表透明的后盖一样，他看到了事物跳动的心脏，那些秘密的运行轨迹。他从这些真相中抽出"骨头"。这些骨头，并不是李志勇使用的"文学手段"，恰恰是他感知到的，内心世界的真实。

因此，李志勇用"自己的语言"来书写。他大步流星地离开为了避免孤单而被我们共同使用的语言，以及产生这种"集体语言"的思维。他把自己新鲜的血液涂抹在纸页上，后来涂抹在电脑屏幕上；那血液里有唯一的遗传基因和生命体征，冒着蓬勃生长的朝气。有时像一团雾，慢慢消失；有时又聚拢起来，形成云朵，下起大雨。这语言的大雨中，有一种鸟儿的鸣叫，声部复杂，沉郁而苍凉——这个体生命的交响乐，在人迹罕至的心的旷野独自进行，无人能够改变它浑厚旋律的进程。

——他就是"那匹黑马"，把用这种语言写成的诗歌，交给了"能够读它的人了"。

当下，我们往往将语言视为现实的影子和投射。但反过来会更准确：现实才是语言的影子（布鲁诺·舒尔茨）。如果你读了李志勇足够多的诗歌，你就会发现，在这些诗歌中，有李志勇关于"写作"的很多观念。这不足为奇。作为一个自我觉醒的写作者，他一定要说出"自我的真相"。李志勇写道："语言本身就是一部分现实。"这当然是真的。不管李志勇使用怎样的变异和想象来构建他的诗歌江湖，这些变异和想象都来自厕身其中的现实。但若仅仅是对现实的模仿或者复制，文学作品就会失去它存在的意义。李志勇用迷幻、缠绕甚至荒诞的诗歌外衣，构建了比现实更加巨大的"心理现实"。

李志勇用梦呓般的、纠结缠绕的诗歌语言纳入了庞大现实世界的万象，但又远远高于现实。他既是书写者，也是在场者、观察者、思考者。像布鲁诺·舒尔茨的小说一样，通过对现实想象的超越消弭了梦境和现实的距离，使它们各为自己又相互交融，所以清晰又模糊，捉摸不定。因此我要说，对李志勇"现实才是语言的影子"。但不管怎样，透过他营造的语言的烟幕，我们看到的是李志勇对人的"生存处境"尤其是"心灵境遇"深入骨髓地关注。对个体生命来说，没有比"心理现实"更为巨大而真实地存在。

李志勇的诗歌"在细小的事物中纳入庞大的世界"。也因此，李志勇在一些诗歌中采用小说的元素来叙述。无处不在的"细节"和"场景"，是使诗歌血肉丰满并向周遭散射的重要因素，也是承载诗人某种思想的重要手段。所以他的一些诗歌突破了惯常意义上"诗歌形式"的界限，而具有了小说的某种外形或者品质。李志勇说："很早以前我们的语言就是我们的肉体，但现在却已经做不到了。"我们需要摈弃柔弱的一般化抒情，需要写作者从颠覆诗歌语言（或者形式？）开始，进而发出自己独特的声音。诗歌的叙述和小说的叙述当然不是一回事，但至少从李志勇的诗歌中可以感到，"叙述"并不是小说的专利。这种叙述，让李志勇的诗歌变得"缠绕"，并且相互渗透，句子之间排斥又胶结，难解难分。

李志勇凭借细节和场景，给我们还原了一个感觉和思想的诡异世界，它比现实更庞杂，更高、更远，所以更真实。

李志勇一个人默默前行，和所有安静的写作者一样，只是写下了属于自己的诗歌。奇特而玄幻的想象，让他的作品有了陌生的宏阔感，也给读者提供了无限可能性。他是一个沉静的探索者，之于写作，他只坚持一条：写出自己满意、对得起读者的作品。

作为对"诗歌现实"有着清醒认知的人，作为一个"怀疑主义者"，李志勇有足够强大的心灵对抗喧嚣和浮躁。"他坚持着他隐秘的劳动，带着一把斧子／自生自灭。那不过是悲痛。"李志勇甚至怀疑时间对事物的澄清和肯定，他写道："这本书……或者可能还会石头般等待着下一个读者。"他其实对自己的写作足够镇静和自信。就像我感知到的那样，"这个男子几乎一个人就构成了一个世界"。

（原载 2022 年 3 月 23 日《甘南日报》第 3 版）

桑多大地的黑骏马

——浅谈扎西才让和他的文学创作

◎龙　徒

　　提起扎西才让，人们必定会以赞许的口吻说——好一个诗人，好一个作家，好一个获得全国少数民族文学骏马奖的作家！是啊，扎西才让确实是成功的，在当代文坛他就像一匹气象独特、品格独具的黑骏马，从甘南草原脱缰而出，奔向世界。

　　扎西才让的文学写作始于一九九二年，相较于那些早慧的作家来说，他步入文坛的年龄段似乎有点晚。但他确是一匹黑马，一出道就显示出赤兔马千里驹的非凡潜力。先是斩获"诗神杯"全国诗歌大赛一等奖，获享"十大校园诗人"称号，接着作品发遍《人民文学》《民族文学》《星星诗刊》《诗歌报月刊》《诗刊》《草堂》《新华文摘》《散文选刊》《小说选刊》《青海湖》等国内近百家文学名刊，入选《新中国成立60周年少数民族文学作品选》《中国好文学》《70后诗歌档案》《中国年度诗歌排行榜》等一百余部年度选本和总结性文集。出版诗集、小说集、散文集九部。入选第二、第三届"甘肃省诗歌八骏"，当选中国诗歌学会理事、甘肃省作家协会理事。

我与扎西才让相识于大学时代。那时，我已大四，学余兼顾着自己创办的一个大学生文学社团，主编一本名叫《晨昕》的大学生诗歌刊物。而他是一个刚刚进入大学校园的文艺青年。起初，扎西才让怀揣画家梦，进入大学中文系后，大抵对文学有了一些感觉，尔后又在本人的"忽悠"下，竟然郑重其事地开始了文学创作。极具悟性和才情的他一出道就佳作频现，获奖多多。参加工作后，他又加入本人组建的甘南州青年诗歌学会，先后出任秘书长、副会长、会刊《羚们》副主编、主编等职，始终兢兢业业，无悔奉献于学会。屈指算来，到二〇二二年，他的文学创作之路已经走了整整三十年。三十年来，与其说他是诗人、作家，不如说他是牧羊人。因为他身上有着这样几个特质——自然之子、散淡之人、深情吟唱者、自由梦想者、哲学思辨者、天人合一的切近者。这些角色或情态，在他的生活、创作和作品中得到了或个体，或交织，或隐或显地体现。对他来说，世界就是牧场，写作就是放牧。他一直以一位牧羊人的心境、视角、情怀和梦想在经营他的文学牧场。

他说："作家确实像个牧羊人，不过，牧的是自己笔下的人物，或者笔下人物的原型。甚至牧的不仅仅是人，还有笔下的植物、动物，乃至万事万物。风里来雨里去，在自己的牧场上努力劳作，试图劳有所得，得有所用，用有所益，益有所留。当作品或作品中的人物纷纷出栏时，收获期就到了。试想，当一个作家用纸张、笔墨或电脑创造出一个丰富多彩的世界时，就是精神荒原上的牧羊人。当作品一部接着一部诞生时，就成了坐拥精神牧场的富翁。"

我们看到，三十年来，扎西才让就是用持续不断地创作和对自己心灵世界的笃定把持，来践履和诠释自己牧羊人的抱负、情怀和价值的。

大学毕业后，他长期在学校工作，其间因才华出众，被甘南州有关部门借调抽调过多次，有数次机会能够转行。但为了钟爱的文学创作，他都婉言相拒了。数年宵衣旰食，取得了工作和创作上的双丰收。荣获黄河文学奖、敦煌文艺奖、全国少数民族文学创作骏马奖等数十项权威大奖。二〇一五年，当选甘南州作家协会主席，二〇一六年，被中国作家协会吸收为会员，二〇一七年，被甘肃省委组织部、省委宣传部、省文联授予甘肃省第四届中青年德艺双馨文艺工作者称号，二〇二一年，出任《格桑花》文学期刊主编。

他说，文学写作本身其实就是完善自我的过程，需要一个安静从容的心境和适于创作的环境。只有这样，才有可能做到用有限的文字最大限度地表达想要表达的，写出"迅捷有力、直抵内心"的作品。

他崇尚"我手写我心"。他的作品更多是写身边的人与物，往往带着忧伤的气息，但文字呈现的还是对人间的热爱、对土地的深情、对党的感恩。他始终代表他自己和他那颗善良淳朴的心，说出他的所爱所恨，写出他的所想所思，发出他的声音，歌咏他身边的人和事，抒写他脚下的故土大地。

他说，做一个好的作家，干净和纯洁很重要。干净，特别是文字的干净，经过努力，似乎能够做到。但纯洁，是很难实现的。它与内在的精神有着莫大的关联。其实更多的时候，纯洁就是在作品中表现真诚，表现真实的景、真实的人、真实的事、真实的情感。生活在甘南，甘南的影响已经深入骨髓，以至于影响了人生、情怀、生命的打开方式，进而影响到文学写作，更影响到处事方式、生活追求和哲学思辨。这就需要找到一个表达的坐标系统和视域入口。于是，他找到了"桑多"，这是甘南大地在他笔下的艺术标识和语境疆土。有了这种标识和廓定，他便可以"信马由缰"地创建自己的文学时空，勾画自己的艺术版图了。

如何用自己的方式呈现"桑多"世界的绚丽多姿和无限精彩呢？

他回忆说："那年去玛曲，在阿万仓景区看到的不是过于清楚分明的三省地界，也不是几条河流的异道殊途，而是一个广阔宏大的地域，一个万涓成河、万物归一的图景。这是大自然的视野和艺术追求。是不是在文学创作上，我们也应该有这样的视野和追求呢？是不是也不局限于一种体裁、题材的写作呢？而是根据题材和内容的不同，顺势运用不同的文体呢？"他自觉地将这种追问付诸实践，用诗歌、散文、散文诗、随笔、小说乃至文学评论等多种艺术形式，潇洒恣肆地书写他的文学梦想，精心创意装点他的"桑多"世界，同时也不断升华着自己的精神疆域。

他的"桑多"梦最早起源于一九九九年发在《诗刊》上一首名叫《哑冬》的诗歌，诗中写道："哑的村庄，哑的荒原大道／之后就能看见哑的人／我们坐在车上／要经过桑多河／赶车的老人／他浑浊之眼里暗藏着风雪／河谷里的水早已停止流动／它拒绝讲述荣辱往昔／雪飘起来了，寒冷促使我们／越来越快地趋向沉默／仿佛桑多河谷／趋向巨大的宁静。"这是他第一次写出"桑多"一词。他说："那时，我还没有要写桑多镇的打算，只想写甘南的某一条河，在我的想象中，这条河应该有历史，有使命，有地域属性。"流动里有"叙述"，有"艺术"，有"哲理"。

该如何发现、抒写和构建"桑多河"的精神和物质的世界呢？他思考着，持续创作着。

从二〇一一年到二〇一九年，他创作了大量抒写和反映甘南"三河一江"流域历史和现实、自然和人文的诗歌、散文、小说，探索着、勾画着他的"桑多"文学版图，塑造着那个成就他文学梦想的桑多镇。他说："通过塑造桑多镇的一系列人物形象，集中呈现了桑多人对世界的认知，对人生的看法，对生存价值与生命意义的反思。我的想法就是借文学作品来探究深藏在人性中的幽暗与光明。"读他的诗歌、散文、小说，我们能够深刻体会到，他的作品里不但有故事、有人物、有艺术，也有哲理。这些，都通过"人性中幽暗与光明"地交织而体现得丰沛而深刻。

他认为，"不管作家身在何处，作品的灵魂始终在故乡"。每个作家都有自己的文学故乡。他的文学故乡就是桑多镇。解决了灵魂安放的问题，与题材选择有关的诸多问题就迎刃而解了。于是，他的写作进入了爆发期。十年间出版了诗集《七扇门》《大夏河畔》《当爱情化为星辰》《桑多镇》《甘南志》，散文集《诗边札记：在甘南》，中短篇小说集《桑多镇故事集》等九部作品集。

其中，诗集《甘南志》出版于二〇二一年，是他以诗歌的形式，回眸甘南历史，再现历史事件，追怀风云人物的一次文本实验，通过二百〇二首精短诗歌，探寻了人类在战乱和困苦中能诗意栖居的缘由，讴歌了超越地域、民族和疆界而历久弥新的中华民族共同体意识，将桑多文学领域拓展到了历史的范畴。

诗集《大夏河畔》出版于二〇一六年，收录诗歌一百五十首，分"大夏河""桑多山""桑多镇""桑多人""桑多魂"五辑，从文学地域角度，对大夏河畔的自然生态、社会人文、民族民俗、历史现实等诸多文化内蕴作了深度发掘和诗意展示，勾勒出了他的桑多文学艺术雏形，放飞了他的桑多文学的浩荡之梦。"桑多镇外，草原深处，梦被牧羊人搂在怀里，睡去／它们来到阿尼玛卿山脉／齐聚在桑多山下，已经不是埋头吃草的样子"。

而诗集《桑多镇》是他从事写作以来最满意的一部作品。书中遴选了他自一九九九年至二〇一九年二十年所创作的与小镇桑多有关的一百八十三首作品。整部诗集由"镇志残片""小镇秘闻""小镇人物志""小镇风俗志上篇""小镇风俗志下篇""小镇情爱志""小镇诗人""达娲央宗""你和亲人"等九辑构成。"从桑多地界上，肯定跳不进天空里的那片海／那么，从桑多天空里一跃而下，必然能跳入这滚滚红尘"。通过这部作品，他试图架构出"人性和神性共存的红尘——桑多镇"，"体现了他努力构建文学甘南语法世界"的创意实践。凭借这部诗集，他摘取了第十二届全国少数民族文学创作骏马奖，奠定了他当代中国少数民族著名诗人的地位，也在全国文坛展示了他桑多文学工程的靓丽姿颜，点亮了他"立足故土甘南，创建文学小镇，塑造灵魂形象，层现人性主题"的文学创作理念。

需要指出的是，扎西才让在诗歌艺术的构建上，始终追求内在的"活能"与外在"仪表"的有机统一，把中国传统诗歌的定式格律性用现代诗歌语言排列的自由性作了有效化解，形成了扎西才让式的现代格律诗形制。从诗集《七扇门》里的第一首诗《哑冬》到《桑多镇》里的最后一首诗《只我们还爱着这里》，无一例外都是用现代格律诗的形制来体现作品的外貌的，只不过在他这里显得更加自由了。同时，在不影响诗意、诗境、诗美的表达前提下，他尽可能地给每一首诗都赋予合适的韵脚，使得他的诗歌更具有了朗朗上口的特质。这在二十世纪九十年代以来的中国诗人中是不多见的，值得我们研究和借鉴。

从高原的天空里看桑多河，
肯定是舞动的长长的银色丝带。
在斜阳桥上，我们看到的，
只是一条腾挪而来的碧青的蟒蛇。

从银幕上看桑多一带，
那肯定是众神出没的仙境。
在斜阳桥上，我们只看到
广袤的桑多被大雪渐渐掩埋。

仿佛此地是个起点，
有人去了北京，有人去了西藏，
有人点燃了内心的野火，
头也不回地去了国外。

只我们还爱着这里，
和家人一起上街，一起登山，
在雪地里堆出小人，想减轻心里
因为伤别而频生的疼痛。

——《只我们还爱着这里》

构建文学的"桑多"世界，基于他的赤子之心和爱国主义情怀。他说，作为生在新中国、长在红旗下的新时代作家，我们要始终牢记，写作时手要按在良心上，要向党、国家和人民致敬。

扎西才让桑多文学版图的成功构建，使他的作品有了非常鲜明的艺术和哲理辨识度。这就使得他和他的作品跻身于中国当代文学殿堂有了介质上的可能。

希望在不久的将来，他深远而诗意的桑多镇上空能镶嵌上璀璨的北斗七星！

（原载 2022 年 5 月 12 日《甘南日报》第 3 版）

洮州深处的乡村牧歌

——访作家敏奇才

◎马桂珍

　　东界狄道，南依松叠，西靠黄河，北临枹罕，有一方古老而神奇的土地叫洮州。洮州，今临潭县，地处青藏高原东北边缘，位于甘肃省南部，甘南州东部，曾为"唐蕃古道"四大"茶马互市"之一，这里历史悠久，红色文化、历史文化底蕴厚重，自然景观秀丽，生态文化、民俗文化独具魅力，先后被评为"全国拔河之乡""全国民族团结进步示范县""中国文学之乡"。洮州独特的地理历史、人文环境形成的文化积淀，孕育了一批极具特质的优秀作家，敏奇才是其中之一。扎实的写作态度，持重的步伐，质朴的性情使敏奇才在文学创作上具备了一种"洮州特质"，无论小说、散文还是剧本，他的创作视野不仅丰富多彩，还保留了一分古朴、多元、纯净的原生态气质。

　　从散文集《从农村的冬天走到冬天》《高原时间》到小说集《墓畔的嘎啦鸡》，他以特有的地域体验和生命关怀为洮州大地书写着乡村牧歌式的篇章。他将高原诸多历史、人文、自然、风物、民俗汇聚笔端，将干净纯粹的故土情结融入文字，将灵魂的颤动和生命的触痛感注入书写的过程中，使这片土地上广阔厚重的人文地理空间、生态文明、精神高度和心理情感得以凸显，呈现具有包容性和原生态气质的文化品格。

地域对作家的影响是深刻而持久的，对故乡的书写，一直以来是个永恒的话题，也是敏奇才创作的主题之一。在辽阔的精神背景和人文视野之下，敏奇才将笔触深入故乡洮州的内里，从历史记忆、家国情怀、民族担当到洮州大地的自然生态、民俗风情都做了细致深度描写。在《三石一顶锅》中他开门见山便写道"生活在洮州大地上的人们，一生下来就像那随处可见的顽石一样，和草原、土地融在了一起，不曾分离……洮州有新旧两城，是草原深处江淮人家的团结之城、友爱之城、和谐之城，是三石支撑的稳固之城。那么世代居住在这里的各民族之民众，就是稳固之城的团结之民众，友爱之民众，和谐之民众"。真诚的笔触写出了一座有生命质感、精神内核和灵魂温度的高原小城。他在高原的初冬，顶着蓝汪汪白亮亮的天穹，迎着温烈的风尘，访古寻今，为洮州而歌"可曾有谁想到在这青藏高原的屋檐下，生活着一群江淮后裔，六百多年的风火岁月让他们变成了一群顶天立地时刻想念故土的青藏硬汉。正是这风火岁月的洗礼，造就了洮州人不同寻常的血脉……洮州人是活在久远而新鲜的历史故事里。但说白了，洮州人的历史是一部活着的移民守边史和奋斗史"。（《洮州，洮州》）他写洮州人，男人粗犷能干，内心和善，为人仗义，富有拼搏精神，女人活泼淳朴，风姿绰约。"在日暮的傍晚，女人扛了锄头，领着顽童，牵了牛儿赶了羊儿，踩着山道的余热和青草的柔软，披了一身霞光，带了一身田野的馨香回来了，依然是云鬟峨峨，高帽围纱，款款而至，在深切的思念中走出了一种神韵，一种姿态……"（《洮州人》）而"思谋、挖抓、诧人、土尘尘、吃不透、踢踏……庄稼都快瘦成驴身上的锈毛了。地不犁不酥，人不走不亲。"等洮州方言俗语的熟稔大胆而恰到好处地运用，使字里行间飘逸着一股浓浓的"洮州韵味"。敏奇才说，在故乡洮州这片土地上，他从小受到了地域性文化、传统江淮文化、移民文化、多元民族文化的深远影响和熏陶，这些珍贵的矿藏使他的创作浸润着古老的文化精神又凸显着一股独特浓厚的地域色彩。

敏奇才是从洮州腹地敏家咀走出来的作家，对乡村聚居生态极为熟悉，在他的散文集《高原时间》里可以清晰地触摸到"敏家咀"是一处灵魂的栖息地，它是原始的、质朴的、温情的、忧伤的、让人眷恋的。《高原时间》是二〇二〇年一月出版的散文选集，分为上下两部，上部由表及里地叙写了乡亲、亲情、友情与爱情的深刻体验，将对生活的领悟和人生的思考融入乡村如诗如画的意境中，如乡村牧歌、田园散曲。下部着重点在家乡的山水景致和牲灵野物，在他笔下，村落里的一草一木、一头牛、一只羊、一只喜鹊、一只掠飞的麻雀、一只微小的虫子乃至乡村里扶摇直上的炊烟，他都赋予它们鲜活的灵性，充满了悲悯之情、敬畏之心。他既关注时代变迁又关心着这片土地上小人物的悲喜，在对脚下的土地充满深切眷恋的同时又对日渐消逝的农耕文明充满了忧患意识。他在对乡情的抒怀中表达着一种对渐行渐远的风俗民情的呼唤，他通过乡村的风物倾诉着内心的热爱和眷恋。他写一只留守在村子里的喜鹊，读来却更像是一个人、一群人抑或是人心深处对故乡的守护之情。"那只喜鹊在村子里相安无事但也很孤寂地生活了那么几年，用叫声唤醒了那些快要泯灭记忆的人们。终于有一天，它叫不动了。一日午后，它站在老敏家的院墙上瞌睡了似的头歪在一边沉沉地睡去了……"他写收割的麦子、满街游荡的老雌牛、赋予村庄灵气的麻雀和村庄里的月亮，带着自然质朴的气息和让人陶醉的温度，又有一点点怅惘、忧虑甚至痛感，让人在一种宁静的温情中看到一座村子淳朴自然的真实模样。"割完麦子，我躺在院子里的长凳上歇缓身子骨。母亲则把那不能捆束子的麦穗拾来晒在院子里。在太阳底下我看到那些麦粒兴奋地跳跃着脱离穗壳，吐露着蕴藏的香气，弥漫在了家里的旮旮旯旯，又升腾飘逸开去，罩住了整个村子。成了老村精气的一部分。"（《守护村庄的东西》）敏奇才说"我生养在农村，在农村长大，陪着青山绿水，牵着耷角牛赶着绵羊度过了我的童年。时至今日，我还时常梦见儿时的乡村和那些陪伴过我的山场、河流、玩伴和牛羊。而且我也自始至终认为敏家咀就是我的文学地域版图，这块土地上的人事物景常常让我写得手酸，离了这块土地我就成了无源之水。哥伦比亚作家加西亚·马尔克斯笔下的加勒比海沿岸小镇马孔多、陈忠实笔下的白鹿原、莫言笔下的高密东北乡虽说都是一个文学概念，但他们都是以此走向了世界文坛。我虽然没有那么大的理想，也没有那么大的抱负，但是我以敏家咀作为我灵魂和写作的高地，是写不完写不尽的，因此，就把写作当成了生命的一部分。当我写作枯竭的时候，会回到敏家咀小住几天，写作的灵感就会喷薄而出"。

敏奇才是一个安静的、质朴的、有情怀、有温度、有坚定信念和创作目标的作家，纵观他的作品，没有太多华丽炫目的辞藻，没有深奥烦冗的哲理，也没有刻意去追求艺术技巧，却有一股静水深流照亮人心的力量，这大概与敏奇才的创作心态有关。他说，首先一个作家心中要有大爱，这爱是一种与生俱来的情怀。有了这种情怀作家就会拉近与自然生态的距离，展开深邃思考，重建与自然的和谐关系，保持对自然敬畏，让哪怕是一只鸟、一条狗、一只羊、一只野物、一头牛，一块石头，都承载和记录不同时代的历史记忆和成长影像。从而尽量追求与人类友爱、与生灵为善、与自然和谐的天人合一境界。这一点在他的小说《墓畔的嘎啦鸡》、散文《进村的野生》《孤狼》《狼王》都能感知到。

谈到他的文学创作之路，敏奇才说自己与文学结缘，可以追溯到一九九三年至一九九五年上大学期间。"那时，遇到了两位对我影响非常大的老师，一位是主讲古诗词的买鸿德老师，一位是讲写作学的朱广贤老师。买鸿德老师能把一首《春江花月夜》讲一个星期，他旁征博引，引经据典，讲起来滔滔不绝，让我一个星期陶醉在那无限美好的景象中不能自拔。而朱广贤老师的散文或小说课则把我引入对自然和人生的描述和感悟中，而更多的是无限美妙的细节描写当中。这个时候，我就压不住胸中饱满的激情，想对我熟悉的敏家咀这片土地和父老乡亲有所倾诉，于是写起了小说和散文。一九九七年，第一篇短篇小说《墓畔的嘎拉鸡》发在《飞天》头条，接着又发了《猎手》和散文《二爷》等，从此对自己的写作有了更大的自信心，一直坚持了下来。就这样，一路走来，断断续续地写了二十多年。"天道酬勤，二十多年的坚持和努力使敏奇才在创作上收获颇丰，他的作品频频发表于《民族文学》《中国作家》《天涯》《延河》等国内重点期刊；一九九九年，获第五届新月文学奖一等奖等奖项。散文、小说入选多种权威选本。二〇〇〇年，获全国"五彩梦·同心圆"民族团结进步征文一等奖、获甘肃省第三届黄河文学奖；二〇〇七年，获第五届甘肃省少数民族文学奖；二〇二一年，加入了中国作家协会。谈起他自己最满意的一部作品时，敏奇才谦虚地说："虽然我结集出版了散文集《从农村的冬天走到冬天》《高原时间》和中短篇小说集《墓畔的嘎拉鸡》。但至今还没有哪部作品是自己最满意的，也许最满意的作品今后会奉献给读者的。"

"作为土生土长的甘南作家，我的创作源泉来自对故乡洮州的挚爱和眷恋，多年来，是故乡的历史人文、风物景致滋养着我，召唤着我，激励着我。在写作上，我认为无论小说、散文和剧本是互通的，对我来说，体裁不重要，重要的是要将内心的情感倾注到文字里，只要你倾注了情感，带着丰富的情感去写，一定会成功的。"敏奇才说。

（原载 2022 年 6 月 1 日《甘南日报》第 3 版）

沿着洮河一路而行

——王小忠散文创作印象

◎马桂珍

　　"无穷的远方，无数的人们，都和我有关。"读完王小忠散文集《洮河源笔记》，心里自然地浮现出鲁迅先生这句心系社会、心系人民的话来。

　　王小忠是近年来活跃在文坛的甘南青年作家之一，他是写散文出道的，也写诗歌和散文诗，后来突破文体局限写起小说，作品发遍全国知名文学期刊，如《长江文艺》《民族文学》《天涯》《大家》《青年文学》《散文》《芳草》等；曾获甘肃省少数民族文学奖、甘肃省黄河文学奖、《红豆》文学奖·年度小说奖、散文奖，《莽原》文学奖·非虚构作品奖、《朔方》（2020—2021）文学奖、《百花园》2020年度优秀作品奖等；中短篇小说集《五只羊》入选"2020年中国少数民族文学之星"丛书。

　　王小忠的写作一直秉持现实主义的追求，一方面他立足故乡甘南，以朴素的人道情怀直面故土的苍生万物、世俗社会里的漫卷烟火，以平实的笔法为基调，在对世俗生活的深描中挖掘人性，拷问人心，带着质疑和诘问，带着反思和探究，甚至触痛。另一方面他聚焦当下，紧扣时代脉搏，关注芸芸众生，关注和民生相关的点点滴滴，思考并记录着日新月异的时代进程中的此消彼长。他笔下的洮河沿岸既是世俗的也是灵魂的，既有对历史回望又有对现实描摹，既是轻松的又是沉重的，既是荒诞的又是真实的，他在写作中不断地突破自己，探索其独树一帜的风格，在散文叙述中走向另一种意义的寻找。他是一个勤奋的记录者，深沉的思考者，忠诚的写作者。评价这样一位作家和他的作品是不容易的，我就借《洮河源笔记》一书管中窥豹，浅谈一下对王小中散文创作的几点印象。

王小忠的散文总是在最为日常的点滴之间表达出最动人的地域精神。追随他的文字，能够深切感知到王小忠始终在悉心打量着脚下这片土地和土地上的人们，他勤奋认真地开垦和传递着故乡甘南不为人知的内在景致。他探寻历史，书写生态，但最后落笔之处都是故乡的人事。在《三条河流》一文中他写则岔石林景区入口处有一个美丽的牧村贡去乎，研究生毕业的扎西打破传统观念放弃进城工作，一心扑在家乡的建设上，在那里开起了客栈，将甘南牧区经济形态的转变和新一代牧民走出落后的传统观念应和时代的呼唤、承启未来的担当在不动声色中抒写得生动饱满，为民众传声。同样《大棚蔬菜》一文写的是在位于洮河中游的卓尼县纳浪小村，偶遇路边一位买蔬菜的老人，之后随老人的老伴安才让去洮河岸边的大棚摘蔬菜，了解到政府大力扶持农民自主创业、农民集体经济经营规模的日益壮大的可喜变化，以及其背后土地流转频繁等因素的忧虑和对日渐远去的农耕文明的回望。《光阴下》写的是作家在冶力关小镇教书时，与外地陈木匠一家人前前后后的交集，作家平直朴素的叙事背后是对世俗社会里芸芸众生的观照和对人性的无限悲悯。《风过车巴河》一文是集子中比较特别的一篇，以寓言式的书写方式写洮河沿岸一座烟火小镇里的众生相，通过名叫苏奴栋智的人讲故事，写了有不肯给男人量尺寸的裁缝尕豆草、捡破烂的聪明人、看守水磨坊的太太保以及我要找却找不到的属于自己的人群，其实是将自己与这些悲伤者、执念者、迷途者、丧失者联系在一起，一起领略命运的残忍与馈赠……荒诞又真实，充满了哲学家般的自我拷问，仿佛洮河上闪耀的智慧浪花，沉实而开阔。

"生活了几十年的那片土地上河流众多，草原无垠，牛羊成群，没有人不爱生养自己的土地，为什么我却对生养自己的那片土地有着这么多的不理解？当我再一次踏进那片土地，才发现在现实与想象中，是我抱有了过多的理想，甚至高于现实太多的幻想。我的想象与现实好像是一条河流的两岸，中间隔着一层抒情的文字。必须打破这层抒情，让他们融在一起。"在《洮河源笔记》代后记中王小忠如此诚恳地写道。而他也确实做到了和那片土地和土地上的人们融在了一起。无论是《三条河流》中的扎西、《大棚蔬菜》中的安才让，还是《光阴下》中的陈木匠，《洮河源笔记》中洮砚匠人的儿媳贡姆草、沿途挖党参的农民、小旅馆的老板……他写他们从不带自吹自擂的假冒的宽容，不刻意，不生分，带着一分真诚，一分从容，带着融入后的生活质感。在《大棚蔬菜》一文中因搭不上返回县城的车，他坦然地接受了菜农安才让的邀请到他家住了一晚，与他们一家同吃同住，倾听他们的心思，感受他们的喜乐忧愁，从心底里体谅着他们，接纳并融入，虽然全文更多的是对时代进程中与民生相关的思考和记录，但字里行间又淡淡地流露着对村庄的情感记忆和深度抚摸。因为这种融入，他写人物，不是将亲人陌生化，而是将陌生人"父老乡亲"化，沿着洮河一路而行，他与一个个陌生人打交道，他打破了自我的藩篱，以一根强劲而敏感的神经感受他们，通过种种相遇，完成了将自我融入民众和脚下的大地。

"对现实生活的观照，如果仅仅停留在想象上，我想，这是一个作家的不真诚。"王小忠说。是的，以散文介入地理叙事，需要一种更为真诚、更为深切的洞察和触摸，浮光掠影、游记抒怀是立不住的。执着地追求和真诚的初心促使他一次次踏上旅程，追溯着河流的方向探寻。他说他用了两周的时间走完了洮河流域，在行走中不断地观察、拷问、反思。《洮河源笔记》一文记录了他沿洮河溯流而上的历程，在其对洮河沿岸地理、文化、生态和对民众的关怀中，实现着对自我更好地发现。他脚踏实地讲述着那些"风尘仆仆"的故事，在最低微的生存状态中书写与那条河流类似的精神存在。以在场的描摹把一个地域的文化空间呈现出来，并参与地域文化形象的建构当中。文中既有作家对社会变革的冷峻洞察又有内部心情的深潜，比如他写铁匠朋友"工业的快速发展取代了一代农业的传统形态，加之库区移民搬迁，我的铁匠朋友在光阴里没有坚持到最后就失业了。他的砧子、锤子、风箱等都被送进了洮州民俗展览馆……工业文明不断发展，传统的手工作坊终究要被取代，这是铁定的事实，从近十年洮河沿岸人们的实用工具上可见一斑。我的铁匠朋友何尝不是明白人呢？那夜，我的铁匠朋友显得十分沉重，说到许多旧话题，都抹了好几把眼泪……那是大家共有的情愫，是看不见也摸不着的东西。正是因为看不见、摸不着，它碰撞内心最柔软的部位的时候才倍感疼痛"。

王小忠的散文叙事技巧纯熟，语言质朴有力，看似轻描淡写，却透露着灵魂的颤动，具有大散文的美感和深度。《洮河原笔记》开篇的《祥云》一文王小忠写的是他过世的母亲，一个一辈子生活在洮河岸边的普通人，一个不被理解的想从生活中剥离出来的母亲，一个看见过祥云的人，他于灵魂疼痛处发微却又写得非常克制："母亲只是很普通的一个母亲，洮河沿岸像这样普通的母亲是数不过来的。""母亲一心想离开红尘，可她哪里懂得，人在红尘中生活，有谁曾真正离开过呢？洮河能流走世间一切或清或浊之物，它不随人的意愿而有所选择。然而清则濯缨，浊则濯足，这应该归于自己的选择吧。"力透纸背的文字其中对人性的剖析和反思是其精神指向。文章之道，是心性之路的痕迹，作家在平凡的日常中写出了人性的深河，在笔墨的源头，在静静的暗流之中，泛出精神之光。

文学是一条河流，这条河生生不息，从我们身边流过，带着众多的生命信息，一如作家王小忠笔下的洮河水，当它流经草原，流经乡村，流经我们的视野和心灵，我们便看到了那方天地，那些人那些事，那些令人感怀的场景和那些沉寂的存在。我们也看到了作家精神领域和心灵世界的开阔和高度。祝愿王小忠沿着洮河一路而行，越走越好！

（原载 2022 年 6 月 15 日《甘南日报》第 3 版）

图书在版编目（CIP）数据

《甘南日报》七十年副刊作品精选 ： 全 2 册. 散文卷 /
张大勇主编. -- 北京 ： 中国文史出版社,2023.6

　　ISBN 978-7-5205-4152-7

　　Ⅰ.①甘… Ⅱ.①张… Ⅲ.①散文集－中国－当代
Ⅳ.①I217.1

中国国家版本馆 CIP 数据核字(2023)第 116598 号

责任编辑：全秋生

出版发行：中国文史出版社
地　　址：北京市海淀区西八里庄路 69 号　　邮编：100142
电　　话：010－81136602　　81136603　　81136606 （发行部）
传　　真：010－81136655
印　　装：廊坊市海涛印刷有限公司
经　　销：全国新华书店
开　　本：787 毫米×1092 毫米　　1/16
印　　张：21.5
字　　数：340 千字
版　　次：2023 年 7 月北京第 1 版
印　　次：2023 年 7 月第 1 次印刷
定　　价：128.00 元（全 2 册）
